유 대리는 어디에서, 어디로 사라졌는가?

이 치 은
장편소설

유 대리는 어디에서,

어디로, 사라졌는가?

알렙

차례

1장

상복의 주차 요원

열 배 뛴 대박주를 좀 더 붙들고 있을 건지, 아니면 며칠 안에 작전 세력이 철수한다는 소스를 믿고 이대로 손 털 것인지 고민하고 있는데, 어디선가 귀에 익은 불쾌한 소음이 고막을 때렸다.

눈을 떴다. 꿈이었다.

몸과 침대가 닿는 부분에 물기가 흥건했다. 창문은 어젯밤 열어놓고 잔 그대로였다. 침대에서 몸을 일으켜 거실로 나가 의자를 들고 다시 침실로 들어와 장롱 앞에 세워두고 휘청거리면서 그걸 밟고 올라가 장롱 위에서 시끄럽게 울어대고 있는 자명종의 검은 버튼을 눌러 껐다. 그건 아주 오래된 습관이었다. 잠들기 전, 자명종을 맞추고 장롱 위에 올려놓는 건 귀찮은 일이지만, 습관이란 것이 원래 그런 것이다. 한 번 몸에 박히면, 특별한 이유 없이는 잘 지워지지 않는다. 어쨌든, 그런 귀찮음을 감수하고 나면, 잠만은 확실히 깰 수 있었다.

6 : 00

바로 욕실로 가서 축축해진 러닝과 팬티를 빨래바구니에 집어
던지고는 샤워를 했다. 피부 표면의 끈적끈적한 것들이 씻겨 내려
하수구로 빨려 없어졌다. 하지만, 그 쾌적한 기분도 그리 오래가지
는 않을 것이었다. 어제까지 연 삼 일째 기록적인 더위였다. 그리
고 오늘도 크게 사정이 달라지지 않을 것이었다, 일기예보를 믿는
다면.

대충 익힌 컵라면에 냉장고에 들어 있던 랩을 씌운 찬밥을 삼
분의 일 공기 정도 덜어 집어넣었다. 그건 술 먹은 다음 날 아침의
아주 오래된 습관이었다. 대략 일 주일에 두 개 정도의 컵라면이
필요했다. 나머지 다섯 번의 아침에는, 대체로 아무것도 먹지 않았
다, 물 이외에는. 아무것도 먹지 않고 회사에 출근하거나, 컵라면의
종이 뚜껑을 뜯어낼 정도의 기력마저 없을 정도로 알코올에 절어
있거나, 둘 중의 하나였다.

어젯밤에는, PC방에서 나스닥 애널리스트의 영문 데일리 리포
트를 서너 개 훑고 몇 개의 주식 포털 사이트나 커뮤니티들을 전
전하다가 10시쯤 집에 돌아왔는데, 너무 더워서 다시 밖으로 나갔
다. 동전이 녹아 내릴 만큼 더운 날씨였다. 걸어서 10분 거리에 있
는 자주 가는 바에서 혼자 술을 먹다가 아는 사람을 만났다. 역시
주식을 하다 만난 사람이었는데, 간만의 말동무로는 그럭저럭 쓸
만했다. 우리는 한 시간 넘게 몇 가지 종목에 대해 의견을 나눴다.

10

그는 좀 더 리스키한 종목을 선호했지만, 장 전반에 대해서는 확실히 페시미스틱한 견해를 가지고 있었다. 그에 비하면 나는 뭐랄까, 자주 치고 빠지는 축이었다. 하지만, 자신이 얻은 정보를 지나치게 과신하여 타인에게 매수하도록 적극적으로 꼬드기지 않는다는 점에서는 비슷했다. 그러면서, 나는 맡겨둔 짐빔을 다이어트코크와—자주, 곰처럼 생긴 바텐더는 나 때문에 다이어트코크를 꼬박꼬박 들여놓아야 한다고 불평했다—일 대 일로 언더락해서 더블로 세 잔 정도 마셨고, 그는 내 술을 마셔도 좋다는 나의 관대한 제안을 물리치고, 밀러를 두세 병 비웠다. 잠들기 딱 알맞은 만큼이었다. 돌아오니, 막 긴 바늘과 짧은 바늘이 12시 근처에서 벌어지고 있었다.

묵은 냄새가 나는 검은 정장을 장롱 구석에서 꺼내 입었다. 조르지오 알마니였는데, 장례식 전용 복장이라 해도 좋을 만큼 군더더기가 없는 심플하고 모던한 디자인이었다. 시간이 좀 남아서 구닥다리 ISDN에 연결된 고물 펜티엄 2를 켜고 E-daily에 접속해 나스닥 장세를 죽 훑었다. 예상대로 특별한 호재 없는 급등세였다. 원래 계획처럼, 하루 휴가 내고 PC방에서 온종일 데이트레이딩에 매달렸다면, 최소한 발렌타인 30년산 한 병 값은 떨어질 수 있는, 그런 날이었다. 재수없게도 꿈까지도 그럴싸했다. 물론 그런 일은 현실에서는 그 확률이 지극히 희박했다. 초기 매수가의 열 배가 될 때까지 홀드하려면 인내와 그리고 배짱이 필요하다. 하지만 나는 재경부 장관으로부터 직접 들은 소스가 존재하지 않는 한, 매수가의 두 배만 뛰어도 매도 타이밍을 놓칠까 봐 안절부절못하는 타입이었다. 그리고, 결정적으로 나는 재경부 장관과 아무런 관계도 없었다. 단일민족이라고는 하지만, 그와 나 사이를 연결시키기 위해서는, 몇 백 혹은 몇 천의 촌수가, 복잡다단한 피의 다리가 필요할 것이었다.

갑자기, 충전기에 꽂혀 있던 핸드폰이 울렸다.

"유 대리? 나 강 과장이야. 집 앞이다." 그러고는 끊겼다.

6 : 30

되도록 짤막한 문장을 사용해야만 자신의 권위가 유지된다고 믿는 부류의 사람들이 있다. 강 과장도 그랬다, 어설프지 않게 철저히. 물론 그 점만은, 굉장히 철저하다는 점만은 존경할 만했다. 증권 정보 단말기를 양복 안주머니에 쑤셔 넣고 냉장고에서 차가운 생수 한 병을 꺼내 손에 들고 문을 잠그고 현관 앞에 떨어져 있는 한국경제신문을 주워 들고 지하주차장으로 내려갔다. 기분이 더러웠다. 늦어도 장이 오픈되는 9시 전에는 신문을 일면에서 맨 마지막 장까지, 최소한 아무리 작은 기사라 해도, 제목만은 모두 훑고 지나가는 것이, 오래 몸에 밴 원칙과도 같은 것이었다. 그러나 오늘 같은 날은, 그게 불가능했다. 다행히 오늘 같은 날은 자주 오지 않는다. 회장의 엄마가 여러 명은 아닐 테니. 설사 여러 명이라 해도 죽음이란 것은 너무 공평하게도 한 명당 한 번씩밖에는 찾아오지 않는 것이니.

계획은 늘 어긋나기 마련이다. 그것이 월급쟁이의 가장 큰 단점이다. 자신의 시간을 자신의 의도대로 계획하기 힘들다는 것. 나는 신중하게 이번 주 수요일, 그러니까 오늘을 D-데이로 잡고, 미리 월차를 내 PC방에 잠수할 계획이었다. 걸림돌은 없어 보였다. 최근에는 실적도 좋았고, 주위 사람들에게 늘 바쁘게 일하는 인상을 주려는 노력도 그럭저럭 잘 들어 먹혔고, 실제로, 흔한 일은 아니지만, 바쁘기까지 했다. 그래서 그런지, 강 과장도 군소리 없이 동의했다. 회장의 엄마가 재수없게도 그저께 꼴까닥하기 전까지는, 계획이 어그러질 확률은 극히 낮았다. 신문의 부음란에는 단순히 노환이라고 돼 있었지만, 소문에는 풍과 몇 개의 종양을 달고도 구십한 살까지 버텼다는 것이 기적이라 했다. 그룹 소속의 대형 병원 특실 신세가 벌써 4년째라는 얘기였다. 나는 죽었다는 회장 엄마의 얼굴을 본 적이 없었다. 회장의 얼굴도 올해 시무식에서 처음 봤으니. 연초에 시무식에 참석할 인원으로 차출되었을 때, 나는 좀 성가신 일에 매달려 있었으므로, 머리도 식힐 겸, 기꺼이 응했다. 신화적인 인물의 얼굴을 한 번쯤은 직접 봐두고 싶다는 약간의 기대도 있었는데, 시무식이 열리는 실내운동장은 축구를 해도 좋을 만큼 넓었고, 회장은 TV에서 보았던 것과는 달리 너무 작았고, 내게 지정된 자리는 또 연단에서 너무 멀었다. 마치 이모를 따라 한 번 가본 게 마지막이 된 도심의 대형 교회처럼, 천장에 매달린 몇 개의 대형 스크린을 통해서 그의 얼굴을 볼 수 있었다. 집에 앉아서 식은 피자를 씹으며 TV를 통해 그의 모습을 보는 것과 다를 바가 없었다. 실망스러웠다.

강 과장은 좀 부어 있었는데, 그건 어쩌면 내 기분 탓인지도 몰랐다. 그도 역시 검은색 정장 차림이었다. 백화점 폭탄 세일에서 구입한 LG나 제일모직일 것이 틀림없었다.

"좀 밟지 그래. 꽤 막히나 봐."

내 검은색 티뷰론 조수석에 앉아 안전벨트의 버클을 채우며, 그가 말했다. 예전에 그가 처음 내 티뷰론에 탔을 때, 그는 시트가 너무 꺼진 것 같아 꼭 땅바닥에 쭈그리고 앉은 느낌이라며 투덜거렸다, 촌스럽게. 그러나 오늘은 그러지 않았다. 우리는 별 말이 없었다. 어색한 분위기였다. 나는 에어컨의 온도를 24도로 세팅하고 습관처럼 CD의 플레이 버튼을 누르려다 그만두었다. 10개의 데크 안에 들어 있는 CD 중 그 어느 것도 그의 기분을 상하지 않게 할 수는 없었다. Nirvana 정도라면 괜찮지 않을까 하는 생각이 들었지만, Chemical Brothers나 Rage Against the Machine, 아니면 Prodigy 같은 CD들 속에 파묻혀 있는 단 한 장의 Nirvana – Utero를 골라내기 위해 데크 시프트 버튼을 이리저리 눌러대는 수고를 하고 싶지 않았다. 어색한 분위기를 깨기 위해 별 관심도 없는 무난한 화젯거리를 애써 생각해 내고 싶지도 않았다. 내가 해야 할 일은 그를 회장 엄마의 장례식장으로 데리고 가는 일이었다. 꼭두새벽부터 과장의 기분을 맞추는 일이 내 롤은 아니었다. 꼭두새벽이 아니라도 마찬가지다. 그리고 경험상, 기분이 나쁜 놈은 어떻게 건드리건, 역효과만 가져오는 일이 많다.

"자네한테는 좀 안된 일이지만……."

막 동작대교 쪽에서 팔팔로 차를 올리는데, 강 과장이 그렇게 운을 띄웠다.

6 : 50

그러고 나서 다시 잠잠해졌다. 뭔가 되묻기를 내게 바랐는지는 모르겠지만, 나는 별로 그러고 싶은 마음이 없었다. 다행히, 차는 그렇게 막히지 않았다. 시간이 일러서 그런지 모르겠지만, 무인카메라가 나오면 속도계를 체크하고, 브레이크를 잠시 눌러줘야 할 만큼 그 정도로 빨리 밟을 수 있었다. 막히지 않는 팔팔이란, 월드컵 한일전이라도 하지 않는다면, 그래서, 사람들이 똥파리떼처럼 TV 앞에 붙어 있지 않다면, 그리 흔히 볼 수 있는 광경은 아니다. 그리 쉽게 볼 수 없는 만큼, 액셀을 밟는 느낌은 각별했다.

두말할 나위도 없이, 그건 나한테는 안된 일이었다. 회장의 엄마가 죽었다는 입소문이 잠시 도는가 하더니, 사내 인트라넷에 공식적인 발표가 있었다. 까만 바탕에 흰 글씨로, 그녀가 죽었다는 것이 굉장히 슬프다라는 내용을 빙 둘러서, 도저히 같은 언어를 사용하는 사람이 쓴 것이라고는 믿어지지 않는 구닥다리 한글로 표현하고 있었다. 어디에나, 전문가는 있는 법이니까. 장례식 조문만을 전문으로 취급하는 프리랜서 같은 것이 있지 말란 법은 없다. 그 뒤로, 그 여자의 사진과 약력 같은 것이 이어졌다. 약력이래 봤자, 역시 소설 같은 것이었다. 훌륭한 어머니, 대단한 아들을 키워낸 어머니라는 빵틀로 찍어낸, 공갈빵 같은 것이었다. 어딘가에는 분명, 아주 빈약한 정보만으로도 그럴싸한 약력을 꾸며낼 수 있는 프리랜서도 있을 것이다. 바야흐로 프리랜서의 시대니까. 잠시, 로 그레이드의, 노가다나 별 다를 바 없는 프리랜서로 활약하다가, 경쟁이 치열해진다 싶으면, 못 먹는 밥에 재 뿌린다는 심정으로 자신의 그리고 동료들의 노하우를 일목요연하게 총정리한 책을 펴내, 손품 팔지 않아도 되는 하이 그레이드로 점프한다. 이것이, 점프의 멋진 공식이다. 어쨌든, 그 점심시간 바로 뒤에, 강 과장을 비롯해 몇 명의 과장, 차장이 부장실로 호출됐고, 약 한 시간 후, 똥 씹은 얼굴을 하고 나와서는, 주저주저 팀원들을 소집했다. 그리고 내 이름이 그의 입에서 튀어 나왔다.

"왜, 하필 저죠?"

"할 수 없게 됐다, 니가 여기서 등발이 젤 좋잖아."

"등발이오?"

"키 크고 몸집 좋은 놈으로 하래. 나한테 개기지 마. 할 말 있으면 이 부장한테 해. 나도 가야 돼."

강 과장은 그때 내게 미안하다고 말하지 않았다. 사실, 그가 내게 미안해할 필요는 없었다. 그가 회장 엄마를 죽인 것도 아니었고, 그가 내 등발을 이렇게 키워놓은 것도 아니니. 어쨌든 그때는 꽤 열받았고, 그 열을 삭히기 위해 사무실을 빠져나와 지하 쇼핑몰을 천천히 산책했다. 냉정하게 생각하면, 회장의 엄마가 죽었다고 하는 것은 회장의 사적인 일이었고, 그것 때문에 그녀의 장례식장에 내가 도우미로 가야 한다는 것, 그 자체가 불합리한 일이었

16

다. 하지만, 불합리란 말은 나처럼 꾸질꾸질하게 사는 사람들을 위해서나 존재하는 말이지, 말 그대로 돈이 튀는 인간들에게 적용될 수 있는 언어는 아니다. 나는 금세 현실을 있는 그대로 받아들였고, 파파이스에서 로스트 치킨 햄버거 하나를 뜯고는 다시 사무실로 올라갔다. 강 과장은 나를 좀 피하는 눈치였고, 동료들은 까라면 까라고 놀렸지만, 별로 악의가 있는 건 아니었다. 악의가 있다면, 월급쟁이 노릇은 할 수 없다. 능력 없는 순둥이들이 모여 있는 곳이 회사다.

"담배 한 대 피우지."

강 과장이 마일드 세븐 한 개비를 꺼내서 입 앞에 들이댔다. 받아 물고, 최근에 들렀던 술집에서 받은 지포라이터로 불을 붙이고 나서, 창문을 내렸다. 아침이라 그런지, 바람은 아직 서늘했다, 조금 끈끈하기는 했지만.

"회장님 주변에 또 무덤에 반쯤 발을 담그고 있는 사람이 있나요?"

"왜?"

"다음에 또 이런 일이 있으면, 외국 출장이라도 가려구요. 외국에 있는 사람을 부를 수는 없지 않겠습니까? 등밭을 개조할 순 없는 거구."

"다음 차례라면…… 글쎄, 회장님 정도겠지."

"그럼, 회장님이 돌아가시면, 청와대 주인장도 오나요?"

"글쎄……. 직접은 못 와도, 비서실에서 누가 오겠지."

"오늘은요?"

"몰라, 가서 박 차장한테 물어봐, 그 사람이 지원 담당이라지."

왠지 내 자신이 대기업이 아니라, 조직에 몸담고 있는 사람처럼 느껴졌다. 회장의 엄마가 죽었다고, 이 꼭두새벽부터 난리라니, 주식도 못하고. 쌍, 이라는 단어가 머릿속 전광판에 새겨졌다.

"미안해."

강 과장은 좀처럼 그런 말을 하지 않는다. 그렇지 않다고, 그렇게 생각하실 필요 없다고 얘기했어야 했다…… 그러나 그러지 않았다. 자꾸 짜증이 났다.

초행길이기는 피차 마찬가지일 텐데, 강 과장은 회장 집에 이르는 길을 비교적 잘 알고 있었다. 멀리서 회장 집이, 정확히 말하면 웬만한 3층 건물 높이는 되어 보이는 회장의 집 담벼락이 보이기 시작했다. 담벼락 앞 넓은 도로 중앙에 나는 차를 세웠다. 한 손에는 무전기를, 다른 손에는 어울리지 않게 음주단속 경찰들이 단속 나올 때나 쓰는 빨간 경광등 몽둥이를 든 검은 정장의 남자가 내 차를 세웠던 것이다. 나는 유리창을 내리고 얼굴을 내밀었다.

"어떻게 오셨습니까?"

그는 모델을 해도 좋을 만큼 훌륭한 몸을 갖고 있었다. 정장을 입어도 쉽게 알아볼 수 있다면, 그건 정말 대단한 거다. 부러워할 만했다. 하루 아침에 저런 몸이 만들어진 건 아니다. 호텔 피트니스 클럽이나, 돈이 안 되면, 동네 헬스 클럽에서라도, 최소한 몇 십 바스켓의 땀을 퍼내지 않고는, 저런 몸이 만들어지지 않는다. 목소리도 괜찮았다. 진짜 모델을 고용했을 수도 있었다.

"이 차를 타고."

잘생긴 남자가 화내는 모습을 지켜보는 것은 재미있다. 하지만 그는 화를 내지 않았다. 감정을 억제하는 훈련이 잘 돼 있는 남자였다. 물론, 그런 사람들이 화를 내면, 더더욱 재미있다. 똑같은 목소리, 똑같은 표정으로 그는 한 번 더 내게 물었다. 나는 그의 지나치게 진지한 표정이 그냥 싫었다. 진지한 얼굴에 걸맞지 않은 날렵한 보조개가 맘에 들지 않았다.

"어떻게 오셨습니까?"

"이 차를 끌고. 팔팔을 넘어서."

그는 대꾸 없이, 무전기에다 뭐라고 말했다. 내 차 번호를 불러주는 것 같았다. 나는 조급해하는 인상을 주지 않기 위해, 보조 거울을 내리고 머리를 쓰다듬는 척했다. 무전기에서 직직대는 소음이 그치자, 남자는 내 차 옆으로 바짝 와서 양손으로 문짝을 잡고, 허리를 잔뜩 숙여, 차문 안으로 얼굴을 들이밀었다. 가까이서 보니, 게이가 아니더라도, 정말 반할 만한 얼굴이었다. 오래 쳐다보면 양볼에 패인 보조개에다 키스라도 하고 싶어질 것 같았다.

"직진하시다가 담이 끝나는 데서 우회전 하셔서, 두 번째 문으로 들어가시면 됩니다."

그러고는, 아주 잠깐 씩 웃었다. 하얀 이빨이 잠시 드러났다가 사라졌다. 그리고 목소리가 바뀌었다. 기분이 나빠지면, 한 손으로는 TV 리모컨 버튼을 누르면서, 다른 손으로는 내 주먹을 믹서 안에 처넣고 갈아버릴 수도 있을 것 같은, 그런 섬뜩한 목소리였다.

"그리고 아저씨, 다시 한 번 나를 보게 되면, 그땐 뒤도 돌아보지 말고 뛰어, 죽을 힘 다해서. 그러는 게 신상에……."

그의 말이 채 끝나기도 전에, 나는 유리창의 오토매틱 클로즈 키를 눌러버렸다. 그의 첫 번째 인상이 내게는 더 맘에 들었고, 그 이미지를 깨버리고 싶지 않았다. 그는 별로 당황하지도 않고 천천히 차에서 물러났고, 나는 거칠게 액셀을 밟았다. 가끔 오렌지나 자몽을 얼음과 함께 넣어 갈아 마실 때 쓰는, 인터넷 홈쇼핑에서 구입한 믹서가 자꾸 떠올랐다.

"유 대리, 성질 죽여."

7 : 30

나의 오른쪽 뇌는 믹서를 생각하고 있었고, 왼쪽 뇌는 자신의 감정을 잘 조절하던, 다음에 만나면 죽을 힘을 다해 내빼라고 내게 경고하던, 그 사내를 돌아오는 길에 다시 만나게 되면 어떻게 할 것인가 하고 생각하고 있었다. 나는 스스로 별로 겁이 없는 남자라고 생각해 왔지만, 이번에는 좀 달랐다. 믹서에 태연히 남의 손을 집어넣고 갈아버릴 수 있는 사람이 있는 한편, 믹서에 얼음을 넣고 갈 때 나는 소리에 겁을 먹는 사람도 있는 것이다. 어느 세계나 프로와 아마추어 사이에는 커다란 레벨 차이가 존재한다. 그걸 뛰어넘을 수 있다고 생각하면 만용이다. 나는 돌아갈 때는 뒷길로 가기로 맘먹었다.

바로 앞의 차는 벤츠 S 클래스였다. 그 바로 앞 차는 벤츠의 뒷 유리 선팅에 가려 확실하지는 않았지만, 역시 같은 벤츠 S 클래스 같았다. 벤츠, 그것도 S 클래스가 연달아 서너 대 서 있는 것을 길 거리에서 볼 수 있는 확률은, 같은 날, 같은 시각에 한꺼번에 매수 한 서너 개의 종목이 그날로 모두 상한가를 치는 확률보다 더 낮 다, 최소한 나에게는. 그렇지만, 그걸 확인하기 위해, 차창을 열고 고개를 빼기는 싫었다. 티뷰론을 타고 있는 가난한 젊은이가 얼굴 을 쭉 잡아 빼서 자신들이 타고 있는 벤츠를 쳐다보는 광경을, 그 들의 입장에서 상상해 보았다. 얼마나 기분 째질 것인가! 아마도 그들이 그런 차를 사는 가장 큰 이유 중의 하나일 거다. 차에 대해 서 암 것도 모르는 무식한 치들도 벤츠나 비엠더블류를 산다, 남들 이 넋을 빼고 쳐다봐 주는 바로 그 재미에. 나는 호들갑을 떨지 않 았다. 한 1미터 정도, 적당히 거리를 두고 반 클러치로만 앞으로 나 갔다. 흔히 하는 얘기처럼, 범퍼만 살짝 긁어도, 이 차 키를 던져주 는 편이 가장 저렴한 해결책일 테니.

입구 정면에도 검은 정장의 남자들이 두세 명 있었는데, 얼굴을 아는 놈도 섞여 있었다. 한 놈은 차 안에 탄 사람들에게 허리가 꺾 어져라 인사를 하고 있었고, 두 놈은 무전기를 들고 떠들고 있었 다. 두 차가 지나가는데도 꽤나 시간이 걸렸다. 벤츠를 타고 있는 놈들에게는 화딱지 나는 일이 아닐 수 없었다, 자기들을, 아니, 벤 츠를 그렇게 기다리게 하다니. 하지만, 벤츠를 마치 핸드폰 바꾸는 것처럼 기분 내키는 대로 바꿀 수 있는 사람의 집에 들어가기 위해서는, 그들로서도 어쩔 수 없는 노릇일 것이다.

"유 대리 아냐? 유 대리도 걸렸어?"

입사 동기였는데, 이름은 잘 기억나지 않았다. 이름을 잘 기억하지 못하는 건 내 아주 오래된 단점이기도 했다. 놈은 방금 전 대로에서 만난 그 떡대보다는 못했지만, 잘생겼고, 키도 컸다, 어느 쪽인가 하면, 믹서에 남의 손을 집어넣을 수 있는 쪽이라기보다는, 다른 놈에 의해 믹서에 손이 갈리기 십상인 그런 쪽에 가까웠다. 놈은 삼베로 만든 작은 리본을 검은 양복 가슴패기에 달고 있었는데, 꽤나 잘 어울렸다.

"저기, 나중에 보직 받을 때, 눈 딱 감고 식당일 한다 그래. 지저분한 일이기는 해도, 땡볕에 나가 뻥이치는 것보단 훨씬 나아."

그것도 호의라면 호의일 수는 있었다. 하지만, 식당일이나 하기 위해 부모한테 우는 소리 해가며 비싼 돈 긁어내서 학원 다녀가며 토익 점수 올려서 대기업에 들어온 건 아니었다.

"티뷰론 투, 레지스터 OK, 개문(開門)."

어디서나, 이렇게 한글은 푸대접 받는다. 징 하는 소리와 함께 두께가 20센티도 넘어 보이는 거대한 금속 셔터가 올라가기 시작했다. 셔터 밑으로 바야흐로 천국이 열리고 있었다. 하기는 같은 이름의 식당이라 해도, 수많은 그레이드가 있다. 천국의 식당과 지옥의 식당 사이에는, 여지껏 지옥에 처박혀 있는 불쌍한 인간들을 겹으로 차곡차곡 쌓는다 해도 다 못 채울 그런 갭이 존재하는 법이다. 그리 나쁠 건 없었다, 이런 곳의 식당이라면. 옥외라면 또 어떤가, 옥외에도 에어컨이 설치되어 있는지도 모를 일이 아닌가.

7 : 45

이름이 잘 기억나지 않는 입사 동기한테서 들은 대로, 백과사전 두 권을 겹쳐놓은 것보다 더 두꺼워 보이는 금속 셔터를 지나자마자 나오는 갈림길에서 왼쪽으로 들어섰다. 길 양편으로 잘은 모르지만 하여간 굉장히 비싸 보이는 나무들이 심어져 있었다. 사람을 써서 잎사귀 하나하나를 매일 닦기라도 하는지, 깨끗하게, 마치 유리처럼 반짝대고 있었다. 아르바이트 자리가 난다면 당장이라도 회사를 때려치우고, 사다리 위에서 나뭇잎들과 하루 종일 대화를 나누고 싶은, 그런 기분이 들게 만드는 나무들이었다. 좀 둔한 강 과장도 감동한 듯한 표정이었다.

"나쁘지 않죠? 부자라는 건."

"영혼이라도 팔고 싶은데."

"마치 천국 같군요."

"잊지 않도록 잘 기억해 둬, 자네가 말하는 천국에는 우리에게 돌아올 자리가 없을 거야."

나쁘지 않은 표현이군, 하고 나는 생각했다. 사무실 안에서라면 이런 수준의 대화란 불가능했다. 환경은 모든 것을 바꾼다.

별로 키가 크지 않은 양편의 나뭇가지들이 서로 얽힌 채 하늘을 덮고 있어서, 마치 물이 얕게 고여 있는 호수처럼, 길바닥에는 나무 잎사귀들의 그림자가 만드는 해 얼룩이 잔잔하게 흔들리고 있었다. 가로수로 만든 터널을 지나가는 기분이었다. 사실, 티뷰론 같은 차가 밟고 지나가기에는 아까운 길이었다. 회장 엄마가 죽지 않았더라면, 길이 그런 모욕을 받지 않아도 좋았을 것이었다. 나는 길이 좀 불쌍해졌다. 가로수 길이 끝나자, 왼편으로는 담장이 보였고, 오른쪽으로는 시멘트 바닥의 넓은 공지가 보였는데, 드문드문 몇 대의 차가 주차해 있었다. 급하게 달리느라 차종을 확인할 수는 없었다.

제1주차장이라고 쓰인 주차장에 차를 박고, 우리는 입사 동기가 알려준 백색 단층 건물로 황급히 걸어갔다. 그 건물은 공지 위에 덩그러니 혼자 세워져 있었는데, 창을 빼고는 모든 것이 새하얗게 보였다. 주차장 관리 건물이라기에는 터무니없이 커 보였지만, 여기는 천국이었다, 바깥세상에서 용도와 넓이에 대해 내가 가지고 있던 관념들은 개에게나 던져주는 편이 나을지도 몰랐다. 여기에 거주하고 있는 개에게는 그런 얘기마저 불경한 것일 수도 있지만.

아무래도 건물 바깥에 에어컨을 설치했을지 모른다고 생각했던 건 역시 말도 안 되는 상상이었다. 하기는, 실외에는 에어컨을 설치하면 안 된다는 법이 있는지도 몰랐다. 어쨌든, 아직 이른 아침이었지만 바깥은 매우 더웠다. 덥다라는 표현도, 한두 시간 안에, 찐다라는 말로 자연스레 바뀌어질 것이었다. 이런 날씨에 밖에서 일한다는 건 생각하기도 싫었다. 식당일이 아니라 변기 청소라 해도, 빵빵한 에어컨이 설치된 서늘한 실내에서 노가다를 하는 편이, 땡볕에 퍼지르고 앉아 있는 것보다는 나아 보였다. 강 과장은 늦었는 걸, 이라고 자주 중얼대며 뚱뚱한 다리를 바삐 놀려대고 있었다. 나는 몇 주 전에 PC방에서 해보았던, 이상한 나라의 앨리스라는 3D 그래픽 기반 일인칭 액션 어드벤처 게임의 데모 버전에 나오는 황금색 체인이 달린 시계를 들고 다니던 토끼를 떠올렸다. 그래픽은 원작의 환상적인 분위기를 충실히 구현하고 있었지만——원작이라고는 하지만, 사실, 나는 그 원작이라는 것을, 책일 것이 틀림없는 그것을 본 적이 없다. 어쩌면, 내게 있어 원작이란, 책이 아니라, 게임인 것인지도 모른다——, 마우스 센시티비티가 너무 높아 컨트롤이 지나치게 까다로운 게임이었다. 중간에 몇 번 급류에 휩쓸려 처음 시작했던 곳으로 나동그라진 뒤에, 데모였지만, 채 끝을 보지 못하고 집어치워 버렸었다. 강 과장이 토끼라면, 나는 앨리스인 셈이었다. 주식 단말기를 뒷주머니에 꽂고, 식당일을 하기 위해, 에어컨을 찾아서, 뚱뚱한 토끼를 길잡이 삼아 뛰어가는 앨리스. 꼴이 우스웠지만, 할 수 없었다. 내가 보고하는 보스의 보스의 보스의 보스의 보스의 보스의 보스의 엄마가 죽었다는 일은 내게 있어서도 꽤나 큰일이었다, 주식을 잠시 중지해야 할 만큼, 한경을 읽지 못할 만큼.

"어떤 놈들이 이렇게 늦은 거야?"

하얀 건물의 내부는 천장이 꽤 낮은 길쭉한 직사각형이었다. 직사각형의 방과 닮은꼴로 생긴 하얀 테이블이 방 한가운데에 놓여 있었고, 빙 둘러, 모두 똑같이 검은 정장을 입은 남자들이 앉아 있었다. 빈자리는 별로 보이지 않았다.

"장난치는 거야, 뭐야. 며칠째 밤새 가면서 고생하는 사람도 있는데, 시간 하나 제대로 못 맞추는 놈이 누구야?"

방 안은 조용했다, 그 얇게 찢어지는 목소리를 제외하고는. 그 듣기 싫은 목소리가 난 곳은 테이블의 맨 왼쪽과 삐뚜름하게 놓여진 화이트보드 사이였는데, 거기에는 역시 검은 정장 차림의 키 작은 남자가 서 있었다. 언뜻 생각에는, 그 남자가 만들어낸 목소리라고는 여겨지지 않았는데, 주변 상황으로 볼 때, 그 남자밖에는 그럴 만한 사람이 없어 보였다. 160센티도 안 돼 보이는 키에, 한 손에는 얇은 나무 막대기가 들려 있었다. 전체적으로 둥글둥글한 얼굴에 볼과 코 끝이 빨갰다. 이런 자리에서 그런 차림이 아니라면, 술주정뱅이라고 오인되기 십상인 그런 얼굴이었다. 얇게 찢어지는 목소리도 귀에 매우 거슬렸다. 놈이란 말도 그랬다. 내가 월급을 받는 곳은 대기업이다. 처음 보는 놈한테 대놓고 놈이란 얘기를 듣기 위해 토익 900점을 졸라 뺑이 쳐가며 받았던 건 아니었다.

"전데요."

강 과장이 얼굴을 찡그리며 나를 돌아다보았다. 나서지 말라는 표시다.

"전데요라고 말한 새끼, 너 누구야?"

이번에는 새끼였다. 교육이 덜 된 놈이었다. 아까 밖에 서 있던 떡대와는 차원이 다른 놈이었다. 자신의 감정을 조절할 줄 모르는 놈이었다. 움쭉달싹 못하도록 뒷덜미를 질끈 잡은 채, 담벼락 앞에서 빨간 경광등 막대기를 들고 있던 놈에게 끌고 가서, 흠씬 두들

겨 패달라고 부탁하고 싶었다. 필요하다면, 묻어놓은 주식을 팔아서라도, 놈에게 돈을 주고, 주먹 대신에 한쪽 귀라도 믹서에 갈아달라고 부탁하고 싶었다. 어떻게 대답하는 게 가장 그를 짜증나게할 수 있을까 생각하고 있는데, 이번에는 강 과장이 나섰다. 그도들이받는 건 곧잘 한다, 나만큼은 아니더라도.

"나 전략 영업팀 강 과장이오."

그러고는 끝이었다. 나에게 새끼라고 했던 키 작은 남자는 여전히 인상은 험악했지만, 씩씩거리면서도 뒷말을 잇지 못했다. 귀가있는 놈이라면, 강 과장이 요즘 한창 잘 나가는 박 상무 라인의 떠오르는 별이라는 걸 익히 알 테고, 그걸 알고서도 대들 수 있는 놈이 있다면, 다음주에 회사를 사직하려고 준비하고 있는 놈이거나, 아니면, 최소한 이사급은 되어야 한다.

"자, 자, 늦었을 텐데, 빨리 시작합시다."

강 과장은 나를 잡아끌고 빈자리로 향했다. 나는 같잖다는 듯이남자를 한 번 쏘아보고는 강 과장이 잡아끄는 대로 움직였다. 그제서야 다시 테이블에 앉아 있는 사람들을 관찰할 수 있었는데, 스무명 넘게 검은 정장들이 하얀 테이블에 빙 둘러앉아 있는 꼴이, 정말 내가 어느 신흥 조직의 정규 회합에 처음으로 참석하게 된 신뼁이라도 된 듯한 느낌이었다. 애들의 군기가 팍 빠져 있다는 점만제외하면. 나와 강 과장은 직사각형 테이블의 짧은 변, 그러니까화이트보드 앞에 서 있는 듣기 싫은 목소리의 남자와 마주보는 위치에 나란히 앉았다. 우리가 채 자리에 앉기도 전, 남자는 화이트

보드에 뭔가를 정신없이 써 가며 혹은 자신이 쓴 글자들을 얇은 막대기로 때려가며, 행사의 중요성과, 행사 진행 요원들이 갖춰야 할 몸가짐 등을 보기에 애처로울 정도로 열심히 설명하기 시작했다. 그 와중에도 소곤소곤한 목소리로 핸드폰 전화를 받는 검정 양복도 있었고, 벌써 졸기 시작하는 검정 양복도 있었고, 대놓고 딴청을 부리는 검정 양복도 있었다. 화이트보드로부터 너무 멀어서, 나는 그가 쓴 글자들을 똑똑히 알아볼 수 없었는데, 그래도 그가 흥분해서 떠드는 꼴이 꽤 재미있기는 했다, 한 5분 정도는. 그 뒤로는 지겨워졌고, 점점 짜증이 나기 시작했다.

"쟤, 누구예요?"

"임 차장인가, 총괄 인사팀이지 아마."

"그럼 과장님보다 직급이 높네."

"조심해 인마. 앞뒤 좀 재면서 까불대라."

"과장님이 막아주면 되잖아요."

"미친놈."

한 번 꼬이면, 계속 꼬이게 마련이다. 주차 요원이라니. 주차장도 두 군데였는데, 한 곳은 햇볕을 덜 맞아야 하는 좀 더 고귀한 사람들을 위한 지하주차장, 다른 한 곳은 햇볕을 좀 더 맞아도 되는 좀 덜 고귀한 사람들을 위한 옥외주차장. 더럽게 꼬여서, 결국 나는 옥외주차장 담당이었다. 물론, 차를 타고 들어온 사람이 고귀한 사람인지 덜 고귀한 사람인지는, 내가, 주차 요원이 결정하는 것은 아니었다. 그냥 무전기에서 떠드는 대로 따르기만 하면 되는 것이었다. 물론 덜 고귀한 그룹도, 다시 개중에 그나마 좀 더 고귀한 부류와, 다시 좀 덜 고귀한 분류로 나뉘는데, 역시 무전기에서 지정해 주는 대로,——조문객은 전체적으로 네 그룹으로 나뉘었다. AA는 햇볕이 전혀 필요하지 않은 고귀한 놈들 중에서도 가장 고귀한 부류, 그 다음 AB, 그리고 BA, 마지막으로 제일 고귀하지 않은 애들, 좀 더 걸어도 되는 BB——그나마 좀 더 고귀한 애들은 빈소까지 조금 덜 걸어도 되는 곳에, 덜 고귀한 애들은, 옥외주차장에서도 맨끄트머리로 유도하면 되는 것이었다. 물론, 그것도 차가 몰리기 시작하는 10시 이후에는 A와 B 이외에는 별 의미가 없을 거라고 했다. 나는 내가 옥외주차장 관리 요원으로 지정되었다는 것이 불만스러웠지만, 사실 누구를 어디에 배치하느냐 하는 문제는 전적으로 임 차장의 손에 달려 있는 것 같았고, 그걸로 왈가왈부할 여지는 없어 보였다. 지글지글 끓어대는 뙤약볕 아래서, 덜 고귀한 사람들이 덜 비싼 차를 파킹하는 걸 도와준다는 건 어떻게 생각해봐도 영양가가 없는 일이었다.

예전에 한 번 비슷한 일을 한 적이 있었다. 여름 방학 동안 아르바이트를 하던 친구 한 놈이 갑자기 여자친구하고, 그리고 몇 명 더하고——둘이 떠나기가 민망스러울 때, 쫌팽이들이 주로 밟는 전형적인 코스였다, 최소한 내가 학교 다닐 때는——동해안으로 떠나게 되어, 대타로 삼 일 동안 그가 보고 있던 빌딩의 주차 요원을 한 적이 있다. 물론, 보수는 두둑했다, 정규 페이 곱하기 1.2. 아주 큰

돈은 아니었지만, 저녁에만 일하면 되었고, 변두리기는 해도 빌딩 지하에 그럭저럭 물 괜찮은 나이트가 있어서, 재미도 쏠쏠했다. 아파트 경비실같이 생긴, 작은 부스에 처박혀서, 만화책이나 보다가, 차가 들어오면 적당히 어디에다 차를 대라고 말만 하거나, 운전을 잘 못하는 애가 들어오면, 혹은 이쁜 기집애가 차 끌고 들어오면, 직접 파킹만 해주면 되었다. 그리고 필요하면, 대리운전 기사들의 명함 중 하나를 꼴리는 대로 골라서 취한 년이나 놈의 손에 쥐어 주면 되었다. 다행히 내가 맡은 삼 일 동안은 별 말썽도 없었다. 덤으로, 어떻게 하다 보니 귀엽게 생긴 기집애 하나 건져서, 남은 방학 동안은 심심치 않게 보냈던 것도 같다. 물론, 여기서는 안 될 일이었다. 천국에도 나이트가 있을지는 미지수였고, 상복 차림으로 작업에 들어간다는 건 꼴사나운 일일 게 틀림없었다. 만약에 그럴 정신이 있다면, 어디 짱박혀서 주식 단말기 두드릴 데 없나 뒤져 보는 게 훨 나을 성 싶었다.

자신이 맡아야 할 구역을 지정받은 검은 양복들은, 마치 청소 구역을 지정받은 중학교 애들처럼, 시끄럽게 떠들고 있었다. 똑같은 놈이 되기 싫어서라도, 입을 꾹 다물고 있는 수밖에 없었다.

"덥겠다. 좀."

"내일 저 휴갑니다."

"맘대로 해라. 휴대폰이나 켜놔."

강 과장은 문의 전화 담당이었다. 조문이나, 화환, 조의금 등을 적당히 거절하거나, 부득불 찾아오고 싶은 사람이 있다면, 차량이

나 인적 정보를 컴퓨터에 기록한 후, 약도를 보내주는 것이 그의 역할이었다. 어쨌든, 따사로운 햇살을 직접 받을 필요는 없는 일이었다. 그렇게, 도우미도 고귀한 사람과 고귀하지 않은 사람으로 나뉘었다.

나를 포함해서 옥외주차 요원으로 뽑힌 사람은 모두 네 명이었는데, 모두 잔뜩 불만인 표정이었다. 나머지 세 명은 저희끼리 잘 알고 있는 눈치였다. 모여서 뭐라고 궁시렁대고 있었다. 임 차장이 다가오자, 조용해졌다.

"니네 셋, 옥외주차장이지, 나 따라와."

8 : 23

"너 강 과장 밑이냐?"

대답하기 싫어서 못 들은 척했다. 벌써 와이셔츠 안쪽이 축축했다. 입을 열기도 귀찮았다. 나를 포함함 네 명의 옥외주차 요원들은, 한 2미터 정도 앞에서 거의 구르다시피 걷고 있는 임 차장을 따라가고 있었다. 놈은 멈추지도 않고 그렇게 물었다. 내게 한 질문이라는 건 뻔했지만, 얼굴도 보지 않고 묻는다는 건 예의에 어긋나는 일 같았다, 반말이란 것도 그랬고. 예의에 어긋나는 놈들한테는 최대한 대답을 지연하는 것이, 예의를 차릴 때까지 기다리는 것이, 나의 오랜 습관이었다.

"야, 너 강 과장 밑이냐구 물었잖아, 내가."

이번에는 멈춰 서서 나를 정확히 돌아다보며 말했다. 나는 대답 대신, 손가락으로 나를 가리켜 보였다.

"그래, 너."

"지금까지는. 그리고 앞으로도 당분간은."

끝까지 예의를 차리지 않는다면, 그런데도 대답해야 한다면, 나도 말을 짧게 끝내 버리는 수밖에 없다. 더러워서 피한다느니 뭐니해도, 처음에 야코를 죽여 놓지 않으면, 그런 놈들은 계속해서 자신이 뭘 잘못하고 있는지 깨닫지 못하게 된다. 내가 꼭 그런 것을 깨우쳐 줄 필요는 없을지 모르지만, 최소한 내게 다시 그런 식으로 하지 않게 위해서라도 처음에 똑바로 길을 들여놓는 것이 필요하다, 그것이 나의 원칙이었다.

"너 나한테 불만 있냐?"

어느새 우리 다섯은 길 중간에 멈춰 서 있었다. 다섯 명의 서 있는 사람과, 다섯 개의 삐뚜름하게 누운 그림자 외에 주위에는 아무도 보이지 않았다. 놈은 나를 정면으로 쳐다보고 있었고, 나는 놈의 머리 위, 파란 하늘을 바라보고 있었다. 저 멀리, 산등성이 너머 양떼구름 한 무더기가 천천히, 움직이는 것이 지겹다는 듯 느릿느릿 움직이고 있었다. 나는 대답 대신 천천히 고개를 가로저어 보였다.

"너, 회사 오래 다니기 싫냐?"

다시 고개를 가로저었다.

"너, 옥외주차장으로 배정받은 데 대해 불만 있냐?"

또다시 고개를 가로저었다. 나도 지겨워졌다. 소리를 들으면 고개를 젖는 자동인형이라도 된 듯한 느낌이었다. 구름도 지겹고, 인형도 지겹고, 나도 지겨웠다. 놈이 말을 하지 못하도록 입속에 양말 뭉치라도 쑤셔넣어 주고 싶었다.

"너 벙어리야? 어디서 건방지게 말대답 없이 고개만 도리도리 까불구 있어. 너 유 대리랬지? 내가 한 번 독한 맘 먹고 조사해 볼까?"

내가 왜 그런 말을 들어야 하는지 도저히 알 수가 없었다. 너무 더워서 머리가 약간 잘못된 건지도 몰랐다.

"맘대로 하십시오."

"맘대로 하라구? 너, 니 입으로 뱉은 그 말, 꼭 후회하게 해주마. 총괄 인사팀한테 잘못 걸리면 어떻게 되는지 시범 케이스로, 확실히 조져주마. 뭘 믿고 그렇게 까부는지 모르겠지만, 걸리면 치사하게 바짓가랑이 붙들고 살려달라고 비는 게 꼭 너 같은 놈들이야. 평소 땐 목에 힘 팍 주고, 줄 잘 선 티 내지 못해서 안달이다가도, 막상 상황이 홱 뒤집어지면, 갈 데 없는 낙동강 오리알 신세 같은 놈들이 바로 너야. 니가 잡고 있는 줄이 그렇게 질기고, 오래 갈 거 같애?"

말이 많아지면, 비참해진다, 말을 하는 사람도, 듣는 사람도. 기분이 매우 나빠졌다. 데이트레이딩을 못하는 것만으로도, 뙤약볕 아래에 서 있어야 하는 것만으로도 나의 짜증지수에는 이미 빨간 불이 들어왔는데도 말이다.

"저는……."

말보다, 어쩌면 주먹으로 해결하는 것이 빠를 놈일 듯도 싶었지만, 너무 더웠다, 몸을 움직이기에는.

"……제가 왜 그런 말을 들어야 하는지 모르겠는데요. 전 당신이 누군지도 잘 모르고, 그런 말을 할 자격이 있는지도 모르겠습니다. 어쨌든 저는 당신에게 별로 불만이 없습니다. 설사 당신이 지독히 예의가 없는 사람이라 하더라도, 그것에 대해 제가 특별히 불만을 가질 필요는 없는 일이니까요, 저만 귀찮아질 따름이지요. 그리고, 회사를 오래 다니고 싶은지 아닌지는 제 보스나 제 보스의 보스에게 얘기할 차원의 문제지 당신에게 지금 당장 여기서 얘기할 문제는 아닌 것 같습니다. 또 주차 요원으로 지정받은 것에 대해 불만이 있다 해도, 당신에게 얘기할 거리는 아닐 것 같습니다. 당신도 그저, 위에서 시키는 대로 사람들을 배치시킬 임무를 받고 여기에 왔을 것이고, 내가 아니라 해도 누군가는, 여기에 배치되었을 테니까요. 그저 당신에게 소박한 바람이 있다면, 애들 데리고 쓸데없이 공갈이나 치지 말고, 빨리 내가 맡아야 할 구역이 어딘지 짧게 설명이나 해주고, 보이지 않는 곳으로 얼른 사라져 주었으면 하는 겁니다. 자꾸 눈에 띄다 보면 진짜 불만이 생길지도 모르고, 그러면 피차 피곤해질지도 모르니까요."

마치, 유치원 다니는 코흘리개 앞에서 주식 차트 보는 법을 설명하는 듯한 느낌이었다. 이렇게 말한다 해도, 놈은 자신이 구체적으로 뭘 잘못했는지 결코 알 수 없을 것이었다. 하지만, 자신이 정확히 뭘 잘못했는지는 이해하지 못하더라도, 나한테 시비를 걸려는 일이 얼마나 무모한 짓인지만 깨달을 수 있다면, 그걸로 족했다. 살과

살이 닿기에는 너무 더웠다, 말로 해결될 수 있다면 서로 편했다.

"가자."

놈은 돌아서며 짧게 말했다. 우리는, 다섯 명의 사람과 다섯 개의 그림자는 다시 걷기 시작했다. 나머지 세 명은 나와 놈의 대화에 별 관심이 없어 보였다, 좋은 징조였다.

"유 대리, 내일 출근하나?"

"아직 모르겠는데요."

"조만간 재미있는 소식이 기다리고 있을 거야. 내 장담하네, 장담해."

놈은 약간 헐떡대고 있었다. 어쨌든, 예의를 차리기 시작한다는 건 좋은 징조였다, 조금 늦기는 했지만.

"기다리겠습니다."

저쪽에서 예의를 지켜준다면, 나도 예의를 지킨다.

"웃기는 놈들이 많아, 너무 많아."

임 차장의 혼잣말이었다. 놈은 예의가 없을뿐더러, 사람을 보는 눈도 없었다. 유머 감각은, 많은 사람들이 지적하는 내 아킬레스건이었다. 나는 그가 말하는 재미있는 소식이란 게 뭘까 궁금해졌다. 하지만, 조금 더 걷다가 잊어먹고 말았다. 하찮은 데 신경을 쓰기에는, 너무 더웠다. 너무 더워질 것 같았다.

한 시간 동안 단 두 대만이 내가 지키고 있는 구역으로 들어왔을 뿐이었다. 그랜저 XG 2.0 한 대하고, 체어맨 한 대. 아직 이른 시간이었다. 둘 다 검은색이었다. 나는 그들에게 빈소로 가는 길을 알려주었다. 나이 든 남자 셋과, 늙은 여자 하나, 젊은 여자 하나, 그렇게 모두 다섯이었는데, 그들은 최대한 엄숙한 표정을 짓고 있었다. 검은 옷과 아주 잘 어울렸다. 차에 올라타기 전에 모여서 연습이라도 한 것 같았다. 사람들이 걸어가는 뒷모습을 지켜보며, 나는 그들이 부러워졌다. 따라가서, 입에다 엿이라도 잔뜩 처넣은 것 같은 표정을 지으며 빈소 앞에서 고도리 방향인지 포커 방향인지는 모르겠지만 대충 향이나 두어 번 돌리고 다시 주차장으로 돌아와 티뷰론에 시동을 걸고 에어컨을 틀고 집으로 혹은 가까운 PC방으로 곧장 처박혀 PC를 켜고 바탕화면에 떠 있는 윈도우 익스플로러의 단축 아이콘을 눌러주고 싶었다. 내 바람은 매우 소박했다. 그랜저를 달라는 것도 아니고, 체어맨을 내놓으라는 것도 아니었다. 그게 안 된다면, 구름이라도 쫙 몰려와 하늘을 덮어주었으면 했다.

9 : 15

어느새 9시가 훌떡 넘어갔다. 장이 시작되었을 것이었다. 수많은 돈이, 매수 아니면 매도라는 짧은 명령 뒤편에서 바삐 움직이고 있을 것이었다. 나는 관심대상 종목으로 선정해 놓은 6개의 종목이 어떻게 되어가고 있는지 너무 궁금했다. 그중 하나는 관리대상 종목이었는데, 오늘 내일 안에 주거래은행에서 최근 경영진에서 제출한 투자 계획에 대해 긍정적인 답변을 할 것이라는 루머가 떠돌고 있어, 특히 관심이 쏠리는 종목이었다. 만약 루머가 말 그대로 루머로 그치고 만다면, 하한가까지 뒤도 돌아보지 않고 빠질 것은 불보듯 뻔했다. 그렇다 해도, 손쓸 방법은 없었다. 손이 묶여 있으니, 더럽게 무거운 무전기에.

무전기는 매우 무거웠다. 가끔 지시 사항이 나오면 듣기만 할 뿐, 내가 거기다 대고 뭔가 말을 해야 할 경우는 거의 없었다. 내가 가지고 있는 증권정보 단말기인 에어포스트는 1세대 PDA 스타일로, 아이콘이나 명령어들을 하얀색 가느다란 전용펜으로 LCD 터치스크린에 찍어서 입력하는 방식의 제품이라서, 무전기를 어디 던져버리지 않는다면 그나마 짬을 내서 장세만 체크하는 것도 쉽지 않아 보였다. 두 손이 자유롭지 못한 장애인의 심정이 이해가 갔다. 그들이 입으로 막대기 같은 걸 물고, 혹은 발에다 막대기를 묶은 채로, 컴퓨터 자판을 어렵사리 찍어대며 시 나부랑이 같은 걸 애써 쓰는 이유를 알 수 있을 것 같았다.

옥외주차장을 포함하는 공지는 대강 500미터 곱하기 500미터 정도의 꽤 큰 정사각형이었는데, 서쪽은 여기, 옥외주차장이, 동쪽은 테니스코트와 몇 가지 옥외 운동 시설이 갖추어진 듯했다. 옥외주차장의 남쪽으로는 방금 나의 애마가 밟고 들어왔던 진입로와 담장이 보였고, 옥외주차장의 북쪽 끝으로는 20~30미터는 훌쩍 넘어 보이는 담쟁이로 곱게 뒤덮인 축대가 있었고, 아래에는 잔디밭이 깔려 있었다. 담쟁이로 뒤덮인 축대 표면 위로, 폭이 넓어 보이지 않는 돌계단이, 마치 산등성이를 감고 오르는 소로처럼, 지그재그로 나 있었다. 난간이 없어서 좀 위험해 보이기는 했는데, 그래서 더욱 그런지 어떤 목적을 위해 인공적으로 낸 길이라는 느낌이 전혀 들지 않았다. 계단은 축대의 중간쯤에서 담쟁이 덩굴에 가려 잘 보이지 않게 되었는데, 시공자가 예술적인 관점에서 봤을 때 가장 아름다운 높이에서 공사를 그만둔 것일 수도 있었고, 그저 담쟁이 덩굴에 가려진 것일지도 몰랐고, 아니면, 계단이 끝나는 부분에서 축대 안으로 들어가는, 이를테면 핵폭탄이 터져도 끄떡없는 대피소로 통하는 비밀 입구가 나 있는지도 몰랐다. 모든 것이 가능했다. 보통은 아무리 많은 경우의 수가 있다 해도, 그 모든 것이 똑같은 확률을 부여받는 것은 아니다. 하지만 여기에서라면 다르다. 뭐라도 가능할 수 있을 것 같았다, 여기서라면.

서울 시내에 이만한 땅을 이렇게 놀리고 있을 수 있다는 것만으로도 대단했다. 고시원을 5층 건물로 쫙 깔고, 지천에 깔린 온갖 잡다한 고시생들 월세만 빼먹어도 한 달에 기천만 원은 너끈히 뺄 수 있을 것 같았다. 하기는, 돈 될 아이템을 써먹지 않고 놀리는 것도 부자들에게 주어진 커다란 특권의 하나이다. 고시원 같은 재테크는 나같이 스케일이 작은 사람들의 머릿속에서나 떠오를 법한 구질구질한 아이디어인 것이다. 한 구질구질한 사내의 머리 위로 아즈텍 고원에서나 볼 수 있을 것 같은 넓고 파랗고 구름도 없는 하늘이 느릿느릿 흘러가고 있었다. 이마에 맺힌 땀을 훔친 후, 하늘을 올려다보던 고개를 사내는 다시 떨구었다. 아즈텍 고원이 아니라, 남극 대륙 넓이만 한 구름 없는 파란 하늘이 있다 해도, 내게 그건, 돈이 되지 않는다. 나는 여전히 구질구질했고, 내게는 시를 위한 모티브가 될 수도 있는 넓고 파란 하늘보다는, 단말기의 화면이, 코스닥 지수가, 선택 종목의 개별 지수가, 선택 종목의 거래량, 그리고 외국인 매수매도량에 대한 정보가 더 절실했다. 발에다 막대기를 묶고 싶어질 만큼.

비둘기색 비엠더블류 M5 로드스터가 한 대 들어왔다. 세금까지 거의 2억은 되는 모델이었다. 이런 차가 BA라면, 햇볕을 좀 더 쬐도 되는 덜 고귀한 차라면, A클래스 지하주차장에는 어떤 차들이 박혀 있는지 궁금했다. 여하튼, 장례식장에 끌고 올 종류의 차는 아니었다. 5000cc 2인승 컨버터블에게 필요한 것은, 2마일마다 한 대 정도 차가 보일까 말까 하는 아우토반 같은 한적한 8차선 하이웨이지, 무전기를 들고 있는 술집 기도 같은 놈들이 떡 버티고 서 있는 장례식장은 아니었다. 그 비둘기는 내 앞에서 커다랗고 부드러운 커브를 그리며 발치에 멈추어 섰다. 아름다운 커브였다, 수학으로는 만들어낼 수 없는. 사륜 브레이크가 아니면 만들어낼 수 없는, 부드러운 소리를 덧붙이며. 멋진 소음이었다, 오선지에 옮겨 적을 수 없는. 네 개의 바퀴 밑에서 희미한 연기가 피어 올랐다. 차창이 스르르 내려갔다.

"여기 금연이에요?"

작은 얼굴이었다. 그 작은 얼굴은 햇볕이 따가운지 눈살을 잔뜩 찌푸리고 있었다. 화장 때문에, 실제 나이를 추측하기는 쉽지 않았지만, 좋게 봐줘도 서른은 넘어 보였다. 나는 당신이 B클래스로 지정되었다는 사실을 알고 있냐고 묻고 싶어졌다.

"로드스터 안에서라면, 누구도 트집 잡지 않을 겁니다."

작은 얼굴의 여자가 웃었다. 2억짜리 차 안에서 짓는 웃음 치고는 싸구려 느낌이 났다. 전직 모델이었거나, 아니면 뜰 기회를 잡지 못한 채, 분장실에서 시간만 하릴없이 씹다 보낸 퇴역 탤런트 출신처럼 보였다.

"잘생겼네."

"여자들은 그렇게 얘기하고, 남자들은 재수없게 생겼다고 얘기하죠, 보통은."

"이런 데서 썩기는 아깝다."

"하루 정도라면, 뭐."

여자는 핸드백을 뒤적이고 있었다. 부드러운 질감이 나는 회색으로 처리된 오리지널 루이비통 숄더백이었다. 삼 일째 묻어 두고 있는 관리종목이 상한가를 맞아야, 그 차액으로나마 간신히 만져 볼 수 있는 놈이었다.

"라이터가 없네."

여자가 말을 하는 동안, 자줏빛 입술에 물린 입생로랑이 건들거리고 있었다. 듣기 좋은 목소리였다. 뱃살 속에 숨어 있는 지방을 짜내고, 이두박근 안에 들어 있는 심줄을 뽑아 심지를 꼬아 라이터를 만들어주고 싶을 만큼. 짧은 순간 이 여자와의 섹스를 상상해보려고 했지만, 잘 되지 않았다. 주인 마님과 마담쇠, 그보다 더 심하면 더 심했지, 더 나을 수는 없었다. 그런 상황을 설정하기에는 내 자존심이 터무니없이 강했다.

"라이터 있어요?"

이 몸 속에, 원하신다면 지금이라도 당장이라도, 라고 얘기하려다 그만두었다.

"차 키를 다시 꽂으시고, 브레이크를 밟은 채로 다시 시동을 켜신 다음, 연기 나는 담배 그림이 그려져 있는 원형 단추를 딱 하고 걸릴 때까지 부드럽게 눌러주시고 한 10초 정도 기다리시면, 다시 그 단추가 누르기 전 위치로 찰칵 하는 소리를 내면서 튀어 나올 겁니다. 빼서 거기에 불을 붙이시면 되지요. 뭣하면 제가 대신해드릴 수도 있구요."

안성맞춤인 대답이었다, 내 상처 입은 자존심을 달래기에는.

"그쪽은 자동차 세일즈맨이 더 어울리겠는데요."

자동차 세일즈맨이라 하더라도, 티코 전단지나 뿌리고 다녀야 하는 놈이 있는가 하면, 로드스터를 팔고 다니는 놈들도 있다. 나는 이 여자에게 내게는 어느 쪽이 더 어울릴지 상담하고 싶어졌다.

"알아요, 나도 아는데, 그쪽에 지금 불이 있으면 좀 빌려달라는 거예요. 그 정도 말귀는 알아들어야 하는 것 아니에요?"

농담을 이해하지 못하는 아름다운 여자, 상복으로 검은색 민소매 원피스를 고르는 여자, 섹스를 상상할 수 없는 비둘기색 로드스터 안에 앉아 있는 여자. 이런 여자와 시간을 죽이는 건, 위험한 짓이었다.

"가지세요. 그건 작동 방법이 훨씬 쉬우니까, 제 설명 따윈 필요 없을 겁니다."

나는 닥스 와이셔츠 윗주머니에 들어 있는 술집에서 받은 지포라이터를 꺼내 여자의 손에 공손히 올려놓았다. 호스트는 아니니까, 불을 붙여주고 싶은 마음은 전혀 없었다. 여자와 나의 손이 잠시 닿았는데, 플러그에 젓가락을 쑤셔넣은 것처럼 찌릿찌릿했다. 2억짜리 차를 몰고 다니는 여자와 하룻밤을 보내려면 얼마를 주어야 할까 하고 생각했다. 쉬운 계산은 아니었다. 누군가 나에게 하룻밤을 요구한다면, 그게 남자가 되었건 여자가 되었건, 얼마를 받아야 할까 하고 생각해 보았다. 2200만 원, 그러니까 풀 옵션 티뷰론 터블런스 값보다 더 받을 수 있을까? 나는 토익 점수가 화대를 계산하는 데 플러스 요인이 될 수 있는지 궁금했다. 900점을 넘으면, 가산점 같은 것이 주어지지 않을까?

"이런 데 다녀요?"

여자는 못 볼 것이라도 본 것처럼, 인상을 찌푸리며, 라이터를 한 번 보고, 다시 내 얼굴을 슥 훑어보았다.

"정상적인 남자에게는 여자가 필요한 법이죠."

"정상적인 남자로 보이지 않는데요."

말을 마치고 여자는 라이터를 흔들어 보였다. 나는 아까 문 앞에서 만난 남자 흉내를 내고 싶어졌다. 차창에 머리가 끼일 위험을 감수하고 머리를 차창 안으로 밀어넣고 몇 마디의 협박을, 놈이 했던 것처럼 멋드러지게 빙 둘러서 읊어주고 싶었다. 그러나, 차 안에 앉아 있는 건 여자였고, 나는 그 떡대가 아니었다.

"확인하고 싶으세요?"

"어떻게 하는 건데요?"

여자는 웃고 있었다. 이 차의 앞 범퍼만 뜯어내도, 이런 정도의 웃음이라면 석 달치는 미리 사서 냉장고 안에 재둘 수 있을 것 같았다. 아름다운 커브를 만들어낼 수 있을지는 몰라도, 천박하지 않은 웃음을 만들어 내는 데에는 영 젬병인 것 같았다. 차라리 차에게 웃도록 훈련시키는 것이, 아니면 카센터에 가서 차를 웃게 하는 데 필요한 액세서리를 달아달라고 하는 게 더 쉬운 일처럼 보였다. 지겨워졌다. 섹스도 연상이 안 되는 이런 여자보다는, 임 차장과의 대화가 훨씬 더 유익하게 느껴졌다. 최소한 임 차장의 경우, 그가 문앞의 떡대에게 강간당하는 상상은 할 수 있을 것 같았으니까.

"내일 저녁 11시 넘어 거기로 찾아오셔서 유 고문을 찾으세요. 혹시 제가 없으면 장 마담을 찾아서 물 좋은 단골 호빠라도 하나 소개해 달라고 하세요. 마담이 또 그런 데는 빠꼼이니까."

여자의 얼굴에 실망과 분노의 기색이 노골적으로 떠올랐는데, 그러자 여자의 얼굴이 처음보다 좀 더 어려 보이는 것 같았다. 아직 이십대인지도 몰랐다. 무전기가 치직대기 시작했다. 최소한 5 년은 한 푼도 쓰지 않고 번 돈 모두를 탈탈 털어넣어야 간신히 키를 받을 수 있는 비둘기색 비엠더블류 M5 로드스터를 뒤로 하고, 무전기를 귀에 바짝 댄 채, 나는 자리를 옮겼다.

"BB 두 대."

주차장 진입로 쪽으로 걸어가면서, 나는 여자가 살금살금 다가와서 차 뒷좌석에 숨겨두었던 술병으로 내 뒤통수를 후려치는 게 아닐까 하고 두려워졌다. 주식을 손대기 시작한 뒤부터는 겁이 많아졌다. 좋게 말하면 조심성이라고도 말할 수 있겠지만. 어쨌든 나는 뒤돌아보지 않았다. 여자한테까지 그런 모습을 보이고 싶지는 않았다. 몇 발짝 떼놓지 않아서, 라이터가 땅바닥에 부딪쳐 지끈 부서지는 소리와 차문이 거칠게 닫히는 소리가 잠간의 짬을 두고 차례로 들렸다. 멀리 에쿠우스 한 대와 벤츠 한 대가 눈에 들어왔다. 남자가 운전하는 차라는 데 지갑에 들어 있는 10만 원 남짓을 몽땅 걸고 싶었다. 도박은, 거기서 레이스를 치는 것은, 경우의 수와 딸 수 있는 돈을 곱한 숫자를 기본으로 한 통계적인 행위라기보다는, 미래에 대한, 확률에 대한 열망이다. 육구 포플을 잡고 레이스를 감을 때, 속으로 제발 한 번만 떠라, 라고 외치는 그런 심리와 다를 바가 없었다. 단도직입적으로, 나는 다시 여자가 운전하는 차와 만나지 않기를 바랐다.

하늘에 나 있는 작고 환한 구멍은, 점점 내 머리 꼭대기 쪽으로 옮아가고 있었고, 나의 안내를 기다리고 있는 차들의 수는 꾸준히 늘어만 갔다. 그리고 내가 느끼는 끈적끈적한 불쾌감은 점점 커져 갔다. 그렇지만 여전히 어디에도 구름은 보이지 않았다. 하늘의 중앙에도, 땅과 맞닿는 하늘의 가장자리에도, 차가 들어올 때마다 마른 먼지를 날리는 땅바닥에도. 당장이라도 조르지오 알마니에 잔뜩 묻은 흙먼지를 털어내고 옷걸이에 곱게 걸어 옷장에 쑤셔박은 다음 샤워를 하고 싶었다. 찬물을 가득 받아놓은 백색 욕조 안에 풍덩 뛰어든 채로, 포카리스웨트를 마시며 담배를 피우고 싶었다.

10 : 46

꾸역꾸역 밀려 들어온 차들은 이제 옥외주차장의 한 삼분의 일 정도는 채운 것 같았다. 내가 지켜야 할 영역으로 들어온 차가 대략 30대가량 되니까, 나머지 세 놈이 맡고 있는 곳까지 합치면 약 120대, 그래도 아직 삼분의 일 정도밖에는 되지 않으니까 일렬주차를 하지 않고도 풀로 채우면 약 360대가량을 파킹시킬 수 있다는 계산이었다. 차 한 대당, 일 회 이용 시 만 원만 받아도, 내 한 달 월급은 쉽게 넘어가는 액수였다. 끈질기게도 서서히 온도계의 눈금은 올라가고 있었고, 내 구질구질함도 끈덕지게 나를 놓아주지 않았다.

다행히 여기가 금연구역이냐고 묻는 년들은 더 이상 나타나지 않았다. 사람들은 모두 비슷비슷했다. 대부분 공손했고, 지나치게 과묵했다. 차문을 열고 나오는 얼굴들은 하나같이 성난 태양 때문에 잔뜩 일그러져 있었다. 한 사람을 제외하고는——감색 투피스를 입고 온 검버섯이 잔뜩 얼굴에 박힌 나이든 여자가 하나 있었다——모두 명도(明度) 영의 검은색 옷차림이었다. 80퍼센트 이상은 검은색 차를 타고 왔는데, 돈 많은 사람들은 대부분 검은색 차를 선호하거나, 기분이나 상황에 따라 고를 수 있도록 여러 가지 색상의 차를 갖고 있는 건지도 몰랐다.

무릎에 손을 얹고 잠시 숨을 고르고 있는데, 누군가 말을 걸어왔다.

"저기요."

몸을 펴는데 우드득 하는 소리가 났다. 좋지 않은 징조였다. 내게 말을 건 사람은 함께 옥외주차장 요원으로 배정받은 남자였다. 오늘 처음으로 보는 얼굴이었다. 동그란 무테 안경을 쓰고 있었다.

"혹시 담배 피우세요?"

금연 구역이냐는 질문 만큼 황당한 건 아니었다, 최소한 시작은. 끝도 그러길 바랐다.

"왜 그러시죠?"

"담배 피우시면, 무전기 저한테 맡기시고 잠시 다녀오세요. 제가 자리를 봐 드릴게요."

"네?"

"한 대 피우고 오시는 동안에 제가 그쪽 구역을 봐주고, 돌아오시면 이번에는 그쪽이 제 구역을 봐주시는 거죠, 제가 담배 피우는 동안."

기브 앤 테이크. 좋은 거래였다. 욕조에 몸을 담글 수는 없어도, 포카리스웨트는 못 구한다 해도, 담배는 피울 수 있다. 그리고 잘만 하면, 주머니 속에서 답답해하고 있는 에어포스트의 뚜껑을 열어 줄 수도 있을 것 같았다.

"그런데 어디서……."

남자는 공지의 북쪽 끝 축대 부분을 가리켜 보였다.

"저기 계단 보이시죠. 한 번 꺾고, 두 번 꺾고 그 다음에 좀 가다 보면 계단이 안 보이시죠? 계단이 없어진 게 아니라 담쟁이 덩굴에 가린 겁니다. 눈에도 잘 안 띄고, 저기라면 괜찮을 겁니다."

대단했다. 나는 그가 어떻게 그런 곳을 알아냈는지 신기했다. 하지만, 그런 데 오래 신기해하고 있을 겨를이 없었다. 신기하고 궁금한 것들이라면, 에어포스트 안에 잔뜩, 초당 몇 백 킬로바이트로 쏟아져 들어올 것이었다.

"15분 드릴게요. 15분씩 체인지 합시다."

오늘 만났던 인간들 중, 최초의, 제대로 된, 사리분별이라는 게 존재하는 인간 같았다. 강 과장도, 문 앞에서 만난 인텔리와 조폭의 냄새를 함께 가지고 있던 떡대도, 임 차장도, 로드스터를 끌고 왔던 버르장머리 없던 여자도, 아무리 좋게 봐준다 해도 정상적인 인간이라고 말하기는 힘들었다.

"근데, 이름이 어떻게 되시죠?"

"그게 무슨 필요겠어요. 돌아가면 얼굴 한 번 보기 힘들 텐데요."

끝까지 감동시키는 녀석이 있다. 날만 덥지 않았더라면, 껴안아 주고 싶었다. 나는 놈을 개인적으로는 다시 만나지 않았으면 했다. 방금 보았던 놈의 모습이 놈의 베스트이기 쉬웠다. 베스트는 베스트 그대로 냉동실에 얼려두는 편이 옳다.

나는 펼쳐진 놈의 손에 내가 들고 있던 무전기를 얹어놓았다. 이로써 거래는 성립되었고, 내 양손은 자유로워졌다.

멀리서 볼 때와는 달리, 생각보다는 폭이 넓은 계단이었다. 가로로 누워도 발끝이 계단 밖으로 나가지 않을 만큼. 대리석은 아닌 것 같았지만, 축대와 같은 재질로 만들어져, 요즘 한창 각광받는 내추럴 풍의 이미지를 고대로 살려놓고 있었다. 어쩌면, 미켈란젤로 같은 몇 명의 조각가들이 고층 빌딩 청소부들이 사용하는 로프에 매달린 채, 계단을 남겨놓고는 필요없는 부분들을 정으로 쪼아낸 걸지도 몰랐다, 마치 미국 대통령의 얼굴들을 바위 위에 새겨넣듯이. 대통령 낯짝을 바위에 새겨넣는 것은 암만 좋게 봐줘도 유머 감각이 심각하게 결핍된 난센스에 불과했지만—좀 더 나쁘게 말하자면, 미친 짓으로밖에 보이지 않지만, 이 계단은 매우 실용적이었다. 적당한 단차, 보폭을 고려한 이상적인 한 단의 넓이, 그다지 급하지 않은 경사, 그리고 발밑에 밟히는 감촉까지. 그러고 나서, 마무리로 주형 같은 데 넣고 찍어낸 폴리우레탄 담쟁이를 축대에 초강력 접착제로 붙여놓은 건지도 몰랐다. 계단 위를 쉬엄쉬엄 올라가며, 담쟁이 잎사귀 한 장을 뜯었다. 이것 역시 가짜일 수도 있다고 내심 생각하고 있었는데, 아니었다, 진짜였다. 엄지와 집게로 밀어대자, 푸른 물을 내면서 돌돌 말려버렸다. 여기서는, 가짜는 진짜 같고, 진짜는 가짜 같았다. 밖에서 가짜로 사용하고 있는 것들을 여기서는 진짜로 사용하고 있었고, 밖에서 진짜로 사용하고 있는 것들을 여기서는 가짜로 사용하고 있는 것 같았다. 남과 다르게 할 수 있는 것—그것이 실용적이냐 실용적이지 않냐 하는 질문을 떠나서—, 이것은 부자만이 가질 수 있는 또 다른 특권 중의 하나인 것 같았다. 좋은 공부감이 많았다.

내게 기브 앤 테이크를 제안했던 놈의 말대로, 계단이 중간에서 끊어진 것은 아니었다. 주차 안내를 하던 곳에서는 그렇게도 보였지만, 정작 그렇게 보였던 이유는, 축대 위쪽으로 올라갈수록 담쟁이 덩굴의 밀도가 높아졌기 때문이었다. 두 번쯤 꺾고 나니, 담쟁이 덩굴이 계단과 계단 밖을 가르는 커튼처럼 두껍게 내리쳐져 있었다. 계단 안에서는 당연히 듬성듬성 줄기들 사이로 바깥을 내다볼 수 있었지만, 조금만 떨어진 곳에서도 담쟁이 커튼 안쪽을 확인하기란 힘들어 보였다.

적당한 곳에서 멈추고, 계단에 앉아 담배를 피워 물었다. 끝까지 올라가면 또 무엇이 나올지 궁금하지 않은 것은 아니었지만, 내게 주어진 시간은 고작 15분이었고, 그 짧은 시간 동안 처리해야 할 일들은 많았다. 애초부터 태양을 등지고 서 있는 축대라서 볕은 전혀 들어오지 않았다. 게다가, 돌에서 냉기라도 나오는지 엉덩이가 시원했다. 땀이 식는 느낌이었다. 담배를 입에 문 채로 침착하게 에어포스트를 꺼내서 전원을 올리고 펜을 뽑아서 개별종목 조회를 눌렀다. 잠시 있다가, 접속이 되지 않습니다. 다시 시도해 주십시오, 라는 메시지가 LCD 화면의 중앙에 떴다. 나는 시키는 대로 순순히 다시 몇 번 재접속을 시도해 보았다. 서울 밖, 지방에서라면 접속이 잘 안 될 때도 있었지만, 서울 안에서 이러는 건 처음이었다. 다섯 번인가, 여섯 번 똑같은 메시지가 떴고 그때마다 전원 키를 눌러 전원을 끄고, 다시 전원 키를 눌러 전원을 켜기를 반복했다. 열 번인가 열두 번인가 전원 키를 누른 다음에 플립을 닫고 주머니에 다시 쑤셔넣었다.

자유라는 건 아무에게나 주어지는 것이 아니었다. 나는 천국에서도 자유라는 말이 필요한지 궁금했다. 세속에서도 지금은 누구도 내게 빵을 달라고 거창하게 외치지는 않는다. 그만큼 빵은 싸졌다. 세속에서 빵이 받는 대접이나 천국에서 자유란 말이 받는 대접은 어쩌면 거기서 거기인지도 몰랐다. 어쨌건, 천국의 주민에게 자유라는 것이 주어진다고 해도, 필요에 의해 세속에서 천국으로 반나절, 그러니까 약 8시간 정도 징발된 임시직 주차 요원에게까지 그런 것이 주어지지 않는다는 건 확실해 보였다.

하기는 곰곰 생각하지 않아도, Q-stock이나 에어포스트 같은 증권정보 단말기가 꼭 여기서 터져야 할 필요는 없었다. 만약 천국의 주민 중 누군가가 주식에 관심이 있다면, 처리 용량이 쥐콩만 한 이런 장난감 대신에, 유전자 정보를 계산하는 데 필요한 슈퍼컴퓨터 같은 것을 어딘가에 들여놓았을 것이었다.

에어포스트는 먹통이었지만, 나는 주차장으로 다시 내려가고 싶은 마음이 없었다. 몸에 남아 있는 물기를 쥐어짜내는 강렬한 태양의 존재가 싫었고, 내 것이 아닌, 후에라도 내 것이 되기 극히 힘든 고가의 검은 외제 차들이 싫었고, 그 검은 외제 차에서 내리는, 나와 별 다를 것도 없는, 그저 지극히 운 좋게 잘 나가는 집에서 태어났을 따름인, 해서 나보다 더 멋진 껍데기를 쓰고 있는 사람들이 싫었다. 나는 이곳 축대에 붙어 있는 푸른색 담쟁이 덩굴이 되고 싶었다. 가난한 인간보다는, 부잣집에 서식하는 식물이 되고 싶었다, 설사 담배를 피울 수 없고, 주식을 한다는 것도 불가능하고, 비록 가뭄에 콩 나듯이지만, 늘 짜릿짜릿한 새로운 여자와의 섹스도 할 수 없더라도. 하지만, 다시 내려가야만 했다. 돈이 없는 사람은 늘 그렇다. 돈이 없는 집안에 태어난 사람이 맨 먼저 배워야 할 것은 자기가 하기 싫은 일을 그저 하는 거다. 불평을 담을 수 있는 부대를 마련하는 법을 배워야 한다.

12 : 10

몇 명이 우리와 교체하기 위해 하얀색 카니발을 타고 왔다. 주어진 점심시간은 40분이라고 했다. 하얀색은 장례식 도우미들을 위한 차로는 어울리지 않는다고 말하려다가 그만두었다. 그럴 힘이 남아 있지 않았다. 이 뜨거운 볕에서만 피할 수 있다면, 사륜식 꽃마차라도 괜찮았다. 나를 포함해 수분이 쭉 빠져나간 네 명의 옥외 주차 요원들은 그들에게 시시콜콜한 지시 사항을 듣고 땀에 전 무전기를 건네주고 카니발에 쑤셔넣어졌다. 운전수는 뒷머리가 슬슬 벗겨지기 시작하는 바싹 마른 40대였는데, 에어컨을 인색하지 않게 최대한 빵빵하게 틀어놓고 있었다. 맘에 들었다.

"몇 시에 끝난다고 그랬죠?"

내 옆에 앉은 놈은 좀 무거워 보이는 놈이었는데, 무거워 보이는 놈이 대체로 그렇듯이 땀을 삐질삐질 흘리고 있었다.

"......"

"도대체 왜 내가 이딴 짓을 하고 있어야 하는지 모르겠군요. 이거 진짜, 부당 노동행위 아닌가. 콱 노동사무소에 찔러버릴까 보다."

나는 그에게 부당 노동행위와 정당 노동행위에 대해, 그 각각의 정의와 결정적인 차이점에 대해 자세하게 설명해 달라고 부탁하려다 그만두었다. 시덥잖은 대화를 이어나가기가 싫어 눈을 감아버렸다. 정작 내 맘에 안 드는 것은, 남이 나에게 노동이라고 불릴 수 있는 무언가를 시키고 나는 또 얼마 되지 않는 대가를 바라며 그 명령을 착실히 따라야 한다는 그 자체에 있었다. 해야 한다면, 굳이 해야 된다면, 법이 그걸 적법으로 규정짓건, 불법으로 규정짓건 그것이 문제가 아니었다. 노동과 고용의 시스템 안에서는, 시키는 사람의 의지와 시킴을 받는 사람의 경제적 상태가 중요한 거지, 법의 존재가 중요한 건 아니다.

"형씨는 완전히 지쳐버렸나 보죠?"

"당신의 수다가 시끄러울 만큼은, 아직 정신이 남아 있소."

놈은 조용해졌다. 입을 나불대면 나불대는 만큼, 에너지가 빠져나간다는 간단한 사실을 그가 깨우치길 바랐다.

잠시 후, 한 2~3킬로미터는 가서, 우리는 식당에 도착했다. 차는 짧은 여정 도중에도 몇 번 오른쪽으로 또 왼쪽으로 커브를 틀었는데, 평소에 길눈이 밝은 나였지만, 도대체 아까 우리가 출발한 곳에서부터 어느 방향으로 온 건지 전혀 감이 잡히지 않았다. 너무나 낯선 경치이기도 했고, 스파이 영화에서 본 것처럼 다시 못 찾아오게 하기 위해 대머리가 우리를 일부러 뺑뺑이 돌리는 건지도 몰랐다.

식당 역시, 외따로 떨어져 있는 슬라브지붕의 2층 건물이었다. 커다란 잔디밭 뒤에 서 있었는데, 건물 바로 뒤는 강 과장과 함께 차를 타고 오면서 보았던, 3층짜리 건물보다도 높아 보이던 바로 그 담장 같았다. 건물의 담장은 슬라브지붕 위에서도 또 기다란 사다리가 필요해 보일 만큼 높았다. 한 3~4미터짜리 사다리만 있다면 뭐 불가능할 것도 없을 것 같았지만, 담장에 한 발짝만 올려놓더라도 사방에서 총탄이 날아와 벌집이 될지도 모르는 일이었다.

강 과장은 이미 자리를 잡고 혼자 청승맞게 밥숟가락을 뜨고 있었다. 옆 자리가 비어 있었다.

"안녕하세요."

"아니."

"저한테도 물어봐 주세요, 안녕하냐고요."

"귀찮아."

나도 역시 밥맛이 없어서 단 하나밖에 없는 메뉴였던 우거지탕을 뜨는 둥 마는 둥 했다. 나는 혹시나 하는 마음에 에어포스트를 테이블 위에 올려놓고 다시 접속을 시도했지만, 이번에도 잘 되지 않았다. 이 집 주인장이 무슨 이유론지 주식을 너무너무 싫어해서, 방해 전파를 쏘는 게 아닌가 하는 생각까지 들었다.

"무지 덥지?"

"예."

"다른 사람하고 바꾸지 그래."

좋은 생각이었다. 나는 반도 더 남은 우거지탕을 잔반대에 밀어넣고, 식당 옆에 붙어 있는 흡연실로 들어갔다. 다행히, 놈이 있었다. 김 대리라고, 나보다 학번은 두 학번인가 빠른데, 일 년 뒤에 들어온 놈이 소파에 쭈그리고 앉아 담배를 피고 있었다. 한 육 개월 정도 같은 팀으로 일했다. 놈도 여기에 끌려 나오게 되었다는 정보를 다행히 들은 기억이 있었다. 혼자였다. 나는 자판기에서 음료수

두 잔을 뽑아 놈 옆으로 다가갔다.

"김 대리. 너도 걸렸냐?"

"어, 유 대리. 넌 어디냐?"

"B급 차량 들어오는 주차장 투, 너는 어디냐.?"

"나도 주차장인데. 근데 난 A야."

"거기 햇볕 들어오냐?"

"아니."

햇볕만 안 들어온다면 어디라도 좋았다. 잘하면 엮을 수도 있을 성 싶었다. 놈도 주식에 정신 못 차리는 놈이었는데, 일전에 술자리에서 잔뜩 취해서 던져준 소스 몇 개가 재수 좋게 다음날부터 쫙 상한가 행진을 하는 턱에 그 후로 나만 보면 소스 좀 던져달라고 바짓가랑이를 붙들고 늘어지는 놈이었다.

"야, 근데 유 대리 오늘 주식 어떻게 됐냐? 오늘도 또 하이닉스 박살 났냐?"

"몰라, 여기선 에어포스트도 안 터지네. 너 혹시 Q-Stock 있냐? 그거나 한번 열어보지."

"그거 챙길 정신이 어디 있냐? 그냥 아무 생각 없이 뒷덜미 잡혀 끌려 왔지. 너 근데 요즘 뭐 정보 좀 없냐? 야, 그때 니가 알려준 보물선 있잖냐, 내가 거기서 일 주일만 더 붙들고 있었어도, 이 회사 당장 때려치우는 건데."

하수의 특징은, 언제나 과거의 실수들을 계속해서 읊고 다닌다는 거다. 그때 죽지 않고 한 장만 더 받았다면 스티플인데, 같은 얘기나 하고 다니는 놈은 대부분 아봉 들고도 씩씩하게 집한테 개긴다. 그러고도 카드를 까고 나면 억울해한다, 눈을 크게 뜨고, 언제 집을 지었냐면서. 지나간 일은 빨리 씻어버리는 편이 낫다, 여러모로.

"잘 알잖냐. 나 그런 거 남들한테 별로 안 흘리고 다니는 거. 그날도 술만 안 먹었으면, 그런 짓은 안 했을 텐데."

"아, 자식 빼지 말고, 한두 개만 더 찔러줘. 내 성격 알지? 못 먹어도 뒤는 깨끗하니까. 내가 뒤에서 궁시렁대는 거 봤냐?"

"좋아, 그럼 조건이 하나 있는데."

"뭔데. 따면 술 사라는 거 아니야."

"아니, 그거 말고."

해가 없다는 것의 고마움을 알기란 중력의 고마움을 아는 것만큼이나 어려운 일이다. 거기에는 해가 없었고 대신, 지금까지 내가 지하주차장에 대해 갖고 있던 모든 고정관념들을 단번에 씻어내기에 충분한 하얀 벽이 있었다. 드문드문 켜져 있는 형광등 빛에, 선팅이라도 짙게 한 차를 끌고 들어갈라치면 파킹하는 데 애 먹기 일쑤인 다른 일반적인 지하주차장들과는 정말로 다른 곳이었다. 내 기억에 남아 있는 다른 일반적인 지하주차장들은 마치 약속이라도 한 듯이, 우중충한 회색 벽에 천박한 초록색 바닥의 조합이었다. 어쩌면 '일반적인'이란 형용사는, 이곳에서라면 가장 불경스러운 단어로 터부시될 수도 있는 일이었다. 티없이 하얀 벽에, 어렴풋이 제 위에 놓인 사물들을 되비추는 은빛 메탈재로 마감된 바닥,

잠실야구장 나이트 게임용 서치라이트라도 떼온 것처럼 보이는 환한 백색 조명, 그 모든 것이 이곳이 지하주차장이 아니라 뮤직비디오의 세트장처럼 보이게 했다.

여기에는 모두 세 명이 배치되어 있었는데, 역시 모두 다 생판처음 보는 놈들이었다. 하도 회사가 크다 보니 그럴 수도 있었다. 어쨌든, 김 대리가 미리 나하고 자리를 바꿀 거라고 귀띔을 해놓아서 그런지 누구도 왜 다른 사람이 와 있는 거냐고 물어 오지 않았다. 지하주차장이 얼마나 넓은지는 몰라도, 다른 두 놈은 내가 서 있는 자리에서는 코빼기도 보이지 않았다. 담배연기로 자욱하던 흡연실에서 김 대리는 서로의 구역을 바꾸자는 나의 조건을 흔쾌히 받아들였다, 대신 놈은 몇 개의 소스를 거머쥘 수 있었다. 지금쯤이면 벌써 후회하기 시작했는지도 몰랐다. 대박의 꿈도 옥외주차장 하늘 위에 박혀 있던 뜨거운 태양 아래서라면 그리 오래가지 못할 것 같았다. 아무것도 오래갈 수는 없었다, 거기서는. 증오도, 짜증도, 정열도, 미련도, 질투도, 의혹도, 자기 경멸도. 그런 모든 감정들이 순식간에 한 개의 포카리스웨트 깡통에 대한 갈증으로 쉽게 변한다.

4기통 차는 한 대도 보이지 않았다. V6만이 이곳, 뮤직비디오 스튜디오에 정차할 자격이 있는 듯했다. 검정색이 아닌 차도 거의 보이지 않았는데, 일렬로 반듯이 늘어선 덩치 큰 차들의 검정과 매일 아줌마들이 황산으로 박박 문질러 닦는지 티 한 점 보이지 않는 벽의 백색이 너무 잘 어울렸다. 검정과 하양. 블랙 앤 화이트. 확실하지는 않았지만, 마이클 잭슨인가 스티비 원더인가의 노래 제목으로 기억되었다. 흑과 백, 둘 간의 조화. 흑색 피부와 백색 피부라면 서로 어우러지기가 그렇게 힘이 든 건지 몰라도, 검정색 비싼 차와 부잣집의 하얀색 벽은 너무나 잘 어울렸다. 하지만, 그 둘과 증권 단말기의 조합은 어찌 보아도 어색했다. 증권회사와 정직성의 조합이나 스님과 경건함의 조합처럼.

그러나 그건 애당초 그쪽 사정이었다. 한 사람의 연봉이 다른 사람의 시급(時給)에도 미치지 못한다면, 그 둘이 만날 기회는 극히 희박해진다. 같은 액수의 연봉을 받는 사람이 같은 액수의 시급을 받는 사람의 집에 이유가 뭐건 초대를 받는다면, 그것 자체가 확률을 거스르는 난센스다. 인간 자체가 어울리지 않는 것이다, 그가 하는 행동이나 그가 가진 소유물 자체가 어울리지 않는 게 아니라. 나를 여기에 집어넣은 것이 그들의 잘못이었다. 머리끝에서 발끝까지, 나는 이곳에 어울리는 인간이 아니었다. 누군가 자신이 여기에 어울린다고 생각한다면, 만에 구천구백구십구는, 틀림없이 바보이리라. 나는 무전기를 검정색 에쿠우스 V6 3500의 보닛 위에 올려놓고──흠이 안 나도록 살짝──에어포스트의 전원을 올렸다. 여전히 먹통이었다. 접속이 되지 않습니다. 다시 시도해 주십시오. 단말기를 땅바닥에 내팽개치고 싶었다.

1 : 54

이제 거의 10분에 한 대꼴로 차가 들어올 뿐이었다. 옥외주차장과는 달리 차에서 내리는 사람들은 나나 다른 지하주차 요원에게 어디로 가야 하느냐고 묻지 않았다. 한 번쯤 이곳 천국에 이미 방문해 본 경험이 있는 사람인 듯했다. 대부분 운전수나 아니면, 동승한 수행원들이 먼저 내린 후에 뒷좌석의 문을 열고 허리를 45도 각도로 구부린 채, 단 한 사람이 내리길 기다리고 있었다. 차와 더불어 차 안에 앉아 있던 모든 사람들의 존재를 있게 만든 그 단 한 사람의 얼굴을 보고 싶었지만, 그건 쉽지 않았다. 수행원들의 담에 가린 채, 그 단 한 사람은 방부제에 전 식빵처럼 아주 잘 보호되고 있었다. 어디서 날아올지 모르는 암살자의 총탄으로부터, 혹은 총탄보다 더 치명적일 수도 있는, 나 같은 미천한 것들의 시선으로부터. 그 단 한 사람이 '빈소는 5층입니다'라는 궁서체의 표지판이 붙어 있는 엘리베이터 안으로 들어가고 문이 닫히면, 말 잘 듣는 양떼처럼 수행원들은 조용히 다시 차 안으로 사라져서 다시 나오지 않았다. 차 안에 흡연장도, 화장실도, 식당도 모두 갖춰져 있거나, 아니면 하루에 한 번만 기름을 넣어주면 하루 종일 군소리 없이 움직이는 사이보그이거나 둘 중의 하나였다.

엘리베이터 안에서라면, 혹은 엘리베이터를 타면 닿을 수 있는 지하주차장의 위에서라면 에어포스트가 터질지도 모른다는 생각이 들었다. 그것은 좀 무모한 생각이었지만, 어쩌면 이런 무모한 생각이 머리에 떠오를 만큼 비정상적인 사람들은 이 천국에 거주하고 있는 컴퓨터의 데이터베이스에는 들어 있지 않을지도 모른다는 생각이 들었다. 사전 승인 없이 천국의 거주자가 아닌 자가 건물 안으로—주차장이 아닌 곳으로—들어간다는 것은 확실히 무모한 짓이기는 했다. 그래도 여기서 할 일도 없이 시간을 죽이는 것보다는 나아 보였다. 머리 위에서 활활 타고 있던 태양이 사라지자 여러 가지 건설적인 생각이 떠오르기 시작했다. 다행히 엘리베이터에서 가장 가까운 곳에 배치되어 있었으므로, 재빠르게만 움직인다면 다른 주차 요원의 눈에 띄지 않고 엘리베이터에 올라탈 수도 있을 것 같았다. 설사 다른 주차 요원들이 본다 해도, 같이 배정 받은 사람이 아니므로 뭔가 특별한 이유가 있어서 그러는 걸로 생각할 수도 있는 것이었다. 입장을 바꿔놓고 생각해 보아도 마찬가지였다. 누군가 다른 주차 요원이 엘리베이터 안으로 들어가는 것을 내가 목격한다 해도, 내가 나서서 그를 제지하거나 다른 이에게 보고해야 할 까닭은 없는 것이다. 주차 요원의 역할이란 그저 정해진 시간이 끝날 때까지 시간만 죽이면 되는 거다.

되도록 남들 눈에 안 띄게 엘리베이터에 올라탄 후, 5층이 아닌 다른 적당한 층에 내려서, 재수없게 다른 사람 눈에 띄게 되면 화장실이 어디냐고 둘러댈 수도 있는 거고, 아무도 없으면 적당히 짱박힐 데를 찾으면 되는 거였다.

냉정하게 생각해 보면 몇 가지 위험도 있었다. 가령, 내가 타려는 엘리베이터로 다른 사람이 내려오고 있는 경우라든가, 엘리베이터 내부에 신원 체크를 위한 장치가, 예를 들어 CC TV나 지문 감식 장치 같은 게 달려 있다거나, 혹은 여기에 있는 주차 요원들은 절대로 저 엘리베이터를 타서는 안 된다는 주의사항을 오전에 임 차장으로부터 하달받았다거나. 하지만 그런 일들이 일어날 확률은 그리 높아 보이지 않았다. 또한 일어난다 해도, 그 데미지가 별로 클 것 같지는 않았다. 마음대로 엘리베이터에 탔다고 회사에서 해고당할 거라면, 그 외에도 해고당할 이유는 지천으로 깔려 있을 터였다.

　마지막으로 단 한 사람이 수행원들을 떨구고 엘리베이터 속으로 사라진 후 정확히 3분이 지나서, 나는 엘리베이터 앞으로 다가갔다. 빠르게, 그렇지만, 전혀 당황스러운 기색 없이. 뒷모습이 중요했다, 혹시나 나를 발견할지도 모르는 동료 주차 요원들에게 최대한 자연스럽다는 인상을 주어야 했다. 엘리베이터 앞에 닿자, 삼각형 버튼을 눌렀다. 빨간 불이 들어왔다. 현재 이 엘리베이터가 몇 층에 있다는 표지판이 없어서, 더더욱 답답했다. 하지만, 그리 오래 지나지 않아서 문이 열렸다. 문이 열리자 내 모습이 보였다, 거울에 비친. 최소한 앞모습만큼은 더없이 자연스러웠다. 금세 문이 닫히고, 나는 한숨을 내쉬었다. 아무도 나를 제지하지 않았다. 누군가 나를 봤는지는 모르겠지만, 이제 어쩔 수 없었다. 수많은 가능성과 또한 각각의 확률이 존재했지만, 확률이란 건 사실, 직접 실행해 보지 않은 사람들을 위한 변명이나 위안에 불과하다. 복잡한 조합과 순열을 이용해서 확률을 계산하는 대신, 끝까지 가본 다음 결과를 확인해 보면 되는 것이다. 확률은 그야말로 책상 머리에 붙어 있는 사람들에게나 필요한 놀이인 것이다.

　아무 생각 없이 2F라고 쓰인 원형 단추를 눌렀다. B2라고 쓰인 원형 단추 바로 밑에는 가로로 길쭉하게 LCD 화면이 있었는데, 거기에 Access for only Authorized Person. Password?라는 문장이 떴다.

LCD 화면 바로 밑에는 계산기 자판 모양으로 1부터 0까지 모두 10개의 정사각형 숫자판과 Enter라고 쓰인 가로로 길쭉한 직사각형 숫자판 하나, 그렇게 모두 11개의 숫자, 문자판이 있었다. 다시 확률이었다. 이번에도 팩토리얼과 컴비네이션을 이용해 가능한 모든 암호의 숫자를 계산하는 대신, 아무거나 찍어 누르고 나서, Enter를 눌렀다. 그러자, LCD 화면에 Password Confirmed라는 문장이 뜨면서 징 하고 엘리베이터가 움직이기 시작했다. 오늘은 너무도 쉽게 확률들이 나가 떨어졌다. 수많은, 하지만 참이 아닌 많은 경우의 수들이 깨끗이 삭제되었다. 엘리베이터 문은 금세 다시 열렸고, 나를 다시 내려놓고는 문이 닫혔다. 나는 엘리베이터 안에 무엇이 있었는지 아무것도 기억할 수 없었다. 심지어는 내가 찍어넣은 Password조차도. 그게 몇 자리 숫자의 조합인지도 기억나지 않았다. 잠시 밖으로 내린 후 2F일 것이 틀림없는 장소에 멍하니 서 있었다. 아무도 보이지 않았다. 사람들의 웅성거림도 들리지 않았다. 너무 당황해서 귀가 들리지 않게 된 건지도 몰랐다. 내 눈 앞에는 창문이 없는 복도가 있었고, 그것은 2~3미터 정도 앞에서 두 갈래로 갈라져 있었다. 왼쪽에는 철제 셔터가 내려져 있었다. 오른쪽은 환했다, 셔터 따위는 없었다. 나는, 무식한 집 같으니라구, 집 안에 저런 걸 설치해 두다니 하고 중얼거리고 있었다. 나는 무작정 오른쪽으로 접어들었다. 갈라지는 곳에서 몇 발짝 가지 않아, 오른쪽에 문이 하나 있었다. 벽은 아무런 무늬도 없는 수수한 노랑 빛이었고, 문 또한 어디서나 볼 수 있는 평범한 짙은 밤색의 목재 문이었다. 왠지 맘에 들었다. 문을 열었다. 문을 열자 1~2초 뒤, 실내가 환해졌다. 스위치는 복도에도 또 안쪽에도 보이지 않았다. 전등 역시 보이지 않았다. 벽이 빛을 내는 건지도 몰랐다. 나는 문을 닫고 안으로 들어갔다. 그곳은 화장실과 샤워실 두 가지 용도를 겸할 수 있도록 만들어진 곳 같았다. 들어가자마자 오른쪽으로 문의 재질과 같은 여닫이문이 달려 있는 세 개의 컴파트먼트가 있었고, 그곳을 빙 둘러서 디귿자 형으로 오른쪽으로 구부러져 들어가면 반투명한 비닐 커튼이 달려 있었고, 그 뒤로는 세 개의 샤워기가 벽에 붙어 있었다. 흡사 간이 공중목욕탕 같은 분위기였다. 커튼 바로 앞 왼쪽에는 아주 자그마한 세면대가 달려 있었다. 거울도 없었다. 필요로 하는 최소한의 것만이 갖추어져 있었고 화려하지는 않았지만 매우 깨끗했다. 하인들을 위한 화장실 겸 샤워실 같았다. 모든 것이 완벽했다.

중앙의 컴파트먼트로 들어가서 세워져 있던 변기의 덮개를 둘 다 내리고 그 위에 엉덩이를 대고 앉자마자 조르지오 알마니 안주머니에 들어 있던 에어포스트를 꺼내서 전원 키를 올렸다. 종합주가지수 아이템을 펜 끝으로 살짝 눌러주자, LCD에 가로로 길쭉한 바가 하나 뜨면서, 작은 세로 바들이 그 기다란 가로 바를 왼쪽에서부터 오른쪽으로 채워나가기 시작했다, 그 바로 아래, 접속 중입니다, 잠시만 기다리세요라는 메시지와 함께. 궁하면 통한다는 말이 떠올랐다.

2장

MP5 vs. SA80

어어, 이거 봐라. 그는 당황하지 않았다. 그는 천천히 에어포스트의 플립을 접고 양복 안주머니에 집어넣었다. 눈을 감은 채 마음속으로 1에서 10까지 셌다. 그동안 아무 소리도 들리지 않았다. 눈을 떴지만, 망막에다 검은 매직칠을 해놓은 것처럼 여전히 단단한 어둠이었다. 눈꺼풀을 다시 몇 번 닫았다 열었다 해보았지만, 아무런 변화도 없었다. 그는 손으로 자신의 눈꺼풀을 더듬어 보았다. 눈꺼풀은 틀림없이 열려 있었다. 눈꺼풀이 닫힌 것이 아니라, 불이 꺼진 것이었다, 난데없이. 그는 그곳에 창문이 없었던 것을 기억했다. **도대체 뭐 하자는 거야, 이거.** 그는 다시 눈을 감고 1에서 10까지 속으로 헤아렸다. 그리고 살그머니 일어났다. 깔고 앉았던 변기 시트에서 삐그덕 하는 소리가 조그맣게 났다. 다시 그는 소리가 나지 않도록 주의하며 자신이 앉아 있던 칸의 문을 밖으로 밀었다. 기억

속에 남아 있는 방의 구조를 떠올리며 그는 문을 향해 엉금엉금 걸어갔다. 바닥은 매우 미끄러웠다.

문은 얼음장처럼 차갑게 느껴졌다. 아직 그의 눈은 정체불명의 어둠에 익숙해지지 않았다. 그는 무의식적으로 바지 뒷주머니에서 손수건을 꺼내 문고리를 감싸 잡았다. 본능적으로, 흔적을 남기지 않는 편이 낫겠다는 생각이 들었다. 문고리를 잡고 다시 1에서 40까지 마음속으로 세었다. 누군가 고의적으로 이 방의 전원을 내린 거라면, 밖에서 그 누군가가 그가 문 밖으로 튀어나오길 기다리고 있을지도 몰랐다. 어둠을 견디지 못하고 그가 먼저 밖으로 나갈지, 아니면 자신의 존재를 확인하기 위해 그 누군가가 먼저 안으로 벌컥 들어올지, 그와 그 누군가 간의 인내심 싸움이었다. 그렇지 않다면, 그냥 흔한 정전 사고일 터였다. 하지만 예비 전원 같은 장비가 이런 으리으리한 저택에 없다는 게 좀 맘에 걸렸다.

……**삼십팔, 삼십구, 사십.** 그는 손수건으로 감싼 문고리가 헛돌지 않도록 아귀에 힘을 잔뜩 준 채 천천히 문고리를 돌렸다. 150도 정도 돌아가서는 딸깍 하는 소리가 났다. 그에게는 개 짖는 소리처럼 크게 느껴졌지만, 밖에서는 아무런 반응도 없었다. 다시 속으로 이번에는 one에서 ten까지 영어로 센 후, 손가락 두 개 정도의 두께만큼 문을 열었다. 희끄무레한 빛이 터져 들어왔다. 그는 바닥에 물기가 있는지 확인한 후 무릎을 꿇고 한쪽 눈을 문 틈 사이로 가져가서 밖을 살폈다. 아무도 보이지 않았다. 바깥 역시 어둑어둑했지만, 그래도 화장실 쪽만큼은 아니었다. **아무래도 밝은 데가 낫겠**

지. 박쥐도 아니구.

밖으로 나가려고 일어나다가 그는 잠시 멈칫했다. 위험에 대한 동물적인 본능이 번뜩 그를 스치고 지나갔다. 타는 냄새였다. 하지만, 일반적인 타는 냄새와는 어딘가 좀 달랐다. 종이나 나무가 타는 냄새 같지는 않았다. 그것보다는 좀 더 자극성이 강한 냄새였다. 아주 조금만 발생해도 무척 자극적인, 플라스틱 종류가 탈 때 나는 냄새 같았다. 어떻게 생각하면, 녹슨 쇠에서 나는 냄새 같기도 했다. 하지만, 문을 열기 전에는 그는 이 타는 냄새를 느끼지 못했다. **그렇다면 화장실 밖에서 나는 냄새라는 건데.** 그가 이 방 안으로 들어오기 전, 복도에서 이 냄새를 알아차리지 못했다는 건 아무래도 좀 아귀가 맞지 않았다. 하지만 그땐 매우 서두르고 있었으므로, 굳이 가능하다면 가능하지 말란 법도 없는 얘기라고, 그는 그렇게 결론 내렸다.

그때였다. 쿵 하는 묵직한 소리가 그의 머리 위쪽에서 났다. 소리와 함께 무거운 물체가 푹신푹신한 표면에 세게 부딪칠 때 나는 둔중한 진동이 뒤따랐다. 거의 동시였다. **이건 또 뭐지, 뭐가 어떻게 돌아가는 거야, 씨발.** 그의 손에 땀이 배기 시작했다. 그가 어떤 행동을 취해야 할지 망설이고 있는데 다시, 이번에는 귀청을 찢는 듯한 아주 시끄러운 소리가 바깥에서 났다. 그건 총소리 같았다. 그는 아주 천천히, 역시 소리가 나지 않게 주의하면서 문을 닫았다. 다시 그는 칠흑 같은 어둠 속으로 돌아왔다.

총소리가 맞다면, 복도에서 나던 타는 냄새는 화약 냄새였던 것 같았다. 그걸로 모든 것이 다 잘 설명되는 듯했다. 어떠한 상황에도 신속하게 대응할 수 있도록, 그는 문 바로 옆 벽에 등을 기대고 엉덩이 아랫부분부터는 벽에서 뗀 채, 마치 보이지 않는 의자에 앉아 있는 사람 같은 자세를 취했다. 그는 당분간 움직이지 않기로 했다. 깜깜한 곳에서 섣불리 움직이다가는 더 위험한 꼴을 당할 수도 있는 일이었다.

잠시 후, 다시 총소리가 들렸다. 귀청을 찢는 시끄러운 소리에 그는 속이 좀 메슥거렸다. 문은 닫았지만, 소리는 별로 죽지 않았다. 총소리가 난 곳이 좀 더 가까워진 것 같다고 그는 판단했다. 거의 10초 정도 쉬지 않고 벼락 같은 총소리가 들려오더니 잠시 소강상태에 빠졌다. **총소리라니, 이 모든 게 농담이 아닐까?**

그것은 한 번 방아쇠를 당길 때마다 한 발씩 튀어나가는 평범한 권총으로 만들어낼 수 있는 소리가 아니었다. 연사(連射)나 흔히 Three Round Burst Trigger라고 불리는, 한 번 방아쇠를 누르면 세 발이 연속적으로 튀어나가는 삼점사(三点射)를 지원하는 개인화기나 만들 수 있는 소리였다. 기관총이나, 그보다는 좀 작지만 파괴력은 만만찮은 SMG(Sub Machine Gun), 둘 중의 하나이기 쉬웠다. 권총이나 수동소총이 아니라 그런 거창한 총기류가 돌아다니고 있다면 상황은 그가 상상했던 것보다 훨씬 더 심각한 건지도 몰랐다. 그는 상황을 되도록 정확히 이해하고 싶었지만, 그가 알 수 있는 건, 지금 이 상황이 전혀 정상적이지 않다, 라는 사실 하나였다. 정상적이지 않을 뿐만 아니라 지극히 위험했다. 그는 천천히 등을 벽에서 뗀 후, 양발을 번갈아 털었다. 다행히 구두는 헐겁지 않았고, 지나치게 꽉 조이지도 않았다. 딱 적당했다. 만에 하나 뛰거나 할 때 벗어지기라도 한다면, 바로 목숨하고 직결될 수도 있는 문제였다. 발목을 풀어두는 것도 어떻게 해서든 도움이 될 것 같았다.

다시 총소리가 났다. 이번 총소리에는 기침소리 같은 아주 작은 기계음이 규칙적으로 섞여 있었다. 소음기가 달린 총에서 나는 소리가 틀림없는 듯했다. 그는 더 잘 듣기 위해서 귀를 벽에 찰싹 붙이고 싶었지만, 자칫 총알이 벽 반대쪽에 잘못 박히기라도 하면, 그 진동에 귀가 상하게 될까 두려워 그만두었다. 어쨌건 소음기가 달린 총까지 나섰다면, 확실히 평범한 상황은 아니었다. **대통령이라도 암살하려고 하는 게 아닐까?** 물론 말도 안 되는 얘기였지만, 더 나아 보이는 설명이 없기는 마찬가지였다.

어둠 속에서 그는 양손을 허리에 붙인 채, 마치 국민체조를 하는 초등학생처럼 고개를 시계방향으로 천천히 돌렸다. 움직일 채비는 이 정도면 끝났다는 생각이 들었지만, 막상 움직이기 위해서는, 상황에 대한 정보가 너무나 부족했다. 조금 더 인내심을 가지고 기다리는 편이 낫겠다고 그는 날뛰는 그의 조바심을 설득하고 있었다. 가만 생각해 보면, 소음기가 부착된 총을 든 팀과 일반 총을 들고 있는 팀이 싸우고 있다고 보는 편이 정확할 듯 싶었다. 그렇다고 한다면, 소음기가 부착된 총은 아무래도 비밀스럽게 누군가의 머리에 구멍을 내기 위해 사용되는 무기인 만큼, 그쪽이 침입한 팀이고, 그리고 그 반대쪽, 그러니까 큰 소리가 나는 일반 총을 들고 있는 쪽이 이곳을 지키고 있는 팀일 확률이 높았다. 그중 어느 쪽도 그에게는 아군이 될 수 없다는 건 불을 보듯 자명한 사실이었다. 사용하는 무기까지는 아직 알 수 없었지만, 소음기가 달린 서브머신건까지 등장했다면, 특수부대나 테러리스트 외에는 생각하기 힘들었다. 특수부대라면 말 그대로 특수한 목적만을 달성하면 끝일 터였다. 그 같은 존재는 계산 밖의 존재일 것이 틀림없었다. **걸리면 바로 끝장이겠군, 변명이나 유언 같은 건 할 틈도 주지 않겠지.**

마지막 총소리 끝자락에는 짤막한 인간의 비명 소리가 묻어 있던 것도 같았다. 느닷없이 시작되었다가 중간에 툭 끊어진 그 소리는, 그 소리의 주인이 사망했다는 걸 의미하는 듯했다. 첫 번째 희생자일 수도 있었고, 이미 벌써 총탄에 머리가 뚫린 자들이 더 있을 수도 있었다. 이어 몇 번의 약한 총소리가 드문드문 들렸지만, 사람의 목소리나 발자국 소리 같은 인기척은 전혀 없었다. 교전에 들어가 있는 두 쪽 다 철저하게 훈련된 인원들인 듯했다. **죽겠군, 죽겠어.** 하고 그는 혼잣말을 했다. **씨발, 총이라도 어떻게 손에 들어온다면, 뭔가 해보겠는데.** 몇 번의 비명소리가 먼데서 다시 들렸지만, 속수무책이었다. 그는 어둠에 익숙해지기 위해 눈을 수시로 껌벅거렸지만, 여전히 아무것도 보이지 않았다. 그는 답답했다.

갑자기, 작은 발자국 소리가 그의 귀에 걸렸다. 귀에 온 신경을 바짝 기울이고 있지 않았다면 일상적인 소음이나 환청으로 넘겨버릴 수도 있는 정도의 작은 소리였다. 탁, 탁, 탁, 탁, 타탁, 타닥, 타다닥, 타다닥…… 소리와 소리의 간격이 점차 좁아지고 있었다. 그리고 그 소리는 조금씩 커지고 있었다. 그러다가 딱 멈췄다. 그는 본능적으로 발자국의 주인공이 그에게서 별로 떨어지지 않은 곳에 멈추어 섰다는 걸 알 수 있었다. 그가 등을 기대고 있는 벽 반대편에 발자국의 주인 또한 등을 기대고 서 있는 것 같았다. 그는 벽과 문의 존재에 대해 새삼스레 고마움을 느꼈지만, 그게 얼마나 오래 갈지는 알 수 없었다. 벽 너머 발자국의 주인공이 만드는 들숨과 날숨의 반복운동이 그에게 그대로 보이는 것만 같았다. 머리카락 한 올 한 올이 차례차례 천장을 향해 일어서는 것 같았고, 온몸은 불타는 것처럼 화끈화끈했다. 감각은 계속되는 부동자세 아래서 무뎌지기는커녕, 점점 더 날카로워지는 것 같았다. 관절들은 당장이라도 그의 무게를 지탱하지 못하고 픽 무너져 버릴 것만 같았다. 그는 고개를 짧게 그리고 빠르게 설레설레 내저었다. 쓸데없는 환영을 떨쳐내기 위함이었다. 다시, 벌써 익숙해져 버린 그 부동자세로 그는 돌아갔다. 지극히 작은 소리도, 가령 침을 삼키는 소리도 아주 큰 위험을 불러올 수 있었다. 그럴 수만 있다면, 심장의 박동 소리까지 그는 멈추게 하고 싶었다.

얼마나 시간이 흘렀는지 그는 가늠할 수 없었고, 또 그의 관절과 신경들이 얼마나 더 이런 상태를 버틸 수 있을지도 미지수였다. **생각을 해봐, 생각을. 뭐든지. 생각을 해보자구, 허튼 짓 하지 말구.** 그렇지만, 생각의 끈은 잘 모이지 않았다. 왜 발자국의 주인공이 자신이 숨어 있는 방 바로 밖에서 움직이지 않고 버티고 있는 걸까 하는 질문이 머리에 떠올랐다. 그는 머리를 쥐어짰다. 엄폐물이 있다면, 저격의 포인트로 삼고 거기에 잠복해 있는 걸 수도 있겠지만, 복도에서 그런 걸 봤던 기억은 없었다. 발자국의 주인이 상대편에게 쫓겨 안쪽에서부터 뛰어나오다가, 잠시 몸을 숨기고 반격의 기회를 노리기 위해 그의 방 앞에서 쥐 죽은 듯 웅크리고 있는 거라는 설명이 가장 그럴 듯했다. 문을 통해 이 방으로 들어오기 전, 스치듯이 눈에 들어왔던 복도는, 일직선이 아니라 약간 휘어 있어서 그다지 시계(視界)가 넓어 보이지 않았다. 그렇다면 멀리서 쉽게 눈에 띌 만한 장소는 아니라는 얘기였다. 또한 뒤가 막혀 있었다. 반대편으로 갈라지는 길에는 셔터가 굳게 내려져 있었고, 문이라고는 엘리베이터밖에 없었다. 셔터가 열릴 수도 있고, 엘리베이터 문으로 누군가 침입할 수도 있겠지만, 둘 다 작지 않은 소리를 만들 수밖에 없었다. 당연히 누구도 그곳을 공격의 루트나 동선의 일부로 삼지는 않을 것이라고 그는 단정지었다. 등 뒤쪽은 그야말로 데드 엔드, 즉 막혀 있는 벽이나 매한가지로 발자국의 주인공은 생각하고 있을 터였다.

그는 두려웠다. 두려움에 떨면서, 놈이 화장실로 들어오지 않기를 간절히 빌었다. 만약 들어온다면, 그가 할 수 있는 일이라고는 고작 죽은 척하는 수밖에 없다는 생각이 들었다. **곰에게도 통하지 않는 잔재주가 놈에게도 통할까**, 상황에 맞지 않게 우스개가 머릿속에 떠올랐다.

그때, 다시 귀청을 마구 뒤흔드는 커다란 총소리가 났다. 영어 단어 같은, 짧고 높은 비명소리가 아주 가까운 데서 났다. 연이어

풀썩 무거운 물체가 넘어지는 소리가 문 근처에서 났다. 그의 예상 대로였다. 누군가가 문 근처에서 잠복하고 있었고, 이제 총을 맞아 쓰러졌다. 잠시나마 공포의 근원이었던 발자국의 주인은 제거되었 지만, 그 발자국의 주인을 죽인 흉탄의 주인이 다시 그의 관심사였 다. 발자국의 주인을 깨끗하게 제압한 상대편이 자신이 숨어 있는 이 방 앞으로, 나아가서 이 방 안으로 들어올 것인지 아닌지가 그 로서는 궁금했다. 죽었는지 굳이 확인하고 싶다면, 먼 데서 움직이 지 않는 대상을 향해 확인차 한두 방 갈기기만 해도 될 것 같았다. 꼭 와야만 될 필요는 없을 것 같았다. 교전 중에 자신이 저격한 희 생물이 완전히 숨이 끊어졌는지 불완전하게 끊어졌는지 일일이 다 확인해 본다는 것은 이치에 들어맞아 보이지도 않았다. 그는 다시 간절히, 문 앞에 쓰러져 있는 자의 몸 어딘가에 박혀 있을 흉탄의 주인이 방 앞으로 오지 않기를 빌었다. **이렇게 무작정 죽치고 앉아 서 기도만 하고 있을 수는 없겠어. 깜깜한 데서 침 삼키는 소리도 못 내고, 꼴이 말이 아니잖아.** 그는 무릎을 폈다.

10까지 속으로 세고 나서, 그는 다시 천천히 문을 열었다. 화약 냄새가 코를 찔렀다. 손수건은 사용하지 않았다. 당분간 지문 같은 것은 신경 끄기로 했다. 언제 어떻게 비명횡사할지 모르는 상황이 었다. 45도 정도까지 열어놓고는, 발 끝으로 멀찍이서 문을 고이고 다시 50까지 세면서 기다렸다. 문틈으로 웅크린 채 쓰러져 있는 남 자 하나가 어렴풋이 보였다. 어두워서 잘 보이지는 않았지만, 예상 대로 기다란 총을 비스듬히 움켜쥐고 있었고, 머리에는 고글과 각종 보호장구를 착용하고 있었다. **요란한 의상이군.** 총소리는 나지 않았다. 누군가 이곳을 예의주시하고 있었다면, 그가 문을 열자마자, 문이 바로 벌집이 되었을 것이었다. **민첩하게 움직여야 해, 주저주저하다가는 그걸로 바로 끝이야.**

그는 문 바깥으로 자신의 몸을 거의 노출시키지 않은 채, 두 팔만 문 밖으로 쭉 뻗어 쓰러져 있는 남자의 두 발을 잡아 당겼다. 중무장을 해서 그런지 꽤나 무거웠다. 생각했던 대로 발자국의 주인공은 그가 숨어 있던 문 바로 뒤쪽, 그러니까 문에서 그를 이곳으로 인도했던 엘리베이터 쪽으로 몇 발짝 떨어지지 않은 곳에 잠복해 있다가 당한 것이었다.

어느 정도 남자의 몸을 문 안쪽으로 이동시킨 후에, 그는 남자의 양 발목을 겨드랑이에 끼고 잡아당기기 시작했다. **개새끼, 더럽게 무겁네.** 총소리가 몇 번 더 났지만, 그는 멈추지 않았다. 다행히 총탄이 날아와 그의 몸에 박히지는 않았다. 하지만, 그건 쉬운 일은 아니었다. 100킬로도 더 나가는 것 같다고 그는 속으로 투덜댔다. 그는 필사적으로 매달렸다. 겨드랑이에서 배어나온 땀이 와이셔츠를 흠뻑 적셨다. 이마에서 흘러내린 땀방울이 눈 속으로 들어가 매웠지만, 닦거나 할 겨를이 없었다. 남자의 하반신이 방 안으로 얼추 들어왔나 했는데, 이번에는 남자가 비스듬하게 들고 있던 총의 총신 부분이 걸렸다. **끝까지 지랄이군.** 그는 다시 양발을 바닥에 내려놓고, 남자의 손에서 총을 거의 뜯어내다시피 했다. 사후강직이 아직 본격적으로 시작되지 않은 것이 그에게 다행이라면 다행이었

다. 총은 매우 무거웠다. 소리가 나지 않게 총을 방 안에 내려놓고
는 다시 발목을 부여잡고 끌어당겼다. 남자의 몸을 완전히 실내로
들여놓고는 재차 문을 꼭 닫았다. 그리고 몸을 숙이고 한숨을 내쉬
었다. 땀방울이 비오듯, 바닥으로 또 죽은 남자의 몸 위로 떨어졌다.

　다시 아무것도 보이지 않게 되었다. 그는 바닥에 쓰러져 있는 남
자의 몸의 이리저리 뒤졌다. 남자의 몸에는 그야말로 수많은 것들
이 매달려 있었다. 그는 이 많은 장식물들의 용도와 위치와 사용법
을 다 암기할 수 있다는 게, 게다가 그걸 위급 상황에서 적절히 사
용할 수 있다는 게, 경이스러웠다. 물론 그러고도, 그걸 통째로 다
외고도 인간은 죽는다. **네 잘못은 아닐 거야, 넌 그냥 죽을 때가 된
것 뿐이야, 아마도.** 그는 바닥에 널브러져 있는 남자에게 조그맣게
속삭였다. 그는 손바닥에 고인 땀을 바지춤에 닦아내고 우선 오른
쪽 허리춤에 붙어 있던 권총을 뜯다시피 해서 자신의 손에 넣었다.
권총 끝에도 역시 두툼한 소음기가 부착되어 있었다. 만져만 봐서
는 확실하지 않았지만, 안전장치의 위치나, 탄창방출장치의 형태
로 봐서는 9mm 파라블럼탄을 사용하는 베레타 FS 92 시리즈에다
소음기를 장착한 모델 같았다. 일단 총이 손에 들어오자 그는 한결
침착해졌다. **이제 됐어, 반은 된 거라구.**

　총 다음으로 그에게 필요한 건 빛이었다. 그가 낚은 전리품을 확
인하고, 그곳을 빠져나가는 데 도움이 될 만한 것들을 챙기기 위해
서는 빛이 꼭 있어야 했다. 급한 대로 문을 조금 열어두면 필요한
약간의 빛은 생기겠지만, 위험부담이 너무 컸다. 그는 다시 한 번

한 손에 베레타를 든 채로 빈 손으로 놈의 머리에서 양발 끝까지 샅샅이 훑었다.

　마침내, 그는 죽은 놈의 왼쪽 장딴지 중간에 달려 있던 주머니에서 원통형의 랜턴을 찾아냈다. 그는 랜턴을 켰다. **하나님이 가라사대 빛이 있으라 하시매 빛이 있었고, 그 빛이 하나님의 보시기에 좋았더라,** 라는 장소에 걸맞지 않은 성경 구절이 떠올랐다. 그는 랜턴을 샤워실과 화장실의 중간, 디귿자의 짧은 변에 위치한 세면대 위에 올려놓았다. 다시 돌아와서 오른손에 권총을 쥔 채로 놈의 양발을 겨드랑이에 끼우고 놈을 샤워실 쪽으로 운반했다. 자세히 뜯어보고, 필요한 것들을 챙기려면 아무래도 문에서 멀리 떨어져 있는 쪽이 안전할 것 같았다. 놈을 디귿자의 짧은 변에 평행하게 누여놓고, 다시 문 쪽으로 돌아와 바닥에 떨어져 있던 서브머신건을 집어 들고 불빛이 있는 세면대 쪽으로 다가갔다. 대단한 물건이었다. 흔히 줄여 HK 사(社)라고 부르는 독일의 헤클러-코흐 사에서 만든 MP5 시리즈였다. 소음기가 달린 걸 보면 아마도 MP5SD인 듯했다. 복잡한 구조를 가지고 있으면서도 보기 드문 신뢰성을 가지는, 할리우드 액션영화의 단골손님인, 세계적인 베스트셀러였다. **SAS 같은 특수부대에서나 사용하는 이런 총을 사용하게 되다니, 대단한 영광인걸.** 격발 그룹은 Safe, Single, Three, 그리고 Full Auto 그렇게 모두 네 단계였고, 총의 주인은 Full Auto로 맞춰놓고 있었다. 그는, 자신에게는 연사보다는 삼점사가 알맞을 거라고 생각했다. 연사의 경우, 총을 쏠 때 필연적으로 생기는 반동에 그가 금세 익숙해질 수 있을지 의문이었고, 자칫 방아쇠를 누르고 자동으로 마구 쏴대다가, 탄창에 들어 있는 총알이 다 떨어졌는지도 모른 채 무방비 상태로 적 앞에 나설 수도 있는 노릇이었다. 그는 탄창을 확인했다. 30발들이 탄창이었는데, 아직 한 발도 사용하지 않은 채였다. 그는 알루미늄 소음기 총구에 코를 대고 냄새를 맡아보았는데, 화약 냄새는 나지 않았다. 작전에 참가해서 한 방도 쏴보지 못하고 죽는 것만큼 비참한 일은 없을 거라고 그는 생각했다.

그는 쓰러져 있는 남자의 몸을, 마치 총기류를 분해하듯이, 하나하나 해체해 나가기 시작했다. 탄입대가 달려 있는 멜빵을 몸에서 분리해 내고——거기에는 사용하지 않은 탄창 다섯 개가 들어 있었다——, 여러 가지 것들이 매달려 있는 요대를 벗겨내었다. 요대에는 베레타의 탄창으로 보이는 길죽한 뭉치가 세 개 매달려 있는데, 그는 그중 하나를 빼서, 베레타에 원래 들어 있던 탄창을 탄창 방출장치를 열어 빼내고 그곳에 장착해 보았다. 딱 맞았다. 탄창은, MP5용 다섯 개, 베레타용 세 개, 그렇게 모두 여덟 개가 예비로 더 있는 셈이었다. 탄창은 될 수 있는 대로 다 가져가는 편이 좋을 것 같았다. 요대에 매달려 있던 수류탄은 떼어내어 세면기에 안에 두었다. 핀을 뽑고 나서 얼마 후에 터지도록 되어 있는지 그는 알 수가 없었고, 수류탄을 사용해야 할 경우가 생길지도 의문이었다. 조이스틱같이 생긴, 머리 쪽에 LCD 화면이 붙어 있고, 손잡이에 누름쇠가 달려 있는 뭐에 쓰는지 알 수 없는 장비도, 요대에서 빼내 세면기 안에 처박아 두었다. 용도를 모르는 것들은 무게를 줄이기 위해서라도 놓고 나가기로 했다. 이중으로 된 방탄조끼도 벗겨내었다. 총소리는 띄엄띄엄 들렸지만 아주 가까운 곳은 아닌 것 같았다. 그는 서둘렀다. 지갑은 바지 뒷주머니로 옮겨넣고, 핸드폰과 에어포스트는 전원을 끈 채로 양복 안주머니에 넣어두었다. 그런 다음, 양복 윗도리를 벗어서 샤워기 꼭지 위에 걸쳐놓았다. 방탄조끼와 탄입대가 붙어 있는 멜빵을 착용하는 것도 만만치 않은 일이었다. 등뒤로 손을 돌려 간신히 고정시키고, 이리저리 움직여 보았다. 완전히 고정은 된 듯했지만 몸이 꽤나 둔해진 느낌이었다. 베레타는 오른쪽 바지주머니에 뽑기 쉽도록 집어넣었다.

헬멧을 벗겨내다, 그는 소스라치게 놀랐다. 헬멧 밑의 얼굴은, 집으로 들어오기 전 대로에서 만났던, 자신에게 다시 만나면 죽을 힘을 다해 내빼라고 협박하던 바로 그 떡대의 얼굴이었다. 비록 얼굴을 대한 건 짧은 순간이었지만, 퍽이나 강렬한 인상을 남겨서 그는 놈의 얼굴을 확실히 기억하고 있다고 자신했다. **남의 주먹을 태연히 믹서에 갈 수 있는 놈일지라도, 총탄이 박히면 끝인 거야, 알겠니, 인마, 개새끼야.** 그래도 그는 여전히 놈이 조금은 두려웠다. 만일의 상황에 대비하여 한 손으로는 다시 베레타를 쥐고 세면기 위에 올려놓았던 랜턴을 놈의 얼굴에 비추어보았다. 확실히 그놈 같았다. 베레타의 안전장치를 풀고 혹시라도 움직거리거나 한다면 놈의 머리에 9mm 파라블럼탄을 한 방, 박아넣어 줄 채비를 했다. 핏자국 같은 것은 없었다. 숨을 쉬는 것 같지도 않았다. 놈이 끼고 있던 장갑을 벗겨내어 자신의 양손에 낀 다음, 놈이 신고 있던 구두끈을 풀러 팔목을 뒤로 해서 두세 번 매듭을 지어 꽉 묶어놓고 다시 화장실로 끌고 가서 무릎을 꿇린 자세로 변기에 머리를 처박았다. 그리고 세면대에 잠시 두었던 네 개의 수류탄을 까지 않은 채로 그 안에 던져넣었다. 잠시, 꼬르륵대며 물방울들이 올라오는 소리가 나더니 더 이상 아무 소리도 나지 않게 되었다. **이제 믹서에 대한 악몽 같은 건 걱정하지 않아도 되겠군.**

그는 요대를 차고 나서, 마지막으로 헬멧을 뒤집어 썼다. 헬멧은 흔히 볼 수 있는 철모 타입이 아니라, 머리에 완전히 뒤집어 쓰는 두건 같은 모양이었다. 투명한 플라스틱 판을 통해 밖을 내다볼 수 있도록 되어 있었고, 나머지 부분은 모두 가려져 있었다. 놈과 머리 크기가 비슷해서인지 별로 불편하지는 않았다. 다양한 액세서리들이 장착되어 있었다. 머리 위쪽으로 야시경이 부착되어 있어서, 내려서 쓰면 사물들이 어둠 속에서 푸르스름하게 보였다. 적외선 방식은 아닌 것 같았고, 흔히 광량증폭식이라고 불리는 약한 빛을 증폭하여 야간에도 볼 수 있게 고안한 방식의 제품 같았다. 그는 야시경을 착용한 채로 MP5의 스코프로 사물을 조준해 보았는데, 아무래도 불편했다. 특별한 경우가 아니면, 제쳐놓고 사용하지 않기로 했다.

오른쪽 귀 아래에 있는 버튼을 누르자 바로 그 부분에서 칙칙거리며 소리가 나기 시작했다. 통신수단인 듯했다. 밖에서 다시 한 번 커다란 총소리가 집중적으로 들리더니, 비명 소리와 함께, 탱고 다운이란 소리가 오른쪽 귀 근처에 장착된 리시버를 통해 들렸다.

남자의 것인지 여자의 것인지 분간이 안 되는 선이 가는 중성의 목소리였다.

"찰리, 아유 오케이?"

잠시 아무 소리도 들리지 않았다. 그는 자신에게 묻는 것 같다고 판단했다, 아니 채 판단하기도 전에, 그는 대답을 하고 있었다.

"오케이."

"찰리를 제외하고는 아군, 전원 사살. 현 상태 보고하라."

소음기가 달린 총을 든 그룹은 그 하나밖에 남지 않았다는 얘기였다. **오늘의 행운은 이제 완전히 동이 나버렸나 보군. 오늘의 운세란에 개띠에 대해 뭐라고 나왔더라.**

"찰리, 현 상태 보고하라."

그는 찰리라는 이름이 맘에 들지 않았다. 뭐라고 보고해야 할지도 막막했다. 구두끈에 팔목이 묶인 채 머리는 변기 속에 들어 있다, 수류탄은 둥둥 떠 있고, 물은 너무 차갑다, 라고 보고할 수도 없었다.

"적은?"

대답은 접어두고, 목소리의 주인을 확인하기 힘들게 최대한 작은 소리로 그는 물었다.

"2층에 둘, 3층에 둘. 정확한 것은 하트비트 센서로 확인하라."

하트비트 센서, 아까 그가 세면기에 던져두었던 그 조이스틱을 닮은 장비였다. 유용하게 써먹을 수도 있겠다는 생각이 들었다.

"탈출구는?"

"아직은 확보되어 있지만, 20분 후에는 패스워드 락이 다시 작동된다. 시간을 엄수하라."

패스워드라, 그에게는 짚히는 데가 있었다.

"엘리베이터 말인가?"

"그렇다, 어째서 그런......."

꼬투리가 잡히기 전에 캐낼 수 있는 건 모두 캐내야 했다. 그는 어딘가 비밀 기지 같은 데서 현황판 앞 푹신푹신한 의자에 파묻혀 있을 중성의 목소리가 뭐라고 질문하려는 걸 중간에 잘라버렸다.

"2층? 아니면 3층?"

"2층은 침입용 아닌가?...... 넌 누구냐?"

들켰군 그래, 바보같이, 그는 쓴웃음을 지었다. 어차피 오래가지 못할 것이라고 그는 생각하고 있었다. **그래도 꽤나 오래 끌었군.**

"찰리다."

"......장난치지 마라, 찰리는 어떻게 되었나?"

"변기에 머리를 처박고 세수를 하고 있다. 실내가 너무 덥다."

"진 팀장님, 이 세븐에서 이머전시, 이 세븐에서 이머전시."

리시버 저쪽에서 웅성거리는 소리가 잠시 들리더니, 삐익대는 불쾌한 기계음이 몇 번 반복되었다.

"쥐새끼가 한 마리 들어왔군 그래."

새로운 목소리였다. 이번에는 끝이 갈라진 남자의 목소리였다.

"누군지 물어보아도 되겠나?"

"찰리라고 들었다."

잠시, 침묵이 이어졌다. 그는 그 침묵이 그에게 더 많은 대답을 다그치는 상대방의 테크닉이란 것을 직감할 수 있었다. 그래서 그는 입을 다물고 있었다.

"유머감각이 풍부한 쥐새끼군. 안타깝게도 그 유머감각이 귀하의 수명을 더 연장시켜 줄 수는 없을 테지만."

"쥐들에게는, 유머감각뿐만이 아니라, 방향감각이라는 게 있으니까."

"하하핫. 좋다, 한번 열심히 뛰어다녀 보도록. 귀하의 무운(武運)을 빈다."

여유가 넘치는 푸근한 목소리였다. 그가 대답할 짬도 주지 않고, 교신이 뚝 끊어졌다.

전장은 2층과 3층이었다. 빈소가 있다는 5층 이외에는 원래 패스워드를 넣어야 엘리베이터가 멈추게끔 되어 있었는데, 침입하는 쪽이 패스워드 락을 푸는 바람에, 그가 2층으로 들어올 수 있었던 것이었다. 비슷한 경로로 소음기가 달린 총을 든 그룹도 이곳으로 잠입했을 것이고. 20분이라, 그는 자신의 팔목시계를 확인했다. 2시 37분이었다. 57분까지, 그는 3층 엘리베이터를 통해 밖으로 빠져나가야 했다.

그는 하트비트 센서를 떠올렸다. 세면대에 박혀 있던 센서를 꺼내서 전원을 올리고 손잡이 부분에 붙어 있는 방아쇠를 당기자, 중앙 LCD 화면에 평면도가 나오고, 자신의 위치가 동그라미 모양으로 깜박거리고 있었다. 누름쇠 바로 옆에 붙어 있는 원형 레버를 돌려서 평면도를 확대할 수도 또 축소할 수도 있게끔 되어 있었다. AM 라디오를 수신하듯이 센서의 정면이라고 여겨지는 부분을 이리저리 돌리다 보니, 또 다른 네모난 점이 깜박거리기 시작했다. 남아 있다는 네 명의 적 중, 하나임이 틀림없었다. 평면도에 3층은 나오지 않는 걸로 봐서 이 하트비트 센서는 그것을 들고 있는 자와 같은 높이에 있는, 즉 같은 층에 있는 적에게만 유효한 것으로 그는 추정했다. 리시버를 통해 중성의 목소리가 얘기했던 2층에 있다는 두 명 중 하나는 이미 3층으로 이동했거나, 아니면, 너무 멀어서 센서의 감지 구역을 벗어난 듯했다. 평면도 상의 건물은 전체적으로 기역자였다. 기역자형 복도의 오른편에는 크기와 구조가 다른 방들이 연이어 붙어 있었다. 그는 센서를 왼쪽 옆구리에 있는 전용 주머니에 집어넣었다. 쉽게 뺄 수 있도록 단추는 잠그지 않았다.

자, 이제 슬슬 움직여볼까. 그는 다시 한 번 무기들과 그 밖의 장비들을, MP5 서브머신건과, 베레타와 여분의 탄창 여덟 개와, 랜턴과 하트비트 센서를 챙겼다. 그는 문을 열기 전 한숨을 크게 한 번 내쉬었다. **고우, 고우, 고.**

일단 확실히 해둘 겸 2층의 엘리베이터도 확인하는 편이 낫겠다고 그는 생각했다. 애당초 2층의 엘리베이터는 침입 루트, 3층의 엘리베이터는 탈출 루트로 설정된 것 같았지만, 확실히 해둔다고 해서 나쁠 건 없었다. 2층 엘리베이터를 통해서 나갈 수만 있다면 그보다 더 나은 해결책은 없었다. 복도로 나서기 전, 센서로 후

방을 재빨리 확인한 후, MP5를 양손에 움켜쥐고 조준경을 통해 전방을 주시한 채 엘리베이터 쪽으로 빠르게 뒷걸음질 쳤다. 그는 갈라지는 길 쪽의 셔터도 다시 한 번 점검했다. 여전히 굳게 닫힌 채였다. 엘리베이터 오른쪽 벽면에 붙어 있는 ▽ 단추를 누르고 나서 전방을 주시하며 등 뒤쪽 엘리베이터가 열리기를 기다렸다. 하지만, 60까지 세는 동안 MP5의 조준경에는 아무것도 잡히지 않았고, 엘리베이터도 열리지 않았다. **씨발, 죽으나 사나 3층까지는 가야 되겠군.** 그는 입맛이 썼다. 이제 더 이상 총소리는 들리지 않았다. 남은 네 명이 발소리를 죽인 채 자신을 찾아 다니고 있을 거라고 생각하자 등골이 오싹해졌다. 네 명의 포위망을 뚫고 멀쩡한 육신으로 3층 엘리베이터에 도달하는 일은 아무리 좋게 생각해 봐도 기껏해야 30퍼센트의 확률을 넘기기 힘들 거라고 그는 생각했다. **그것도 20분이야, 20분, 20분 내에 해치워야 한다구.** 그는 입술을 질끈 깨물었다.

MP5를 양손에 움켜쥐고 오른쪽 눈을 조준경에서 떼지 않은 채 그는 다시 전진했다. 전방을 향해 낫 모양으로 몸을 구부정히 구부린 채, 그는 발소리가 나지 않도록 주의하며 한 걸음씩 발을 떼어 나갔다. 복도는 꽤나 길었다. 그는 가끔 조준경의 모드를 1.5배로 변경하여 전방의 원경을 주의 깊게 관찰했지만, 눈에 띄는 것은 없었다. 하트비트 센서를 작동시키고 싶은 마음은 굴뚝 같았지만, 센서링을 하는 동안에 적이라도 튀어나온다면 다시 MP5 주인의 전철을 고대로 밟게 될 수도 있는 노릇이었다. **한 발은, 최소한 한 발**

은 쏜다. 꼭 그래야만 될 것 같았다.

복도 왼편으로는 통자 유리창이 가로로 길게 나 있었는데, 가시광선 차단막이라도 설치되어 있는지 짙은 밤색이었다. 유리창 밖은 잘 보이지 않았다. 깨져 있는 유리창이 없는 걸로 봐서 건물 외부에서 안쪽으로의 저격은 없을 듯했다. 복도 오른편에는 문들이 달려 있었는데, 대부분 닫혀 있었다, 하나만 빼고. 그가 숨어 있던 화장실 바로 다음 방문이 열려 있었다. 엘리베이터 쪽에서 전진하여 두 번째 방이 되는 셈이었다. 전방을 계속 주시하며 그는 쪼그려 앉은 채로 문 근처까지 재빨리 다가갔다. 그는 당장이라도 방아쇠를 당길 수 있도록 손에 잔뜩 힘을 준 채, 호흡을 잠시 멈추고는 단숨에 방 안으로 진입했다. 총소리는 나지 않았고, 아무도 보이지 않았다. 공간은 매우 협소했고, 일반적인 구조라 할 수 없는, 꽤 길쭉한 직사각형 모양이었다. 가로는 채 2미터 정도였지만, 문과 마주하는 맞은편 벽은 문에서 적어도 7~8미터는 떨어져 있는 듯했다. 복도보다 천장이 더 낮게 느껴졌다. 다행히 시계 확보에는 별 무리가 없었다. 양 옆으로 붙박이 선반이 설치되어 있었고, 선반 위로는 크기가 다른 박스들이 가지런히 놓여 있었다. 창고 같았다. 창고 안에는 그 이외에 아무도 없었다. 그는 문 바로 근처에서 MP5를 멜빵에 걸친 채, 다시 센서링을 했다. 한 놈이 바로 잡혔다. 그가 잠복하고 있는 창고 바로 옆방이었다. 놈은 창고와 인접한 벽을 따라 방 안쪽에서부터 복도 방향으로 이동하고 있었는데, 아주 빠른 속도는 아니었다. 복도로 통하는 문이 있으리라고 여겨지는 곳쯤에서, 깜박이는 사각형은 잠시 정지했다. 복도로 나갈지 말지 고민하고 있는 것처럼 보였다. 그는 센서를 주머니에 집어넣고, MP5를 다시 양손에 그러쥐었다. 문 밖으로 나온다면, 기회는 자신에게 있다고 그는 생각했다. 왼발은 복도에, 오른발은 방 안에, 그렇게 몸을 문지방에 걸친 상태로 마치 푸세식 화장실에서 똥을 누는 자세처럼 쪼그리고 앉아, 몸을 왼쪽으로 기울여 문 밖으로 쭉 뽑아내서는, 그는 센서에 적이 잡혔던 방의 문을 정확히 겨냥했다. 마침, 문고리가 슬금슬금 돌아가는 것이 보였다. 딱 멎었다. 빙고. 먼저 폭발하는 것이 권총의 약실이 아니라, 자신의 심장일지도 모르겠다는 생각이 들 정도로 그는 흥분해 있었다. 열리는 문 틈으로 하얀 장갑을 낀 손이 나타나고, 총신이 보이고, 팔목이 드러나고, 마침내 조준경의 빨간 십자선 안에 놈의 어깨와 가슴 일부분이 들어오는 순간, 그는 방아쇠를 당겼다. 하마터면 뒤로 자빠질 정도로 반동은 컸다. 십자선에 걸려들었던 놈은 비명소리 한 번 질러보지 못하고, 앞으로 고꾸라졌다. 넘어지는 것을 확인하는 순간, 그는 다시 방 안으로 몸을 숨겼다.

사분의 일. 소리는 그가 예상했던 것보다도 훨씬 더 작았다. 그는 정신을 수습하고, 탄창을 확인했다. 모두 여섯 발이 비어 있었다. 그는 방아쇠를 한 번 당겼다고 생각했지만, 그게 아니었다, 두 번이었다. 간단한 산수였다. 삼십 빼기 육은 이십사, 다시 그걸 삼으로 나누면, 여덟. 결국, 그가 삼점사를 고집한다면, 탄창을 갈아 끼우지 않은 채 방아쇠를 더 당길 수 있는 횟수는 정확히 여덟 번이었다. 탄창을 갈아끼지 않고 그보다 더 당긴다면, 끌럭거리는 의미 없는 소리만 생산될 뿐, 총신에서는 아무것도 튀어나가지 않을 것이었다. **그러면 바로 죽음이다.** 그는 자기도 모르게 마른침을 삼켰다.

그는 센서를 들고 다시 센서링을 시작했다. 총소리를 듣고 남아 있는 셋 중의 몇이 이쪽으로 접근할 수도 있는 일이었다. 그렇다면 아무리 그쪽에서 대비를 철저히 하고 접근한다 해도, 잠복한 상태로 기다리는 그가 더 유리할 거라고 그는 믿었다. 하지만, 그가 다시 50을 세는 동안, 센서에는 아무것도 잡히지 않았다. **차이점이 있다면, 놈들한테는 제한시간이라는 것이 없고, 내게는 있다는 거다.** 그는 센서를 다시 주머니에 집어넣었다. 그는 다시 MP5를 움켜쥐고 천천히 방 밖으로 나갔다.

그는 잽싸게 그의 총알을 맞고 쓰러져 있는 시체를 뛰어넘어 적이 튀어나왔던 방 안으로 진입했다. 센서에서도 이미 확인했던 것처럼, 방 안은 방금 전 그가 매복해 있던 방——아마도 창고로 추정되는 방——과 비교할 때 매우 넓었다. 벽 한쪽에는 커다란 벽난로가 설치되어 있었고, 벽난로 위에는 커다란 호피가 스카이다이빙이라도 하는 포즈로 사지를 쫙 펼친 채 거꾸로 매달려 있었다. 방금 전의 창고와는 비교가 안 되는 호사스러운 취향이었다. 그리 크지 않은 책꽂이와 몇 개의 책상이 벽 쪽에 붙어 있었고, 방 중앙에는 소파와 테이블이 가지런히 놓여 있었다. 접대를 위한 간단한 응접실이거나, 손님들이 약속을 기다리면서 쉴 수 있게 해놓은 대기실 정도로 보였다. 그는 방 안에 아무도 없음을 확인한 후, 쓰러져 있는 첫 번째 희생물 쪽으로 다가갔다. 군복 차림은 아니었다. 하얀 드레싱 셔츠와 검은 멜빵바지만 보면, 호텔이나 레스토랑의 웨이터 차림이라고 해도 별로 나무랄 데가 없었다. 하지만, 주머니가 잔뜩 달린 방탄조끼와 이제 막 그의 체온에서 이탈된 기관총을 본다면, 누구도 그를 평범한 웨이터라고 부를 수는 없을 것 같았다. 기관총은 영국군에서 사용하는 SA80이었다. 그는 단번에 알아볼 수 있었다. 흔히 불펍(Bull Pup)형이라고 부르는 개머리판이 짧고 탄창집이 손잡이와 방아쇠 뒤쪽에 오는 독특한 디자인이 우선 눈에 확 띄었고, 기본으로 제공되는, MP5에 장착된 것보다 두 배는 커 보이는 4배 줌 조준경 또한 그가 총기의 종류를 확인하는 데 드는 시간을 줄여주었다.

MP5 대 SA 80이라, 그는 방 오른쪽 모서리를 등지고 쭈그리고 앉아서 잠시 어느 쪽이 밀폐된 실내에서 더 유리한 모델인가 저울질해 보았다. 우선 총기의 무게만 놓고 따져보면, SA80 쪽이 중량이 더 나가기 때문에 휴대하는 사람의 기동력을 저하시킬 수도 있었지만, 어차피 행군 같은 기다란 동선을 요구하는 상황은 아니므로 큰 차이는 없을 것 같았다. 총탄의 구경 쪽은 MP5가 거의 배나 크니까, 같은 수준의 방탄조끼를 입고 있다면 데미지는 MP5에 맞은 쪽이 더 클 것 같기도 했다. 하지만, 사실 어떤 종류의 방탄조끼를 입고 있다 한들, 5.56mm건 9mm 구경이건 일단 한 방만 제대로 맞으면, 바로 죽거나 그렇지 않으면 충격으로 쓰러져 무방비로 다음 총탄을 기다려야 하는 신세가 될 건 뻔했다. 결국, 이 구경의 차이도 아와 피아의 유불리를 가늠하는 잣대는 될 수 없을 듯했다. 그에게 단 하나 불리한 점이 있다면, 조준경일 것이라고 그는 생각했다. 1.5배 줌 조준경과, 4배 줌 조준경의 차이는 무시할래야 무시할 수 없는 요소였다. 4배 줌을 이용한 스나이핑과 1.5배 줌을 이용한 스나이핑의 정확도는 조약돌을 던져 5미터 거리의 당구공을 맞추는 것과 볼링공을 맞추는 정도의 차이는 날 터였다. 또한 밀폐된 공간이기는 해도, 원경이 확보되는 포인트에 적이 자리를 잡고 있다면, 4배 줌의 위력이 발휘될 여지는 충분했다. 그는 될 수 있으면, 시야가 트인 곳보다는 좁고 지형지물이 많은 곳에서 교전을 벌이는 것이 그에게 유리할 것이라는 결론을 내렸다. 한편으로 그에게는 하트비트 센서라는 아주 유용한 도구가 있었다. 적은 이런 기계를 갖고 있지 않을 거라고 그는 생각했다. 건물의 내부를 자신의 손바닥처럼 속속들이 알고 있을 적들에게 센서 같은 게 필요할 이유가 없을 것 같았고, 만에 하나 지키는 쪽에서 그런 장비를 이미 보유하고 있다면 자신의 위치를 확인한 후 한꺼번에 러시를 해올 일이지, 아까처럼 얼빠진 상태에서 그의 조준선에 걸려들거나 하지는 않았을 것 같았기 때문이었다.

출입구에서 들어오면서 보아 방의 왼쪽, 즉 엘리베이터 반대방향 쪽 벽에 문이 하나 있음을, 그는 뒤늦게야 알아챘다. **이런 제길, 문이 왜 두 개나 있어, 헷갈리게.** 방과 방 사이에 난 문이었다. 그는 머리가 쭈뼛 섰다. 주시해야 할 곳이 한 곳이 아니라 여러 곳이라면 집중도는 떨어질 수밖에 없었다. 그는 복도로 난 출입구를 향해 달려갔다. 시체를 발로 밀어 문이 그리는 원주 밖으로 몰아내고, 복도로 난 문을 닫아버린 후, 가장 가까운 책상을 끌어서 바리케이드를 쳤다. 그는 가급적 적이 들어올 수 있는 경로의 수를 줄이고 싶었다. 그러고는 다시 옆 방으로 난 문 앞에서 센서링을 시작했다.

옆 방은 비어 있었지만, 잇대어 있는 바로 그 다음 방에서 다시 한 놈이 잡혔다. **됐어,** 그가 잠복해 있는 응접실의 다음 방과, 그 다음 방은 센서의 평면도 상에서는 얼추 비슷한 크기였는데, 그 둘 다 응접실보다는 매우 넓었다. 또한 그의 앞에 가로놓인, 응접실과 다음 방을 연결해 주는 문처럼, 다음 방과 그 다음 방 사이에도 위치는 좀 달랐지만 또 하나의 문이 복도 쪽에 바짝 붙은 채로 나 있어서, 복도로 나가지 않고도 방과 방 사이를 자유로이 출입할 수 있게끔 되어 있는 것 같았다. 결국 적에게 접근하는 데에는 두 가지 경로가 있었다. 하나는 복도를 통해서, 또 다른 하나는 복도로 이동하지 않고, 방과 방 사이에 난 문을 통해서. 그는 복도 쪽으로 나가는 것보다 방을 통해서 적에게 접근하는 쪽이 더 유리할 것으로 판단했다. 복도를 타고 이동하는 것은 원거리에서 SA80으로 혹시 스나이핑을 노리고 있을지 모르는 적에게 노출되기 쉬웠다. 그는 소리가 나지 않도록 천천히 방과 방 사이에 난 문을 열었다. 열자마자, 그는 문의 위치를 먼저 확인했다. 그가 센서상의 평면도에서 확인했던 것처럼, 그 방에는 방금 그가 들어온 문 이외에도 두 개의 문이 더 있었다. 반대편 벽에 난, 그 다음 방으로, 적의 위치가 하트비트 센서에 감지되었던 바로 그 방으로 통하는 문 하나와, 원쪽 벽에 붙어 있는, 복도로 향하는 문 하나. 적이 어디에서 들어올지는 알 수 없었다. 두 쪽의 문을 번갈아 주시하면서, 그는 그가 진입한 방의 구조를 곁눈질로 살폈다. 그 방은 그가 차례로 거쳤던, 화장실, 창고, 응접실 등과는 그 구조부터 판이하게 달랐다. 다른 방들이 모두 복도와 그 높이가 비슷한 천장을 가지고 있었는데 반해, 이번 방은 마치 백화점이나 빌딩의 중앙 홀처럼, 바로 위층을 터서 매우 높은 천장을 가지게끔 되어 있는 그런 구조였다. 중앙에는 끔찍하게도 큰, 한 번도 본 적이 없는 크기의 장방형 테이블이 놓여 있었고, 그 주위로 퍽이나 호사스럽게 보이는 의자들이 가지런히 놓여 있었다. 대충 봐도, 삼사십 개는 되어 보였다. 특급 호텔의 대연회실 같은 분위기였다. **총질을 하더라도 조심해서 해야겠는걸. 잘못 갈겨댔다가는 뒷감당하려면 돈 꽤나 먹히겠어.**

하지만, 정작 그를 당혹스럽게 만들었던 것은, 터무니없는 크기의 테이블이 아니라, 복도 쪽 벽에 나 있는 유리창이었다. 유리창은, 복도 쪽 벽, 3층 높이에 가로로 길게 나 있어서, 3층의 어딘가에서 아래층인 2층을 내려다볼 수 있게 되어 있었다. 그는 잽싸게 문 뒤로 다시 후퇴했다. 이동하면서 주시해야 할 곳이 두 곳, 출입문이 달려 있는 전방과 왼쪽이라면 어느 정도 대응이 가능할 수 있을지 몰라도, 머리 위쪽까지 신경 쓰면서 전진한다는 것은 거의 불가능한 얘기처럼 들렸다. 3층의 실내 어딘가에서 누군가가 그 유리창을 저격 포인트로 삼고 아래층을 주시하고 있을지도 모르는 일이었다. 그는 문을 닫고 다시 센서를 켰다. 아직 놈은 대연회실에 바로 맞닿아 있는 방에 그대로였다. 아직 복도 쪽으로 나온 것이 아니라면, 복도 쪽 동선을 타는 편이 위층의 적으로부터 고스란히 노출되어 있는 동선을 밟는 것보다는 안전할 것으로 판단되었다. 센서를 집어넣고, 응접실과 복도를 연결해 주는 문 쪽으로 다가가서 바리케이드로 삼았던 책상을 치우고 문을 열었다. 문을 열자마자 저격의 대상이 될 것을 우려해서, 발로 문을 차 연 후, 잠시 기다렸다. 누군가 이쪽을 노리고 있었다면 문이 열리는 순간, 몇 발의 총성이 뒤따를 것이었다. 하지만, 아무 일도 없었다. 그는 복도로 뛰어나가, 다시 몸을 웅크리고 MP5를 양손으로 움켜잡은 채 대연회실 다음 방으로 뛰어갔다. **미친 거야, 미친 게 틀림없어. 어젯밤 뭘 잘못 먹었거나.**

대연회실을 거의 다 지나갈 즈음, 대연회실 다음 방의 문이 빠르게 열리며, 누군가 튀어나왔다. 그는 엉겁결에 조준선에 신경을 쓸 겨를도 없이 전방을 향해 방아쇠를 연속해서 당겼다. 분명히 소음기가 달린 MP5의 총소리와는 다른, 찢어지는 총성이 연속적으로 들렸다. 순간 그는 앞으로 쓰러지며 벽 쪽으로 몸을 붙였다. 다시 조용해졌다. 문 바로 앞에 누군가 쓰러져 있었다. **잡았구나.** 그는 온몸의 피가 머리 위로 쫙 몰리는 듯한 느낌을 받았다. 다행히 SA80의 5.56mm 구경 총탄은 모두 그의 몸을 비껴나가 건물 어딘가에 박혀버린 것이었다. 그는 재빨리 자신의 탄창을 확인했다. 아홉 발이 더 비어 있었다. 결국, 방아쇠를 세 번 더 당긴 셈이었다. **열다섯 발에 두 놈이라, 첨 하는 장사치고는 꽤 짭짤한걸.** 아직 여분의 탄창이 다섯 개나 더 있었고, 남은 적은 고작 둘이었다. 다시, 그는 전진했다.

적이 잠복해 있던, 대연회실 다음 방을 관찰하기 위해 어중간하게 열려 있는 문 쪽으로 고개만 삐죽 들이미는 순간, 다시 한 번 방금 전의 그 총탄 소리가 들려 왔다. 가까운 곳에서 총탄이 박혀 목재가 맥없이 부서져 나가는 소리가 났다. 그는 황급히 고개를 뺐다. 응접실까지 뒷걸음질로 빠르게 후퇴하여 바로 센서를 작동시켜 보았는데, 총알이 날아온 방에서는 아무것도 잡히지 않았다. 지금까지 멀쩡하던 센서에 이상이 있다고 생각하기는 어려웠고, 그렇다고 해서 빈 방에서 총알이 날아왔다고 믿기도 힘든 일이었다. 있을 법한 하나의 가정이 그의 머릿속에 떠올랐는데, 그것은 대연회실의 경우 3층이 완전히 터져 있는 구조였지만, 그 다음 방의 경우 어떠한 방식이건 간에, 방 안에 2층과 3층이 동시에 존재하는 구조라는 것이었다. 혹시라도 방 안쪽 3층 부분에 적이 잠복해 있다가 그에게 총탄을 퍼부은 것이라면, 고도가 다르므로 센서에는 감지되지 않을 수도 있었다. 모든 것이 잘 들어맞았다. 마치 넓은 홀에서 바로 위층의 복도를 볼 수 있듯이, 3층은 벽에 붙어 있는 선반처럼 혹은 베란다처럼 그 방 안에 부분적으로만 설치되어 있고, 나머지 부분은 2층과 3층이 터져 있는 그런 형식의 구조인 것 같았다.

그렇다고 한다면, 그건 중대한 문제가 아닐 수 없었다. 지금까지 그가 안심하고 전진할 수 있었던 건, 최소한 그가 지나온 동선 뒤쪽으로는 2층과 3층을 연결하는 통로가 없다 하는 가정 아래서 가능했던 것이었다. 즉, 2층의 적만 확인하고, 있으면 제거하면서 하나의 동선을 따라 전진한다면, 갑자기 뒤에서 나타난 적에게 뒤통수를 맞을 일은 없을 거라는 계산이 미리 깔려 있었던 것이었다. 그것은 자신이 지나온 뒤쪽을 모두 데드엔드로 만들면서 전진할 수 있는, 그럼으로써 자연스레 뒤쪽을 경계의 대상에서 제외시키면서 동시에 적이 숨어 있을 수 있는 공간을 조금씩 줄여나가는, 미지의 공간에서 전투나 수색을 하는 데 있어서 가장 기본이 되는 동선의 원칙이었다. 하지만, 그가 전진해야 할 곳 중간에 또 다른 곁가지가, 전혀 센서링이 불가능한 3층으로부터의 통로가 존재한다면, 그 전술은 다시 변형되어야만 했다. 무시하고 전진하느냐, 아니면 2층을 버리고 그곳을 통해서 3층으로 올라가느냐 하는 것이 관건이라고 그는 생각했다. **2층이냐 3층이냐 그것이 문제로다.** 하지만, 그전에 우선 그가 알아내야 할 것은 그 방 안에 2층과 3층이 과연 그의 가정처럼 공존하는지, 그리고 만약 그렇다면 그 방의 3층 부분이 건물 내의 다른 3층 부분들과 연결되어 있는지, 아니면 별개로 고립되어 있는지 하는 것이었다. 만약 고립되어 있는 구조라면, 어떻게 해서든 방 안에 존재하는 한 명 혹은 두 명의 적만 제거하고 다시 그 방을 데드엔드로 쉽게 치환시킬 수 있을 터였다. 그는 두 가지 질문에 대한 대답을 구하는 것이 급선무라는 사실을 깨달았다.

이번에는 복도 대신, 대연회실을 통한 동선을 사용하기로 그는 마음먹었다. 대연회실을 지나서, 대연회실과 문제의 방 사이에 나 있는, 이미 그가 센서로 또 실제 그의 눈으로도 확인한 문을 통해서 진입하기로 그는 결정했다. 복도 쪽 출입구는 이미 경계 대상으로 지목되어 있을 것이 뻔했으므로, 그쪽을 다시 시도하는 것은 역시 무모하게 느껴졌다. 응접실과 그가 구조를 확인하려는 방 사이에 위치한 대연회실에 나 있는 머리 위쪽 유리창이 문제였지만, 방법이 없는 것만은 아니라고 그는 생각했다. 하나의 방법은 대연회실을 동선으로 삼되, 복도와 면한 쪽 벽에 바짝 붙어서 문제의 다음 방으로 옮겨 가는 루트를 밟는 것이었다. 어차피 유리창은 대연회실과 복도를 구분하는 벽의 3층 부분에 나 있었기 때문에, 유리창 바로 아래쪽 벽, 즉 복도와 면한 2층의 벽을 타고 이동한다면, 3층에 누군가 있다 해도 자신의 움직임을 눈치채지 못할 수도 있었다. **시간은 없고, 길은 단 하나야, 이제 돌아갈 수 있는 방법은 없어.** 그는 속으로 중얼거리며, 미련 없이 아직 열다섯 발이나 남아 있는 탄창을 새 걸로 갈아 끼웠다.

그는 센서링으로 적들의 동태에 아무런 변화가 없음을 재빨리 확인한 후, 대연회실로 난 문을 발로 천천히 열었다. 속으로 20까지 센 후, 복도 쪽 벽으로 있는 힘껏 내달았다. 3층의 유리창으로부터의 저격은 없었다. **하나의 관문은 돌파했는데.** 그는 계획대로 몸을 최대한 밀착시킨 채 게걸음으로, 여전히 전방을 주시한 채 전진했다. 이동 중간에 잠시 걸음을 멈추고 그는 머리 위에 붙어 있는 유리창 쪽을 바라보았는데, 각이 전혀 없었다. 대연회실과 다음 방을 연결하는 문 앞에 도달하자, 그는 센서링을 다시 시도했다. 역시 아무것도 걸리지 않았다. 총을 손에서 놓고, 센서로 확인하고, 센서를 끄고 주머니에 집어넣고, 다시 총을 손에 들고 사격 준비 자세를 갖추는 데까지 걸리는 시간이 점점 짧아지는 것 같다고 그는 느꼈다. **좋은 신호야.** 아무래도 센서링을 하는 동안에는 문자 그대로 무방비 상태일 수밖에 없었다. 그는 손을 뻗어 문고리를 천천히 돌리고, 발끝으로 문을 받쳤다. 그는 이번에야말로 자신이 훨씬 더 불리한 상황에 놓여 있다는 사실을 깨달았다. 무슨 이유인지는 정확히 몰라도, 센서는 이미 무용지물이었고, 그래서 그는 적이 그 넓은 방의 어느 곳에 잠복을 하고 있는지 전혀 짐작할 수가 없었다. 반대로 적은 이미 총격전이 있었던 복도로 난 문이나, 아니면 대연회실과 연결되는 문을 통해 그가 진입해 올 수도 있다는 예상을 하고 있을 게 분명했다. 적은 기껏해야 1.5입방미터의 평면 두개만 커버하면 되지만, 그는 대충 15미터 곱하기, 15미터 곱하기, 5미터, 그러니까 약 1000세제곱미터의 공간 속 어딘가에 잠복해 있는 적을 잡아내야만 했다. **너무 일방적으로 불리하기만 한 숫자 놀음인걸.** 그렇게 따진다면, 산술적으로 그의 위치는 이미 노출되어 있는 것이나 다를 바 없었으므로, 자신의 위치를 알려주더라도 적의 반향을 한번 떠보는 것도 나쁘지 않은 전술로 여겨졌다. 결심을 하고, 그는 천천히 문을 여는 대신, 문을 힘껏 걷어찼다.

반대편 방 안으로 문이 젖혀짐과 동시에 요란한 총소리가 귓전을 때렸다. **아직 있구나, 놈이.** 그는 문에서 반 발짝 정도 물러났다.

쉽지 않아, 어렵겠는데, 도무지 쉽지 않아. 수확이라면, 총탄의 입사각을 확인할 수 있다는 정도였는데, 대부분의 총알들은 방 안쪽에서 45도 각도로 날아온 것들이었다. 대연회실과 적이 잠복해 있는 방 사이에 달려 있는 문은, 그가 서 있는 위치에서 보았을 때 방의 왼쪽 끝 부분, 그러니까 복도 쪽과 바로 맞닿은 부분에 있었으므로, 총알이 날아온 방향은, 사각형의 대각선 방향인 방 안쪽 반대편 구석에서 날아온 것이 틀림없었다. 적과 그는, SA80과 MP5는, 정사각형의 대각선 양 끝 꼭짓점상에서 서로 대치하고 있었다. 평면을 삼차원상으로 확장시킨다면 적은 그보다 한 2미터 정도 높은 고도에서 아래를 향해 총알을 날려 보낸 셈이 되는 거였다. 문으로부터의 거리는 정확히 확인할 수 없었지만, 최소한 적이 문과 사각형의 반대편 맞각을 연결하는 대각선상에 위치하고 있다는 사실을 그는 알아낼 수 있었다. 이제 어떻게 진입하느냐 하는 것이 그에게 남은 마지막 문제였다. 평범한 방법으로는 쉽지 않아 보였다. 물불안 가리고 방에 뛰어든 다음 대각선 방향으로 무작정 총탄을 날리며 돌격하는 건 그야말로 무책이었다. **방법이 영 없는 것만은 아닐 거야,** 거의 비는 심정으로 머리를 짜내려고 했다.

　어떡해서든 놈을 2층으로 내려오게만 할 수 있다면, 그는 하릴없이 중얼대 보았지만, 현실적인 방도가 딱히 떠오르지 않았다. 시간도 그에게는 커다란 부담이었다. 엘리베이터의 패스워드가 풀려 있는 시간도 시간이었지만, 자칫 시간을 끌다가는, 남아 있는 마지막 적까지 움직일 가능성도 있었다. 총소리로든 아니면 서로간의 교신으로든, 그의 위치가 마지막 적에게까지 알려진다면, 적이 양동작전을 펴 올 공산이 컸다. 3층의 적과 대치해 있는 상황에서 2층으로의 공격까지 가세된다면, 속수무책으로 당하기 십상이었다.

갑자기, 적들이 그를 침입자 중 최후의 생존자라고 생각할 이유가 전혀 없다는 데에 생각이 미쳤다. 아무리 CCTV 같은 게 잘 되어 있다 해도 이런 비상 상황에서 침입한 인원이 모두 몇 명인지, 또 그중에 몇이 죽었고, 몇이 살아 남았는지를 정확하게 파악한다는 것은 무리가 아닐까 하는 생각이 들었다. 3층의 적이 같은 위치에서 매복을 고집하고 있는 이유도 남은 적의 수를 제대로 파악하고 있지 못하기 때문에 섣부른 움직임을 꺼리는 걸지도 몰랐다. 놈들도 그와 마찬가지로 양동작전을 두려워하고 있을 수도 있었다. **그렇다면**…… 퍼뜩 그에게 좋은 생각이 떠올랐다.

그는 날아온 총탄의 궤적이 미치지 못하는 각도 안으로 살짝 고개를 디밀고, 방 안을 살폈다. 그 각도에서는 복도 쪽 벽과, 문과 마주보는 벽의 일부분만이 눈에 들어왔다. 그곳은 대형 도서관 같았다. 실내에는 무릎까지 파묻힐 것 같은 연한 밤색의 카펫이 깔려 있었고, 멀리, 책이 빈틈없이 꽂혀 있는 붙박이 책장이 문과 마주보는 쪽 벽을 완전히 메우고 있었다. 그리고 거기에는, 예상했던 대로, 회랑이 3층 높이로 설치되어 있었다. 복도 쪽 벽에는 책장이나 회랑이 없는 대신, 커다란 유화가 한 장 달려 있었다. 2층과 3층에 걸친, 건물 두 층 높이를 차지하고 있는 책장의 위용은 사람을 압도하기에 충분했다. **미쳤군, 미쳤어, 완전히 돌아버린 게 틀림없어.**

어쩌면 문과 마주보는 벽에 3층 높이로 깔린 회랑은 3층 높이에 설치된 책장의 책을 쉽게 꺼내고 돌려놓기 위해서 설치된 것으로, 건물 내의 다른 3층 부분과는 서로 연결이 되어 있지 않은 것인지도 몰랐다. 하지만, 그가 볼 수 있었던 것은 극히 일부분으로, 방의 다른 부분에서는 뭐가 어떻게 돌아가고 있는지 그가 서 있는 각도에서는 여전히 오리무중이었다. 대서양에서 공수한 연두색 물이 차 있는 풀이 있을 수도 있었고, 인공강설의 스키장이 있을 수도 있었다. 그렇다 해도 그는 누구에게 항의할 수 없었다. 요컨대, 그는 모든 가능성에 대해 대비해야 했다.

어쨌건, 그가 찾고자 했던 것은, 다행히 거기에 있었다. 서재에도 대연회실과 마찬가지로 복도에 면한 쪽 벽, 3층 높이에 유리창이 있었다. 있구나, 하아. 그는 그 각도에서 조금 물러난 채로, 조심스레 MP5로 유리창을 겨냥했다. 그의 바람처럼 MP5 총신을 떠난 9mm 총탄에 유리창이 요란한 소리와 함께 박살만 나준다면, 적은 그쪽으로 자연스레 주의가 쏠릴 수밖에 없을 테고, 그때 생기는 심리적인 틈을 이용해 서재 안으로 잠입한다는 것이 그의 복안이었다. 그가 생각했던 것처럼 적이 생존해 있는 침입자의 수를 정확히 파악하고 있지 못하다면, 유리창이 깨진다는 것은, 회랑에 잠복해 있을 적에게 또 다른 커다란 위협이 될 수도 있는 거였다.

유리창은 보기 좋게 부서졌다. 그가 생각한 것 이상이었다. 커다란 소리와 함께 파편들이 폭포수처럼 쏟아져 내렸다. 하지만, 그는 그 장관을 감상하고 있을 겨를이 없었다. 소리가 나자마자, 그는 몸을 최대한 구부리고 대각선 방향으로 MP5를 갈겨대며, 방 안으로 진입했다. 진입하자마자 바로 눈에 띈, 문과 별로 많이 떨어져 있지 않던 곳에 놓여 있는 자주색 소파 뒤로 기다시피 몸을 숨겼다. SA80의 요란한 총소리가 들렸던 것도 같았지만, 최소한 그의 몸에 타격을 준 것 같지는 않았다. 숨을 돌리기가 무섭게 요란한 총소리가 다시 빗발쳤고, 소파에 몇 대 맞았는지 무거운 진동이 전해졌다. 물론 그것은 충분히 예상했던 일이었다. 적이 바보가 아닌 이상, 유리창 깨지는 소리로 잠시 주의를 뺏을 수는 있었겠지만, 그의 잠입을 영원히 눈치채지 못하게 할 수는 없는 노릇이었다. 다행히 소파는 무지무지하게 컸다. 일어난다 해도 그의 키를 아슬아슬 덮을 만큼. 그는 재빨리 실내를 훑어보았다. 적이 위치하고 있다고 믿어지는 회랑은, 디근자 형으로 3층 높이에 설치되어 있었다. 복도 쪽 벽면을 제외한 삼면의 벽을 회랑이 두르고 있었다. 적이 회랑 위에서 자리를 잡고 있다면, 그 디근자 동선을 적극 활용할 가능성도 다분했다. 요컨대 모든 게 그에게 불리하기만 했다. 위에서는 총질을 해대는데, 조그마한 은폐물 뒤에 마냥 숨어 있기만 하다가는 어떤 식으로 당하든 당하기 십상이었다. 그렇다고 다시 이동을 해서 숨을 적당한 포인트가 있는 것도 아니었다. 회랑 밑에 숨는 것도 생각해 볼 수 있었지만, 적의 총탄을 피하면서 이동하기에는 좀 멀었다. **이렇게 되면, 씨발, 죽기 살기다.** 그는 덜덜 떨려오기 시작하는 이를 악물고, 잠시 적의 총소리가 뜸한 틈을 타서 소파 오른쪽으로 고개를 내밀고, 적이 있으리라고 예상되는 곳으로 무작정 총을 갈겼다. 처음에는 적의 움직임이 눈에 띄지 않았는데, 얼마 지나지 않아 회랑의 모서리 부분에 놓인 책상 위로 누군가 상체를 내밀고 응전을 시작했다. 그는 황급히 몸을 다시 숨기고, 남은 탄알을 확인하지도 않고 탄창을 바꿨다. 적의 위치를 포착하기는 했지만, 별로 나아진 것이 없다는 사실을 그는 다시 한번 뼈저리게 깨달았다. 그는 움쭉달싹할 수 없는 상황이었고, 적은 아니었다.

다른 곳으로 이동하는 대신, 그는 그가 잠시 몸을 숨기고 있는 은폐물의 구조를 적극 활용하기로 맘 먹었다. 그는 거의 뺨을 땅바닥에 붙인 채, 이번에는 왼쪽으로 고개를 디밀어 보았다. 자주색 소파 앞에는 장식이 전혀 없는 단순한 디자인의 탁자가 하나 놓여 있었고, 다시 탁자의 반대편에는 또 하나의 자주색 소파가 그가 숨어 있는 소파와 마주보는 자세로 놓여 있었다. 다행히, 그곳에서 적이 있는 곳은 잘 보이지 않았다. 잘만 하면, 엎드린 자세로 기어가서 반대편 소파 쪽으로, 적에게 들키지 않고 옮겨갈 수도 있을 것 같았다. **가능할까? 가능할까?**…… **가능해, 가능하다구**……. 그러는 중에도 계속해서 총탄은 퍼부어지고 있었다. 머릿속에 떠오른 아이디어를 직접 감행하기 전에, 그는 다시 소파의 오른쪽으로 상체를 내밀고, 몇 발을 더 당겨 주었다. 처음부터 맞추겠다는 생각보다는 적의 주의를 오른쪽으로 고정시키기 위함이었다. 소파 모서리가 획 뜯겨져 나갔다. 적의 응사는 점점 더 정교해지는 것 같았다. 한 번 더 고개를 내민다면 그게 마지막이 될 것 같다는 기분 나쁜 예감이 머리를 스쳤다. 몸을 소파 뒤로 얼른 움츠리고, 소파 왼쪽 편으로 재빨리 기어나갔다. **여기서 죽으면 안 돼, 개죽음이다, 개죽음.** 그의 머릿속에서 누군가가 확성기로 개죽음이란 단어를 반복해 떠들어대는 것 같았다.

성공적으로, 그는 반대편 소파로 옮겨 왔다. 적이 그의 움직임을 눈치챘는지 아닌지는 미지수였지만, 그가 뽑을 수 있는 패는 이미 다 떨어졌다. **이게 최선이야,** 그는 그렇게 믿었다. 그는 몇 초도 지체하지 않고, 몸을 벌떡 일으켜 세우며, 자신이 옮겨간 반대편 소파의 왼쪽으로 튀어 나갔다. 적이 잠복해 있는 방향으로 돌진하기보다는, 좌우로 움직여가면서 MP5를 정신없이 갈겨댔다. 적은 일어나 있었던 것처럼 보였다. 잠복해 있었던 곳에서 뒷걸음치면서, 3층에 나 있는 다음 방을 향한 문으로 빠져 나가려던 중인 것처럼 보였다. 엉거주춤 서 있는 적의 모습과, 총질을 시작하는 적의 모습이, 순식간에 쓰러지는 적의 모습에 겹쳐 지워져 버렸다. 비명소리를 내며 적은 왼쪽으로 고꾸라졌다. 적이 쓰러진 것을 확인하고는 그는 총질을 계속 하면서, 이번에는 적이 쓰러진 방향을 향해 전진했다. 탄창에 탄알이 다 떨어질 때까지, 그는 방아쇠를 당겨댔다. 초기 르네상스의 걸작인 안젤리코의 수태고지란 그림에서 천사 가브리엘의 전언이 가브리엘과 마리아 사이에 글자들로 표현되었던 것처럼, 그의 총탄은 **죽었지, 너 틀림없이 죽은 거지?**라는 적에게 보내는 연속적인 질문 같은 것이었다. 더 이상 방아쇠를 당겨도, 아무것도 나가지 않게 되자, 그는 정신이 들었다. 정신을 차렸을 때, 그는 방의 한가운데에, 방문을 등진 채 총을 들고 서 있었다. 그런 자세라면 어디서 어떻게 총알이 날아와 그의 뒤통수에 박힌다 해도 불평할 길이 없었다. 그에게는 당장 엄폐물이 필요했다.

그는 정신을 추스르고, 회랑과 2층을 연결해 주는 방 중앙에 나 있는 계단 뒤로 몸을 숨겼다. 몸을 숨기자마자, 새 탄창을 끼워넣었다. 아직도 호흡이 안정되지 않아서, 손이 자꾸 떨렸다. 계단은 한 뼘은 되어 보이는 두꺼운 목재를 한 단씩 쌓아올린 것으로 단과 단 사이에는 한 20센티미터 정도, 빈 공간이 있었다. 그는 한쪽 무릎은 바닥에 붙이고 다른 무릎은 세운 채, 바닥에서부터 네 번째 단과, 다섯 번째 단 사이에 총신의 끄트머리를 살짝 걸쳐놓고, 경계를 시작했다. 은폐를 위한 공간으로서는 안성맞춤이었다. 2층에서도 또 3층에서도, 그가 숨어 있는 곳을 발견해 내기란 그리 쉬운 일은 아닐 듯했다. 게다가 2층만 본다면, 그가 주목해야 할 두 포인트는 아무런 방해도 없이 그의 눈앞에 펼쳐져 있었다. 서재와 복도를 연결하는 문과, 서재와 대연회실을 연결하는 문. 당연히, 3층은 그의 시야가 백 퍼센트 확보되지 않는 곳이었다. 3층 유리창 쪽은 몸을 좀 더 낮춘다면 완전히 눈에 들어오기는 했지만, 2층에 대한 주시를 포기한다는 조건하에서나 가능한 일이었고, 회랑의 경우, 디귿자의 마주보는 두 변의 일부분만이 시야가 확보될 뿐이었다.

그는 그에게 남은 시간을 확인했다. 11분이 남아 있었다. 9분 동안 세 명을 죽인 셈이었다. 세 개의 탄창을 가지고. 한 명당 3분, 그리고 탄창 한 개. 탄창은 이제, MP5에 꽂혀 있는 것까지 해서, 세 개가 남았다. 즉, 나머지 한 명의 수명을 다하게 하는데, 산술적으로는 충분한 시간과 충분한 탄창이 그에게 있었다. **말도 안 되는 산수 같으니라구.** 하지만, 사정이 판이하게 바뀌었다는 걸, 그는 직감했다. 남아 있는 적이 하나라면, 그리고 그 사실을 적이 알게 된다면, 그처럼 몸을 사리며 섣불리 이동하지 않으려고 할 것이 분명했다. 장기전이 된다면, 그에게 좋을 것은 하나도 없었다. 그로서는 또 동선이 길어진다면 절대적으로 불리했다. 그가 구조를 대략적으로나마 알고 있는 것은 2층의 일부, 엘리베이터에서 서재까지, 기역자의 세로변 사분의 삼 정도였다. 남아 있는 기역자의 세로변 사분의 일과, 가로변 전체와, 그리고 3층의 전체는 그에게 문자 그대로 아직 미답지(未踏地)였다. 그런 곳에서의 싸움은 유리할래야 유리할 수가 없었다. 일단 그는 시간이 8분 남을 때까지, 센서링을 하기로 결정했다. 3분 동안 아무것도 걸리지 않는다면, 적을 이곳으로 끌어들이는 데 실패한다면, 어쨌건 움직이는 수밖에 없다고 그는 생각했다. 3층에서는, 적을 발견하고 적의 목숨을 끊는 행위보다는 엘리베이터를 향한 동선을 확보하는 데 일차적인 목표를 두기로 작정했다.

3분은 매우 더디게 갔다. 2시 48분 40초에 그는 일어났다. 기대와 달리 그동안 센서 안도, 센서 밖도 아무런 변화가 없었다. **엉덩이가 무거운 새끼군, 만나게 되면 엉덩이에 붙은 살부터 발라줘야 되겠는걸.** 그는 동선을 정했다. 우선, 계단을 통해 3층 회랑으로 올라가고, 3층 회랑과 다음 방을 연결하는 문을 통해 다음 방으로 진입,

도중에 어디든지 좋은 위치를 잡아서 센서링을 통해 엘리베이터를 향한 최단 동선을 결정하기. **무슨 일이든지 처음 시작할 때가 가장 위험한 법이지.** 일단 2층의 두 출입구는 무시하기로 했다, 센서에 아무도 잡히지 않았으니. 3층은 유리창과 회랑에 나 있는 문, 두 가지가 핵심 경계 대상이었다. 두 포인트가 90도 각도로 벌어져 있는 바람에 좋은 자세는 아무래도 나오기 힘들었지만 그는 찬밥 더운밥을 가릴 처지가 아니었다. 예상대로 일단은 회랑 위에는 아무도 없었다. MP5를 번갈아 유리창과 회랑에 나 있는 다음 방을 향한 출입구 쪽으로 겨누며 그는 재빨리 계단 위로 올라갔다. 3층까지 거의 다 올라가서는, 중심을 잃고 삐끗 그는 계단에 주저앉고 말았다. 그러고는 다시 벌떡 일어서서 그는 회랑을 질주했다. 그가 거의 탄창 한 개를 통째로 털어넣어 준 시체를 뛰어넘을 때 왼쪽 발목이 시큰했지만, 그런 대수롭지 않은 아픔을 눈여겨볼 신경은 그의 몸 어디에도 없었다. **이상하군, 너무 깨끗하잖아.** 시체는 총을 맞아 죽은 것이 아니라, 마치 자기 집 침대에서 자다가 죽은 사람처럼 너무 평온해 보였다. 불길하다는 생각이 잠시 스쳤지만, 거기에 매달려 있을 틈은 없었다.

다음 방으로 나 있는 문과 책장 사이, 유리창으로부터 몸을 숨길 만한 작은 공간이 있었다. 그는 최대한 몸을 구겨서 벽과 책장 옆면에 밀착한 채 센서링을 시작했다. 아쉽게도 아무것도 잡히지 않았다. 그는 우선 실내의 구조와 엘리베이터 쪽으로 이동할 수 있는 출입문을 파악해야 했다. 다음 방은 기억자의 구부러지는 부분에 위치한 방으로, 양변이 매우 축소된, 매우 뚱뚱한 기역자 형이었다. 대연회실과 서재보다 대충 서너 배는 더 큰 방이었다. 엄청난 크기의 방이었다. 실내 축구장인가. 3층의 구조는 간단했다. 회랑이 기역자 형의 실내를 완전히 두르고 있는 형태였다. 그가 문으로 진입한다면, 두 갈래의 이동 경로가 주어질 것이었다. 하나는 오른쪽, 그러니까 건물의 외벽으로 추정되는 벽 쪽을 끼고 커다란 기역자를 그리는 동선, 다른 하나는, 왼쪽, 앞의 기역자보다 더 작은 기역자를 끼고 역시 왼쪽으로 꺾어지게 되는 동선. 출입구로 추정되는 곳은 그 두 동선이 만나는, 기역자의 맨 왼쪽 끝 부분에 있어서, 어느 쪽 동선을 선택하건, 아래서부터 올라가다가 왼쪽으로 꺾어져야 한다는 사실에는 변함이 없었다. 선택에는 별 어려움이 없었다. 건물 외벽 쪽을 끼고 돌 이유는 전혀 없었다. 문이 나 있을 것도 아니었고, 동선의 길이도 최소 두세 배는 더 되어 보였다. 그는 선택이 쉽다는 사실이 지극히 맘에 들었다.

들어서기 전 다시 한 번 센서링을 하고 쪼그린 채로 천천히 방안으로 들어섰다. 서 있는 편보다 앉아 있는 편이, 아래쪽으로부터 발견 당할 확률도 낮아지고, 설사 발견된다 해도 유효사격 면적이 줄어들 수 있을 거라는 생각에서였다. 그곳은 거대한 카지노였다. **상상을 초월하는구먼.** 100~200평은 가뿐히 넘어 보이는 공간이었다. 새빨간 빛 카펫 위에 수십 개의 녹색 테이블이 놓여 있었다. 테이블의 모양은 위에서 내려다보았을 때, 조금씩 다 달랐다. 주사위를 이용한 룰렛이나, 블랙잭, 포커 등을 위해 각각 조금씩 다른 디자인의 테이블이 설치되어 있는 것 같았다. 한쪽 구석에는 미니바도 설치되어 있었고, 주크박스, 자동판매기 등도 눈에 띄었다. 회랑의 벽으로는 그림들이 죽 돌아가며 벽에 걸려 있었고, 드문드문 인물상이 대부분인 조각상들도 놓여 있었다. 그리고 원형의 티테이블과 간단한 의자들도 더러 눈에 띄었다. **미술관과 카지노라, 그야말로 멋진 대비로군.** 3층과 2층을 연결하는 계단은 당장 눈에 띄지 않았다. 그 넓은 공간에는 개미새끼 한 마리 보이지 않았다. 3층 회랑도 마찬가지였다. 5층에서는 장례식이 거행되고 있는데, 이런 곳을 마음대로 드나들 수 있도록 개방한다는 것 자체가 난센스일 터였다. 2층과 3층에 패스워드를 걸어놓고, 통행을 제한하는 것도 바로 이것 때문이구나 하는 생각이 들었다.

넓은 공간이었기 때문에 더더욱 위험했다. 그는 계속 쪼그린 채로 전방과, 2층을 번갈아 주시하며 앞으로 전진했다. 지형지물이 풍부했기 때문에, 2층으로부터 날아드는 저격에 쥐도 새도 모르게 당할 수 있었다. 그는 될 수 있으면 몸을 벽에 붙이고, 2층으로부터의 시야를 최대한 좁힌 채 앞으로 전진해 나갔다. 무릎 뒤쪽이 축축해지기 시작했고, 장딴지에 쥐가 오른 것도 같았다. 그는 왼쪽으로 꼬부라지기 직전, 일어선 채로 두 손을 가슴팍에 모으고 기도를 하고 있는 검은색의 여자 나신상 뒤에 몸을 숨기고 센서를 켰다. 드디어 마지막 놈이 모습을 드러냈다. 기역자의 맨 왼쪽 끝 부분에 나 있는 문에 연결되어 있는 방의 바로 다음 방이었다. 둘 다 매우 크기가 작은 방이었다. 그가 지나왔던 2층의 응접실보다 조금 더 작아 보였다. 좁은 공간에 숨어 있는 것이 틀림없다면 절대적으로 그에게 유리할 것 같았다. 그는 적의 위치를 정확히 알고 있고, 적은 그의 위치를 모른다는 가정은 그에게 절대적으로 불리하게만 보였던 전세를 단번에 역전시켜 주는 것 같았다.

만일을 대비해서는 계속 쭈그려 앉은 채로 접근하는 편이 옳았겠지만, 다리에 너무 무리가 가는 일이었다. 그는 일어났다. 왼쪽 장딴지를 손으로 몇 번 주무른 후에, 몇 번 크게 숨을 들이쉬고 내쉬고, 그는 최후로 센서를 끄고, MP5를 움켜쥐었다. 준비는 끝났다, **이번에야말로 마지막이다.**

코너를 돌자 바로 출입구가 바로 눈에 띄었다. 열려 있는 것 같았다. 이왕 적의 위치가 확인되었으니, 적에게 이동할 시간을 주지 않고 바로 접근해야만 했다. 그는 발소리를 죽이면서도 최대한 빨리 문 쪽으로 이동해 갔다. MP5는 그의 눈높이에 여전히 고정되어 있었다. 마지막 한 놈을 처치하고 엘리베이터를 통해 밖으로 나가게 되면 무엇을 할까, 하는 한가한 생각이 머릿속에 떠올랐다. 그렇지만 그의 온 신경은 온통 그 작은, 그가 접근함에 따라 점점 더 커져 보이는 직사각형의 출구에 집중되어 있었다. 방아쇠에 걸려 있는 그의 손가락이 파르르 떨렸다. 그는 문 옆에 잠시 멈추어 섰다. 센서링은 위험했다. 센서를 들고 있는 그의 바로 앞에 적의 얼굴이 불쑥 튀어나오는 장면이 그의 머릿속에 떠올랐다 바로 지워졌다. 그래도 그는 센서링의 유혹을 뿌리칠 수 없었다. 한 손으로 위태위태하게 MP5를 든 채로, 왼손을 더듬어 센서를 꺼내고 켰다.

적은 그 다음 방의 왼쪽 구석에 처박혀 있었다. **제발, 그렇게 얌전히 있어라, 더 이상 움직이지 말구.** 그는 다시 센서를 집어넣었다. 적은 그와 방 하나를 사이에 두고 있는 셈이었다, 문 두 개를 사이에 두고 있는 셈이었다. 첫 번째 문은 열려 있었다. 그는 다시 쭈그리고 앉아 고개만 방 안으로 디밀었다가 바로 뽑았다. 두 번째 문도 열려 있었고, 총격은 없었다. 그는 상체를 거의 90도로 꺾은 채 살금살금 방 안으로 들어갔다. 총신을 문에 고정시킨 채. 문과 문 사이의 거리는 너무나 길게 느껴졌다. 놈은 이 문 바로 왼편에 있다. 너무나 간단해서, 웃음이 터져 나올 것만 같았다. 바보 같은 새끼. 그때 문을 통해 작은 돌멩이 같은 것이 굴러 들어왔고, 그는 더 이상 웃음을 참거나 하고만 있을 수는 없었다. 그렇다고 뭔가 딱히 당장 할 수 있는 것도 없었다. 사실 뭔가를 하기에는 너무나 짧은 시간이었다. 그의 눈앞으로 하얀 섬광이 확 일어났고, 그는 순식간에 정신을 잃었다. **불길했어, 아까부터, 뭔가.**

3장

밀실 살인 사건

티딕, 티딕, 티딕, 티딕…… 규칙적으로 신경을 긁어대는 소리가 거기에 있었다. 시계의 초침 소리였다, 그렇다고 그는 생각했다. 그는 누워 있었다, 그런 것 같았다, 얼굴을 옆으로 하고. 볼 밑으로 동물의 부드러운 털이 느껴졌다. 간지러웠다.

그는 눈을 떴다. 초점이 잘 맞지 않는 그의 망막에 맨 먼저 맺힌 상은, 그가 누워 있는 방향과 수직으로 촘촘하게 서 있는 가느다란, 연한 베이지 색의 털들이었다. 그리고 털 뒤로, 검은색에 가까운 진한 빛의 나무판자가 세워져 있었다. 그다지 멀리 떨어져 있지 않았다. 손을 뻗으면 쉽게 닿을 수 있는 정도의 거리, 라고 그는 생각했다. 책상이었다, 그렇게 보였다. 시계는 보이지 않았다. 보이지 않는 시계에서 나는 초침 소리는 점점 잦아들어 갔다.

역겨운 비린내가 떠돌고 있었다. 시각과 청각과 촉각과 후각, 모두 열심히 움직이고들 있었다. 다만, 그것이 실제인지 실제가 아닌지 판단 내릴 수 없을 따름이었다.

그는 몸을 움직이기가 무서웠다. 움직이지 않는 부분이 있을까 봐, 그게 그는 두려웠다. 하지만, 고개를 돌리고 옆으로 누워 있는 자세는 매우 불편했다. 그래서 그는 몸을 일으켰다.

전체적으로 찌뿌둥했지만, 움직이지 않는 부분은 없었다. 작은 방이었다. 그는 개처럼, 두 발과 두 다리를 바닥에 대고, 잠시 그러고 있었다. 조명이 눈부셨다. 눈물이 흘러내렸다. 눈이 아렸다. 검은 빛의 책상은 방 가운데에 있었고, 그 밑으로 양탄자가 깔려 있었다. 양탄자는 연한 베이지 색이었는데, 드문드문 빨강 점이 표면에 묻어 있었다. 그 빨강 점은 일정한 모양을 갖고 있지 않았다. 모양을 알아보기도 힘든, 작은 점들도 있었고, 좀 더 큰, 오백 원짜리 동전만 한 덩어리들도 있었다. 전체적으로 모양도 불규칙했고, 그 분포들도 상당히 불규칙했다. 만져보고 싶다는 생각이 들었지만, 괜히 그러지 않는 편이 좋을 것 같았다.

책상 뒤편으로 누군가의 손과 팔목이 보였다. 위치로 보아, 그가 방금 전까지 그랬던 것처럼 그 손과 팔목의 주인 역시 누워 있는 것 같았다. 손과 팔목은 서로 분리되어 있지 않았다, 붙어 있었다. 빨강 점이, 그리고 빨강 선이, 그 누군가의 손과 팔목 위에도 있었다.

그의 팔목에도, 그런 빨강 선과 빨강 점들이 있었다. 그는 그것들을 만져보기가 싫었다, 괜히. 그의 손바닥 또한 비슷한 색깔과 질감의 빨강으로 온통 빨갰다. 그 빨강 물질은 일정한 두께로 얇게 발라져 있는 것이 아니라, 일하기 싫은 페인트공이 벽에 괴발개발 애벌칠을 한 것같이 그렇게 되어 있었다. 액체인 부분도 있었고, 말라서 굳은 부분도 있는 것 같았다. 그것의 의미가 뭔지 그는 잘 이해가 되지 않았다.

그는 일어서서 걸었다, 팔목의 주인을 더 잘 보기 위해. 팔목의 주인은 양팔을 위로 쭉 뻗은 채, 뒤통수를 내보이고 있었다. 정상적인 뒤통수는 아니었다. 흔히 볼 수 있는 뒤통수는 아니었다. 흔히 볼 수 있는 뒤통수는 검은색 머리카락에 덮여 있거나, 살색을 내비치지만, 그 뒤통수는 좀 달랐다. 기억할 만한 뒤통수, 라고 그는 생각했다. 그건 한 입 시원하게 파먹은 수박처럼 되어 있었다.

아니, 그것보다 훨씬 더 지저분했다. 껍질에 털이 난 수박이 있다면, 더 선명한 빨강 빛의 과즙을 갖고 있는, 박살 난 수박이 있다면, 그와 비슷할 수도 있을 거라고 그는 생각했다. 그는 시계를 보았다. 그의 손목시계는 이제 막 4시 50분을 지나고 있었다. 벽에 붙어 있는 소형 뻐꾸기시계는 거의 5시 근처를 가리키고 있었다.

바닥에는 파먹은 혹은 깨진 수박보다 훨씬 더 지저분한 뒤통수 외에도 또 하나의 머리통이 나뒹굴고 있었다. 그것은 머리만 있었다, 아랫부분은 생략된 채로. 금속성의 머리였다. 그 금속성의 머리 또한 이제 막 액체에서 고체로 상변이(相變移)를 진행하고 있는 빨강 물질로 지저분했다. 금박을 입힌 흉상이었다, 아니면 순금덩어리인지도 몰랐다. 그는 그게 누구의 머리를 흉내 낸 건지 별로 궁금하지 않았다. 파먹은 수박 쪽이 그의 관심사였다.

그는 빨강 물질을 건드리지 않으려고 노력하면서 뒤통수를 돌렸다. 그는 아래쪽은 좀 더 단정하기를 기대했다. 기대대로 단정했다. 강 과장이었다. 마지막으로 그를 보았을 때와 별로 다르지는 않았다. 하지만, 눈을 감고 있다는 점이 달랐다. 누군가 뒤통수의 반가량을 강제로 날려버렸다는 점이 달랐다. 그는 그것의 의미가 뭔지 잘 이해가 되지 않았다.

방은 사각형이었다. 새삼스러울 것도 없는 일이지만, 그는 그렇다는 것을 확인했다. 유리창도 대부분 사각형인 경우가 많은데, 그 방 안에는 유리창이 없었다. 있었다면 사각형이었을 것이라고 그는 생각했다. 문은 세 개였다. 작은 방에 문이 필요 이상으로 많다고 그는 생각했다. 세 개의 벽에는 문이 있었고, 나머지 벽에는 벌거벗은 여자의 뒷모습을 그린 커다란 그림이 있었다. 세 개의 문은 대략 비슷한 생김새였는데, 거기에는 모두 철봉같이 생긴 구식 빗장이 내려져 있었다. 그는 그것의 의미가 뭔지 쉽게 이해가 되지 않았다. 하여튼, 뭔가 의미를 담뿍 담고 있을 것 같았다, 별 이유도 없이 그에게는 그렇게 생각되었다.

안타깝게도, 방 안에는 그가 가진 의문점들을 함께 토론할 사람이 없었다. 뇌의 반쯤이 날아가 버린 강 과장에게 그런 걸 기대한다는 것을 무리일 것이라고 그는 생각했다.

그때 문 두드리는 소리가 났다. 사람의 외침소리도 들렸는데, 그는 잘 알아듣지 못했다. 그는 문을 열어주고 싶었다. 빗장을 풀고, 문을 열고, 얼굴을 마주한 채 얘기해 주고 싶었다. 하나도 이해가

116

되지 않는 상황이라고, 당신은 어떻게 생각하냐고. 남자보다는 여자가 나을 성 싶었다. 그의 경험으로는 여자들이 남자보다 남의 얘기를 더 잘 들어주는 편이었다.

하지만, 어느 문에서 나는 소리인지 잘 알 수가 없었다.

진 반장은 다 식어 빠진 종이컵 속의 커피를 입에다 털어넣고 커다란 밤색 의자에 털썩 파묻혔다. 그의 육중한 덩치를 견뎌내는 것이 힘든 듯, 의자는 삐그덕거리는 소리를 냈다. 그는 쌍꺼풀이 유난히 늘어진 희멀건 눈으로 이제 막 흐려지기 시작한 사무실 밖의 하늘을 바라보고 있었다. 그를 잘 알지 못하는 타인들은, 예를 들어 신참 경시청 출입기자나 새로이 미궁과(迷宮課)로 배속받은 형사들은, 첫눈에 그가 매우 급한 성격의 소유자라고 혹은 정반대로 느려터지고 흐리멍덩한 사람이라고 종종 오인하는 경우도 있었지만, 그건 터무니없는 오해였다. 그는 실제로 그가 맡은 사건에서 더없이 꼼꼼하기로 유명한 사람이었고, 그것이 그가 경시청장이나 시장으로부터 두터운 신임을 받게 된 가장 큰 이유였다. 지난여름 지면을 화려하게 장식했던, 바이올린 연주자 독살 사건만 해도, 그가 죽은 남자의 주머니에 들어 있던 두 장의 지하철표에 주목하지 않았더라면, 영원히 미궁 속에 묻힐 뻔했던 사건이었다. 부하 형사들이 지하철표에 혹시라도 찍혀 있을지 모를 지문에 관심을 두는 동안, 그는 정상적인 경로로는 표에 찍혀 있는 시간 내에 두 구간을 움직일 수 없다는 사실에서 나중에 사건의 전모를 밝히는 데 꼭

117

필요했던 단서를 끌어낼 수 있었던 것이었다.

"뭐 안 좋은 일이라도 있으십니까?"

한창 시중을 시끄럽게 하고 있는 마약 판매책 살인 사건으로 벌써 사흘째 잠복 나갔다 허탕만 치고 돌아온 민 형사가 진 반장의 얼굴을 살피며 그렇게 물었다. 미궁과로 배속받은 지 이제 꼭 2년을 채운 민 형사 역시, 미궁과 내에서 진 반장의 추리력과 업무 처리 능력에 경외감에 가까운 감정을 품고 있는 부류들 중 하나였다. 너무 앞질러 생각하는 버릇 때문에, 자주 진 반장으로부터 질책을 듣고는 하지만, 그래도 진 반장의 신임을 독차지하는 민완 형사였다.

"아니, 명확한 건 하나도 없어. 이 도시의 하늘처럼."

"하늘이오?"

"그래, 마치 19세기 초 영국의 풍경화가인 터너의 그림에 등장하는 하늘처럼 말이야. 먹구름이 몰려오는 것 같기는 한데, 그 안에 뭐가 들어 있는지 영 갈피를 잡지 못하겠단 말야. 물렁물렁해, 너무 물렁물렁해."

진 반장은 그림에도 조예가 깊어, 최근에 구입한 별장의 다락방을 아틀리에로 개조해 짬만 나면 그곳에 틀어박히고는 한다는 소문이었다. 일상의 대화에서도 그는 자주 서양 화가들의 그림을 들먹이고는 했는데, 민 형사는 전혀 대꾸하지 않기로 작정한 지 오래였다.

"반장님의 예감이 그렇다니 저까지 불안해지는데요. 반장님의 예감은 웬만해선 빗나가는 법이 없으니. 비상이라도 걸리면, 일주일째 집에 한 번 못 들어가게 생겼는데…….”

민 형사는 담뱃불을 책상 위에 놓인 호박 모양의 자기 재떨이에 급하게 털어댔다. 말은 그렇게 했지만, 아무도 기다려주지 않는 12평짜리 독신자 아파트가 그에게 썩 살가운 공간일 리는 없었다.

“물렁물렁한 것이 딱딱해지기를 기다려야지, 우리 같은 형사야, 기다리는 것 말고 더 할 일이 있나. 하지만, 밖을 보게나, 민 형사. 그게 뭐든지 저렇게 구름 뒤에 숨겨져 있는 경우보다는 쏟아져 버리는 게 나은 걸세.”

“숨겨져 봤자, 어차피 비 아니면 눈 아닌가요?”

“비에도 여러 가지 종류가 있으니까. 비의 맛을 본 적이 있나?”

민 형사는 입을 다물어버렸다. 진 반장의 엉뚱한 질문은 이미 미궁과 내에서도 꽤나 정평이 나 있었다. 물론, 그런 엉뚱한 질문들 속에, 엉켜 있는 사물들의 정곡을 찌르는 예리함이 자주 숨어 있고는 했지만, 진 반장이 모처럼 친절함을 발휘해 설명해 주기 전까지는 대부분 민 형사가 이해할 수 있는 영역 밖의 문제였다.

“반장님, 비가 올지 안 올지, 저하고 맥주 한 잔 내기 하실래요?”

진 반장이 대꾸도 없이 안경을 만지작거리며 창밖을 보고 있는데, 갑자기 사무실 안으로 이 총경이 헐레벌떡 뛰어들어왔다. 오십이 내일 모레인데도 이십대 청년 못지않은 업무에 대한 정력을 자랑하는 사람이었다. 민 형사는 올 것이 왔구나, 하며 이마를 손바닥으로 가볍게 두드렸다.

"진 반장, 아 그리고 민 형사도 자리에 있었구먼. 잘 됐어. 대사건이야, 둘 다 빨리 서둘러야겠어. A 그룹 회장 자택에서 살인 사건이야."

"이 총경님, 신문에서 봤는데, 그건 살인 사건이 아니라, 모친상인 것 같던데요."

"그건 그거구, 이건 딴 얘기야. 조문차 왔던 그 회사 직원이 머리를 두드려 맞고 죽었대나 봐. 사고는 아니래. 그쪽 관할 경찰에서 연락이 왔는데, 살인이 틀림없다나 봐."

"장례식에서의 살인 사건이라……."

진 반장은 창문을 향한 의자를 돌리지도 않은 채 특유의 낮은 목소리로 입을 열었다.

"다른 이유를 가진 복수(複數)의 죽음이 겹쳐서 일어났다는 것은 분명 상궤를 벗어난 경우죠. 삐뚤어진, 매우 삐뚤어진 동기가……."

"자자, 떠들고 앉아 있을 시간이 없다니까, 빨리빨리 출발부터 하라구. K 관할서에서는, 자신들이 처리할 수 있는 사건이 아니란 걸 직감하고 상부로 보고를 날려 우리한테 지원을 요청했어. 민 형사, 움직이면서 K 관할서 주 영상 경사한테 연락해 봐. 준비하고 있을 테니까."

"검시관은요?"

"시간 끌어대지 말고 출발부터 해, 그건 내가 연락해 둘게."

비가 내리고 있었다. 주영상 경사라고 자기를 소개한 키가 크고 커다란 뿔테 안경을 쓴 사내가 문 앞에서 기다리고 있었다. 남자는 우산을 접고 젖은 몸을 툭툭 털면서, 차 앞좌석에 올라탔다.

"수고 많으십니다. 예상보다 빨리 도착하셨습니다. 저, 민 형사님과 진 반장님이라고 하셨나요?"

"네."

"비상등을 다시죠. 검문이 꽤 까다롭거든요. 관할구역이기는 해도 저도 오늘 첨 들어오는 겁니다. 가 보시면 아시겠지만, 이건 뭐완전히 딴 나라에 온 거 같더라구요. 길은 간단합니다. 삼거리가 나오면 좌회전 하시고 제가 말씀드릴 때까지 죽 직진하시면 됩니다."

"우선⋯⋯."

뒷좌석에서 여전히 눈을 감고 있던 진 반장이 눈을 뜨지도 않고 두꺼운 입술을 뗐다. 모르는 사람이 본다면 잠꼬대로 생각할 수도 있는 말투였다. .

"현장을 보기 전에 보고부터 듣고 싶은데."

"아, 사건이오. 용의자는 이미 현장에서 확보해 두었습니다만, 확실히 좀 유별난 사건입니다."

유별난 사건이란 말이, 민 형사를 자극했다. 진 반장님이 딱 좋아할 사건이군, 하고 그는 속으로 생각했다.

"사실, 이것저것 때려치우고 당장 집어넣어도 시원찮은 사건 같기도 한데, 또 제 경험상으로는 도저히 이해가 안 가는⋯⋯."

"난 당신의 의견을 듣고 싶은 게 아니야."

저렇게 매정한 데가 있다니까, 하고 민 형사는 입을 샐쭉 내밀었다. 주 경사의 얼굴은 당황한 건지 화가 난 건지 귀까지 빨개졌다.

"의견은, 나중에 내가 듣고 싶다면, 당신을 포함한 수백 명의 의견이라도 들을 수가 있다네. 그리고, 무엇보다 사건 현장을 직접 내 눈으로 보기 전에는, 난 어떤 의견도 듣지 않아, 설사 그것이 셜록 홈즈의 의견이라 해도 말이지. 내가 자네한테 듣고 싶은 건, 사실이야, 당신의 의견은 완전히 배제된."

그리고 다시 진 반장은 입을 다물어 버렸다. 잠시의 어색한 침묵 후, 주 경사는 닳아빠진 수첩을 열고는 다분히 형식적인 목소리로 사건을 보고하기 시작했다.

"최초 발견자는 하녀인 김영자입니다. 27세에, 아직 독신입니다. 에또…… 살인 현장은 본체 3층의 접객실입니다. 회장님 모친의 장례식은 5층에서 벌어졌고, 4시 30분경에는 열댓 명 남짓한 직계가족을 제외하고는 문상객 전원이 돌아갔다고 합니다. 김영자 씨가 현장을 발견한 건, 5시 바로 직전이었습니다. 이 시간은 사체와 함께 발견된 용의자에 의해서도 재차 확인되었습니다."

"사체와 용의자가 함께 발견되었다고 했나?"

"네, 그게, 그렇습니다…… 그러니까 하녀인 김영자 씨가 청소를 하던 중, 비어 있어야 할 3층의 접객실 중 방 하나의 문이 잠겨 있다는 걸 발견했습니다. 에또…… 사체가 발견된 방에는 모두 세 개의 문이 있었는데, 하나는 복도와, 다른 하나는 건물 외벽 쪽으로 난 베란다와, 그리고 마지막 하나는 바로 붙어 있는 옆방과 연결되는 문이었습니다. 김영자 씨의 진술에 의하면, 옆방을 치우고 나서 문제의 방으로 옮겨가려고 할 때 방과 방 사이의 문이 잠겨 있는 것을 발견했다고 합니다. 보통, 그 문은 손님이 없을 때는 늘 열려 있었다고 합니다. 또한 방문은 안에서 봉 모양의 빗장을 거는 방식이기 때문에, 일단 안에서 잠그면 문을 부수지 않는 한 절대 열 수 없다고 합니다."

"호오, 빗장이라…… 그럼 열쇠는 없는 건가?"

"예, 저도 봤는데, 밖에서 열쇠로 연다는 것은 아예 불가능합니다…… 에또…… 그래서 김영자 씨는 방 밖으로 나가 복도 쪽으로 난 문을 통해 방 안으로 들어가려 했으나, 그곳도 잠겨 있었습니다. 베란다 쪽으로 난 문은 방 바깥에서는 접근할 수가 없기 때문에, 그녀가 방 안으로 들어갈 수 있는 두 가지 경로는 완전히 봉쇄되어 버렸던 겁니다. 그녀는 수상쩍은 생각이 들었다고 합니다, 왜냐면…… 에또…… 2층과 3층은 특별관리 구역이었고, 그날 오후에는 외부로부터 손님을 들인 적도 없는 걸로 기록되어 있어서, 특별히 문이 잠겨 있어야 할 이유가 없었던 거죠. 혹시나 누군가 안에서 쉬고 있나 해서 김영자 씨는 계속해서 문을 두드렸다고 합니다. 그러길 한 1분쯤, 김영자 씨는 마침내 방 안으로부터 생소한 목소리를 들었다고 합니다. 김영자 씨가 어떻게 해야 할지 망설이고 있는데, 그때 마침 거기를 지나가던……."

"어, 잠깐. 안으로 잠겨 있는 방에서 누군가 대답을 했다고 하지 않았나? 뭐라고 했다던가?"

주 경사는 대답이 막힌 듯 보였다. 민 형사는 운전을 하면서 룸 미러로 진 반장 쪽을 흘끗 쳐다보았는데, 진 반장은 본격적으로 흥미가 생겼는지, 눈을 뜬 채로 거대한 몸을 운전석 쪽으로 기울이고 있었다.

"아…… 그게, 잘, 기억이 나지 않습니다만……. 그게 중요한 건가요?"

"중요한지 중요하지 않은지는 내가 결정하네."

"에또…… 가만 보자, 아, 기억이 납니다. 다시 한 번 김영자 씨에게 물어 확인하시면 되겠지만…… 낯선 남자의 목소리가 어느 문을 열어야 하는 건지 그녀에게 물었다고 했습니다."

"사체와 함께 발견된 멍청한 용의자의 대답답군, 그래. 계속해 보게."

"어디까지 했었지요? 아, 그래서, 여자가 머뭇거리고 있는데, 집사가 마침 거길 지나갔습니다. 박성섭이란 이름의 이 집사는 15년째 근무하고 있는, 회장님의 먼 친척이라고 합니다. 박 집사는, 작은 며느리의 부탁으로 3층에 있는 주방 준비실로 와인을 가지러 온 길이었습니다. 둘은 방 안의 사내에게 누구냐고 물었다고 합니다. 방 안의 사내는 거기에는 대답도 없이 다짜고짜, 강 과장이 죽었어요, 라고만 반복해서 말했다고 합니다."

"강 과장이라고 했나요?"

민 형사는 와이퍼의 속도를 올리며 끼어들었다.

"죽은 남자입니다. A사의 전략 영업팀 과장이랍니다. 오늘 회장님 모친 장례에 준비 요원으로 참석했었는데, 3시 이후에는 아무도 본 사람이 없습니다. 그러고 나서, 박 집사가 다른 사람들을 전화로 불렀고, 결국 안쪽으로부터 방문이 열렸다고 합니다. 방 안에는 강 과장이란 남자가 선대 회장님, 그러니까 지금 회장님의 부친이 되시는, 그분의 흉상에 뒤통수를 맞은 채 쓰러져 있었고, 문제의 유지형 대리가 상의에 온통 피를 묻힌 채 횡설수설하고 있었다고 합니다."

"베란다 쪽 문은 어떻게 되어 있었나?"

주 경사는 오랜만에 맘에 드는 질문을 받았다는 듯, 입맛을 다시며 설명했다.

"예, 그쪽도 빼놓지 않고 확인했습니다만, 저희가 도착했을 때에는 빗장이 내려진 채였습니다. 문을 잠글 기회가 있었던 박 집사와 김영자 씨도 결코 문을 만지지 않았다고 증언했구요. 사체와 함께 방 안에 있었던 유 대리 역시, 자기가 일어났을 때부터 모든 문들에 빗장이 내려져 있었다고 합니다. 자기 목을 조르는 줄도 모르고 그는 그렇게 증언하더군요."

"바보 아니면 천재 둘 중의 하나겠지. 하지만 그가 바보인지 천재인지 구분하는 일은 우리의 몫이 아니야. 그건 의사들이나 신문기자들의 관심거리지. 자, 계속하게."

주 경사는 무슨 말을 하는지 모르겠다는 표정을 지으며 보고를 계속 이어갔다.

"에또…… 결국, 증인과 용의자의 증언에 따르자면 강 과장과 용의자가 발견된 방은 외부로부터, 완전히 그 자유로운 출입이 차단되어 있던 셈이었습니다. 방 안에는 모두 세 개의 문이 있었지만, 그나마 모두 빗장이 내려져 있었고, 창문은 전혀 없습니다. 그리고, 에또…… 강 과장과 같이 발견된 유 대리라는 남자는 강 과장이 팀장으로 있는 전략영업팀의 팀원이라고 합니다. 그러니까, 결국, 범인이 투명인간이거나 벽을 통과해 나갈 수 있는 사람이 아닌 이상 유 대리 이외에는 다른 범인이 존재할 수 없어 보이는……."

"그는 뭐라고 증언했나? 자신의 죄를 인정하던가?"

"그렇다면 얼마나 좋겠습니까마는…… 딱 잡아떼고 있습니다."

"그래서?"

"그래서, 저는, 에또…… 우선 강 과장과 유 대리가 무슨 이유에서, 또 어떻게 그곳으로 침입했는지는 알아내려고 했습니다. 박 집사의 말에 의하면, 2층과 3층은 외부로부터의 출입이 지극히 제한되어 있는 곳이라고 합니다. 소위 브이아이피라고 불리는, 예를 들어, 장관급 인사나 외국의 중요한 바이어가 방문하는 경우에나 개방을 하는 곳이란 겁니다. 사실, 대단한 곳입니다. 이건 뭐, 라스베가스도 아니구, 카지노까지 있으니 말 다 한 거죠. 그래서, 에또…… 박 집사도 그 두 사람이 어떻게 거기에 들어올 수 있었는지, 이해할 수 없다는 겁니다. 애당초 불가능한 일이라고 딱 잘라 말하더군요. 준비 요원에게 그곳을 출입하라는 명령이 내려지지 않았다는 사실도 행사 관리측으로부터 이미 확인했습니다."

"불가능한 일이라지만, 이미 일어난 일 아닙니까? 단순 관리 소홀로는 볼 수 없나요?"

주 경사는 수첩을 덮으며 인상을 찌푸렸다.

"그게 또 그렇지 않은 게, 그러니까…… 집사에 의하면 외부에서 2층과 3층으로 들어가는 길은 오직 엘리베이터 하나밖에 없고, 엘리베이터를 탄 후 별도로 패스워드를 넣지 않으면 2층과 3층은 아예 멈추질 않는다고 합니다. 패스워드는 또 매일 바뀌며, 중앙관리소의 소장에게 일일이 전화를 걸어 알아내지 않으면 외부인은 결코 알 수가 없도록 되어 있다고 합니다."

"그래도 어딘가에는 틈이 있겠죠."

민 형사는 목소리에는 어딘지 쾌활한 구석마저 있었다. 도저히 설명이 불가능한 것처럼 보이는 상황을 진 반장이 쾌도난마처럼 풀어헤치는 장면을 몇 번이나 경험한 적이 있는 민 형사로서는, 이 전대미문의 사건이 오랜만에 진 반장에게 던져진 좋은 도전이 될 수도 있겠다고 여겼기 때문이었다.

"가장 중요한 틈은, 대부분 상황이나 물리적인 트릭이 아니라, 사람 그 자체인 법이지. 틈을 찾아내기 위해선 가장 유력한 용의자인 유 대리에게 초점을 맞추는 수밖에. 그래, 주 경사, 죽었다는 강 과장은 말이 없을 테고, 유 대리는 그가 살인 현장에서 발견되기까지의 경위를 어떻게 증언했나?"

"그게, 저……."

주 경사는 이야기를 어떻게 시작해야 할지 난감하다는 표정이었다.

"너무 어이없는 얘기가 돼놔서…… 정신과 감정을 의뢰하는 게 나을지, 아니면 사람은 멀쩡해 보이는데 일부러 미친 척하는 건지 저로서도 잘 판단이 서지 않습니다. ."

"미친 척하는 것과 완전히 미쳐버린 것을 정확히 구분해 낼 수 있는 인간은 지구상 어디에도 없네. 그런 쓸데없는 데에 시간 낭비하지 말게나."

"알겠습니다…… 그러니까 유 대리는……."

주 경사는 유난히 뜸을 들였다. 민 형사는 조바심이 났다.

"에또…… 그의 말을 그대로 옮기자면, 총격전에 참가했다고 합니다."

"총격전?"

"네."

"무슨 서바이벌 게임 같은 걸 얘기하는 건가요?"

"그게 아니라…… 실탄이 펑펑 날아다니는 총격전에 참가했다고 합니다, 사람이 몇 명 죽기도 하는데…… 내 참 어이가 없어서……."

진 반장이 크게 한숨을 내쉬는 소리가 차 천장을 갈겨대는 빗소리 속에서도 똑똑히 들렸다.

"시체는 둔기에 머리를 맞고 쓰러져 있었다고 하지 않았나요?"

"예, 그렇습니다. 오죽하면, 제가 그 엉망이 된 머릿속에 총알이라도 박혀 있는지 확인해 달라고 검시관에게 말했겠습니까? 그랬

더니, 검시관은 저를 미친놈 취급하더군요. 유 대리의 증언은······
그러니까······ 아무래도 직접 듣는 편이 낫겠습니다만, 그래도 간
단하게 요약만 하자면, 증권정보 단말기가 터지지 않아서 2층으
로 몰래 올라왔는데, 갑자기 전원이 나가고 총소리가 나면서 총격
전이 시작되었답니다. 그가 보기에는 특수부대의 요원들 같았다고
합니다만, 어쨌건 죽은 이의 총을 빼앗아 총격전에 참가하게 되었
고, 목숨을 부지하기 위해 총질을 하다가 섬광탄으로 추정되는 폭
탄이 터지는 바람에 기절했답니다. 그리고 깨어보니 강 과장의 시
체가 옆에 있었다고 합니다."

잠시 침묵이 흘렀다. 민 형사는 유 대리라는 남자의 증언을 어떻
게 받아들여야 할지 감이 오지 않았다.

"휴우······ 굉장한 얘기군요. 거짓 증언이라고 한다면, 유사 이래
최고로 어리석은 거짓 증언이 되겠군요. 그렇지 않다면, 영화를 너
무 많이 보는 바람에 머리가 살짝 돌아버린 걸까요?"

진 반장은 민 형사의 말에 대답은 하지 않고, 끙 하는 신음소리
를 낮게 질렀다.

"반장님, 확실히 주 경사의 말처럼 정신감정을 먼저 의뢰해 보
는 게······."

"정신감정은 별로 믿지 않는 게 좋아, 민 형사, 차라리 그것보다
는 거짓말 탐지기가 훨씬 더 인간적이라고 할 수 있지. 근데, 주 경
사······ 유 대리는 강 과장 역시 총격전에 참가했다고 진술하던가?"

주 경사는 잠시 잊었다는 듯이 손바닥으로 무릎을 치며 진 반장

쪽으로 돌아다보았다.

"그게 또, 얼토당토않아 보이는 대답의 연속입니다. 유 대리 말로는 점심시간 이후 한 번도 강 과장을 본 적이 없다고 합니다. 총격전에서 충격을 받고 기절했다가 깨어나 보니, 강 과장이 머리에 피를 묻힌 채 누워 있었다고 유 대리는 증언했습니다. 유 대리와 강 과장이 공모를 하여 그곳에 침입한 것이 확실해 보이는데도 말입니다. 유 대리와 강 과장이 별개로…… 그러니까, 에또…… 그두 사람이 서로 다른 이유 때문에, 서로 다른 루트를 통해, 삼엄한 경비를 뚫고, 비슷한 시각에 그곳에 침입했다는 건 아무래도 잘 아귀가 맞지 않습니다."

잠시 그들은 말이 없었다. 민 형사는 운전대를 잡은 채로 유 대리란 용의자의 진술에 담겨 있을지도 모르는 숨은 의미에 대해 골똘히 생각하고 있었고, 진 반장은 다시 몸을 시트에 파묻은 채로 눈을 감아버렸다. 그리고 주 경사는 두 사람의 반응을 이리저리 살피고 있었다. 잠시 후 진 반장이 특유의 낮은 톤으로 입을 열었다.

"주 경사, 내가 현장을 보기 전에 마지막으로 자네에게 두 가지의 질문을 하겠네. 될 수 있으면 짧게 대답해 주게나."

"네."

"우선, 유 대리가 총격전에서 사용한 총기가 뭐라던가?"

"총기요?"

민 형사는 얼른 주 경사의 표정을 살폈는데, 도대체 질문의 진의를 알 수 없다는 표정이었다. 짧은 시간, 둘의 눈이 마주쳤는데, 주 경사는 이 사람이 날 놀리고 있는 게 아니요 하고 묻는 듯했다. 민 형사는 얼른 그 눈빛을 외면해 버렸다. 설명할 길이 그로서도 없었다.

"내가 자네에게 원하는 것은 질문이 아니라, 대답이야."

"네, 그러고 보니, 그랬습니다. MP5라고 했죠? 아마."

민 형사는 그 친구 액션 영화를 너무 많이 봤군 하고 속으로 중얼댔다.

"MP5, 음 좋아, 탁월한 선택이로군. 좁은 실내에서 그만큼 순발력을 발휘해 줄 수 있는 놈도 드물지. 좋아, 그 다음. 유 대리도 장례식 준비 요원으로 차출된 거라고 했는데, 그는 뭘 했나? 음식이라도 날랐나? 아니면 손걸레를 들고 흉상이라도 닦고 있었나?"

역시 엉뚱한 질문이었지만, 이번에는 주 경사도 별 질문 없이 시원스럽게 대답했다.

"주차 요원이었다고 합니다. 지하주차장에 배속되어 있었는데, 같이 일을 한 동료들 중에 2시 30분 이후로 유 대리를 본 자는 아무도 없는 것 같습니다."

"주차 요원?"

"네."

"자, 그럼 우리의 주차 요원이 어떻게 해서 총격전에 참가하게 되었는지, 또 어떻게 하다 불운하게도 상사의 시체와 함께 밀실에서 발견되게 되었는지 보러 가자구."

마치 그러는 게 진 반장에게 생각할 수 있는 시간을 주는 최선의 방법이라도 된다는 듯, 약속이나 한 것처럼 민 형사와 주 경사는 입을 열지 않았다. 차를 때리는 빗소리만이 요란했다.

정말 대단한 저택이었다. 평소, 독설로는 어디에 내놓아도 빠지지 않는 진 반장이었지만, 연신 입을 벌린 채 다물 줄을 몰랐다. 일행을 안내하던 주 경사는 마치 집주인이라도 된 듯, 물어보지도 않은 집에 대한 설명을 줄줄이 늘어놓았다. 진 반장과 민 형사가 안내된 곳은 3층에 있는 방이었다. 지문감식반과, 검시관, 그리고 몇 명의 경찰들까지, 열 명은 족히 넘어 보이는 인원이 방 안을 가득 메우고 있었다. 문 앞에서 잠시 들어갈 엄두를 못 내고 방 안을 둘러보고 있는 진 반장과 그의 일행을 알아보는 사람이 있었다.

"이게 누구야, 어서 오게나."

매부리코의 남자는 손에 끼워진 하얀 장갑을 벗지도 않은 채 진 반장에게 오른손을 내밀었다. 민 형사도 몇 번 본 적이 있는 북부 관할 담당인 양 경감이었다. 유독 큼직큼직한 강력 사건에서 뛰어난 성과를 올려 범죄자들에게는 본명 대신 흔히 독종이라는 별칭으로 통하는 베테랑 경감이었다. 경시청 창설 이래 최연소 경감이란 소문도 있는 실력자였다. 경력이 경력이니만큼, 별동 조직이라고 볼 수도 있는 미궁과에 드러내놓고 반감을 가지고 있는 자였다. 한창 미궁과의 필요성이 제기될 때, 그 창설에 양팔을 걷어붙이고 반대했다는 소문도 파다했다. 진 반장은 두 손을 휘휘 저으며 악수를 하고 싶지 않다는 듯한 자세를 취했다.

"장갑에 묻어 있을지도 모르는 피를 내 손에 묻히기는 싫네. 악수는 다음에 저녁이나 들면서 하지."

"난 식사시간에도 장갑을 끼는 체질이라서……. 근데, 달랑, 이렇게 두 명인가? 일당백의 탐정 두 분이 친히 자리하셨으니, 그럼 우리 같은 헐렝이들은 이제 물러가도 되는 건가?"

양 경감은 당장이라도 자리를 뜰 듯한 제스처를 취했다. 민 형사는 그의 이죽거리는 태도에 기분이 나빠졌다.

"우리야…… 잘 알겠지만서도, 어차피 협조 차원에서 파견 나온 거고, 실제 담당이 그쪽이란 건 변함이 없잖은가?"

"협조가 아니라 부리러 온 거겠지. 정치적으로 조금은 민감할 수 있는 사안이라 윗선에서는 미궁과를 떠올렸는지 모르겠지만…… 미안하네만, 우리들은 남의 명령을 받는 데에 익숙하지 않아서."

양 경감은 키도 한 10센티미터는 진 반장보다 컸고, 목소리도 우렁찼다. 그는 이런 그의 생각을 그의 부하들도 모두 들어야 한다는 듯, 쩌렁쩌렁한 목소리로 말했다. 하지만 진 반장은 여전히 착 가라앉은 목소리였다.

"그래서 협조를 거부하겠다는 건가?"

"허어, 이 사람, 앞질러 나가기는. 그렇다면 명령 불복종 아닌가? 여기 우리들 중 옷을 벗고 싶어하는 사람은 아무도 없네, 그것도 미궁과 때문에. 미궁과는 모르겠지만, 우리들은 손에 피 묻히는 일을 천직으로 삼고 사는 사람들이라서."

"손에 피 묻히는 일 대신, 머리를 조금씩만 더 굴려주면 좋을 텐데."

한방 먹였군, 민 형사는 고소하다는 표정을 감추기 위해 얼굴 근육에 잔뜩 힘을 주었다.

"잘 들어둬, 경시청장에게 3일 내로 수사에 진전이 없으면, 미궁과 없이 우리 단독으로 일을 처리해도 좋다는 명령을 내 이미 받아 뒀네. 딱 3일간이야. 72시간. 72시간에서 1초라도 넘어가면 우리는 당신 둘을 여기서 쫓아낼 수 있어."

양 경감은 씩씩거리면서 하얀 집게손가락으로 진 반장의 가슴을 똑바로 가리켰다. 대단한 박력이군, 하고 민 형사는 속으로 생각했다.

"좋을 대로 하시게나. 풀릴 수 있는 사건이라면, 어차피 72시간 안에 결판이 날 것이고, 인간의 힘으로 풀릴 수 없는 사건이라면, 72시간이 아니라 72개월이 지나도 풀리지 않을 테니."

"그럼 잘들 해보게. 내 생각에는 당신과 딱 어울리는 사건이야. 미치광이 한 마리가 길길이 날뛰고 있으니."

"증인은 어디에 확보되어 있나?"

"난 질문을 받는 데 익숙하지 않아서…… 난 손에 묻어 있는 피나 닦고 올 테니, 윤 형사에게 물어보게나."

윤 형사 하고 양 경감은 버럭 소리를 질렀고, 문 쪽에 달라붙어서 지문감식이라도 하는 것 같던, 호리호리한 형사 하나가 문 앞으로 잽싸게 달려나왔다.

"진 반장이라고, 미궁과의 터줏대감이지, 말 잘 듣게, 밉보였다간 모가지가 달아날지도 모르니까."

그러고 나서 양 경감은 등을 돌리고 휑하니 사라졌다. 윤 형사는 얼굴에 주름이 무척 많은 남자였는데, 극히 무표정했다. 입속으로 웅얼대는 것처럼 잘 들리지 않는 목소리로 따라 오시겠습니까 라고 짧게 질문 아닌 질문을 던져놓고는 방 안으로 성큼성큼 걸어 들어갔다.

방 안은 매우 밝았다. 민 형사의 뒤에 처져 들어오던 진 반장이, 작은 탄성을 내지르는 소리가 들려 민 형사는 뒤를 돌아다보았다. 진 반장은 입구에서 보아 좌측 벽에 붙어 있던 매우 큰 그림 쪽으로 다가가고 있었다. 그림의 무엇이 진 반장의 관심을 그토록 끄는 건지는 알 수 없었지만, 민 형사 또한 그의 키를 훌쩍 넘는 그 그림의 크기에는 압도당하지 않을 수 없었다. 윤곽이 그리 뚜렷하지 않았지만, 대충 햇살이 환한 방 안에 벌거벗은 여자 하나가 창문을 바라보며 뒷모습을 내보이고 있는 그림이었다. 민 형사는 경험상, 이럴 땐 아무리 진 반장을 말려봤자 소용이 없다는 사실을 잘 알고 있었기 때문에, 잠자코 그가 하는 양을 지켜만 보고 있었다. 진 반장은 잠시 그림을 멀찍이서 감상하는 듯하더니만, 그림에 다가가서 양팔을 쫙 펼치고 끌어안는 듯한 자세를 취했다. 민 형사는 진 반장의 엉뚱한 모습을 꽤나 많이 보아왔지만, 이번에도 늘 그렇듯이 당황하지 않을 길이 없었다. 진 반장은 민 형사와 윤 형사 쪽으로 돌아서더니만, 아주 재미있는 것을 발견했다는 듯이, 입안에 함빡 웃음을 머금고 있었다.

"민 형사, 저 그림이 뭔지 아나?"

"제가 어떻게 알겠습니까? 달력 그림 같은 데서 본 것 같기도……"

민 형사는 건성으로 대답했다. 상관의 치부를 드러내는 것 같아 윤 형사가 옆에 있는 것이 적이 불편했다.

"그래서, 내가 늘 자네에게 범죄 이외에도 좀 관심의 영역을 넓혀 보라고 하지 않던가? 저건 '나비 자포나르'라는 별명으로 더 유명한 나비파의 거장 보나르가 1908년에 그린 「역광을 받는 여자(NU À CONTRE-JOUR)」라는 그림일세."

그렇게 말해 봤자, 민 형사에게 역시 아무런 의미가 없기는 매한가지였다. 민 형사는 속으로 더럽게 크기만 한 그림이군, 하고 투덜거렸다.

"재미있는 건, 저게 복제화라는 거지. 아니, 실제로 재미있는 건, 내가 어떻게 저 그림이 복제화인지 알 수 있었느냐 하는 데 있어."

"진품이 지금 현재 어느 박물관에 걸려 있는지 진즉 알고 계셨던 것 아닌가요?"

민 형사는 의무적으로, 진 반장의 말에 대꾸를 했다. 조금이라도 그림에 대한 대화를 중단시키는 데 도움이 되지 않을까 하는 생각도 없진 않았다.

"놀라운 착상이군, 언제나 그렇듯이, 핵심에는 비껴 나 있지만. 다행인 것은 아주 많이 비껴 나 있지는 않다는 거야. 그래, 일단 자네 말은 부분적으로 맞네, 15년 전인가 브뤼셀에서 마지막으로 저 그림의 진품을 본 건 벨기에 왕립미술관에서였지. 그런데 중요한 건, 내가 저 그림이 복제화라는 걸 깨닫게 된 원인이 다른 데 있다는 거야."

민 형사는 그 그림이 뭔지에 대해 아무런 관심이 없었다. 그는 양 경감이 제시한 72시간이라는 데드라인을 맞추기 위해서라도 한시바삐 수사를 시작해야 될 것 같아 조바심이 났다.

"안타까워, 안타까워. 자네가 내가 본 걸 볼 수 있다면……."

"시체를 보시겠습니까?"

진 반장의 그림에 대한 잡담이 잠시 뜸을 들이는 사이, 윤 형사가 다시 낮은 목소리로 입을 열었다. 그건 마치, 자동차 영업사원이 매장에서 이 차를 한 번 보시겠습니까? 하고 묻는 듯한 목소리였다. 그는 여전히 그림에 정신이 팔려 있는 진 반장에게도, 옆에서 노심초사만 하고 있는 민 형사에게도 아무런 관심이 없는 얼굴이었다. 시체는 책상 뒤에 있었다. 남자와 여자 하나가, 허리춤 아래로 하얀 천이 덮여 있는 남자 옆에 쪼그리고 앉아 있었다. 그 둘에 가려, 민 형사는 시체를 볼 수 없었다.

"어어, 진 반장, 오랜만일세. 작년 가을인가, 호스티스 토막 살인 사건으로 만나고는 첨인 것 같은데. 어 그리고 민 형사도, 오랜만이네."

법의학팀 내에서도 베테랑으로 유명한 조 과장이었다. 그는 담뱃진에 전 누런 치열을 고스란히 드러내 보이며 두 남자를 향해 활짝 웃었다. 출동한 사람들의 면면만 봐도 경시청 내에서 이번 사건을 얼마나 중요하게 생각하고 있는지 민 형사는 쉽게 짐작할 수 있었다.

"그야말로 드림팀이군요."

"미궁과까지 출동했으니, 이제 그렇게 말해도 손색이 없을 테지."

조 과장은 집게손가락으로 안경을 고쳐 쓰며 쾌활한 목소리로 말을 이어갔다.

"근데, 진 반장, 양 경감과는 언제까지 그렇게 으르렁댈 건가? 서투른 애정 표현으로 봐줘야 되는 건가?"

"큰일 날 말을. 남자에게는 애정 같은 건 품지 않는 체질이라. 나는 명백한 헤테로야. 그건 민 형사도 증언할 수 있을 걸세."

진 반장 역시 쾌활하게 웃으며 조 과장에게 응수했다.

"시체의 상태는 어떤가요?"

"아, 시체, 그래, 한 번 보게나."

조 과장과, 동행한 부하 직원인 듯, 같은 하얀 가운을 입고 있던 여자 하나가 자리를 비켰다. 시체는 의외로 평온한 얼굴이었다. 커다란 저항이나 격렬한 몸싸움이 없었다는 뜻이다, 하고 민 형사는 추측했다.

"용의자의 증언에 따르면, 유 대리라고 했던가, 그가 죽은 이의 얼굴을 보기 위해 한 번 뒤집었다더군. 양 경감은 그의 증언 중 쓸 만한 부분은 하나도 없다고 하지만."

"그럼, 상처는 뒤통수에?"

조 과장은 민 형사에게 얼굴을 찌푸리며, 하얀 가운을 입은 여자와 함께 능숙하게 시체를 뒤집었다.

"풋내기 형사 양반, 내 늘 뒤통수가 아니라, 후두부라고 하지 않았나. 그럭저럭 사진도 다 찍었고, 자네들만 오면 사체를 가지고 철수하려 했으니, 자 마음껏 보시게."

민 형사는 깨진 뒤통수에 잠시 속이 메슥거렸다.

"앞의 평온한 얼굴과는 너무나 딴판이군요, 조 과장님."

"그렇지, 의심할 여지 없는 즉사야, 상처의 생활반응으로 봐서 이 상처가 죽음의 원인이 되었다는 것도 명백해. 죽은 시간은 돌아가서 정밀하게 다시 검사해 봐야 하겠지만, 오늘 오후 3시 반에서 4시 반 사이라는 데 내 마누라를 걸어도 좋네."

'내 마누라를 걸어도 좋다'라는 속된 표현은, 민 형사도 몇 번 들은 기억이 있는 널리 알려진 조 과장 특유의 농담이었다. 입이 좀 건 사람들이 대부분 그렇듯, 조 과장 또한 보기와는 다르게 따뜻한 심성을 가진 남자였다.

"자네 마누라에게는 아무런 관심도 없네, 그보다 흉기는……."

"자네도 이제 좀 죽어 있는 사람 대신, 살아 있는 사람 쪽에 관심을 둘 나이가 되지 않았나?"

그건 진 반장이 아직 독신으로 살고 있는 데에 대한 가벼운 농담이었다. 사실은 조금 민감한 내용이라, 민 형사도 몇 번의 술자리에서밖에는 꺼내 보지 못한 내용이지만.

"철이란 것도 들 수 있는 때가 있는 건데, 나의 경우에는 이미 철이 들기에는 너무 늦어진 케이스라고 할 수 있겠지. 들어야 할 때 안 드는 것도 보기 흉하지만, 너무 늦게 되는 것도 추하기는 결국 마찬가지란 말일세."

"자네의 개똥철학은 여전히 녹슬지 않는구먼. 좋아, 다시 본론으로 들어가자면, 흉기는 저기 떨어져 있는 흉상으로 추정되는데, 무게가 적어도 10킬로는 나갈 것 같아. 10킬로짜리 둔기로 이 정도의 상처를 내려면 꽤나 완력이 필요할 것 같아."

"그렇다면, 남자의 범행으로 단정 지어도……."

진 반장이 민 형사의 말을 제지하며 끼어들었다.

"민 형사, 여자들을 너무 우습게만 봐서는 안 되네. 여자 레슬링 선수도, 여자 역도 선수도 있는 세상이니. 그건 그렇고 사인에 대해서 말인데. 어려운 얘기는 집어치우고, 죽은 다음에 생긴 상처라고 해석할 수는 없겠나?"

조 과장은 기분 나쁜 얘기를 들었다는 듯이, 코를 두어 차례 쿵쿵거리며 고개를 절레절레 흔들었다.

"어디서 무슨 얘기를 들었는지는 모르겠지만……."

"단도직입적으로 말하지, 총에 의한 죽음이나, 약물에 의한 죽음이나, 경부 압박에 의한 기도 폐쇄라든가, 뭐 괜찮다면 익사라도, 하여간 다른 원인은 있을 수 없다는 건가?"

지금껏 잠자코 있던 윤 형사가 가늘게 찢어진 두 눈을 민 형사 쪽으로 돌렸다 윤 형사의 입가에 희미한 웃음이 떠올랐다가 이내 사라졌다.

"똥구멍만 빼놓고 다 조사해 봤다고 해도 과언이 아니네. 총알이 들어간 자국은 없어. 설사 뒤통수에 박혔다면, 상처에 의해서 총알의 입사구는 뭉개졌을지 몰라도, 안면 쪽에도 출혈의 흔적 등은 나오는 법이네. 해부를 해봐야 알겠지만, 총알은 틀림없이 없을걸세. 약물의 흔적도 지금으로서는 없어. 무거운 둔기에 의해 후두부를 강타당해 즉사했다는 것이 내 소견일세. 그것이 뒤집힐 가능성은 지금으로서는 배제해도 좋네. 자네가 싫다니 내 마누라를 걸수는 없는 노릇이겠지만."

"알코올이나 그 밖의 약물에 대한 것도 꼭 좀 확인해 봐주십시오."

"걱정 말게. 자네들은 이 밀실이나 잘 파괴해 보라구, 그게 자네들의 전공 아닌가? 내 할 일은 알아서 할 테니."

"시반은 어떻습니까? 혹시라도 죽은 후에 옮긴 흔적이 있습니까?"

조 과장은 시계를 흘끔 들여다본 후, 민 형사와 진 반장을 번갈아 보며 말했다.

"그것만 대답해 주면 시체를 빼낼 수 있도록 해주겠나? 내일 새벽까지 보고서를 올리려면, 시간이 빡빡하거든. 미궁과는 특히 더 인내심이 부족한 집단이니까."

"좋지. 우리들의 인내심을 시험하지 않기 위해서라도. 빼가게."

"그것 참, 고맙군. 정리하자면, 사망 시각은 아까도 얘기했듯이 대충 4시 전후 30분, 용의자가 시체를 뒤집었다는 시간은 5시 전후. 내 소견은 유 대리라는 용의자의 증언과 그럭저럭 잘 들어맞는 것 같다는 걸세. 자네도 잘 알다시피, 시반이라는 놈이 워낙 왔다 갔다 하는 놈이라 정확한 건 사체를 절단해 봐야 알겠지만."

조 과장을 비롯한 검시관 일행이 시체를 들고 나간 후에, 한 시간 남짓 진 반장과 민 형사는 면밀하게 현장을 감식했다. 민 형사는 가끔 윤 형사를 불러 지문 감식반의 도움을 받거나, 짤막짤막한 질문을 던지는 것 이외에는 주로 흉기로 사용된 흉상과 문들을 살피는 데 대부분의 시간을 보냈고, 진 반장은 민 형사가 하는 양을 바라보다가도, 다시 그림 쪽으로 돌아가서, 그림의 이모저모를 뜯어보며 연신 뜻도 없는 짤막한 신음소리를 내뱉고는 했다. (그림 1은 살인이 일어났다고 믿어지는 방을 중심으로 한 3층의 개략적인 부분도이다.)

　"윤 형사, 그리고 민 형사, 이리로 좀 오게."

　베란다 쪽의 조사를 마친 진 반장이 두 형사를 불렀다.

　"윤 형사, 증인들은 어디에 있나?"

　"2층에 모두 격리하여 수용하고 있습니다."

　윤 형사는 마치 복화술사처럼 입을 크게 놀리지 않으며 대답을 했다. 민 형사는 이런 사람이 부하거나 상급자라면 같이 일하기가 매우 갑갑하겠다고 생각했다.

　"확보되어 있는 증인은 누구누구지?"

　"최초 발견자인 하녀 김영자 씨, 박성섭 집사, 흉행 당시 2층에 머무르고 있었다는, A 회장의 조카인 여인중 씨, 이 저택의 경비를 담당하고 있는 여철형 소장, 그리고 마지막으로 시체와 함께 발견된 유지형 대리, 이렇게 모두 다섯입니다…… 참고인으로 더 소환하시고 싶은 분이 있으면……."

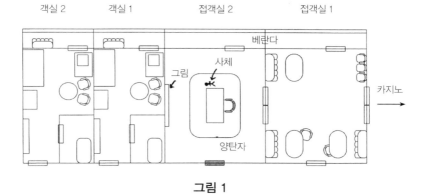

객실 2　　　객실 1　　　접객실 2　　　접객실 1

베란다

사체

그림

양탄자

카지노

그림 1

"아니야, 그걸로 됐네. 충분해. 내가 원하는 순서대로 옆방에 한 명씩 차례대로 불러주었으면 하는데……. 아니, 그전에 우선 자네 둘과 토의를 해보고 싶네."

윤 형사는 토의라는 말이 생경한 듯, 얇은 눈을 치켜뜨고 진 반장을 주시했다.

"우선 시체와 용의자가 발견된 방의 성격에 대한 것이야. 윤 형사, 자네는 이 방이 말 그대로 완전한 밀실(Hermetically Sealed Room)이라는 데 동의하나?"

"……그렇습니다."

잠시 머뭇대다 터져 나온 목소리는 여전히 들릴락 말락 했다.

"정리해 보자구. 용의자의 증언에 의하면 그가 깨어났을 때, 방 안의 문 세 개, 그러니까 베란다로 향한 외짝 문, 복도로 향한 외짝 문, 그리고 옆방으로 향한 두 짝짜리 문, 그 모두에 빗장이 걸려 있었다고 하지 않았나?"

"예, 그렇습니다."

"좋아, 결국 내부에 있던 유지형 대리의 증언에 의하면, 세 개의 문에는 완전히 빗장이 걸려 있었네. 그렇다면 외부에 있던 증인들의 증언은 어떤가? 하녀는 옆방과 통하는 문이 잠겨 있다는 걸 확인한 후, 복도와 통하는 문 역시 잠겨 있다는 걸 확인했네. 베란다로 향하는 문은 외부에서 접근할 수 없었으니, 그건 배제하더라도 말이네."

"결국 어떻게 생각해 봐도 유 대리 외에는 범인이 있을 수 없다는 결론에 도달하게 되는 것 아닌가요?"

모처럼의 윤 형사의 자발적인 대답에 민 형사가 다시 나섰다.

"서둘러 결론을 내리기 전에, 우선 그 방이 정말로 완벽한 밀실이었는지 그것부터 확실히 해놓고 출발해야 하는 게 아닐까요?"

"좋아, 좋은 접근이네, 민 형사. 이곳이 진짜 밀실이라면 얘기는 매우 단순해지네. 윤 형사의 말처럼, 유 대리 이외에는 누구도 범인이 될 수 없겠지. 흉기에 찍힌 그의 지문도 충분한 증거가 될 테구 말이지. 참된 동기와, 왜 그가 허황된 증언을 하고 있는지에 대한 의문이 남는 건 사실이지만, 다 잊어버리고 영장을 청구해도 법정에서는 하나 문제 되지 않을 걸세. 그렇지만…… 그렇지만, 그렇게 단순해지기 위해서는 우선 하나의 단계를 밟아야 해. 민 형사의 의문처럼, 이곳이 진짜 밀실이었나 하는 것에 관한 거지……. 밀실을 파괴해야 할 땐 언제나, 이중 자물쇠나, 보이지 않는 실을 이용하는 등과 같은, 기계적인 트릭이 맨 먼저 머리에 떠오르게 마련이지. 그러니까, 제삼의 범인이 시체와 정신을 잃은 용의자가 내부에 있는 상태에서, 열린 문을 통해 밖으로 나온 후, 외부에서 어떤 기계적인 트릭을 사용하여 빗장을 걸고, 밀실을 완성하는 거지, 당연히 용의자는 누명을 쓰게 될 것이고. 하지만, 여기선 너무 희박해. 둘 다 꼼꼼히 살폈을 테지만, 문은 그야말로 깨끗하네. 문틈은 종잇장 하나, 머리칼 한 오라기 들어가지 않을 정도로 틈이 없고, 빗장도 매우 뻑뻑해서 직접 두 손으로 잡고 돌려도 잘 돌아가지 않을 정도일세. 문짝이 경첩째 떨어져나가는 그런 구조도 아니고, 루팡의 모험 활극에 흔히 나오는 비밀 통로도, 그 흔한 굴뚝이나 창문도 여기는 없네. 사실, 기계적인 트릭은 현실 자체에서 매우 희박해. 그런 건 탐정소설이나 만화에서 가능한 이야기일세. 그렇게 기계적인 트릭이라는 하나의 가능성을 지워버리고 나면…… 다음은 증인들의 증언에 고의적이건, 고의적이 아니건 거짓이나 빈틈이 있다는 가정인데, 그것도 만만해 보이지는 않네. 아까도 말했지만, 밀실의 근원이 되는 닫혀 있었던 세 개의 빗장은 외부에서, 또 결정적으로는 용의자에 의해 내부에서 동시에 확인된 사실이란 말이야. 물론 증인들을 만나 어딘가 증언들 사이에 잘 들어맞지 않는 틈이 존재하는지 조사해 봐야겠지만, 민 형사, 아무리 좋은 쪽으로 봐줘도, 밀실이 아니기 위한 가정들은 솔직히 말해 아직은 어설프기 짝이 없네."

민 형사는 입맛을 다시며 또 다른 하나의 가능성을 제시했다.

"제삼의 범인이 방 안에 숨어 있다가 문이 열린 다음, 살짝 빠져 나간 걸 수도 있는 거 아닙니까?"

"이보게, 그것보다는 범인이 투명인간이라는 결론이 내 귀에는 더 그럴싸하게 들릴 것 같네. 이 방 안에는 안타깝게도 자네가 말한 제삼의 범인이 얼굴 하나 변변히 숨길 곳도 없지 않나? 흔한 침대도 없고, 옷장도 없네. 어디에 숨겠나?"

"그림은 어떨까요? 반장님이 그토록 집착하는 그림 말입니다."

민 형사는 고집스럽게 그의 의견을 꺾지 않았다.

"하하핫, 재미있는 의견이야. 민 형사, 꼭 유 대리에게 그림의 상태가 어땠는지 물어보도록 하게. 물론 틀에서 빼내서 그림을 약간 기울인 채로 벽에 기대놓고, 바닥에 만들어지는 작은 삼각형의 공간에 몸을 숨길 수도 있겠지. 하지만, 너무 허술해, 너무 조잡해. 유 대리 눈에 띄지 말라는 법도 없는 거고. 사람이 숨으려면, 굉장히 심하게 기울여야 할 텐데, 한눈에 어색하게 보일 걸세."

민 형사는 조금 분한 느낌이 들었다. 진 반장이 그림에 지나치게 관심을 기울여서 거기에 뭔가 특별한 것이 있을 것 같아 넘겨짚었는데, 무안만 당한 꼴이 되었던 것이었다.

"하지만, 이 밀실에는 해석이 안 되는 세 가지 부자연스러운 점이 있어. 너무나 부자연스러워서 모든 것이 의심스러워질 정도로, 모든 정황과 증언이 의심스러워질 정도로 불합리한 부분이 세 군데 있네. 자네들 중 누가 그중에 하나만이라도 지적해 줄 수 없겠는가?"

민 형사는 곁눈질로 윤 형사를 흘끗 살폈는데, 하품을 억지로 참고 있는 것 같은 표정이었다.

"좋아, 헛된 탁상공론보다는 시간을 줄이는 편이 낫겠지. 첫 번째는 저 그림이야. 자네들 눈에는 아직 보이지 않겠지만, 저 그림에는 매우 부자연스러운 데가 있어, 너무나, 너무나 불합리해. 틀림없이 복제화이지만…… 동시에 복제화라기에는 너무나 부자연스럽단 말이야…… 두 번째로는 핏자국인데…… 핏자국이 결핍되어 있다고 생각해 본 적 없나, 윤 형사?"

윤 형사는 허라도 찔린 듯이 움찔했으나, 아무런 대답도 하지 못했다.

"너무 적어, 너무 적어. 있어야 할 곳에 없다는 것이 너무 부자연스러워. 마치 살인이 이 양탄자 위에서 일어났다는 것을 강조라도 하는 듯이, 핏자국이 집중되어 있다는 생각이 들지 않나?"

윤 형사의 얼굴에 졸린 듯한 표정은 싹 사라지고, 긴장된 기색이 역력했다.

"얼굴 펴게, 자넬 질책하는 것도 아니고, 당장 답을 내놓으란 것도 아니니…… 난 그저 작으나마 하나의 맥을 짚어주고 싶을 따름이네. 그리고 마지막으로, 밀실이 만들어진 원인에 관한 것인데…… 유 대리가 범인이라는 가정을 그대로 밀고 나간다면, 왜 그는 구태여 밀실을 만들었을까? 범행을 저지르다 보니 우연찮게 밀실이 조성되었다 하더라도 왜 그는 그 방이 밀실이라는 사실을 그토록 명확히 증언했을까? 밀실이라는 사실을 증언하면, 자신만 불리해질 것은 불을 보듯 뻔한 사실인데도 말이지…… 자자, 이쯤에서 정리해 보면, 우리에게는 유 대리라고 하는 아주 우수한 용의자가 있네. 모든 물리적인, 정황적인 증거는 그가 범인이라고, 아니 그가 범인일 수밖에 없다고 지적하고 있네. 하지만, 위에서 내가 언급한 세 가지 문제, 부자연스러운 복제화, 결핍된 핏자국, 그리고 밀실의 조성 동기, 이 세 가지 건에 대해 우리가 명확히 이해하지 못한다면, 그를 잡아넣는 것은 쉽지만, 나중에 거꾸로 당할 수도 있다는 얘기일세…… 좋아, 좋아, 그렇게 너무 인상 쓰지 말고. 자, 이런 의문점들을 풀기 위해서라도 이제 슬슬 증인들을 만나보도록 하세. 첨에는 누구로 할까? 그래, 그 시체와 용의자를 첨으로 발견했다는 여자가 어떻겠나? 취조실로는 이 옆방이 좋을 성싶은데, 윤 형사."

김영자 씨는 민 형사가 예상했던 것보다 훨씬 더 아름다운 여자였다. 그녀는 경찰 하나와 함께 별다른 장식이 없는 수수한 하얀색 반소매 원피스를 입고 방 안으로 들어왔다. 머리 생김새 또한 유행과는 거리가 먼, 차분한 검은색 단발머리였다. 대단한 미인이라는 사실을 한눈에 알아볼 수 있는 여자였지만, 민 형사는 그녀가 자신의 외모를 일부러 숨기거나 훼손시키고 있는 것 같다는 인상을 강하게 받았다. 자신의 외모가 가진 뛰어남을 전혀 인식하지 못하고 있거나, 아니면 확실히 인식은 하고 있지만, 뭔가 특별한 동기로 인해 그 아름다움을 자제하는 버릇이 몸에 배어버린 것 같았다.

'매우 독특한 미인이군. 하여간 하녀 노릇이나 하고 있기에는 너무 아까운 미모야.'

그녀의 아름다움은 그녀의 묘한 불안감에 의해서 재차 강조되고 있었다. 방 한가운데 놓인 의자에 다소곳이 앉은 그녀는 커다란 눈을 이리저리 굴리며 시선 둘 곳을 찾지 못하고 있었다. 민 형사는 본능적으로 그녀가 뭔가를 숨기고 있다는 느낌을 받았지만, 심문이 진행되면서 그녀는 점차 냉정을 되찾아가는 것처럼 보였다.

그녀의 증언에는 별 새로울 것이 없었다. 그녀는 이 자택에서 그녀가 맡은 역할과, 왜 그 시간에 그곳에 갔는지 마치 준비라도 한 것처럼 짧고 간결하게 요약했으며, 시체를 발견하기 직전과 직후의 상황을 매우 조리 있게 설명했다.

"시체나, 시체와 함께 발견된 남자를 그전에는 본 적이 없나요?"

"없습니다."

"없다고 하는 것은……."

잠자코 민 형사와 유 형사의 질문을 지켜보던, 진 반장이 모처럼 입을 열었다.

"그렇다면, 현장에서 시체의 얼굴을 보았다는 뜻인가요?"

민 형사가 보기에 그녀는 약간 당황한 것 같았다. 매니큐어가 칠해져 있지 않은 열 개의 손톱이 작은 주먹 안으로 사라졌다.

"정확히 말씀 드리면…… 너무 끔찍해서…… 제대로 보진 못했습니다, 같이 있던 분의 얼굴은 제대로 보았지만요. 제 말뜻은…….

강 과장이라는 그 죽은 남자분을 그전에 만나뵐 일이 없었을 거라는 뜻이었습니다."

"그러니까 추측에 입각한 증언이었군요. 좋습니다. 그건 그렇고, 강 과장이라는 남자에 대해 누가 말해 주던가요?"

"……대기하는 동안, 박 집사님으로부터 들었습니다."

진 반장은 안경을 벗어, 손수건으로 정성스럽게 닦았다. 그러는 동안 그의 얼굴은 찌푸려져 있었다.

"자, 이제 사건 현장으로 돌아가보죠. 세 개의 문에 관련된 것인데, 저희가 관찰한 바로는 문에는 이중 잠금 장치가 되어 있더군요. 빗장도 달려 있고, 돌려서 여는 형태의 구형(球形) 문고리도 달려 있던데요."

"그것은…… 빗장은 오래전부터, 그러니까 제가 이 집에 들어올 때부터 설치되어 있던 거고, 재작년쯤인가 해서 새로 일반적인 돌려서 여는 문고리를 설치했더랬습니다."

"모두 안쪽에서 잠글 수 있는 거겠죠. 그런데 당신과 박 집사가 현장을 발견했을 때, 빗장뿐 아니라, 그 문고리도 잠겨 있었나요?"

"…… 자세히 보진 않았지만……. 그런 것, 같았습니다."

진 반장은 다시 안경을 쓰며, 그녀를 정면으로 바라보았다.

"문고리를 밖에서 돌려본다면, 단지 문고리만 잠긴 것인지, 빗장이 잠긴 것인지 알 수 있나요?"

"예…… 확실히, 그렇습니다. 안쪽에서 잠겨 있는 경우에는 문고리가 제대로 돌아가지가 않으니까요."

"어땠나요? 당신은 복도로 향한 문과 옆방으로 향한 문을 둘 다 돌려보았다고 증언했을 텐데요."

"둘 다, 문고리가 잠겨 있었습니다. 그 당시에는 빗장이 잠겨 있는지 아닌지 정확히 알 수가 없었습니다. 빗장이 걸려 있다는 것은 방으로 들어간 후에 확인한 사실입니다."

그녀의 목소리는 차분했다. 민 형사는 왠지 그녀의 증언이 치밀하게 준비된 것이라는 인상을 지워버릴 수가 없었다.

"그럼 반대로, 문고리는 잠겨 있지 않은 채로, 빗장만 잠겨 있는 문을 바깥쪽에서 안쪽을 향해 민다고 한다면, 조금은 틈이 생기지 않을까요?"

"아마도 전혀 움직이지 않을 겁니다."

"직접 그렇게 해본 적이 있나요?"

"……그렇진 않습니다만…… 빗장만 있었을 때도, 일단 안에서 잠그면, 문은 완전히 닫혔던 걸로 기억합니다."

이미 실험을 통해, 그들은 빗장만 잠긴 상태에서도 문이 전혀 움직이지 않는다는 사실을 확인한 바가 있었기 때문에, 민 형사는 더더욱 진 반장이 왜 그런 질문을 던진 건지 그 진의가 궁금해졌다.

"좋습니다, 이제 돌아가셔도 좋습니다."

의자에서 몸을 일으키다 말고, 그녀는 진 반장과 민 형사 쪽을 다시 쳐다보았다. 여전히 아름다운 눈망울이었다.

"뭐, 하나만 여쭤봐도 될까요?"

"좋으실 대로."

민 형사는 그녀가 그녀의 신변에 관한, 예를 들어, 심문이 끝난 직후 바로 집으로 돌아가도 되는지, 아니면, 내일도 다시 심문을 받게 될지, 그런 것들에 대해서 질문을 할 것으로 예상했다.

"유 대리라고 하는, 그분도 여기에서 다시 심문을 받게 되는 건가요?"

"그렇습니다."

여자는 고개를 한 번 꾸벅 숙인 후, 얼음판에서 스케이트를 지치는 것처럼, 바닥에서 거의 발바닥을 떼지 않고 미끄러지듯 방 밖으로 나갔다.

"윤 형사, 저 여자에게 한 명만 붙이고, 특히, 오늘 저녁 누구와 만나는지 확인해 보도록 하게. 그리고, 민 형사는 여자에 신원에 대한 것을 모조리 조사해서 내일 아침까지 보고하도록 하게. 언제, 어떤 사유로 이곳에서 일하게 되었는지, 가족관계가 어떤지, 하나도 빼놓지 말도록."

"알겠습니다."

민 형사는 그녀가 마지막으로 던진 질문이 아무래도 마음에 걸렸다.

"그런데 진 반장님, 그녀는 왜 그런 질문을 했을까요? 유 대리가 심문을 다시 받게 되는지에 대해 그녀가 관심을 갖는 이유가 뭘까요?"

"그녀가 알고 싶었던 사실이 그것이라고 생각하나?"

"물었던 게 바로 그것 아닌가요?"

진 반장은 고개를 설레설레 저으며 민 형사를 안타깝다는 눈초리로 바라보았다.

"하나의 문장 안에는 많은 요소들이 들어 있네. 자네가 그녀의 질문에 대해 긍정의 답을 하는 순간, 그 많은 요소들이 모두 긍정되는 것이네. 자, 윤 형사, 다음은…… 보자, 박 집사로 하는 게 어떻겠나?"

박 집사는 영화에서 등장하는 집사의 이미지를 고스란히 가지고 있는 남자였다. 과묵하고 침착해 보이는 인상으로, 그의 증언 역시 간결하고 정확했다. 또한 자신의 추측과 사실을 명확하게 구분할 줄 아는, 형사들의 입장에서 보면 매우 효율적인 증인이었다.

'마치 모두들 증언하는 연습이라도 하고 온 것 같군. 이런 증인들만 있다면 형사질 해먹기도 훨씬 수월할 텐데.'

이전의 심문이 불충분했던지, 아니면 진 반장이 던진 질문들의 답을 구하기 위해선지 이번에는 윤 형사가 상대적으로 많은 질문을 던졌다. 대체로 그의 진술은 김영자 씨의 진술과 일치했다.

"살인 사건이 일어난 옆방을 비롯해서, 3층에 있는 주위 방들의 용도를 설명해 주실 수 있겠습니까?"

문에 걸려 있는 빗장에 대한 윤 형사의 꼼꼼한 질문이 끝난 후, 민 형사는 비로소 질문을 할 수가 있었다.

"근처에는 전부 네 개의 방이 있습니다. 왼쪽의 두 방은 객실입니다, 묵고 가셔야 하는 손님들이 오시는 경우에만 사용을 하죠, 그리고 오른쪽 두 방은 일종의 접객실입니다. 객실에 묵고 계신 손님들이나, 묵고 가시지 않는 손님들이라 해도 그 수가 많은 경우, 간혹 이용을 하는 곳이죠. 오른쪽 끄트머리에 있는 접객실, 즉, 제가 심문받고 있는 이 방은, 보시다시피, 오른쪽 문을 통해 나가면 카지노로 연결됩니다. 그리고 왼쪽 문을 통해서는 살인이 일어난 방으로 갈 수 있습니다. 중간 정도 규모의 접객이 요구되는 경우에 대비해서, 방과 방 사이를 틀 수 있도록 문으로 연결해 놓은 겁니다."

"살인 현장을 발견하기까지의 진술은 충분히 들었으니, 이번에는 현장을 발견한 후, 어떤 조치를 취했는지 자세하게 진술해 줄 수 있겠소?"

이제껏 입을 다물고 있던 진 반장이 입을 열자, 박 집사는 흘끗 한 번 질문을 던진 사람을 확인한 후, 천천히 입을 열었다.

"아마 문이 열리기 바로 직전일 것입니다, 저는 김영자 씨에게 얼른, 여 소장에게 전화를 하라고 일렀지요. 제 명령에 따라 그녀가 옆방으로, 예, 이 방이 되는 거죠, 전화를 하러 갔다가 왔습니다. 그녀가 돌아오는 데에는…… 1분도 채 걸리지 않았을 겁니다. 그리고 다시 비슷한 짬을 두고, 여 소장이 도달했습니다. 아차, 그리고 그 바로 직전에, 도련님이 소란을 보시고는 저희 쪽으로 오셨습니다."

"도련님이라면 여인중 씨를 말하는 걸 테고…… 그런데, 여 소장은 혼자 이곳으로 왔습니까?"

"아니요, 직원들 두 명과 함께였습니다."

"그들이 도착하고 문이 열리기 전까지 얼마나 시간이 걸렸죠?"

박 집사는 고개를 가로로 누이고, 기억을 더듬는 것 같았다.

"역시 정확한 것은 아니지만⋯⋯. 채 3~4분 안팎이었던 것 같습니다."

"그럼 결국, 김영자 씨가 문이 잠겨 있다는 사실을 발견한 후, 당신과, 여인중 씨, 여 소장, 그리고 직원 두 명이 문 앞으로 모이고 낯선 사내에 의해 문이 열리는 데까지 10분도 채 안 걸렸다는 얘기가 되는군요."

"⋯⋯예, 맞습니다."

그렇게 답해놓고, 박 집사는 눈에 띄지 않게 한숨을 내쉬었다. 민 형사는 증언이 진행됨에 따라, 살인이 일어난 바로 옆방이 완벽한 밀실이었다는 데에 토를 달기가 점점 더 어려워진다는 것을 직감했다.

'하지만, 유 대리를 만나보기 전에는 아직 어떤 판단도 내리지 않는 편이 좋겠어.'

"그 다음은요?"

"거기서부턴 경황이 없어서, 잘 기억이 나진 않습니다만⋯⋯ 여 소장의 명령에 의해 시체와 함께 발견된 사내를 객실로 옮겼습니다. 그러고는 저하고 도련님하고 관리실의 직원 하나가 경찰이 도착할 때까지 남자 곁을 떠나지 않았습니다. 경찰이 6시 10분 전쯤에 도착하셨으니까, 대충, 20~30분 정도 그렇게 셋이 한 방에 있었던 것 같습니다."

진 반장은 얼굴 가득 만족스러운 웃음을 머금고는, 부드러운 목소리로 박 집사에게 질문을 던졌다.

"같이 있었다고 한다면…… 그다지 위험해 보이지는 않았나 보죠?"

"그게…… 오히려 그때는, 살인범이라는 생각보다는…… 정신 상태가 지극히 불안한 사내라는 생각이 더 강했습니다. 혼자 두면 자해라도 할지 모르겠다는 생각이 들었던 거죠. 그러고 보면…… 저희들을 해칠지도 모른다고는 한 번도 생각해 보지 않았던 것 같습니다. 사실, 저희 직원도 꽤나 건장한 남자였구요."

"어떤 대화를 나누었죠?"

"대화랄 것도 없었죠. 통성명 정도만 하고는, 저희는 사실 사내의 눈치를 살피기 바빴습니다. 잘은 모르겠습니다만, 객실로 들어오자, 남자는 침착을 찾은 듯 조용해지더군요. 고개를 양 무릎에 파묻고는 혼자 골똘히……."

박 집사가 뒷말을 잇지 못하고, 잠시 머뭇거리자, 윤 형사가 거들고 나섰다.

"혼자 골똘히, 자신이 처한 상황에서 빠져나갈 방법이라도 궁리하는 것 같았습니까?"

"잠깐, 잠깐, 윤 형사, 그건 너무 노골적인 유도심문 같군 그래. 그런 식의 질문은 여기서 어떨지 몰라도, 법정에서는, 당장에라도 피고측의 항의를 불러일으킬 걸세. 난 이 정도로 충분하다고 생각하는데, 그만 괴롭히고 이분을 놔주는 게 어떨까?"

"두 분만 괜찮으시다면."

"저한테 뭘 더 캐내실 수 있을지 모르겠군요."

채 민 형사나 윤 형사가 심문을 시작하기도 전, 여인중이라는 남자는 방 중앙에 마련되어 있던 의자에 털썩 앉자마자 입을 열었다.

"장례식 도중에 좀 피곤해서 살짝 빠져나와 2층 카지노 구석에 있는 미니 바에서 술을 마시며 쉬고 있었습니다. 그런데 얼마나 지났는지, 주위가 시끄러워져서 3층으로 올라왔고, 시체 하나와 정신 나간 남자를 발견했더랬죠. 이미 심문하셨다면 아시겠지만, 미스 김과 박 집사와 여 소장이 함께 있었구요. 그 다음에는 여 소장이 시키는 대로 정신 나간 남자 하나와 이 근처 객실에 갇혀 있었습니다, 당신들이 소란을 피우며 여길 침범하기 전까지는. 이게 다예요. 뭘 더 묻고 싶죠?"

건방진 놈이군, 하고 민 형사는 생각했다. 남자는 여태 상복 차림이었다. 185를 훌쩍 넘어 보이는 키 때문에 그런 건지, 남자에게 검은색 정장은 매우 잘 어울려 보였다. 민 형사와 윤 형사가 번갈아 몇 가지 질문을 더했지만, 대부분 모른다거나 잘 기억이 나지 않으니, 다른 사람들에게 물어보라는 투였다.

"A 기업 산하의 P 미술관에서 큐레이터로 일하고 계시죠?"

소득이 전혀 없는 질문 공세 속에서 침묵만 지키고 있던 진 반장이 지나가는 듯한 말투로 그렇게 물었다. 남자는 기분 나쁜 눈초리로 진 반장을 한번 쓱 훑어보더니 여전히 건방진 말투로 입을 열었다.

"경찰 중에도, 우리나라 재벌의 가계도에 조예가 깊으신 분이 계신가 보군요. 예, 맞습니다. 그렇습니다. 아마도 그런 일을 하고 있을 겁니다."

"죄송하지만…… 전 재벌의 가계도 따위에는 관심이 없습니다. 차라리, 요크테리셔의 혈통 쪽이라면 또 몰라도……."

진 반장은 음조의 변화 없이, 차분하게, 그렇게 응수했다.

"실은, 올 봄 P 미술관에서 열린 17세기 네덜란드 정물화 기획전에 방문했다가, 당신을 봤던 것 같아서 말이죠."

"왜, 전시회를 빙자해 마약 밀수라도 하고 있다는 제보를 받으셨던가 보죠?"

"그런 건 아니었고, 순전히 제 사적인 시간을 내 들렀던 겁니다. 어쨌건, 설사 잇속만을 염두에 둔 상업성 위주의 기획이 아니라 해도, 컬렉션들이 그렇게 조잡한 차원으로 전락할 수 있다는 것을 배우게 된 좋은 계기가 되었습니다. 사실 베르메르와 얀 데헴의 조합은 아무리 좋게 봐주고 싶어도, 아마추어의 나쁜 취미로밖에는 보이지 않더군요. 그림을 보는 눈이 조금만 있다면, 그 두 가지를 한 그릇에 몰아넣어 섞는 오류는 범하지 않았을 것 같은데요. 차라리, 마약 컬렉션을 전시한다고 해도, 그보다 훨씬 더 예술적인 효과를 낳을 수 있었을 겁니다."

남자는 일순 의자에서 일어나려 하다 그만두었다. 남자의 눈에서 격노의 불길이 이는 듯 했으나, 금세, 위험해 보이는 장난기만이 남은 평상시의 눈으로 돌아갔다.

"혓바닥이 매운 분이시군요. 좋아요. 17세기의 나튀르 모르트

(Nature Morte, 정물화)에 대해 토론하기 위해 절 부르신 건 아닐 테고, 물론 저도 아마추어하고 그런 분야에 대해 길게 떠들고 싶은 마음은 없습니다…… 근데, 도대체 날 자극하는 이유가 뭐요?"

"자극이라니 천만에 말씀, 증인을 자극해서는 결코 좋은 증언을 얻기 힘들지요. '증인이 마치 친구들 앞에서 얘기하는 것처럼 편하게 느끼도록 하라', 이것이 심문에 있어서의 제일의 원칙이니까…… 본론으로 들어가면, 제 질문은 이 집에 널려 있는 미술품들에 관한 것인데……."

"미안하지만, 전 이 집안에 있는 컬렉션과는 완전히 무관해요. 사실 컬렉션이라고 부를 수도 없는 잡동사니들이지요. 그나마 복제화가 대부분이기도 하고…… 어쨌건 모두 큰아버지의 독특한 감식안과 미술품에 대한 인색한 마인드셋이 잘 버무러져 이런 흉측한 결과를 낳았다고 할 수 있지요."

"그럼, 그림들이나 조각들은 대부분 회장님께서 직접 고르셨단 말인가요?"

남자는 양 미간을 찌푸리며 허리를 곧게 폈다. 만사가 귀찮다는 표정이었다.

"그걸 제가 대답해야 할 이유가 있나요? 수사와 관계되는 질문인가요, 아니면 단지 당신의 얄팍한 개인적인 관심을 채우기 위한 건가요?"

"아니, 뭐…… 그렇다면, 단도직입적으로 묻겠습니다. 옆방에 있는 보나르의 복제화는 어떤 경로로 구입하시게 된 거죠?"

"그, 그건……."

민 형사는 진 반장의 질문이 가져온 효과에 다시 한 번 놀랐다. 건방을 떨던 표정은 어느새 사라지고, 남자는 입을 반쯤 벌린 채, 두 눈을 치켜뜨고 천장을 응시했다. 무엇을 처다보는 건지는 정확히 알 수 없었지만, 어딘가 충격을 받았거나, 그도 아니면 그저 방심한 듯한 표정이었다.

"그게, 정말 중요한 건가요?"

"예, 그렇습니다. 어떤 의미로서는 매우."

윤 형사 또한 진 반장의 질문이 가져온 파장에 적이 놀라는 표정이었다.

"꼭 아셔야겠다면…… 그게, 아마도 재작년인가……. 큰아버지가 화집에서 몇 개의 그림을 골라서, 수년 내로 갖추어 놓으라고 지시하셨던 것 같습니다…… 그리고 작년에, 아버지가 떼어놓았던 예산을 일부 할애해서, 몇 개의 그림을, 복제화라도 좋으니, 갖추어 놓으라고 하셨죠……."

"그래서, 당신이 직접 복제화 제작을 의뢰했나요?"

"잘, 기억이 나지 않습니다만…… 그랬던 것 같습니다만……. 그게 정말 이 사건과 관련이 있는 건가요?"

"아니요, 그다지. 말씀하셨던 것처럼, 단지 제 개인적인 관심사라고나 할까요. 당신의 대답으로 내 머릿속에 있던 모든 의혹들이 눈 녹듯이 녹아버렸습니다. 자, 이제 돌아가시지요. 오랫동안 붙들고 있어서 죄송합니다."

남자는 처음 들어올 때의 걸음걸이와는 딴판으로, 정신이 반쯤 나간 사람처럼 비척비척 걸어서 밖으로 나갔다. 그가 나간 직후, 문 밖에서 나지막한 신음소리가 들려오는 것 같기도 했다.

"민 형사, 그리고 윤 형사, 이건 마술도, 무슨 속임수도 아닐세. 어쨌건, 정말로 이해할 수 없는 건, 저 그림을 구매한 참된 동기야. 저 재벌집 젊은이가 그 참된 동기를 얘기하려고 들지는 않겠지만, 한 번 찔러보는 것만으로도 많은 수확을 거뒀네."

"그림에 뭐가 이상하다는 건가요? 저희도 알아야 수사의 방향을 잡을 수 있지 않겠습니까?"

윤 형사가 볼멘 목소리로 진 반장에게 따지듯 캐물었다.

"스스로, 스스로 공부해 보게…… 하여튼 아직은 아니야. 아직은 묻어두는 편이 더 좋겠어…… 자, 이제 유 대리까지는 한 고개가 더 남았나? 그 어울리지도 않는 불만스러운 표정은 싹 닦아버리고 그 소장인가 뭔가 하는 작자를 불러주게, 윤 형사."

여철형 소장은 매우 늙은 남자였다. 경비소장이라는 직책과 걸맞지 않게 체격이 매우 왜소하고, 어딘지 소심한 듯한 인상을 풍기는 남자였다.

"여 소장이라고 합니다. 이런 사건이 제가 경비를 맡고 있는 곳에서 일어나게 되어, 매우 송구스럽습니다."

여 소장은 심문을 받기 전, 형사들에게 90도로 절을 하고 나서, 천식기가 있는 목소리로 정중하게 인사를 했다. 역시 모든 것이 미리 치밀하게 계산된 행위란 인상을 민 형사는 지워버릴 수가 없었다. 보안과 관련된 윤 형사의 질문에 대해, 여 소장은 매우 꼼꼼하게, 세부사항까지 일일이 설명해 나갔다. 그러는 바람에 자주 두 형사는 여 소장의 대답을 자주 중간에서 끊고, 다른 질문으로 넘어가야만 했다.

"살해된 강 과장과 유 대리가 이곳으로 들어올 수 있었던 경로에 대한 설명이 현재로서는 불가능하다는 얘기인가요?"

"완전히 불가능하다는 말씀은 아닙니다. 실은, 오늘 오후 2시부터 4시 사이에 메인 보안 서버의 소프트웨어 교체 작업이 있었기 때문에, 그동안은 패스워드가 없어도, 2층이나 3층으로 들어갈 수 있었을 겁니다, 하지만……."

"하지만, 뭐죠?"

"그런 내용을, 공지한 사실이 없어서……."

"그럼, 그 사실을 아는 사람은, 여 소장님과 관계자들 몇 명으로 국한된다는 건가요? 회장님 가족들은 모르는 사실이었구요?"

"예……."

여 소장의 목소리는 마치 모깃소리처럼 작아져 갔다.

"그걸 알았던 사람이 누구, 누굽니까?"

"저하고, 직원들 두셋하고, 컴퓨터 회사에서 파견 나온 엔지니어 하나하고…… 사실, 경황도 없고 해서, 회장님이나 가족들에게는 채 알릴 틈도 없었습니다."

진 반장은 여 소장의 심문이 진행되는 도중, 뭐라고 혼잣말로 중얼거리고 정신 사납게 방안을 이리저리 걸어다니고 있었다. 민 형사는 그걸 낙관적인 신호로 받아들여야 할지, 비관적인 신호로 받아들여야 할지, 판단이 서질 않았다.

"유 대리와 강 과장이 그 사실을 알았다면, 정보 제공의 소스는 당신을 포함해 당신이 거명한 사람들 중에 있다는 얘기밖에 되지 않네요, 그죠?"

"아니, 제 생각에는, 그렇지 않습니다. 성경책에 맹세코…… 저는 그들과 일면식도 없습니다. 제 직원들도 마찬가지일 겁니다. 정말, 정말입니다…… 만에 하나……."

여 소장은 절박한 표정으로 두 손을 휘휘 내저으며 그런 가능성을 부인했다. 증인들의 증언을 처음부터 부정하고 보는 버릇이 있는 민 형사는, 여 소장의 증언이 거짓 연기라면, 족히 아카데미 남우조연상 감이라고 생각했다. 하지만, 실제로, 완벽한 연기를 해내는 증인들이 너무도 많았다는 기억에 민 형사는 씁쓸한 웃음을 지었다.

"제 생각을 말씀드려도 된다면……. 제 생각에는, 그 두 분이 그냥 호기심에 엘리베이터를 타고 2층이나 3층 버튼을 눌렀는데, 우연히도…… 교체 작업을 하는 시간과 딱 맞아 떨어졌던 게 아닐까 하고……."

"우연이라……참으로 많은 우연들이 남발되는군요, 여기선. 마치 이상한 나라의 앨리스라도 된 것 같군요……."

진 반장은 베란다 쪽으로 난 문을 열고 베란다 바깥에 설치된 통자 유리를 쳐다보다가 고개를 돌려 갑자기 말문을 텄다.

"어쨌든 지금 현재로서는 가장 설득력 있는 가정임은 부인할 수 없겠군요, 좋아요, 그건 또 저희가 자세히 조사해 보겠고, 다음 문제로 넘어가서…… 당신은 왜 현장에서 발견된 유 대리를 객실로 옮겼죠?"

"아무래도…… 현장을 훼손할 우려도 있고…… 저는 그렇게 배웠습니다만, 조치가 잘못되었던 건가요?"

"아닙니다…… 근데 그 객실은 어디죠?"

"붙어 있는 두 객실 중, 먼 쪽입니다."

"그럼, 현장 바로 옆방이 아니라, 그 다음 방이란 말씀이죠?"

"예, 그렇,…… 그렇게 되는군요."

진 반장은 입가에 번지는 묘한 웃음을 손으로 가리며 심문을 계속해 나갔다.

"그리고 다음으로, 들으셨는지 모르겠지만, 유 대리는 이곳에서 총격전이 있었다고 주장하고 있습니다. 어떻게 생각하세요?"

"터무니없는 얘기입니다. 왜 그런 말을 하는지는 모르겠지만……."

"그게 다인가요?"

"네?"

여 소장은 어리둥절한 표정을 지으며, 진 반장의 눈치를 살폈다.

"그게 하실 수 있는 말씀의 다냐구요?"

"예, 그렇습니다만……."

"총격전의 흔적 같은 건 없었나요?"

"어떤 흔적을 말씀하시는지⋯⋯."

"나는 이까지네. 더 물어볼 것이 없어, 윤 형사, 민 형사, 계속 심문하지."

심문은 계속되었지만, 새로운 내용은 거의 없었다. 여 소장 역시 방 안으로 들어왔을 때 확실히 방 안에 있는 세 개의 문에 모두 빗장이 내려져 있었다는 사실, 그리고 베란다에는 통자 유리가 설치되어 있어서, 부수지 않는 한은 외부로 나갈 수 없다는 사실 등을 확인해 준 것이 수확이라면 수확이었다.

"정말 김빠지는데요, 진 반장님."

여 소장이 다시 한 번 90도로 절을 하고 자리를 뜬 후, 민 형사가 진 반장에게 말했다.

"백 퍼센트야, 백 퍼센트라고. 그는 내 질문에 대해, 내 스스로 그가 이렇게 대답하리라고 예상했던 내용과 백 퍼센트 일치했네. 아주 훌륭한, 아주 모범적인 답안이야."

"너무 모범적인 것이 오히려 수상쩍을 정도인데요."

"민 형사, 자넨, 늘 의심이 많지, 그게 득이 될 때도 있고, 실이 될 때도 있는 법이야. 윤 형사, 할 일이 많아졌네, 그려. 네트워크가 다운되었다는 사실을 사전에 알았던 사람들을 모두 소환하여 확인하고, 시간대도 정확히 확인해. 빠르면 빠를수록 좋네. 그리고 용의자가 감금되어 있었다는 방도 다시 한 번 정밀하게 조사해 주게나."

"뭘 찾으시는 거죠?"

"뭐라도…… 글쎄, 핏자국이나, 총탄이나. 뭐 아무거나 닥치는 대로."

유 대리란 남자는 매우 덩치가 큰 남자였다. 정신이 온전한 사람이라면 꾸며대기 힘들 것 같은 증언을 했다는 남자였지만, 의외로 얼굴은 멀쩡했다. 감상적이거나 몽상적이기보다는 오히려 매우 날카롭고 영리한 데가 있는 남자인 것 같다는 것이 민 형사가 받은 첫인상이었다. 남자는 분명 자신이 궁지에 몰려 있다는 사실을 알고 있음이 뻔한데도, 태연자약한 표정이었다. 민 형사는 유 대리라는 용의자의 그런 구석이 맘에 들지 않았다.

'뭘 믿고 저런 거죽을 뒤집어 쓰고 있는 걸까?'

그는 하얀 와이셔츠에 검은색 면바지 차림이었다. 그의 말대로 총격전의 흔적인지, 아니면 강 과장과의 격투의 흔적인지는 모르겠지만, 구겨지고 때가 많이 탄 차림이었다. 거무죽죽하게 변색된 핏자국도 더러 눈에 띄었다. 다른 증인들과 달리, 진 반장은 굉장한 관심을 보이며, 심문을 이끌어 나갔다.

"어땠습니까? 총격전은 재미있었나요?"

"그게…… 궁금한가요?"

멍하니 피곤한 기색이 역력한 두 눈으로 질문을 던진 진 반장을 쏘아보다 남자는 가까스로 입을 열었다. 민 형사는 성질 같아서는 한 대 쥐어박고 싶었지만, 동네 깡패 다루듯이 다룰 증인이 아니란 걸 그도 잘 알고 있었다.

"물론."

"저로서는…… 당신들이 제 말을 믿으려 들지 그게 궁금하군요."

"난…… 남의 말을 잘 안 믿는 편이지만…… 어쨌든, 말해지지 않은 사실에 대해 믿을지 믿지 않을지를 결정하라는 것은 좀 가혹한 처사가 아닐까요. 물론 당신의 증언을 온전히 다 믿을 것 같지는 않습니다만."

"일단은 그리 신뢰가 가지 않을 것이 뻔한 제 증언이 당신에게 꼭 필요한가요?"

"내게는 별로 필요 없을지 모르겠지만 당신에게는 꽤나 중요한, 어쩌면 목숨이 왔다 갔다 할 수 있는 문제겠죠, 아마도."

민 형사는 용의자라는 혐의를 목에 걸고 자신의 앞에 앉아 있는 이 남자의 머리 구조가 도대체 어떻게 생겨먹었는지, 갈라보고라도 싶은 심정이었다. 그에 비해 진 반장은 차분히, 남자의 말대답에 조용히 응수하고 있었다. 진 반장은 손목시계를 흘끗 바라보았다.

"밤도 너무 늦었으니, 내일 오전에 현장 검증을 하기로 하죠, 내일 아침 우리는 당신에게 당신이 겪었다고 주장하는 총격전을 그대로 재현해 주길 요청할 겁니다, MP5는 제공해 드릴 순 없겠지만. 한 12시간 남았으니, 상상의 나래를 펼 시간으로는 충분하겠죠?"

"그것 참 고맙군요. 그런데, 그럼, 전 오늘 집에 돌아가지 못하는 겁니까?"

"일단은 임의 동행이지만, 요청하신다면, 10분 내에 구속영장을 만들어드릴 수도 있습니다."

"그만두시죠."

남자는 땅이 꺼져라 한숨을 내쉬었다. 살인범으로 몰렸다는 사실보다, 집에 돌아가지 못한다는 사실이 그에게는 더 큰 충격이 되는 것 같았다.

"근데, 한 가지 묻고 싶은 게 있는데…… 당신은 그 총격전에서 사람을 죽였습니까?"

"예…… 하지만, 그건 모두 정당방위였습니다. 총을 겨누고……."

"시체도 없는데 정당방위를 논하는 건 좀 성급한 것 같군요…… 그래, 몇이나 죽였습니까?"

"……세 명."

"강 과장도 거기에 포함되나요?"

"강 과장이 방아쇠나 당길 줄 아는지 모르겠군요. 제가 본 강 과장은 뒤통수를 맞은 것 같던데, 누군가의 뒤통수를 때린 적은 없습니다…… 몇 번이나 얘기했지만, 이놈의 건물로 들어온 뒤, 강 과장님을 처음 본 건 과장님이 이미 죽은 뒤였습니다."

"그럼, 당신이 총격전에서 죽였던, 그 세 명의 시체는 어디로 갔을까요?"

"……그걸 찾는 게, 바로 당신의 직업 아닌가요?"

윤 형사는 고개를 절레절레 흔들며 입맛을 다시는 소리를 냈다. 민 형사는 계속 듣고만 있자니 혈압이 터져 오를 것 같았지만, 일단 진 반장에게 공을 넘기고 하는 양을 지켜보는 게 좋을 것 같다고 생각하며 참았다.

"아, 그렇군요, 고맙습니다, 우리가 해야 할 일을 상기시켜 주셔서. 어쨌건, 우리는 우리 나름대로 현장을 조사해 보았고, 거기에는 시체도 뭐도 아무것도 없었습니다."

"당연한 거 아닌가요? 바보가 아니라면, 시체들을 치우지 않고 그대로 내버려둘 순 없는 노릇 아니겠습니까? 벽에 걸어놓고 희귀 포유동물의 박제라고 우길 수도 없지 않겠습니까?"

"좋습니다, 좋습니다. 그럼, 시체와 총기는 그렇다 치더라도, 총알들은 다 어디로 갔을까요?"

"……."

이번에는 거구의 표정에 당황하는 기가 살짝 드러났다.

"발사된 지 10분이 지나면, 벽과 동일한 재질로 변하는 총알이 있는 것도 아닐테고. 참 이상하단 말이죠. 한두 시간 내에 벽에 박힌 수백 개의 총알들을 일일이 장도리로 못을 뽑듯이 뽑아내고, 다시 거길 메우고, 페인트칠을 다시 하고, 그럴 수 있을까요? 그것이 가능한지 가능하지 않은지를 판단하는 것도 물론 우리의 직업이기는 하지만."

"……."

"당신 같은 용의자를 법정으로 보내는 것도 우리가 해야 되는 일이죠, 결코 기분 좋은 일은 아니지만."

"……그렇다면…… 제가 미친 걸까요? 그렇게 생각하고 싶나요?"

"아니요, 전 그렇게 생각하고 싶지 않습니다. 일거리가 생긴 정신과 의사나 좋아하겠죠."

"그래도, 내일 현장 검증을 할 생각인가요?"

용의자는 여전히, 당사자의 일이 아니라, 제삼자의 일에 대해 묻 듯이, 그렇게 별 감정의 기복 없이 진 반장에게 그렇게 물었다.

"물론입니다. 매우 기대가 되요. 현장 검증은 그렇다 치고, 가만 보자……. 근데, 당신이 일어났을 때, 방 안에 있던 세 개의 빗장은 정말 모두 내려져 있었습니까? 참고로 당신이 증언을 번복한다고 해도 우리는 제지할 수 없습니다."

"내려져 있었습니다. 미쳤다고 해도, 당연히 나름의 논리는 있어 야 되는 거겠죠. 어쨌든, 빗장은 모두 내려져 있었습니다. 이 눈으 로 똑똑히 보았습니다."

민 형사는 점점 더 이 거구의 증언을 어떻게 받아들여야 할지 종잡을 수가 없었다. 민 형사의 눈에는 이 유 대리라는 남자가 제 목을 덫에 밀어 넣지 못해서 안달하는 어리석은 야생동물처럼 보 였다.

"좋습니다. 당신이 일어났을 때, 여자의 목소리가 들렸다고 했는 데, 최초로 여자의 목소리가 들린 건 어느쪽 문이었습니까?

"멍해 있어서, 잘 기억이 나지 않습니다. 그리고, 소리가 웅웅 울 려서……."

"어찌 되었건, 당신이 열었던 문은 이 복도 쪽 문이겠죠?"

진 반장은 복도 쪽으로 난 문을 가리키며, 말했다.

"예, 나가보니, 복도더군요."

"어느 쪽에서 부르는지도 몰랐는데, 왜 하필 그 문을 열었죠?"

"좀 지나서 누군가 커다랗게 쿵쿵 두드렸습니다. 그래서 어디서 소리가 나는지 똑똑히 알 수 있었습니다."

"부서져라, 쿵쿵?"

"예, 왜 그렇게 난리를 치는 걸까 하는 생각이 들 만큼, 쿵쿵."

민 형사는 용의자의 증언에 웃어야 할지 화를 내야 할지 답답한 심정이었다. 일단은, 이유는 잘 모르겠지만, 그를 믿고 싶어졌다. 하지만, 그의 증언에는 구멍이 너무나 많았다, 오히려, 그의 증언 자체가 이 사건 전체에서 뻥 뚫려 있는 단 하나의 구멍인지도 몰랐다.

"좋습니다. 민 형사 질문이 없다면, 이제 좀 보내주지. 윤 형사는 어차피 계속 동행할 거고."

민 형사는 잊지 않고 준비해 두었던 질문을 꺼냈다. 물론 그도 별로 대단한 답을 기대한 건 아니었다.

"그림을 봤나요?"

"예?"

"여자가 벌거벗고 있는, 엉덩이를 내놓고 있는, 그림 말입니다, 그 방에 걸려 있던."

"아, 그거요. 예."

"그림 뒤에 누군가 숨어 있거나, 그런 기색은 없던가요?"

"⋯⋯그런, 뜻인가요? 그런 거라면⋯⋯. 문을 열기 전에⋯⋯. 얼핏 봤는데, 벽에 완전히 붙어 있었던 것 같습니다. 개미나 진드기라면 몰라도, 사람은 없었습니다."

끝까지, 기대를 저버리는 놈이라고, 민 형사는 생각했다. 민 형사가 더 질문할 것이 없다는 의사를 드러내자, 경찰 둘이 들어와 거구를 끌고 나갔다.

"뭘 얻으실 거라고 기대하십니까, 내일 아침에? 그냥 집어 처넣는 편이 나을 것 같은데요, 이대로라면."

"민 형사, 어쩌면 난 그의 상상력을 보고 싶은 건지도 모르네. 리얼리티가 떨어지는지 떨어지지 않는지도 감상의 주요한 포인트이기는 하겠구. 윤 형사, 민 형사, 내일 오전 8시까지 모든 수사 내용을 요약하여 보고하게. 그리고, 윤 형사는 내일 오전 10시에 여기서 현장 검증을 할 수 있도록 준비하고. 그럼 자, 이제 이 아방궁에서 철수해서, 경감님이 기다리고 계시는 축사(畜舍)로 돌아가 보자구."

후덥지근한 아침이었다. 진 반장에게 제출할 보고서를 준비하기 위해, 산더미처럼 쌓인 자료를 정리하느라 또 윤 형사와 통화를 통해 미진한 부분을 보충하느라 민 형사는 꼴딱 밤을 새웠다. 밤을 샌 다음날 아침나절 늘 그렇듯이 두 눈이 뻑뻑하고, 걸음을 떼놓을 때마다 어질어질한 기분이 되었다. 민 형사는 그의 하룻밤을 홀랑 잡아먹은 보고서를 인쇄하여, 진 반장이 서내에서 밤을 보내야 하는 경우에 자주 애용하는 휴게실로 가보았지만 비어 있는 야전 침대뿐이었다. 휴가도 다 못 마치고 새벽부터 호출 받고 출동한 김 형사를 붙잡고 진 반장을 보았냐고 물어보았지만 별무소득이었다.

약속했던 8시까지는 시간도 좀 남기도 했고, 민 형사는 인쇄한 열댓 장 정도의 보고서를 들고, 자판기에서 커피를 뽑아, 밖으로 나갔다. 해는 이미 나지막이 떠 있었지만, 아직 주위를 활활 달굴 만큼은 아니었다. 민 형사는 화단 턱에 쭈그리고 앉아, 보고서는 무릎 위에 올려놓고, 커피잔은 옆에 내려놓고, 불도 안 붙인 담배 한 가치를 우두커니 입에 문 채, 사건을 다시 한 번 재구성해 보았다.

민 형사는, 유지형 대리가 범인이라는 가정을 끌고 나가는 데 있어 가장 취약한 부분이 바로 동기라는 생각이 들었다. 물론 상사와 부하 간의 알력이나 반목은 있을 수 있는 일이지만, 경험상 그런 이유로 살인 사건이 일어나는 경우는 극히 적었다. 그리고 있다 해도 그건 대부분 취중에 일어난 우발적인 사건이 대부분이었다.

'내가 모르고 있는 동기가 도대체 뭘까?'

또한 그 살인의 동기가 강 과장과 유 대리가 외부인에게 철저히 출입이 제한된 저택의 3층으로 잠입하게 된 이유와 밀접하게 관련이 있다는 데에는 심증이 짙었지만, 그 연결점을 찾는 것 역시 민 형사에게는 그리 만만한 일로 여겨지지 않았다. 유 대리와 강 과장의 인간 관계라는 측면은 전통적인 방식인 탐문 수사에 의존하는 수밖에 없을 성싶었다. 오늘 내에 회사를 방문해서 사원들의 증언을 들어봐야 되겠다고 민 형사는 생각했다. 문제는 그 둘이 잠입을 감행한 동기인데, 아무래도 저택 내부의 누군가와 연관이 있을 거라는 추정은 지워버릴 수가 없었다. 사실, 그 점이 민 형사에게는 가장 민감한 문제이기도 했다. 별다른 증거도 없이 A 그룹 회장의

그림 2 「역광을 받는 여자(NU À CONTRE-JOUR)」, 1908년, 캔버스, 유채, 124×109cm, 브뤼셀, 벨기에 왕립 미술관 소장

「오데콜롱」이란 별명이 있는 이 작품은 보나르의 대표작 가운데 하나라고 할 수 있다. 빛은 진동하는 무수한 미립자로 포착되었고, 창문에서 들어오는 빛으로 가득한 실내는 일종의 명정 상태에 있는 색채의 밝은 축제가 된다. 거울은 보나르가 지극히 사랑한 회화적 장치의 하나이다. 이 그림에서도 정면의 커다란 밝은 창을 사이에 두고 실제의 여인과 거울 속의 허상의 여인은 말하자면, 단 혼자만의 대화라고도 할 충실한 순간을 맛보고 있다.

가족이나 내부 고용인을 혐의에 올려놓고 다그치기도 힘든 일이었다. 일단은 윤 형사와 함께 장례식에 파견되었던 A 사의 직원들을 위주로 둘의 행적에 대해 탐문을 하기로 했으니, 그쪽에 기대를 걸기로 했다.

그렇게 정리해 놓고 봐도 여전히 목에 걸린 생선가시처럼 민 형사를 괴롭히는 것은 벌거벗은 여자의 그림이었다.

'뭔가 있기는 있는 것 같은데…….'

민 형사도 놀고만 있었던 건 아니었다. 어젯밤, 민 형사는 미대에 다니는 처남에게 전화하여 보나르의 그림에 대한 자료를 부탁하였고, 처남은 그림과 함께 작품에 대한 설명을 팩스로 보내주었다. 민 형사는 처남에게 받은 자료에 커다란 물음표를 그려 넣은 후 진 반장에게 제출할 보고서의 맨 마지막에 첨부하였다. 그 물음표는 민 형사의 머릿속을 제일 잘 대변한 것이기도 했다. (그림 2는 민 형사의 보고서 맨 마지막 부분이다.)

민 형사가 그림에 대한 자료를 다시 살피며, 그 속에 숨어 있다고 믿어지는 뭔가를 찾기 위해 골머리를 썩고 있는데, 마침 지나가던 구 형사가 아는 체를 했다.

"민 형사 아니야. 너 진 반장 찾는다며? 누구 호출인지는 모르겠지만, 이 경감님하고 같이 경감실로 들어가더라."

민 형사는 불을 붙이지 않은 담배를 습관처럼 종이컵에 쑤셔넣고는 후딱 일어섰다.

경감실의 문을 두드리자, 이 총경이 문틈으로 고개를 내밀었다.

그는 오른손 집게손가락을 입술에 갖다 대고 조용히 하라는 표시를 하며, 다짜고짜 민 형사를 방 안으로 홱 나꿔챘다. 이 총경의 책상 앞에는 이 총경 대신, 진 반장이 앉아서 전화를 받고 있었다. 이 총경은 종이를 들고 오더니, 펜으로 황급히 뭔가를 써서 민 형사에게 보여주었다.

'A 그룹 회장의 동생, 여정식 사장과의 통화야. 여기 그대로 있어, 혹시 진 반장이 물어볼 말이 있을지 모르니까.'

"그렇다면, 아직 업데이트해 줄 게 아무것도 없단 말인가요?"

"네, 그렇습니다."

"사람이 부족한 건가?"

"그건 아닙니다만, 유 대리와 강 과장이 살인 현장이 되었던 그곳으로 침입한 동기에 대해 아직 뚜렷한 설명이 부족⋯⋯."

"동기는 무슨 동기, 그냥 호기심이 나서 들어와 본 거겠지. 이런 속담도 있잖아, Curiosity Killed the Cat."

"하지만, 그렇게 간단히 단정짓기에는 설득력이⋯⋯."

"아아, 거기에 대해선 길게 얘기하고 싶지 않아요. 여 소장이 이미 잘 설명해 두었겠지만 혹시나 해서 말해 두는데, 말도 안 되는 이유로 우리 가족들을 얽어매려 한다면 곤란해요. 살인이 일어난 장소를 우리가 제공했다고는 하지만, 원인과 관련해선 우리 쪽에서 나올 것이 전혀 없단 말이야. 뭐 도의상 책임을 느낄 수는 있겠지만, 그 이상의 의혹이 우리에게 쏟아진다면, 모두에게 결코 이롭지가 않아요. 지금 유 대리란 남자를 잡아넣을 증거가 부족한 건가?"

"거기에 대한 최종적인 판단은 배심원이 내리는 것입니다."

"아, 참, 얘기가 안 통하는 친구구먼. 내가 지금 펀더멘털한 얘기를 하자는 게 아니지 않소. 일단은 당신들이 수집한 증거를 바탕으로 영장을 청구하는 게 노말한 프로세스 아니요? 양 경감 말로는 유 대리가 범인이 틀림없다던데."

"……."

"솔직히 말해서 당신들도 머리가 아프겠지만, 사실 정작 곤란한 건, 우리 쪽이란 말이야. 형사님들도 잘 아시겠지만, 지금 기업 자정(企業自淨)이니 뭐니 해서 우리 쪽도 시끄러울 대로 시끄럽단 말이요. 이런 마당에 이런 사건까지 터져서 세간에 안줏거리가 되고 우리 쪽 이미지에 치명적인 데미지를 입힌다면, 공익적인 측면을 봐도 이로울 게 하나도 없어요. 당장 수출에도 마이너스 효과를 줄 수 있고, 신용등급도 어떻게 될지 모른단 말이오. 잘 아시겠지만, 우리 쪽에서 오늘 조간은 어떻게 막았어요, 다행히 언론 쪽에 계신 분들도 우리 쪽 취지를 십분 이해해 주었구 말이지. 기사란 건 뭐니뭐니 해도 공익, 그러니까 퍼블릭 굿이 위주가 되어야 하는 거지, 저속한 흥미 위주로 돌다 보면, 옐로페이퍼나 다름없는 종이 쪼가리가 돼버리는 거요. 하지만, 경찰 쪽에서 빨리 매듭 짓지 못하고, 시부적 뭉개기 시작하면, 특종에 눈이 먼 똥파리 같은 기자들이 나대기 시작할 거라, 독자들의 알 권리니 뭐니 들먹이며 말이지. 세상에 대해서 모든 걸 다 알아야 한다는 그런 오만은 대중을 우중(愚衆)으로 전락시키는…….”

“언론에 대한 강의를 받고 있을 시간은 없습니다만…… 저희도 나가서 한시바삐 증거를 찾아야 하니까요.”

“그래서, 나한테 단 5분도 할애할 마음이 없다 이건가요?”

“되도록 하시고 싶은 말씀을 짧게 줄여 얘기해 주시는 게 어떻겠습니까?”

“매우 건방진 친구구먼. 거기서 근무한 지 몇 년 됐지?”

“근무년수 같은 질문들은, 저 말고 사무실에 앉아서 일 보시는 높으신 분들에게 물어도 되지 않겠습니까?…… 그렇게 빙빙 돌리시지 마시고…… 제게 요구하시는 게 뭔가요? ”

“……도대체 호스피털리티라는 개념이 전혀 없는 사람이로구만. 그럼 내 짧게 얘기하지. 언제쯤 영장을 청구할 계획이오?”

“이것도 규정에는 어긋나는 일이지만, 총경님도 마침 옆에 계시고 하니 일단 말씀해 드리겠습니다. 동기에 대해 더 확실한 게 나올 때까지는, 영장 청구를 유보할 생각입니다. 그게 12시간이 될지, 24시간이 될지, 48시간이 될지는 지금으로서는 아무도 알 수 없습니다.”

“난 그게 알고 싶은 건데……. 그런데, 그건 누구 생각인가요?”

“제 생각입니다.”

“그렇다면, 당신 말구, 당신 말대로 사무실에 앉아 일하는 더 높은 사람의 생각을 내가 바꾸면 되겠군.”

“그게…… 여러모로 나을 것 같습니다.”

"하하핫, 무척 배짱이 좋은 친구군. 꺾일 때와 꺾이지 말아야 할 때를 구분하는 것만큼 사내에게 어려운 일은 없거든, 그게 용기와 만용을, 영웅과 협잡꾼을 구분해 주는 레퍼런스지. 자네가 내 말을 들을 용의가 없다니, 이만 줄이도록 하겠지만, 다시 한 번 이름을 확인하고 싶은데, 그 정도는 괜찮겠지."

"마지막 질문입니까?"

"그렇네."

"진태식이라고 합니다. 결례를 끼쳤다면 죄송합니다만, 사건 해결에 대한 열의로 생각해 주십시오."

"언제까지 버틸 수 있을까요?"

"오늘 오후쯤에는 틀림없이 영장청구에 대한 압력이 윗선에서 내려오겠지. 반발한다고 해봤자 뾰족한 수는 없을 거야. 후우."

민 형사와 진 반장은 어제 참극이 일어났던 저택의 지하주차장에서 윤 형사와 유 대리를 기다리는 참이었다. 여 소장은 안내를 마치고 어제와 다름없는, 얼굴에 배어버린 듯한 비굴한 표정으로 한두 발짝 떨어져서 일행을 지켜보고 있었다. 민 형사는 수사의 방향이나 결정에 있어서 외부로부터의 간섭을 받아야 한다는 사실에 분노가 치밀어 올랐지만, 진 반장 말마따나 뾰족한 수가 없기는 매한가지였다.

"그런 쪽은 일단 신경을 끊고 일에나 집중하자구. 자네 보고서와 관련돼서 말이네만…… 훌륭한 정리이지만, 결국 아직 명확한 건 전혀 없구먼, 그렇지?"

"예. 그렇습니다, 아직은.

"하지만, 앞으로의 수사 방향 설정은 썩 깔끔하네. 동감이야. 일단 오후에는 윤 형사와 함께 회사를 들러 동료들을 만나보도록 하세. 증인들을 두 패로 나눠서, 한 쪽은 평소의 둘 간의 인간관계에 대해 탐문해 보고, 다른 쪽은 장례요원으로 참여했던 사람들을 위주로 그날의 행적에 관련해 수사를 해보도록 하게나."

"이미 윤 형사가 회사에 공문을 보내 놓았답니다…… 그런데, 반장님도 탐문에 참가하시겠습니까?"

"높은 사람들한테 이리저리 시달리는 것보다는 현장에서 발로 뛰는 게 마음 편하지 않겠나?"

그때였다. 윤 형사가 유 대리를 데리고 나타났다. 유 대리에게 있어서 어제와 다른 점이 있다면, 한결 말쑥해진 옷차림과 양 손목을 결박한 수갑이었다. 하지만, 천연덕스러운 표정만은 어제 그대로였다. 민 형사와 진 반장을 보고 그는 귀찮다는 표정을 굳이 감추지 않으며 보일락 말락 목례를 했다.

"수갑을 풀지."

윤 형사는 잠시 불만스러운 표정을 비쳤으나, 군소리 없이 수갑을 풀었다.

"자, 그럼 엘리베이터에서부터 시작해 볼까. 유지형 씨, 여기 여소장도 함께 동행할 테니, 잘 기억이 나지 않는 게 있으면 물어 가면서 시작해 볼까요."

180

다섯 명은 엘리베이터 안으로 들어갔다. 유지형 대리가 장갑을 낀 손으로 2층을 누르자, Access for only Authorized Person. Password? 라는 문자가 액정화면 위에 표시되었다.

"어떤 암호를 집어넣었는지 기억납니까?"

"아뇨, 되는 대로 대충 누르고 Enter를 눌렀던 것 같습니다."

"한 번 해봐요. 그때 했던 것처럼."

유 대리가 대충 누르고 다시 Enter 키를 누르자, 1~2초 후에 다시 Access for only Authorized Person. Password?라는 똑같은 문장이 반복되었다.

"보시는 대로 정상적으로 시스템이 가동하는 경우에는, 암호를 잘못 집어넣으면, 2층이나 3층으로는 접근 자체가 불가능합니다."

여 소장이 설명을 마친 후, 진 반장의 명령에 따라 제대로 된 암호를 집어넣자, 비로소 액정화면에 Access Permitted라는 문자가 뜨며, 곧이어 징 하며 엘리베이터가 움직이는 소리가 났다. (그림 3은 윤 형사가 여 소장으로부터 받은 2층과 3층의 대략적인 평면도와, 유 대리가 주장하는 총격전 시의 동선이다.)

예상 외로 현장 검증은 오랜 시간이 소요되었다. 민 형사는 유 대리의 증언이 실제 있었던 사건을 바탕으로 한 기억에 의존한 것인지, 아니면 정말로 상상의 소산인지, 아직 어느 한 쪽의 손을 들어주기가 곤란했지만, 하여튼 유 대리는 믿기지 않을 만큼 꽤나 자세한 부분까지 꼼꼼히 설명해 나갔다.

"그러니까 당신이 여기 이 화장실에서 총기를 빼앗은, 그 죽은 남자를 이 집으로 들어오기 전에 정문 앞에서 보았단 말이죠?"

"예. 틀림없습니다."

"윤 형사님, 당장 장례 요원들의 명단을 요청하는 게 어떨까요? 이왕이면 사진도 수배해서."

물론 민 형사도 크게 기대를 걸고 있는 것은 아니었다. 설사 유 대리의 증언이 거짓이 아니라 해도, 거기서도 뭔가 단서가 될 만한 것을 건질 수 있을 거라고는 여겨지지 않았다. 유 대리는 계속해서 총격전을 재현하며 자신의 동선이라고 주장하는 보이지 않는 선을 따라 앞으로 나아갔고, 민 형사는 점점, 부조리극의 미치광이 퍼포 먼스를 보고 있는 한 관객의 입장으로 전락하는 느낌이었다. 유 대 리는 전혀 있을 법하지 않은 상황을 재현하고 있었지만, 반대로, 그 디테일은 매우 구체적이고 상세한 것이어서, 그 두 가지의 커다 란 대조가 상황의 광적인 측면을 웅변하는 듯했다. 민 형사는 왠지 유 대리라는 이 남자가 미쳐버린 것이라고 서둘러 결론짓고 싶은 심정이 되었다.

서재에 이르러서, 아무 말 없이 유 대리의 증언을 지켜보던 진 반장이 비로소 입을 열었다.

"그러니까, 이 유리창이 당신이 MP5로 부숴버렸다는 그 유리창 인데……."

진 반장은 주머니에서 꺼낸 작은 물체를 유리창을 향해 던졌다. 유리창에 부딪쳐 맑은 소리를 내고는 다시 땅바닥으로 떨어진 작 은 물체를 진 반장은 허리를 구부리고 주워 다시 주머니에 집어넣

2nd Floor

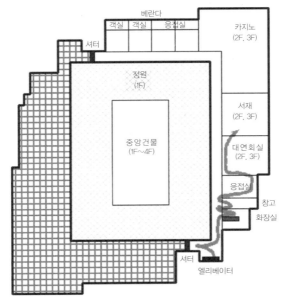

3rd Floor

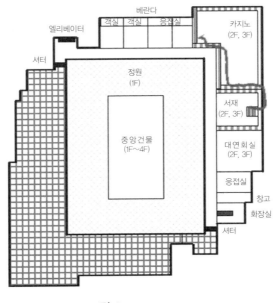

그림 3

었다.

"자, 이 동전이 방금 부딪친 저건 뭘까? 이상한 일이야, 이상한 일, 당신이 주장하는 당신의 흔적은 어디에도 없으니. 흔적을 지운다는 것이 물리적으로 가능한 범위의 것들이라면 또 모를까, 시간상으로 도무지 불가능한 것들이 다시 복원되거나 아니면 반대로 사라져버리고 말았으니…… 그리고 이것들이, 당신이 총을 쏘아댔다는 책들인데……."

진 반장은 서재 중앙에 있는 계단을 통해 회랑으로 올라가, 유대리가 자신과 교전을 벌인 남자가 서 있었다는 곳에 멈추어 서서, 바로 뒤에 꽂혀 있던 책들 중 하나를 집어냈다.

"총으로 책을 쏜다는 것은 매우 야만스러운 일이오. 다행히, 이 책들은 하룻밤 사이에 다시 그 상처를 치유한 것 같아 보입니다만…… 어디 보자, 파스칼의 『팡세』라…… 이 책의 장점은 어디를 펴도 깊은 사색을 요하는 문장이 튀어나온다는 데 있지…… 여기에 지금 우리에게 꼭 필요한 문장이 있군요. 자 한번 들어봐요. **모순은 진리를 찾는 데에는 나쁜 증거이다.** 또…… 이런 문장도 있군요. **상상력은 환상적 평가에 의해 작은 사물을 확대함으로써 우리의 영혼을 가득 차게 만든다.**"

진 반장은 큰 소리가 나도록 책을 덮고는 다소 연극적인 몸짓으로 책장에 책을 돌려놓으며 혀를 끌끌 찼다.

"어울리는 책은 아니야…… 이런 데에 어울리는 책은…… 어쨌건, 파스칼은 모순이 진실을 찾는 좋은 길잡이가 아니라고 하는데,

당신이 우리에게 모순밖에 던져주지 않는다면, 도대체 우리는 어디서 무엇을 가지고 진실을 찾는단 말이오. 당신의 진술은 아주 자주, 아니 거의 다라고 말해도 좋겠지만, 하여튼, 대부분 우리의 오감과 간단한 이성이 지시하는 바와 완전히 모순돼요. 당신에게 있어서 희망적이라고 할 수 있는 점은, 모순의 빈도와 패턴이 매우 일관되는 것뿐이오, 안타깝게도, 현재로서는."

현장 검증이 끝나고 밖으로 나오자, 민 형사는 한결 머리가 맑아졌다. 못 볼 것이라도 본, 아니면, 마시지 말아야 할 유독한 가스라도 잔뜩 마신 듯한 기분이었다. 하지만, 생각해 보면, 유 대리의 총격전 재현은 어떤 의미에서는 완벽했다. 몇 번 헷갈리기도 했지만, 그 복잡한 동선을 별 망설임 없이 정확히 재구성해 내는 솜씨는 정말 칭찬할 만했다. 너무나 꼼꼼해서 바닥에 그만이 식별할 수 있는 선이라도 그어져 있는 게 아닐까 하는 의심이 들 만큼. 어쨌든, 매우 훌륭한 진행이었지만, 민 형사에게는 무거운 짐만 안긴 셈이었다. 민 형사는 그 세부적인 구성이 아무리 치밀하다 해도, 아직은 총격전의 실체에 대해 제대로 믿기 힘들었다. 반대로, 총격전의 실체를 부인하기는 쉬웠지만, 그 경우, 유 대리가 거짓 증언을 하고 있는 방식이 문제였다.

'왜 저런 거짓말을 꾸며대야 하는 걸까?'

진 반장, 윤 형사, 그리고 여 소장과 저택의 1층에서 점심을 하면서도, 민 형사는 온통 그 생각이었지만, 여전히 유 대리가 고의로 거짓 증언을 하고 있다는 가정 위에서는 아직 한 발짝도 앞으로 전진하지 못하고 있는 처지였다. 하나의 그럴 법한 추론도 그는 이끌어내지 못하고 있었다.

"그런데, 셔터를 내린 부분은 뭔가요?"

윤 형사가 첫술을 뜨며 여 소장에게 질문을 했다.

"아, 그건…… 실은, 회장님의 동생 분이 거처하고 계시는 곳이었는데…… 어디서부터 시작하면 좋을지 모르겠습니다만…… 회장님의 바로 아래 아래 동생 되시는 분이, 뭐랄까요, 약간 괴짜이신데, 소싯적에 회장님의 부친과 의견 충돌이 좀 심했던가 봅니다. 결국에는 건축 공부를 한다고 집을 뛰쳐 나가셨는데, 우여곡절은 있었지만, 미국으로 가셔서 나름대로 성공은 하셨답니다. 그러는 동안 일절 A 그룹의 일에 결코 관여하시지도 않으셨고, 가족과는 기본적인 왕래도 없으셨죠. 그런데, 6~7년 전쯤에 뜻밖에 한국으로 돌아오고 싶으시다는 뜻을 비추자, 회장님이 지금 우리가 있는 이 저택의 설계를 부탁하셨더랬습니다, 그러니까 일종의 화해의 선물과도 같은 거였죠. 그 분의 설계를 토대로 건축이 끝나자, 이 건물 2층과 3층의 일부분, 그러니까 셔터가 내려진 부분에서 기거를 하셨습니다. 귀국하셔서도 통 외부와의 교통도 없으시고, 하여간 여전히 괴짜셨습니다. 그러다가 작년 말에 돌아가시기 전에 유언조로 지금 회장님께 일 년간만 자신이 살던 곳을 폐쇄해 달라고 부탁하셔서, 지금까지, 그냥 그대로 방치되어 있습니다. 회장님은 올 겨울에 다시 오픈을 해서, 미술관이나 기념관 용도로 꾸미실 생각입니다, 뭐 아직 확정된 것은 아니지만요."

"설계를 하셨다는 그 회장님의 동생 분이 괴짜셨다면, 비밀 장소나 통로 같은 걸 만들어놓지는 않으셨을까요?"

"여기는 놀이공원이나 영화 세트장이 아니라, 실제 사람들이 사는 집입니다. 비밀 통로 같은 건 결코 있을 수 없습니다."

여 소장에게서는 처음으로 듣는 매우 단호한 말투였다. 민 형사는 여 소장처럼 자신 있게, 이 집에는 비밀 통로도, 총격전도 없었으며, 최종적으로는 유대리 이외에는 어느 누구도 범인이 될 수 없다고 자신 있게 단정짓고 싶었다. 위에서 바라는 대로 서둘러 영장을 청구하고, 사건 수사를 조기에 마무리 짓고, 그리고 집으로 돌아가 밀린 잠이나 이자까지 쳐서 푹 자두고 싶었다. 그러나 그는 그가 본 부조리극을 도대체 어떻게 해석해야 할지 전혀 알 수 없었다.

진 반장의 예상은 어김없이 맞아 들어갔다. 주변 인물들의 탐문을 위해 A 그룹으로 이동하기 직전, 진 반장은 이 경감으로부터 호출을 받았다. 갑작스러운 호출의 배경에 대해 이 경감이 자세히 설명하진 않았으나, 영장 청구의 압력 때문이라는 건 그 말투에서 충분히 짐작할 수 있었다.

"아마도 힘들겠죠?"

"뭐?"

"영장 발부 시기를 늦추는 거 말입니다."

"아마도……."

진 반장이 있는 대로 인상을 구기며 본서로 돌아간 후에, 민 형사는 윤 형사가 운전하는 자동차를 타고 함께 유 대리와 강 과장이 근무했던 A 사의 본사로 향하고 있었다. 민 형사는 양해를 구하고 잠시 눈이나 붙일까 생각했는데, 피곤이 지나쳐서 그런지 잠도 잘 오지 않았다.

"윤 형사는 어떻게 생각해요?"

"뭘요?"

"유 대리의 증언."

"별로…… 제 생각에는 둘 중의 하나일 것 같아요. 미쳤거나, 거짓말을 하고 있거나."

"거짓말을 하고 있다면, 도대체 왜 그런 얼토당토않은 거짓말을 하고 있는 걸까요?"

윤 형사는 노랑색 불을 무시한 채 차체가 기우뚱할 만큼 급하게 좌회전을 하고 나서, 민 형사의 질문에 대답을 했다.

"솔직히…… 잘은 모르겠지만, A 그룹 내부와 어떤 연관이 있는 것만은 틀림없는 것 같아요. 물론, 저희 쪽에서 그걸 파들어 가기는 역부족일 테지만. 아마도, 그 누구도 우리가 그런 짓을 한다면 반기진 않겠지요. 어쩌면 유 대리 자신도 누명을 벗지 못하더라도 입을 꼭 다물고 있는 쪽을 선택할 만큼 특별한 비밀을 가지고 있는 지도 모르구요."

민 형사도 힘이 쭉 빠지는 느낌이었다. 윤 형사는 의혹이 있지만 그 의혹을 파헤치는 일이 현실적으로 불가능할 거라는 입장이었고, 민 형사는, 거기에 완전히 동조하는 것은 아닐지라도 의혹을 파헤치기 위해 걸고 넘어져야 할 첫 번째 단추가 없다는 것만큼은 인정해야 했다.

"그림에 대해선 뭣 좀 알아낸 게 있어요?"

"거기에 뭔가 있을 거라고 생각해요?"

"사건과 관련이 있을 확률은 반반 정도? 민 형사는 어때요?"

"휴우, 모르겠어요. 진 반장님이 힌트를 좀 주면 좋을 텐데. 그런 덴 너무 인색한 양반이란 말이야."

그렇게 답해 놓고 민 형사는 눈을 감고 머리를 뒤로 젖혀 시트에 기댔다. 그는 눈을 감은 채로, 그림을 머릿속으로 상상해 보았다.

"어쨌건, 매우 큰 그림이더군요. 저는 미술관 같은 덴 한번도 발걸음을 안 해봐서 잘 모르겠지만, 그림이라고 하면, 애들 스케치북만한 크기인 줄 알았는데…… 그렇게 큰 그림을 그리려면 물감만 해도 솔찬히 들겠더라구요."

불현듯 민 형사의 머리를 강타하는 뚜렷한 하나의 모순이 있었다.

"큰 그림이라…… 큰 그림…… 아, 내가 왜 지금까지 그걸 몰랐지, 바보 같으니라구…… 고마워요, 윤 형사, 그 얘길 해주지 않았다면…… 눈뜬 병신이었군, 나는, 바보같이. 거기에, 거기에…… 거기에 다 나와 있었는데"

"도대체 왜 그러는 거죠?"

"알았어요, 알았다구요, 왜 그렇게 진 반장님이 그 그림에 집착했는지, 그 복제화에 뭐가 그토록 부자연스러웠는지…… 이런, 바보같이, 그렇다면…… 아 처음부터 거기에서 시작할 수 있었다면…… 그럴, 틀림없이, 그럴 가능성도 있겠어, 가능해, 전혀 불가능한 이야기가 아니야…… 모든 게, 모든 게, 그런 식으로 들어맞게 되는…… 김영자의 이상한 질문도, 유지형이가 그렇게 놀란 이유도…… 이러고 있을 때가 아니지. 여기서 절 좀 세워줘요. 탐문은 혼자 좀 해주셔야 하겠는데요."

"어딜 가시게요?"

"그림을 다시 한 번 확인해야겠어요, 그 이상한 집도. 다시 한 번 보면 확실히 알 수 있을 것 같아요."

진 반장은 샤워를 하고 나와서, 가정부가 차려놓고 간 나물비빔밥을 막 한 술 뜨려다 전화를 받았다.

"진 반장님, 민 형사입니다."

매우 다급한 목소리가 수화기에서 쟁쟁댔다.

"어떻게 된 거야, 탐문은 윤 형사 혼자 다 했다 그러던데."

"탐문이 문제가 아닙니다. 여기 지금 살인 현장입니다…… 알아냈습니다. 그 밀실을 부술 수 있는 가설을 찾았단 말입니다. 총격전 건도, 아직 명확한 증거는 없지만, 수색영장만 다시 떨어진다면 확인도 가능할 성싶습니다. 전화로는 좀 힘들 것 같고, 지금 바로 반장님 댁으로 찾아뵈려고 하는데요, 괜찮겠습니까?"

"숨넘어가겠군 그래. 오게나, 기다리고 있겠네."

"예, 그럼 좀 있다……."

미처 말을 채 맺지도 못하고, 전화는 일방적으로 끊어졌다. 진 반장은 한숨을 내쉬며 전화기를 내려놓았다.

진 반장은 손수 끓인 모과차 두 잔을 탁자 위에 올려놓고, 파이프를 입에 문 채로 소파에 파묻혔다. 민 형사의 눈에는, 하얀 바탕에 회색 세로 줄무늬 잠옷 차림으로 소파에 웅크리고 있는 진 반장의 모습이 겨울잠에서 막 깬, 아직 어리버리한 상태의 북극곰 같아 보였다.

"이제 시작해 보게나. 내가 이러저러한 사실들을 이미 알고 있을 거라는 가정은 집어치우고…… 그래, 그렇게 생각하는 게 어떻겠나, 내가 내가 아니라 윤 형사인 셈 치고, 그렇게 시작해 보게나. 나 또한 내가 알고 있는 사실을 기반으로 질문하는 게 아니라, 필요하다면 윤 형사의 입장에서 질문을 던지도록 할 테니."

민 형사도 그쪽이 편했다. 민 형사는 스스로 만든, 유 대리가 범인이 아닐 수 있는 하나의 가설을, 진 반장 역시 똑같은 절차를 통해 이미 밟았을 확률이 높다고 생각했다. 즉, 그가 지금부터 설명할 이론에 대해, 진 반장은 벌써 나름대로의 맹점을 파악하고 있는 건지도 몰랐다.

"그럼, 한번 시작해 보겠습니다. 우선, 제가 이 사건에서 가장 이해할 수 없었던 부분은, 두 가지입니다. 그 둘 모두, 유 대리라는 남자의 증언과 밀접하게 관련이 있습니다. 하나는 자신과, 시체로 발견된 강 과장이 함께 발견된 방이 밀실이라는 점을 스스로 확인해 준 점, 또 하나는 2층으로 잠입해서, 3층에서 시체와 함께 발견되기까지의 경로에 대해, 누가 듣는다 해도 잠꼬대로밖에 여기지 않을, 총격전이라는 말도 안 되는 루트를 제시했다는 점. 이 두 가지 황당하기만 한 증언은, 또다시 두 가지 효과를 냅니다. 첫 번째로는 유 대리 이외에는 범인이 있을 수 없다 하는 인상, 두 번째로는 그의 증언은 대체로 믿음직스럽지 못하며, 뭔가 숨기고 있는 것 같다는 인상. 그가 정말 강 과장을 죽인 범인이라고 한다면, 총격전에 대한 그의 증언은 어느모로 보나 그가 꾸며댄, 허튼 소리임에 틀림없고, 그것은 결코 밝혀져서는 안 되는 특별한 비밀을 숨기기 위한 연막에 불과하다는 생각이 자연스럽게 들게 됩니다. 윤 형사의 추정대로, 그의 증언은, 그가 범인이라는 의혹하에서 면밀히 검토할 때, '그가 범인이 아니다.'라는 인상을 주는 것이 아니라, '그가 틀림없이 범인이지만, 참된 동기에 대해서는 알기 힘들다.'라는 인상만을 던집니다. 여기까지 질문이나 반론 있으십니까?"

"아니, 훌륭하네. 계속하게."

"하지만, 만약 A 그룹 내부에 뭔가 숨겨야 할 비밀이 있다면, 우리는 그 참된 동기에 접근하기가 힘들어지죠. 그리고 우리는 이 사건을, 확실한 물리적 증거와 어정쩡한 동기를 가지고 서둘러 종결지을 수밖에 없습니다. 그런데, 만약 그렇지 않다면? 그가 범인이 아니라면 어떻게 되는 걸까요? 다시, 두 가지 증언으로 돌아와 보지요. 그가 범인이 아니라면, 그의 증언들은 어떻게 되는 걸까요? 그가 범인이 아닌데도, 자신에게 불리한 증언을 고집할 필요가 있을까요? 모살죄(謀殺罪)로 최소한 환갑까지는 감옥에서 썩어야 할지도 모르는데, 자신에게 불리한 상황을 꾸며서 얘기해야 할 필요가 있을까요? 즉, 그가 범인이 아닌 경우에는, 자신에게 불리한 상황을 일부러 꾸며내면서까지 숨겨야 할 비밀이 있다고는 여겨지지 않습니다. 그는 젊고 A 사에 들어온 지도 얼마 되지 않는 남자입니다. 일천한 경력으로 보아 그가 A 사의 특별한 비밀에 연관되었을 확률은 매우 희박하고, 또 한편 감옥에까지 비밀을 짊어지고 갈 만큼, 충성심이 있으리라고 생각되지도 않습니다. 감옥에서의 몇 십 년과 맞바꿀 특별한 보상도, 아직 창창한 나이의 유 대리에게는 생각하기 힘든 변수입니다. 자, 그럼 다시 한 번 정리해 봅시다. 실제 보이는 것과 달리, 그가 만약 범인이라고 하면 그의 증언은 완전히 거짓이며, 반대로 그가 범인이 아니라면 그의 증언이 완전히 사실이라는, 아주 독특한 형태의 모순 아닌 모순과 우리는 만나게 됩니다. 그럼 누구도 채택하지 않으려고 하는 두 번째의 가능성, 그러니까, 그가 범인이 아니며, 그의 증언은 완전히 사실이다, 라는 가설로 돌아와 봅시다. 이 가설이 가능한 걸까요?…… 이 가설의 신빙성을 떨어뜨리는 요소는 바로 물리적인 부분입니다. 그 방이 그의 증언대로 밀실이었다면, 어떻게 그가 아닌, 다른 진범은 닫혀진 방을 유유하게 빠져나갈 수 있었다는 말인가? 또한, 총격전이 일어났다면, 필연적으로 남아 있어야 하는 물리적인 흔적들은 어디로 사라진 걸까? 이런 난관들을 잠시 덮어두고 두 번째 가정을 고집한다면, 다시 이런 결론을 내릴 수 있게 됩니다. 그가 범인이 아니다──그의 증언들은 모두 사실이다──고로 그 방은 밀실이 아니었으며, 총격전 역시 분명히 존재했지만, 그 흔적들은 어떤 방식으로 교묘하게 은폐되었다."

이까지 얘기해 놓고, 그는 마른 목을 적시기 위해, 진 반장이 가져다 놓은 모과차를 입에다 부어넣었다. 민 형사는 자신의 가설을 진 반장이 어떻게 받아들이는지 궁금했지만, 진 반장은 여전히 자세의 변화 없이 파이프만 단속적으로 빨아대고 있었다.

"이 두 가지, 밀실의 조작, 그리고 총격전의 은폐, 바로 이 두 가지 불가능해 보이는 설정을 가능할 수도 있게 하는 가설을 제가 발견했습니다. 물론 진 반장님의 도움이 없었다면 불가능했겠지만……."

"나는 아무것도 한 일이 없네."

"뭐라고 얘기하셔도 좋습니다만, 최소한 밀실의 파괴를 가능하게 했던 실마리는 그림에 관련된 것이었고, 그것에 대한 주의를 환기시켜 주신 분은 진 반장님이셨습니다. 그림에 숨어 있는 모순을 발견하는 순간, 밀실을 파괴할 수 있는 하나의 가정을 만들 수 있게 되었고, 그러자, 이미 설명한 논리에 따라 총격전도 틀림없이 존재했어야 한다는 사실에 다다르게 되었습니다. 그리고 오늘 오후, 그것 역시 가능하다는 결론을 내릴 수 있게 되었습니다…… 지금부터 제가 설명드릴 내용은, 어떻게 밀실을 파괴할 수 있는가, 그리고 어떻게 총격전의 흔적을 은폐할 수 있는가에 대한 것들입니다…… 우선 총격전에서부터 시작해 보지요. 진 반장님이 말씀하신 대로, 총격전의 흔적을 한두 시간 내에 숨기는 것은 가능한 일이 아닙니다. 시체는 그렇다 치더라도 벽에 박힌 총탄, 총알에 부서진 가구들과 집기들은 간단히 지워버릴 수 있는 요소들이 아닙니다. 하지만 반대로, 우리는 유 대리의 현장 검증을 통해, 그가 제시하는 동선과 총격전의 디테일이 얼마나 자세한지는 충분히 보았습니다. 최소한, 그 디테일에 집중하고 있는 시간만큼은, 저는 그의 증언에 어떠한 내부적인 모순도 발견하지 못했습니다. 하지만, 실제로 모순이 거기에 있지 않았다면요? 모순이라는 것이 그의 거짓 증언과, 외부의 물리적인 조건에 사이에 있는 것이 아니라, 외부의 물리적인 조건 안에 내재해 있었으며, 결국, 모순을 느껴야 되는 사람은 그의 재현을 지켜보던 관객이 아니라, 유 대리 바로 그 자신이었다면요?"

진 반장은 끙 하는 소리를 내며 몸을 한번 뒤척거리며 앉아 있던 방향을 바꾸었다. 민 형사는 그것이 그의 뒤따를 진술을 진 반장이 미리 예측했다는 뜻으로 받아들였다.

"그렇습니다. 단 하나, 그의 증언이 사실일 수 있는 방법은, 총격전이 존재했지만, 그 즉시 은폐될 수 있는 방법은, 그를 둘러싼 물리적 환경 자체를 바꾸는 것입니다. 즉, 총알을 뽑거나, 유리를 다시 갈아 끼우거나 하는 게 아니라, 건물 자체를 바꾸는 겁니다, 통째로요. 말도 안 되는 얘기 같지만, 가능합니다. 아니, 최소한 완전히 불가능한 건 아니란 말입니다. 윤 형사로부터 넘겨받은 2층과 3층의 평면도(그림 3 참고)상에서 빗금이 쳐져 있는 건물의 반쪽, 셔터로 차단된 쪽, 뭐 회장의 동생인 미치광이 건축가가 머물렀다는 쪽, 바로 그 부분을 우리는 주목해야 합니다. 그 부분이 나머지 부분과 완벽하게 대칭을 이루고 있다는 사실을 염두에 두어야 합니다. 만약에, 그쪽의 내부 구조가 반대편과 마치 거울상처럼 똑같다면요? 이렇게 한번 가정을 해보죠, 실제로 유 대리가 침입한 루트는 우리가 열심히 조사했던 그쪽이 아니라, 빗금으로 가려진 반대편이라면요? 총알은 어쩌면 여전히 그 빗금친 구역 안에 남아 있다면요? 결국, 유 대리가 오늘 아침에 현장 검증을 했던 곳은, 실제 그가 총싸움을 벌였던 곳이 아니라, 그곳이 거울에 비친 모습이었다면요? 그렇지 않아도 오늘 오후에 그곳을 방문해서, 그 반대편을 조사하겠다고 했더니, 따로 수색영장을 가져오라며 여 소장이 완강히 버티더군요. 진 반장님, 전 이 가설의 진위를 파헤치기 위해서라도 영장을 청구해서 그 부분은 조사해야 한다고 생각합니다."

"조사는 조사구…… 그런데 자네는 자네의 가설에 여전히 구멍이 많다고 생각하지 않나?"

"물론, 여전히 수많은 질문투성이죠. 우선, 왜 그런 총격전이 집 안에서 일어나야만 했나? 재미로? 누군가를 암살하기 위해서? 사실 리얼리티 자체는 완전히 결여되어 있지만, 그 집 자체가 이미 리얼리티로부터는 한 발짝 벗어나 있는 존재니까요. 어쨌든, 우선 총격전의 성격 자체가 규명되어야 하겠죠. 그 다음에는, 총격전과 다음 사건, 그러니까 살인 사건과의 연관성에 관련된 것입니다. 총격전과 살인 사건은 어떤 관계인가? 그리고 마지막으로, 왜 강 과

196

장이 개입되었는가? 그리고 그는 왜 희생되어야 했는가? 결국 정리해 보자면, 이 세 가지, 총격전의 성격, 총격전과 살인 사건의 관련성, 강 과장의 살해 동기, 이것들이 유 대리가 무죄라는 가정하에 사건을 꿰어나갈 때, 여전히 풀리지 않은 숙제들입니다. 여하튼, 그런 해결되지 않는 질문들을 뒤로 제쳐놓은 채, 저는 진 반장님 앞에서 총격전이 어떻게 은폐될 수 있고, 또 밀실은 어떻게 파괴될 수 있는지, 제 나름의 가설을 설명해 드릴 겁니다. 그런 다음, 만에 하나, 제 가설을 충분히 탐구해야 할 필요성이 있는 것으로 판단하신다면, 이미 말한 것과 같이, 그래도 여전히 풀리지 않는 질문들을 위해서라도, 이 부분과 관련된 보충 수사를 진행해야 할 것으로 생각됩니다. 여기까지는 동의하십니까?"

"계속 진행하게."

"좋습니다. 그럼 총격전이 은폐될 수 있는 방법에 대해선 간단하게나마 말씀드렸으니, 이번에는 밀실 쪽으로 넘어가 보죠. 그런데 우선, 밀실로 넘어가기 전에 우리는 밀실 자체와 총격전에 대한 연관성을 다시 짚고 넘어가야만 합니다. 총격전이 실제 존재했지만 위와 같은 방식으로 은폐되었다면, 분명, 문제가 된 저택의 내부에 있던 사람들이 동원되었으며, 그들이 우리에게 거짓 증언을 했다는 결론에 도달할 수 있게 됩니다. 즉, 우리가 만나고 또 심문을 했던, 김영자 씨, 여 소장, 여인중 씨 모두, 거짓 증언을 하고 있다는 얘기가 되지요. 만에 하나 그렇다고 한다면, 역시 그들의 밀실에 대한 증언 역시 완전히 거짓일 수 있으며, 모두 유 대리를 범인으로 몰기 위해 잘 짜여진 각본하에 증언을 했다는 얘기가 될 수 있다는 말이죠. 즉, 총격전과 밀실이 유기적으로 구성된 하나의 조직체라면, 그리고 총격전이 꾸며진 사실이라면, 밀실 역시 조작과 거짓 증언에 의해 만들어진 눈속임이라는 거죠……. 그렇다고 모든 문제가 해결되는 걸까요? 그렇지 않습니다. 그렇지 않은 이유는 안타깝게도, 유 대리 자신에게 있습니다. 자신이 깨어났을 때, 모든 문의 빗장이 틀림없이 걸려 있었다는, 진 반장님이 재고해 보라고 하셨을 때도, 서슴없이 똑같은 것을 진술했던 바로 그 증언에 있습니다. 이 부분을 부수지 않는 한, 밀실은 엄연한 사실이며 여전히 유 대리는 거기서 벗어날 수가 없습니다. 자, 다시 한 번, 유 대리를 제외한 모든 증인들의 밀실에 대한 증언이 거짓이라고 하는 각도에서 사건을 재구성해 봅시다. 김영자 씨를 비롯한 몇 명의 증인을 통해, 방의 외부에서 방문을 열려고 했을 때 문이 잠겨 있었다는 것을 확인했다는 사실은 이제 무시해 버립시다. 또한 주 경사가 최초로 방 안을 목격했을 때, 문 두 개가 모두 잠겨 있었다는 증언 역시 그 효용가치가 떨어집니다. 왜냐면, 복도로 향한 문이 이미 유 대리에 의해서 열린 후였기 때문에, 증인들 중 누구가 유 대리가 다른 객실로 격리된 이후에 경찰이 오기 전에 방 안으로 살짝 들어가서 안쪽에서 문을 잠그려고 한다면, 충분히 가능한 일이기 때문입니다. 즉, 우리가 넘어야 할 벽은 유 대리가 본 그 세 개의 문에 모두 빗장이 쳐져 있었다는, 그 내부로부터의 결정적인 증언뿐입니다. 그것은 착시였을까요? 착시였다고 한다면, 그 착시는 어떻게 조성된 걸까요?"

민 형사는 반쯤 남아 있던 모과차를 비워버렸다. 그래도 여전히 너무나 많은 말을 한꺼번에 한 터라 갈증이 쉽사리 제거되지는 않았지만, 목을 축일 무언가를 진 반장에게 가져다 달라고 할 기분은 아니었다. 그는 맥을 끊고 싶지 않았다.

"여기에 서광을 비춰준 것은 진 반장님이 지적하셨던 그림에 관한 것입니다. 진 반장님은 그림을 한눈에 보는 순간, 복제화인 줄 눈치채셨지만, 그걸 복제화라고 쉽게 식별할 수 있었던 이유 자체가 매우 부자연스럽다고 하셨습니다. 저는 처남에게 자료를 받아놓고도, 그 그림에 뭐가 그토록 부자연스러운지 처음에는 깨닫지 못했습니다. 그야말로 눈뜬 장님이었던 거죠. 그러다가, 윤 형사가 그 그림의 크기에 대해 언급하는 순간 모든 것이 환해졌습니다. 크기가 중요했던 것입니다. 제가 그 그림을 처음 봤을 때, 제 키를 훌쩍 넘는 크기에 저는 압도당하지 않을 수 없었습니다. 그런데, 거기에 바로 부자연스러움이 있었던 겁니다."

이렇게 말해 놓고, 민 형사는 진 반장의 표정 변화를 살폈다. 그에게는 자신이 발견한 사실을 진 반장이 대견스러워해 주길 바라는 심정이 없지 않았는데, 뜻밖에 진 반장의 표정에는 어떠한 변화도 없었다.

"제가 처남으로부터 받은 자료에 의하면 그림의 크기는 124cm X 109cm로 표시되어 있더군요(그림 2 참고). 즉, 긴 변, 그러니까 세로변의 길이가 그 원본에 있어서는 제 키에 훨씬 못 미쳐야 한다는 거죠. 결국 복제화를 만들면서, 실제의 작품보다 훨씬 더 크게 만들었다는 얘기가 됩니다. 이것은 그림의 문외한인 제가 보기에도 매우 부자연스럽습니다. 복제화라면 말 그대로 모든 것을 똑같이 베껴야 하는 게 정상이 아닐까요? 여기에 바로, 여인중씨가 진 반장님의 질문에 그토록 당황해야만 했던 이유가 놓여 있는 것입니다. 다시 한 번 정리하면, 그림 자체는 복제화가 되면서 매우 커다란 크기로 변했습니다. 그것은 매우 부자연스럽습니다. 그렇다면, 복제화의 기본 원칙까지 희생하면서 그 크기를 키워야 했던 뭔가 실질적인 이유가 숨어 있을 수도 있는 겁니다. 물론, 제가 이 살인 사건을 위해 복제화가 더 커다란 크기로 제작되었다고 주장하는 것은 아닙니다. 하지만 제가 하고 싶은 얘기는, 그 크기의 변화에는 우리가 잘 알지 못하는 실용적인 이유가 원래부터 숨어 있었고, 이번 사건의 밀실을 꾸미는데, 그 이유라는 것이 교묘하게 이용되었을 수도 있었다는 겁니다. 자, 그럼 그림의 실제적인 용도는 무엇이었고, 밀실을 만드는 데 어떠한 역할을 한 걸까요? 실질적인 용도야 우리의 문제와는 무관하니, 어떻게 그 확대된 사이즈의 그림이 밀실을 조성하는 데 일조했는지만 생각해 봅시다. 그림의 크기가 커졌다고 한다면, 그 그림이 잡아먹을 수 있는 면적이 늘어났다는 얘기입니다. 그럼 밀실을 조작한 자들은 그 그림 뒤에 도대체 무엇을 숨기려고 했을까요? 안타깝게도, 우리의 유 대리는 자신의 증언을 통해, 그 그림은 벽에 완전히 고정되어 있는 것처럼 보였고, 사람이 숨어 있을 공간 따윈 전혀 없었다고 증언했습니다. 그럼 그림이 숨기려고 한 것은 아무것도 없었을까요? 실제 시체가 발견된 방의 평면도를 살펴보면, 거기에는 그림 이외에는 아무것도 없어야만 합니다(그림 1 참고). 실제 저희가 그 뒤를 살펴보았을 때도 그랬구요. 분명히 시체가 발견된 방의 그림 뒤에는 아무것도, 예를 들어 비밀 통로 같은 건 전혀 없었습니다. 그것은 사실입니다. 그런데도 그림이 숨길 수 있는 무언가라는 것이 존재할 수 있을까요? 실은 그렇습니다, 있습니다, 있을 수 있습니다. 그것이 가능해지려면, 최초로 살인이 일어난 방은, 우리 경찰들이 시체를 발견한 방이 아니라, 바로 그 옆방, 즉, 시체가 발견된 방과 똑같은 구조를 가지고 있지만, 하나의 문이 더 있는, 즉 우리가 살인이 일어났다고 여기고 있는 방과의 통로가 하나 더 있는 바로, 그 방이어야 한다는 것입니다. 잘 살펴봅시다. 카지노와 바로 연결된 그 방은, 경찰에 의해 시체가 발견된 방과 그 구조상에서 완전히 동일하다는 것을 알 수 있습니다, 세 개의 문이 아니라, 네 개의 문이 있다는 사실만을 제외하고는요. 그런데 만약에 그 네 번째의 문이 있는 바로 그 부분에 누군가 고의로 그림을 설치해 놓았다면 어떻게 될까요? 원본은 매우 작지만, 복제되는 과정에 있어서 문을 완전히 가릴 수 있는 크기로 변한 그 그림을 설치해 놓았다면 말입니다. 밖에서 문 두드리는 소리에 잠에서 깨어나 정신이 없던 유 대리는, 카지노 쪽의 문을 열거나, 그림을 벽에서 떼어내 그 뒷부분을 살펴보거나, 복도 쪽 문으로 나와 그 방이 몇 번째 방인지 정확히 확인하기 전까지는, 그 두 방의 차이점을 안다는 것이 원천적으로 불가능했습니다. 그래서, 거짓 증언자들은 복도 쪽으로 나 있던 문을 유난히 쿵쿵 두드려서, 우선 유 대리를 그쪽으로 유도했습니다. 그전에 유 대리는 방 안에 네 개의 문이 아니라, 세 개의 문이 있으며 그 모든 문에 빗장이 걸려 있었다는 사실을 이미 확인했던 거죠. 이렇게 상상해 봅시다. 복도로 향한 문이 열리고, 몇 명의 증인들이 방 안으로 들어옵니다. 증인들은 유 대리가 확인할 수 있도록, 방 안에 문이 몇 개 있고, 그 문들이 모두 잠겨 있었다는 사실을 보란 듯이 확인할 겁니다. 그 다음입니다. 그 다음이 문제죠. 유 대리가 자신이 깨어난 방의 위치를 정확하게 파악하지 못하도록 할 속셈으로 그들은 황급히 유 대리를 멀리 떨어져 있는 객실로 옮깁니다. 실제 살인이 일어났던 방과, 유 대리가 경찰이 오기 전까지 감금되어 있었던 방 사이에는 두 개의 방이 더 있었던 겁니다, 지금까지 우리가 알고 있었던 것처럼, 단 하나의 방이 있었던 것이 아니라요. 이렇게 되면 유 대리는, 시체가 발견된 방에는 문이 모두 세 개 있었고, 그 모두에 빗장에 내려져 있었다는 잘못된 기억을 그만 철석같이 믿게 됩니다. 실제로, 그림 뒤에 문이 가려져 있었으며, 그 문의 빗장은 걸려 있지 않았을 수도 있는데 말이죠. 이런 가정하에서 밀실의 조작을 거짓 증인들의 행동을 바탕으로 상상해 봅시다. 편의상 저택 내부의 사람들을 범인이라고 칭해 보면, 범인들은 총격전 와중에 정신을 잃은 유 대리를 저택의 맞은편으로 옮겨놓습니다, 총격전에 대한 그의 증언을 무위로 돌리기 위함이었죠, 어쩌면 그 이유가 강 과장 살인 사건의 참된 동기인지도 모르구요. 그리고 이유는 아직 불명확하지만, 강 과장을 살해하고, 카지노와 바로 맞붙은 방 양탄자 위에 시체를 올려놓습니다. 그런 다음, 아직 정신을 못 차리고 있는 유 대리의 지문을 흉기나, 나중에 시체가 발견된 방으로 꾸밀, 바로 옆방 곳곳에 잔뜩 묻혀놓습니다. 그리고 그림을 옮겨놓는 거죠. 이렇게 준비가 끝나면, 카지노와 바로 맞닿은 방의 양탄자 위에 강 과장과 유 대리를 올려놓고, 복도 쪽으로 향한 문, 베란다로 향한 문, 그리고 카지노로 향한 문, 이렇게 세 개의 문에 빗장을 잠급니다. 그리고, 그림을 비스듬히 세워놓은 채, 옆방으로 연결된 문으로 빠져나간 뒤, 옆방에서, 즉, 그림의 뒷면으로부터 그림을 벽에 고정합니다. 그리고 일정 시간이 지난 후에, 복도 쪽으로 향한 문을 두드려 유 대릴 깨우고, 방문의 개수와 빗장의 상태와 그림을 확인하게 한 후, 재빨리 객실로 옮깁니다. 범인들의 일부는 유 대리가 그 방에서 나오지 못하도록 감시하고, 나머지는 다시 살인이 일어났던 방을 옮기는 작업을 합니다. 우선, 그림을 비스듬히 누여, 문을 통해 옆방으로 옮겨서 다시 제자리에 설치해 놓고, 시체가 된 강 과장과, 흉기와 책상이 올려져 있는 양탄자를 통째로 끌어서 두 짝짜리 문을 통해 옆방으로 옮깁니다. 그러고는 다시 방과 방 사이의 통로를 시체를 옮겨놓은 쪽 방에서 잠그고, 베란다 문도 잠겨져 있도록 손본 채, 복도 쪽 문만을 개방해 놓는 거죠. 그리고, 실제로 살인이 있었던 방에 남아 있는 핏자국이나, 그 밖의 흔적들을 깨끗이 지워버리고 카지노 쪽 회랑 같은 곳에 잠시 쌓아두었을 소파나 탁자 같은 집기들

203

을 다시 그 방 안에 채워놓는 거죠. 그러고 나서, 범인들은 경찰이 돌아오기만을 기다리는 겁니다. 그들의 속임수, 살인이 일어난 장소에 대한 조작의 마무리로써 경찰의 등장이 그들에게는 절실했던 겁니다. 그래서 시체가 놓여 있던 방에서 발견된 핏자국이 유독 양탄자 위에만 집중되어 있었던 겁니다. 실제로 피는 거기에서 뿌려졌던 것이 아니니까요. 또, 김영자 씨는 실제로 살인이 일어났던 방에서의 심문 도중, 유 대리가 이 방에서 다시 심문을 받게 되는 거냐고 물은 적이 있습니다. 그녀가 두려워했던 것은 유 대리가 심문을 받게 된다는 그 사실이 아니라, 유 대리가 그 방으로, 강 과장의 시체와 함께 깨어났던 그 방으로 돌아온다는 그 사실 자체에 두려움을 느꼈던 것이죠. 혹시나, 그가 그 방의 정체를 깨닫게 될지도 모르는 일이니깐요. 물론 그들도, 만에 하나 유 대리가 그가 깨어난 방이나, 아니면 그가 깨어난 방으로 꾸민 방에 다시 들어오게 될 상황을 가정하고는 시계나 소품 등을 이용해서, 유 대리의 착각이 그대로 유지될 수 있도록 장치를 했겠지만요. 진 반장님, 제 생각은 그렇습니다. 일단은 이런 가정하에 수사를 하기는 해봐야 한다는 거죠. 총격전과 관련해서는 셔터가 내려져 있는 반대편을 면밀히 조사해야 할 것이고, 밀실과 관련해서는 카지노와 맞닿은 방, 즉 실제로 살인이 일어났을 수도 있는 그 방에 핏자국이나 그 밖의 흔적들이 남아 있는지 철저히 재조사해야 할 것입니다."

"재미있군, 재미있는 가설이야."

그렇게 말해 놓고서, 진 반장은 몸을 일으켜 입에 물고 있던 파이프를 탁자 위의 받침대에 살며시 내려놓고는, 양손에 찻잔을 들고 부엌 쪽으로 걸어갔다.

"내, 마실 것을 좀 더 가지고 오겠네, 뭘로 하겠나."

진 반장은 걸음을 멈춘 채, 돌아보지도 않고 그렇게 말했다.

"맥주…… 있습니까?"

진 반장은 무거워 보이는 걸음을 다시 뗐다. 민 형사는 탁자 위에 놓인 파이프의 입구에서 가느다란 연기 한 가닥이 하늘로 꾸물거리며 올라가는 것을 지켜보고 있었다.

4장

한낮의 잠입

여자가 의자에서 일어난다. 일어나면서 여자는 말한다. **이의 있**
습니다. 여자는 연한 회색 투피스 정장 차림이다. V 자로 가늘고 깊
게 파진 목선 안으로 새하얀 블라우스가 보인다. **검사측에서 제시**
한 증거는 변호인측에 사전통고 되지 않았습니다. 여자는 코끝에 아
슬아슬하게 걸친 안경을 통해 오른손에 들려 있는 작은 노트를 바
라본다. 바라보면서, 앞으로 걸어 나오면서, 노트에 적혀 있는 것
을 소리내어 읽는다. **재판장님, 형사소송법 5조 8항은, 검찰측은 소**
송 중인 사건과 관련해 수집한 모든 증거물들을 변호인측에서 사전에
열람할 수 있도록 제시하여야 한다, 라고 분명히 명시해 놓고 있습니
다. 여자는 왼손 집게손가락으로 코끝에 걸려 있는 안경을 콧날 위
쪽으로 밀어올리며 도전적인 눈길로 정면을 바라본다. 여자의 목
소리는 맑다. 여자의 눈동자는 새까맣다. 앞에서 볼 때, 여자의 콧

날은 오뚝하고, 또 콧망울은 균형 잡힌 크기이다. **이것이 오늘 아침 저희가 검찰측으로부터 입수한 증거물 리스트입니다.** 여자는 책상에 놓여 있던 몇 장의 서류를 집어서 검은색 두꺼운 망토를 입은 남자 셋이 앉아 있는 단상 위에 올려놓는다. **리스트에는 본 증거물에 대한 어떠한 내용도 기재되어 있지 않습니다, 즉, 검사측은 사전에 변호인단에게 수집한 정보 일체를 통고해야 할 의무를 무시했으므로, 본 증거물에 대해서 변호인측은 이것이 불법적인 절차를 통해 수집한 증거물 혹은, 아직 법적인 효력을 갖추지 못한 증거물로 결론 내릴 수밖에 없습니다.** 여자는 돌아와 자리에 앉는다. 고개를 숙이고 보일락 말락 가느다란 한숨을 내뱉고는 다시 정면을 바라본다. 옆에서 볼 때, 여자의 코끝은 살짝 들려 있다.

단상에 앉아 있는 남자 중 가운데 앉아 있던 남자는 여자가 내려놓고 간 서류를 뒤적이며 미간을 찌푸린다. **검사, 변호사 앞으로.** 여자와, 다른 남자 하나가 단상 앞으로 다가온다. 둘은 정면을 향해 나란히 선다. 단상 앞으로 다가온 또 다른 남자는 역시 무늬가 없는 짙은 회색 정장 차림이다. 깡마른 얼굴에 윤곽선이 날카로운 남자다. 단상 앞에 서 있는 여자와 남자는 비슷한 키다. 남자는 여자를 흘끔 쳐다보지만, 여자는 남자의 시선을 무시한다. **이 검사, 변호인측의 진술이 사실입니까.** 정장 차림의 남자는 입술을 한번 질끈 깨문다. **그건 저희 쪽에서도 바로 어제 수집한 정보입니다, 아직 통고하기 전인지는 몰라도.** 단상에 앉아 있던 망토 차림의 남자는 재차 얼굴을 찌푸린다. **제가 묻지 않았습니까, 사실인가요, 아**

닌가요. 정장 차림의 남자는 눈을 감으며 고개를 숙인다. **사실입니
다. 그렇다면, 당연히 이 증거물의 효력은 없어지는 거네요, 그렇지요.
예, 하지만. 그런가요, 안 그런가요. 그렇습니다.** 단상에 앉아 있는
남자는 서류를 여자에게 돌려준다. **박 변호사, 어떻게 했으면 좋겠습
니까.** 여자의 입술은 군데군데 허옇게 터서 갈라져 있다. **재판장님,
검찰측에서 일단 증거물과 관련된 자료 일체를 저희에게 제시하고, 저
희 쪽에서도 자료를 충분히 검토할 수 있도록 자료를 제시한 순간으로
부터 48시간의 여유를 주셨으면 좋겠습니다, 그때까지는 일단 휴정을
요청합니다. 하지만, 그건.**

　다시, 남자와 여자는 앉아 있다. 재판장이라고 불렸던 남자는 마
른 헛기침으로 목청을 가다듬는다. **본 법정은 변호인의 요청을 받아
들여 48시간의 휴정을 선언합니다, 또한 검사측은 방금 전에 제시한
혈흔과 관련된 모든 자료를 변호인에게 즉각 제시할 것을 명합니다,
또한 배심원 여러분은 이번 증거물 자체가 전혀 법적인 효력이 없다는
것을 염두에 두시고, 검찰측과 변호인측이 다시 한 번 증거물을 재조
사할 때까지는 완전히 잊어주시기 바랍니다, 서기는 속기록에서 검사
가 혈흔에 대한 증거물을 제시한 순간부터 삭제하도록.**

　박 변호사라고 불린 여자 옆에는 진한 밤색 뿔테 안경을 쓴 동
그란 얼굴의 남자 하나가 앉아 있다. 둘은 재판장의 말이 끝나자,
서로를 쳐다본다. **잘 됐군요. 사무장님 덕택이죠.** 여자가 일어나서
뒤를 돌아다본다. 남자 하나가 앉아 있다. 남자의 턱에는 검은 그
늘이 서려 있다. **고맙다고 해야겠죠.** 남자의 목소리는 나지막하고,

띄엄띄엄하다. 여자는 일어나 있고, 남자는 앉아 있다. 남자는 시선을 위쪽으로 하고 여자를 쳐다본다. 둘의 눈이 짧게 마주친다. 여자가 먼저 고개를 돌려버린다. **당신이란 남자는.** 여자가 등을 돌리고 걷기 시작한다. 사무장님이라고 불린 남자가 앉아 있던 남자가 일어나는 것을 돕는다. 일어나자 남자는 매우 커 보인다. **산 넘어 산이군요.** 남자는 연한 파란색 수의를 입고 있다. 바지가 짧아서 푸른색 바짓단과 하얀색 단화 사이에 털이 무성한 발목이 드러난다. **당신은 저를 믿나요.** 그렇게 말하고 나서 수의를 입고 있던 남자는 사무장이라고 불린 노타이 차림에 굵은 체크무늬 셔츠를 입은 남자를 내려다보며 히죽 웃어 보인다. 눈은 그대로인 채 볼과 입술만이 움직이는 기묘한 웃음이다. 사무장이라고 불린 남자는 대답하지 않는 대신, 그보다는 30센티미터는 더 커 보이는 수의 입은 남자의 어깨를 힘겹게 두드리며 돌아선다. 앞서가던 여자가 일행을 향해 돌아본다. **3시쯤 접견하겠어요, 그래도 한 번쯤은 같이 검찰측의 증거물을 확인해 봐야 할 테니.** 잠시 여자는 알맞은 말을 찾지 못한 듯 고개만 하릴없이 주억거린다. **유지형 씨, 검사측에서 새로 들고 나온 증거에 대해 뭐라고 할 말이 있나요. 아니요, 별로.** 수의를 입은 남자는 여자를 바라보며 어깨를 한 번 들썩해 보인다. 여자는 돌아선다. 여자는 짜증난다는 듯한 표정으로 땅바닥을 향해 한숨을 내쉬며 걸어간다. 여자의 걸음걸이가 점차 빨라진다. 여자의 두 다리는 군살 없이 길고 가느다랗다.

차창 밖으로 거리의 풍경들이 쏜살같이 뒤로 내지른다. 여자는 뒷자리에 앉아 고개를 옆으로 돌려 창밖을 바라보고 있다. 뒷머리를 천으로 된 붉은색 끈으로 묶고 있어, 목선이 고스란히 드러난다. 여자의 목선은 길고 완만하게 구부러진다. **식사부터 할까요. 아니오, 밥 생각은 없어요, 검찰부터 먼저 들르죠, 밥은 그 뒤에 천천히.** 운전석 등받이 위로 남자의 것으로 보이는 뒤통수가 보인다. 두 개의 앞 좌석 사이로 보이는 거리는 안개라도 낀 것처럼 뿌옇다. 언뜻 스쳐 지나는 건물군(群)은 분진이라도 뒤집어 쓴 것처럼 어두운 회색이다. 이제 여자와 운전석에 앉아 있는 사람은 아무 말도 하지 않는다. 자동차 소리도, 차 바깥으로부터의 소음도 없다, 마치 소리의 진공처럼. 여전히 차창 밖으로 시선을 둔 채 여자는 생각한다. 여자의 반쯤 감긴 눈이 차창에 비친다. 여자는 회상한다.

넓은 방이다. 벽과 천장과 바닥, 모두 같은 색이다. 백색에 엷게 묵은 때가 고루 앉은 듯한 연한 우윳빛 회색. 방 가운데에는 뼈다귀만 남은 것 같은 앙상한 사각형의 목재 탁자가 놓여 있고, 같은 색깔의 팔걸이 없는 목재 의자 두 개가 탁자를 사이에 두고 마주보는 자세로 놓여 있다. 그 외에는 창문도 없고, 아무런 장식품도 없다, 벽과 같은 색의 문이 하나 보일 뿐이다. 그것은 마치 만화 속의 배경처럼, 벽에다 테두리만 그려놓은 양, 입체감이 없다. 남자 하나가 의자 위에 앉아 있다. 남자는 수의를 입고 있다. 수갑에 결박된 남자의 양 팔목은 탁자 위에 올려져 있다. 남자 바로 뒤에는 경찰 복장의 사내가 오른손에 곤봉을 쥐고 다리를 어깨 넓이 정도로 벌린 채 똑바로 서 있다. 모자를 깊게 눌러써서 눈은 보이지 않는다. 둘 다 말이 없다. 무엇인가를 기다리는 듯한 눈치다.

문이 열린다. 여자가 들어온다. 여자는 이전에도 그 문을 통해 실내로 들어와 본 적이 있는 듯, 망설임 없이 한 번에 문을 안쪽으로 열어젖힌다. 여자는 검정색 반소매 셔츠에 무릎이 살짝 드러나는 짙은 보라색 통 좁은 치마 차림이다. 쾅 하는 소리와 함께 문이 닫힌다. 여자는 두어 걸음 걷다 말고 걸음을 멈춘다. 오른쪽 눈두덩이 찌부러지고, 동시에 오른쪽 입꼬리가 묘하게 올라간다. 불쾌한 것을 본 듯한, 거기에다 조금 놀랐다는 기색이 혼합돼 있는 그런 표정이다. **당신이군요, 사진을 보고 그럴지도 모르겠다는 생각을 했는데.** 의자에 앉아 있던 남자는 입술을 동그랗게 하여 휘파람을 분다. 휘파람 소리는 길게 이어지지 않는다, 돌연, 툭 끊어져 버리고 만다. 여자를 바라보는 남자의 눈은 천천히 확대된다. **허어 참.** 여자는 들고 온 서류철들을 책상에 쾅 소리가 나도록 내던지고는 의자에 성급하게 앉는다. **묘한 인연이군. 악연이라고 하는 편이 옳겠죠.** 여자는 남자의 끈질긴 시선을 외면한 채 서류를 뒤적인다. 남자는 입을 벌린 채이다. 남자의 입술은 천천히 위아래로 달그럭대지만, 아무 말도 거기서 나오지 않는다. 종잇장 넘어가는 소리만이 여자의 손가락 사이에서 서걱거린다. **뭐라고 얘기 좀 해보지 그래요, 대단한 입담을 가진 분인 것 같던데.** 여자는 작심했다는 듯이 고개를 똑바로 세우고 남자를 정면으로 바라본다. **오늘도 그 비둘기빛**

로드스터를 끌고 왔나요. 그건 제 것이 아니에요, 그날, 그저. 여자는 들고 있던 볼펜 끝으로 책상을 신경질적으로 두드린다. 입을 꾹 다물고 코로 날숨을 천천히 뿜어낸다. 짜증을 참는 기색이 역력하다. **유지형 씨, 제가 자동차 얘기나 하려고 여기 온 게 아니란 건 잘 아실 거예요, 저는 매우.** 그럼, 저에 대한 개인적인 관심 때문에 여기 온 건 **아니란 말씀이군.** 남자는 입을 가로로 쫙 찢어서 웃어 보인다. 어색하고, 일부러 지어낸 것 같은 웃음이다. 남자는 비열해 보인다. 거기다 어딘가 나사가 반쯤 풀린 모습이다. **저는 박지영 변호사라고 해요, 눈치 채셨겠지만, 저는 국선변호사예요, 안타깝게도 의뢰인을 고를 수 없는 처지죠, 저는 이제부터 당신을 변호해야 해요, 난 당신이.** 여자는 하던 말을 도중에 멈추고, 양 팔꿈치를 책상에 괸 채, 두 손을 관자놀이 위쪽 머리카락 속에 집어넣고 헝큰다. 다시 한숨을 내쉰다. **당신의 사건 서류를 봤어요, 당신의 증언도.** 여자는 남자가 볼 수 있도록 서류를 펴고 그중 한 부분을 집게손가락으로 톡톡 두드린다. **솔직히 전, 당신의 증언을 믿을 수가 없어요, 주차장에서라면 모르겠지만, 더 이상 농담은 안 돼요, 자신이 지금 어떤. 농담이라고 생각하세요.** 남자는 서류는 볼 생각도 하지 않고, 허리를 펴서 의자 등받이에 상체를 기댄다. 의자에 비해 남자의 몸집은 너무나 크다. 남자의 거대한 몸이 의자 밖으로 비져 나와 있어서 금세라도 흘러내려 무너져 버릴 것 같은 인상이다. **당신이 경찰에게 진술한 모든 것이 사실이라고 제게 얘기할 작정인가요. 그렇다고 한다면, 그렇다고 한다면 어떻게 되는 거죠.** 여자의 오른손 팔목에는 조그마한 고리

215

들이 연결된 금빛 팔찌가 채워져 있다. **정말로, 끔찍한 남자로군요, 당신은, 주차장에서 첨 봤을 때부터 그렇게 느낌을 받기는 했지만.** 여자는 무의식중에 자신의 왼손 엄지와 검지로 오른 팔목에 늘어져 있는 팔찌를 만지작거린다. 당신이. 여자는 마른 침을 삼킨다. **당신이, 당신은, 저한테 모든 것을 사실대로, 하나도 빼놓지 않고 말하는 것이 당신에게 있어 유일한 탈출구라는 사실을 깨달아야 해요.** 남자는 크게 웃는다. 입을 크게 벌리고 머리를 젖히고는 눈을 질끈 감고 웃는다. 이번의 웃음은 꾸민 것처럼 보이지 않는다, 지극히 자연스럽다. 하지만 동작에 비해 웃음소리는 그리 크지 않다. 숨소리가 이빨에 걸려 꺽꺽 끊어진다. **유일한 탈출구라.** 남자는 수갑을 찬 채로 팔목으로 눈물을 훔치는 듯한 시늉을 한다. **난 음모에 걸린 거예요, 아시겠어요, 분명히 말하지만, 난 당신에게 사실만을 얘기할 거예요, 하지만, 마음을 열고 진실을 쳐다볼 준비가 안 된 건 바로 당신이라구요, 로드스터 양(孃).**

여자는 고개를 좌우로 크게 내젓는다, 역시 아무 말 없이. 차창 위, 지나가는 풍경을 배경으로 어른하게 겹치는 여자의 눈초리에 눈물이 비치는 것도 같다. 점점 빨리, 풍경은 뒤로 달아난다. 건물과 차량과 나무와 길과 사람들의 윤곽이 한데 번지며, 이제는 구분이 되지 않는다. 점점 더 빨라지며, 점점 더 겹쳐지며, 차창 위에 번졌던 여자의 얼굴 윤곽이 뭉그러진다.

그래도 최선은 다 해야 되는 거니까요, 늘 그래 오셨던 것처럼. 남자는 아무 무늬가 없는 잿빛 머그잔을 50센티미터는 족히 넘어 보이는 서류 무더기 꼭대기에 올려놓고는, 위태위태 들고 와서 여자가 앉아 있는 책상 위에 올려놓는다. **그래야겠죠, 그래야 되는데 이번 건은 참 힘들어요.** 책상은 꽤 널따랗다. 그 위에는 흔한 컴퓨터도, 삼각기둥 모양의 명패도 없다. 서류들만이 어지럽게 넓은 공간을 아무런 질서도 없이 차지하고 있다. 남자는 머그잔을 든 채로 여자가 앉아 있는 맞은편 책상 위에 엉덩이를 올려놓고 앉는다. **유지형 씨란 남자, 보면 볼수록 참 재미있는 친구더군요. 재미있다고요, 정말 그렇게 생각하세요.** 남자는 대답 대신, 머그잔을 입으로 가져간다. 남자가 쓰고 있는 안경 위로 뽀얗게 김이 서린다. **근데, 유지형 씨란 남자, 원래부터 아시던 분인가요. 왜요. 그냥요.** 남자는 책상 위에 널려 있는 서류 중 하나를 아무렇게나 뽑아 집어든다. 별로 자세히 살피는 기색은 없다. **한 번 만난 적이 있어요, 만났다고 하는 건 좀 그렇고, 그저 한 일이 분, 얘기를 나눴을 뿐이에요, 정말 그게 다예요.** 남자는 으흥 하는 목 안쪽으로부터 울리는 묘한 소리를 낸다. **하, 마치 제가 변명이라고 하는 것 같군요, 구 사무장님, 이상한 눈길로 보시는 것 같은데, 정말 하나님에 맹세코, 아니, 제 자신의 명예를 걸고 말할 수 있어요, 진짜 딱 한 번, 아주 우연히 그를 만났을 뿐이에요, 절 못 믿으시는 건가요. 믿어요, 이번에는, 한솥밥을 먹은 지도 꽤 됐잖아요, 이제 박 변호사가 거짓말을 하고 있는 건지 아닌 건지는 보기만 해도 알 수 있어요, 아니 보지 않아도.** 여자는 고개를 갸

우뚱하며 남자를 쳐다본다. 어떻게 안다는 거죠. 그건 맨입엔 알려드릴 수 없겠는데요, 근데 오늘 접견은 어땠나요. 여자는 한숨을 내쉬며 자료를 뒤적거린다. 별로, 늘 그랬지만, 이번에도 별로 영양가 있는 답변은 없었어요. 그럼. 남자가 쓰고 있는 안경은 타원이라기보다는 이심률 0의, 거의 완벽한 원에 가깝다. 하나의 커다란 원 안에 두 개의 작은 원이 들어 있는 셈이다. 그럼, 우리는 결국, 동기의 부재에 목숨을 걸어야 하는 걸까요, 처음에 계획했던 것처럼. 여자가 대답을 하지 않는 사이, 벽에 걸린 숫자판이 없는 단순한 디자인의 시계가 만드는 초침 소리만이 방 안을 울린다. 증인은 선정하셨나요. 그건 걱정하지 않으셔도 돼요, 최대한 배심원들에게 좋은 인상을 가져다 줄 만한 사람들로 골라놓았으니. 여자는 약간 튀어나온 앞니로 자신의 아랫입술을 깨문다. 우리는 어디로 가고 있는 걸까요. 가봐야 아는 거죠, 가다 보면. 여자는 이제 책상에 놓은 서류들을 한데 모으기 시작한다. 남자는 여전히 머그잔을 들고 책상 위에 엉덩이를 올려놓은 채, 도와주려는 기색이 없다. 어쨌든, 우리의 증인은 유 대리와 강 과장의 사이가 매우 좋았으며, 유지형이가 강 과장으로부터 총애를 받고 있던 사원이었다는 점을 증언해 줄 겁니다, 필요하면 강 과장이 호의적으로 평가한 인사고과도 내놓을 거구요. 여자가 남자의 엉덩이 아래에 깔려 있던 서류를 신경질적으로 잡아당기자, 남자는 자신의 엉덩이를 살짝 들었다가 다시 그 자리에 내려놓는다. 날렵한 동작이다. 문제는 우리가 가진 커다란 난관을 단지 피해자와 피고인이 매우 사이가 좋았다, 그래서 실제로 동기가 전연 없다, 라는 사실만으로 돌파가 가능하느냐는 거죠. 어찌 보면, 지금까지는 피해 왔지만, 총격전에 대한 그의 증언을 우리가 어떻게 처리하느냐가 관건일 수도 있어요. 여자는 서류를 세 더미로 정리해 놓고는 남자의 얼굴을 바라본다. 당신은 그의 증언을 믿나요. 여자의 목소리는 여전히 덤덤하지만, 어딘가 부자연스럽게 호흡과 발성이 서로 뒤엉킨다. **변호사님은요.** 남자는 싱글싱글 웃으며 여자를 바라본다. 흰자위가 보이지 않을 정도로 찌부러진 남자의 눈은 괄호 기호의 양 쪽을, 볼록한 쪽을 위쪽으로 향하게 세워놓은 꼴이다. **그걸 정하기만 할 수 있다면 이리 고민하진 않을 텐데.** 남자는 자리에서 일어난다. 이제 그는 여자가 앉아 있는 책상을 등지고 걷기 시작한다. 약간 팔자걸음이다. **아, 그리고, 유 대리가 벗어놓았다는 옷가지에 대한 것을 더 집요하게 물고 늘어질 필요도 있다고 봐요. 경찰측에서 아직 그 옷가지들을 발견하지 못한 것 같으니.** 여자는 일어나서 의자 등받이에 걸려 있던 A4 두 장 정도 크기의 숄더백을 어깨에 걸치며 나갈 채비를 한다. 몇 개의 서류 더미를 백에 쑤셔넣고는 여자는 이마에 손바닥을 붙이고 뒤돌아서서 남자를 말끄러미 쳐다본다. **재미없는 얘기지만, 정말 그가 무죄라고 생각하나요.** 남자는 퍼콜레이터에 들어 있던 원두커피를 자신의 머그잔에 붓느라, 여자를 바라보지 않았다. **좋은 질문이군요, 하지만 박 변호사님, 그건 제게 하셔야 할 질문은 아닌 것 같은데요, 먼저 퇴근하세요, 제가 정리하고 나가도록 하지요.** 여자는 문고리를 잡아당기다 갑자기 생각난 듯 멈춘다. **경고해 두겠는데, 사무실에서는 절대 금연이에요, 딱 질색**

이에요, 담배 냄새가 배이는 건. 여자의 하체가 그리고 차례로 상체가 문 밖으로 사라진다. 여자의 구두가 일정한 간격으로 바닥에 부딪는 소리가 차츰 엷어진다. 남자는 다시 책상 위에 엉덩이를 올려놓고 주머니에서 담배를 꺼내 입에 물고 작은 목소리로 혼잣말을 한다. 근데, **박 변호사, 왜 그 재수 없는 친구가 당신을 로드스터 양이라고 부르는 거지.**

여자의 열 손가락이 회색 가느다란 원주를 거머쥐고 있다. 여자가 운전하는 검은색 4인승 중형차는 마치 스프링의 궤적을 아래에서 위로 거슬러 올라가는 것처럼, 천천히 같은 자리를 회전하면서 미끄럽게 위로 올라간다. 차체가 직선이 아니라 마치 연체동물처럼, 뱀처럼, 굽은 것으로 착각이 들 만큼 미끄럽게. 밤이다. 건물 앞은 사물의 윤곽이 간신히 눈에 들어올 만큼 컴컴하다. 건물의 1층, 시커먼 사각형이 보인다. 시커먼 사각형 안쪽으로부터 약하게 노란색이 첨가된 하양, 강렬한 불빛이 나타난다. 점점 더 그 영역이 커진다. 정면을 향해 똑바로 불빛이 비추어지는가 싶더니, 다시 불빛은 정면을 향한 시선보다 조금 아래쪽을 향하고, 비로소 전조등을 켠 차 한 대의 윤곽이 빛의 영역 바깥으로 슬며시 드러난다. 여자의 열 손가락은 여전히 회색의 원주를 쥐고 있다. 여자가 앉아 있는 차의 정면 창밖으로 브레이크등이 켜진 검은색 중형차가 보인다. 차는 움직이지 않는다. 여자는 아랫입술을 내밀고 바람을 뿜어 이마를 가린 몇 가닥의 머리카락을 위쪽으로 움직이게 만든다.

푸드덕 공중으로 솟구쳤던 머리카락들이 아주 천천히 이마 쪽으로 다시 가라앉는다. 여자의 오른손 주먹이 핸들 중앙을 두 번 가볍게 때린다. 삑, 삑, 소리가 난다. 차는 움직이지 않는다. 검은색 차 앞, 넓은 도로에는 차가 한 대도 보이지 않는다. **뭐야, 씨이.** 여자는 다시 좀 더 길게, 두 번 핸들 중앙을 오른손 손바닥으로 누른다. 삐이이익, 삐이이익, 소리가 난다. 차는 움직이지 않는다. **이게 진짜, 씨발.** 여자의 입술이 올라가고, 치열 끝 부분, 송곳니가 보인다. 약하게, 덧니 기미가 있다. 여자는 씩씩대며, 다시 손바닥으로 강하게 핸들의 중앙을 누른다. 5초간 혹은 10초간, 귀에 거슬리는 고음이 들린다. 삐이이이이이이, 소리가 난다. **도저히, 도저히 참을 수가 없어, 도대체.** 브레이크등이 꺼지며 앞 차가 움직이기 시작한다. **도저히, 이건.** 여자의 호흡은 고르지 못하다. 여자는 양팔을 쭉 편 채, 양손으로 핸들을 움켜쥐고 고개를 숙인다. 여자는 생각한다, 그렇게 보인다. 눈은 감겨 있고, 피부 안으로 함몰된 주름 바깥쪽에 액체가 괸다. 액체는 아직 볼 선을 타고 아래로 굴러떨어지지 않았다. 여자는 회상한다.

다시 그 넓은 방. 우윳빛 회색의 방. 방 중앙에는 여전히 그 볼품 없는 탁자 하나와, 두 개의 의자가 보인다. 마주보는 두 개의 의자 위에 남자와 여자가 앉아 있다. **좋아요, 한번 노력해 볼게요, 한번 믿어보자구요, 그런데.** 방 안, 천장과 벽이라는 두 개의 면이 만나 만드는 선은 일단 똑바른 직선이다, 세 개의 면이 만나 부딪쳐 사라

221

지는 한 점에 이르기 전까지는. 그렇다면, 좋아요, 당신이 총격전을 벌인 것이 사실이라고 하면, 시체들은 어디로 간 걸까요, 그리고 총알들은, 핏자국들은, 파편들은 다 어디로 간 걸까요, 총격전을 벌인 후 경찰들이 들이닥치기 전까지 당신 증언대로라면 기껏해야 서너 시간일 텐데, 그사이에 그걸 몽땅 치울 수 있다고 생각해요, 아마도 시내의 모든 청소부들을 동원한다 해도 힘들걸요. 여자를 바라보고 있는 남자의 얼굴에는 아무런 표정의 변화가 없다. 혹시 당신이 날짜를 착각한 건 아니에요, 그러니까, 예를 들어 당신이 깨어난 것이 하루 뒤가 아닐까요, 당신이 잠들어 있던 시간이 서너 시간이 아니라 거기에다 24시간을 더해야 한다면요, 그렇다면 방을 치울 시간이. 방의 천장과 벽이 만나는 각, 분명 90도일 것이 틀림없지만, 결코 그렇게 보이지 않는 각이 만드는 구석에는 거미줄이 없다. 빛의 밀도가 희박해져 상대적으로 어둡기는 하지만, 깨끗하게 보인다. 우습죠, 제가 말해 놓고도 제가 다 우습네요, 말도 안 되는 얘기예요, 그렇죠, 당신도 인정하죠, 말 좀 해봐요, 도대체 아무 생각이라도 하고 있기는 한 건가요. 탁자 밑으로 남자와 여자의 다리가 보인다. 남자의 무릎이, 예각으로 접힌 넓적다리와 정강이 사이의 관절이 탁자 옆으로 불쑥 튀어나와 있다. 남자의 덩치에 비해 탁자는 너무 작고 왜소해 보인다. 생각을 하고 있어요, 그와 비슷한 질문을 저에게 했던 사람을요. 남자는 하얀색, 초등학생용 실내화 같은 모양의 단화를 신고 있고, 여자는 검정색, 끝이 뾰족하게 약간 위로 치솟은 구두를 신고 있다. 또 그 얘긴가요, 미궁과인가 뭔가 하는. 확인해 봤나요. 남자는 오른손으로 1센티미터를 넘어 자란 턱수염들을 반복적으로 모으며, 별로 입을 놀리지도 않으면서 용케 말을 뱉어낸다. **양 경감은, 유지형 씨도 만나본 적 있죠. 예. 양 경감은, 그런 기관은 공식적으로 존재하지 않는다고 얘기하더군요.** 남자는 입을 불쑥 내민다. **공식적으로라.** 여자는 안경을 쓰고 있지 않다. 두 다리가 안경알과 90도를 이루며 지금 디귿자 형으로 펼쳐진 금테안경은, 탁자 위에 누워 있는 서류와 탁자 위 나무 표면에 어중간하게 걸쳐져 있다. 여자는 말을 하면서 자주, 왼쪽 눈 옆으로 흘러내리는 몇 가닥의 머리를 쓸어올리고는 한다. **도대체 당신이 만났다고 주장하는 그 두 사람이 누군지 궁금하군요, 혹시 여자 하나와 남자 하나가 아니던가요.** 남자는 여전히 무표정하다. **혹시 여자는 남자를 멀더 요원이라고, 또 남자는 여자를 스컬리 요원이라고 부르지 않던가요.** 탁자 위에 올려져 있던 여자의 양손이 불끈 쥐어진다. **아니에요, 그런 이름이 아니었어요, 진 반장과 민 형사였어요, 멀더와 스컬리도 아니고, 스타스키와 허치도 아니었어요.** 여자는 두 눈을 질끈 감고는 고개를 뒤로 젖힌다. 여자의 입에서 뜻 모를 신음소리가 새어나온다. 짧게 흐느껴 우는 소리로 들릴 수도 있는 소리다. **TV를 너무 많이 본 거 아니에요, 분명히 양 경감은 공식적으로 그런 기관의 존재를 부인했다고요, 도대체, 언제까지 그런 쓸데없는 고집을 부릴 거냐구요.** 여자의 목소리가 높아진다. 앉아 있는 남자 뒤에는 서 있는 남자가 있다. 경찰 복장의 남자. 경찰 복장의 남자가 여자의 목소리에 놀랐다는 듯, 모자를 고쳐 쓰며, 챙 아래로 비스듬히, 은밀하게 여자를 쳐다본다. 강아지처

럼 온순한 눈빛이다. **공식적으로, 공식적으로 그럴 수도 있을 거예요,
하지만, 로드스터 양(孃), 제 입장을, 당신이 변호해 주어야 할 이 불
쌍한 남자가 처해 있는 상황을 한번 잘 생각이나 해보라구요, 화가 나
있는 건 당신만이 아니에요, 제 눈으로 똑똑히 본 사실들이, 모든 사람
에 의해 차례로 그 존재 자체가 부인되어 가는 것을 바라봐야 하는 사
람의 심정을, 당신이 알 수나 있을 것 같아요.** 여자, 남자가 얘기하는
동안 움직이지 않는다. 남자의 말이 끝나자, 안경다리를 접어 회
색 안경집에 집어넣고 서류를 챙겨 모두 숄더백 안으로 쓸어 담는
다, 아무 말 없이. 자리에서 일어나서 똑딱 단추를 잠그고는, 천천
히 말한다. **오늘은 그만 하죠, 서로 감정이 격해져서 좋을 것은 없으
니. 좋으실 대로, 어차피 나야 당신이 불러주면 나오고, 들어가라고 손
가락 까닥 하면 다시 들어가야 하는 그런 신세가 아니던가요.** 남자는
웃고 있다.

　여자는 울고 있다, 핸들을 양손으로 잡은 채로. 눈물은 그다지
흐르는 것 같지 않지만, 확실히 우는 사람의 모습이다. 어디선가
클랙슨 소리가 나자, 여자는 옷소매로 눈을 훔치고는 액셀을 밟는
다. 여자는 똑똑하지 않은 발음으로 혼잣말을 한다. **무슨 속셈으로
정신감정을 받겠다고 자원한 걸까.**

　여자가 계단을 내려오고 있다. 때가 타기 쉬워보이는 베이지 색
모직 계열의 치마를 여자는 입고 있다. 같은 색 상의를 벗어서 오

른쪽 팔에 걸치고는 셔츠 차림으로 여자는, 서류 더미를 들고 계단을 내려오고 있다. 마치 VCR의 느린 화면을 보는 것처럼 여자는 천천히 움직이고 있다. 여자가 계단의 맨 마지막 단을 밟자, 남자 하나가 옆에서 황급히 튀어나와 집게손가락으로 여자의 이마를 건드린다. 여자, 숙이고 있던 고개를 든다. **안녕하신가, 박 변호사.** 여자는 뭔가 마뜩찮은 표정이다. **장난이나 하시고 있을 시간 있으면 서류라도 좀 들어주시는 게 어때요.** 남자는 말이 끝나기가 무섭게 여자가 들고 있던 서류의 반 이상을 난폭하게 덜어 적당히 정리한 후, 한쪽 팔에 낀다. **어디로 가는 건가. 주차장이오. 지하. 아니오, 민원인 전용이오.** 여자는 걷기 시작한다, 양팔에 서류 더미를 올려놓은 채, 허리를 약간 뒤로 젖힌 채. **왜 지하에 세우지 그랬어, 밖에 세워놓으면 금세 뜨거워지는데. 거기는 여기서 지급하는 월급 수령인 리스트에 이름이 올라간 사람들에게만 허용된 곳이 아니던가요. 말만 하면 당장이라도 올려줄걸. 미인은 언제나 대환영이니까.** 남자는 매부리코다. 남자의 피부는 더럽다. 표면은 만들만들하지 못하고, 수많은 불규칙한 융기와 함몰들이 가득하다. 또 손으로 만지면 당장 기름기가 묻어날 것처럼, 끈적끈적해 보인다. **어때, 차가 있는 곳까지 들어다 줄 테니 점심이라도 한 끼 사줄 텐가. 이리 주세요, 양 경감님, 차라리 제가 이고 가는 게 낫겠네요.** 여자가 서류 더미를 든 채로 오른쪽 뒷굽에 중심을 두고는 180도 회전하여 남자를 향한다. **알았어, 알았다구, 성질머리 하고는, 여전히 찬바람 씽씽이군 그래.** 매부리코의 남자는 서류를 들지 않은 손을 휘휘 저어 보인다. 다시, 여자가 걷는다. 매부리코의 남자는 여자를 따라, 1미터 정도의 간격을 두고 따라 걷는다. 둘 다 매우 빠른 걸음걸이다. **바쁜가 보지. 그렇지요 뭐. 이번에는 꽤나 힘들겠어.** 여자는 대꾸하지 않고, 어깨로 유리문을 밀어 젖혀 건물 밖으로 나선다. 남자도 문이 닫히기 전에 잽싸게 밖으로 빠져나온다. **가닥이 좀 잡히나.** 여자의 뒷모습이 보인다. 여자의 왼다리와 오른다리는 빠른 속도로 교차된다. 다리의 교차와 더불어, 그 윗부분, 치마에 감싸인 두 개의 엉덩이나 양팔, 셔츠 위로 불거져 나온 어깨뼈 등도 박자에 맞춰 격렬하게, 반복적으로 움직인다. **그냥 정신병 쪽으로 밀고 가는 게 어떨까, 그게 그쪽에서 잡을 수 있는 최상의 패(牌)인 것 같은데.** 여자는 검은색 차의 본넷 위에 서류 더미를 올려놓고, 어깨에 걸려 있던 백을 뒤지기 시작한다. **그게 과연 저희가 고를 수 있는 최고의 패인가요, 아니면 검찰 쪽에서 우리가 잡기를 바라는 패인가요.** 여자가 키를 꺼내 남자를 쳐다보지도 않고, 문을 딴다. **오해하지 말게, 우린 자네의 패에 신경 쓸 이유가 없어.** 남자의 목소리가 차가워지고 또 딱딱해진다. **이번에는 자네도 넘기 힘들 거야, 불신이라는 벽을.** 남자가 떠나고, 정면 차창을 통해, 핸들에 양손을 얹고 앉아 있는 여자의 모습이 보인다. 얼굴에 구멍이 뚫린 것처럼, 입이 벌려져 있다. 갑자기 시끄러운 클랙슨 소리가 난다. 비둘기 대여섯 마리, 공중으로 흩어진다. 여자는 열린 차창으로 고개를 내민다. **양 경감님. 응.** 남자의 모습은 보이지 않고 소리만 들린다. **하나만 물어봐도 될까요. 뭔데.** 거리가 꽤되는 듯, 둘의 목소리는 높다. 하지만, 남자가 보이지 않아서, 거리는 가늠할 수 없다. **진 반장님과는 동기이신가요.** 여자의 두 눈은 동그랗게 떠져 있다. 입은 어중간하게 벌려져 있다. **하하하하.** 커다란 웃음소리. **유도심문은 법정에서나 하게.** 여자의 두 눈은 깜박거리지도 않고 정면을 뚫어져라 바라보고 있다. **내가 자네에게 해줄 수 있는 답변은, 무척 단순하네, 난 자네가 무슨 말을 하는지 전혀 모르겠구먼, 그럼 맛있게 식사하게.**

갑자기 무슨 바람이 들어 정신감정을 받겠다고 했을까요, 박 변호사님, 제가 보기에 유지형 씨는 아직, 진심으로 자신이 미쳤다고 생각하진 않는 것 같습니다만. 남자와 여자, 기다란 직사각형의 상을 사이에 두고 누런 장판 바닥 위에 마주 보며 앉아 있다. **색시는 내장탕 맞죠. 네.** 선명한 초록색 앞치마를 한 여자가 남자와 여자가 앉아 있는 상 위로 음식을 연신 나르고 있다. **그 속을 어떻게 알겠어요.** 지글지글 끓고 있는 뚝배기를 옮기던 초록색 앞치마의 여자가 박 변호사라고 불린 여자를 흘끗 쳐다본다. 여자의 눈시울은 유난히 처져 있다. **아줌마한테 한 소리 아니에요, 신경 쓰지 마세요. 아, 난 또.** 여자가 빈 양은 쟁반을 들고 나가자, 남자가 수저를 국통에 담그며 말을 꺼낸다. **정신감정 결과가 정상으로 나올까요, 비정상으로 나올까요.** 여자는 국을 후후 분다. 수저 위, 둥그렇게 고인 액체의 표면에 잔주름이 인다. 용케도, 수저의 중앙 부분이 힐끗 드러날 정도로 여자의 입에서 나온 바람은 그 유속이 매우 강하지만, 수저 위에 담겨 있는 액체는 한 방울도 밖으로 흘러 넘치지 않았다. 우리에게 했던 것처럼 담당의사의 신경을 건드린다면 십중팔구 정상으로 나오겠죠. 의사도 골칫덩어리를 데리고 있는 것보단 감옥으로 처넣고 싶어할 테니. 남자는 뒷주머니에서 손수건을 꺼내, 상 한 켠에 올려놓는다. 근데, 도저히 시간이 안 나십니까, 유지형 씨가 내일 오전에 감정을 받기 전, 오늘 저녁 마지막으로 박 변호사님을 꼭 접견하고 싶다고 하던데. 언제 병원으로 이송하죠. 아마도. 실내로 들어오기 위해 한 쌍의 남녀가 신발을 벗고 있다. 남자는 선 채로 뒷발질을 하고 있고, 여자는 쭈그리고 앉아 신발을 만지고 있다. **오늘 저녁 9시라든가, 어쨌든, 9시 전에는 틀림없이 보시려면 보실 수 있을 겁니다. 힘들겠는데요.** 여자는 고개를 들지 않고 입안으로 들어갔던 젓가락을 빼고 나서 또박또박 말한다. 간결하지만 힘이 없는 목소리다. **도저히 시간이 안 나겠습니까, 뭔가 긴히 할 얘기가 있는 눈치던데.** 여자가 고개를 들어 정면을 바라본다. 이번에는 남자가 고개를 숙이고 있다. 고개를 숙이고 있는 남자의 머리 뒤로, 초록색 앞치마의 여자와 이야기를 나누고 있는 남녀가 보인다. **어머니 생신이에요, 오늘.** 여자는 코를 한번 훌쩍댄다. **감정을 받은 후에 만나든, 감정을 받기 전에 만나든 크게 변할 건 없을 거라고 생각해요, 감정이 끝난 다음, 그러니까 내일 오후쯤 보겠다고 해주세요.** 여자는 말이 끝나자, 수저로 국물을 연거푸 입에다 퍼넣는다. **알겠습니다, 어머님 생신이군요, 축하합니다.** 그러고 나서, 잠깐 동안 둘 다 말하지 않는다. 고개를 숙이고 잠자코 수저로 국에 말은 밥을 입에 퍼넣거나, 젓가락으로 반찬을 집고 있다. **무슨 얘기를 하고 싶은지 사**

무장님에게 미리 얘기 하진 않던가요. 엘리베이터에 이상한 점이 있었다고만 하더군요. 사무장이라고 불린 남자는 손수건으로 이마에 맺힌 땀을 닦는다. 이마를 닦고 나서 입 주위를 훔친다. 엘리베이터요. 네, 엘리베이터요, 그렇게만 말하더군요, 엘리베이터, 더는 물어봐도 입만 꾹 다물고 말더군요, 아줌마, 여기 시원한 물 좀 더 갖다 주세요.

엄마 안 자. 응, 안 자. 둘 다 여자 목소리다. 방 안은 어둡다. 흑백영화처럼, 사물의 표면은 색깔을 잃고, 그저 조금 더 밝은 회색이거나, 조금 더 어두운 회색이거나, 아니면, 빛을 모두 빨려 아무것도 알아볼 수 없게 짙게 검거나, 그렇다. 아까는 내가. 간신히, 가로로 누운 여자의 얼굴 윤곽이 보인다. 눈이 있어야 할 부분은 마치 여백처럼, 깊고 검다. 눈을 뜨고 있는 건지 감고 있는 건지 확인되지 않는다. 얼굴 아래는 이불에 싸여 있는 듯하다. 아까는 내가 잘못했어, 엄마. 그래. 가로로 누운 여자의 얼굴 뒤로, 다른 여자의 뒤통수가 보인다. 등을 돌린 채, 두 여자가 옆으로 누워 있는 모양이다. 이 집, 엄마가 내 말 좀 들어줬으면 좋겠어, 잊을 건 잊어야지. 그래. 한숨을 쉬는 소리가 들린다. 여전히 누구의 입에서 나온 건지는 알 수 없다. 내가 이 집 지긋지긋해하는 거 알지, 팔아버리자, 새걸로 해줄게, 나 돈 많아. 그래. 지루할 정도로 아무것도 움직이지 않는다. 이제 아무것도 걱정하지 않아도. 갑자기 전화벨 소리가 들린다. 앞쪽에 누워 있던 여자가 벌떡 일어나, 방 밖으로 나가 버린다. 밖으로 나가며 문을 덜 닫았는지, 누런 빛이 방금 전까지 컴컴하던 방 안을 속속 헤집어 놓는다. 다른 여자는 뒤통수를 보인 채, 꿈쩍도 하지 않는다. 여자의 뒤통수는 검정과 하양이 반반씩 섞여 있다. 방 밖으로부터 소리가 새 들어온다. **아니, 괜찮아요, 사무장님, 뭐라고요.** 여자의 목소리가 높아진다. **그, 그 미친놈이 탈출을 했다구요.** 아무것도, 방 안에 있는 것은 아무것도 움직이지 않았다. 마치 정물처럼, 누워 있는 여자의 뒤통수는 움직이지 않는다. …… **병원에서요…… 그럼 완전히 놓친 거네요…… 도대체…… 알았어요, 알았다니깐요……. 또 연락해요……. 알아요, 누가 제 탓이래요……. 걱정하지 말라니깐요…… 약속해요, 연락 오면 바로 알려드리죠…… 알았어요…… 차라리 완전히 사라져서 다시는 우리 눈 앞에.** 코고는 소리 같은 것이 간간이 들린다.

컴퓨터 모니터가 보인다. 비스듬하게 기운 화살표가 가로로 세로로 또 대각선으로 움직이고, 네모난 칸에 덜그럭거리는 소음들과 함께 글자들이 길어지고, 또 화면이 몇 차례 바뀐다. 화면이 멈췄다.

이런 일을 처음부터 염두에 두었던 건 아니지만, 당신의 개인적인 이메일 주소를 알아두길 잘했다는 생각이 드네요. 많이 놀랐죠. 불가피한 선택이었다는 것을 알아주었으면 합니다. 모든 것이 지나고 나면 불가피해지죠. 제가 당신에게 이메일을 보내는 것도 불가피한 것이고, 제가 이렇게 탈출을 하게 된 것도 불가피한 일이었고, 당신이 제 최

후 접견을 거절한 것도 불가피한 일이었을 테고, 어쩌면 당신이 제 사건의 국선변호사를 맡게 된 것도 불가피한 일이었겠죠. 또한 내가 미치지 않았다는 것과 그 사실을 당신이 잘 알고 있다는 사실 또한 역시 피할 수 없는 거구요. 정신병원은 감옥보다 더 견딜 수가 없을 것 같아요. 거기서 어떤 연기를 해야 할지 전 아직 배우지 못했습니다. 저에게 연락할 수 있는 전화번호를 알려드리겠습니다. 저로서는 불가피한 선택입니다. 당신이 어떻게 나올지 알 수 없지만, 기댈 수밖에 없네요. 경찰에 알리신다 해도 저는 막을 방법이 없습니다. 당신을 믿고 싶다고 얘기한다면, 신파일 테고, 그냥 당신의 선택에 맡기겠습니다. 단, 만약 저의 요청에 응해 저에게 전화를 거시는 경우에는, 절대로 사무실 전화나 당신이나 사무장의 핸드폰을 사용하지 말아주세요. 새로 핸드폰을 구입하는 것도 위험합니다. 아는 사람의 핸드폰을 일시적으로 빌리는 편이 좋겠지요. 내일 오후 3시까지 전화 기다리고 있겠습니다. 그 후에는 아마 전화가 안 될 겁니다.

전화번호 : 015-432-1644. 유지형

미친놈. 울부짖는 듯한 소리와 함께 컴퓨터 화면이 캄캄해진다. 캄캄해진, 반들반들한 모니터의 표면이 왜곡된 얼굴 하나를 되튕긴다. 모니터가, 아니면 얼굴이 심하게 움직이는 듯, 무채색의, 명도의 Y축을 따라 존재할 수 있는 수많은 변종들이 영역을 일그러뜨리고, 흡수하고, 잡아 먹히고, 도주한다.

엄마 전화예요. 전화하는 덴 어디죠. 그런 건 걱정하지 않아도 돼요. 머리에 꽉 맞는 검은색 캡을 쓴 남자가 비치 파라솔이 달린 백색 원형의 플라스틱 탁자 앞에 앉아 있다. 바깥이다. 남자의 얼굴은 챙에 가려 거의 보이지 않는다, 핸드폰에 바짝 붙어 있는 입술과, 면도가 말끔히 된 턱 언저리 정도만 간신히 보일 뿐. **고맙다고 해야 되겠죠, 아니 아직은 좀 이른 얘기겠군요, 가야 될 길이 아직 많이 남아 있으니. 너 미쳤지, 미쳤어, 미쳤다구, 그렇게밖에는 생각할 수가 없어, 왜 내가 당신의 미치광이 놀음에. 입 닥쳐.** 바깥이다. 너무 환하다, 길을 걷는, 걸으면서 앞으로 또 뒤로 혹은 옆으로 남자를 지나치는 사람들의 얼굴이 하얗다 못해 창백하거나 투명하게 보일 정도로. 아무도 검은색 캡을 쓴 남자를 주목하지 않는다, 아는 체하지도 않는다. 남자는 거의 움직이지 않는다. 입만이, 챙 밑으로 가느다란 두 쪽의 입술만이, 애써 움직거린다. 소리는 그 두쪽의 가느다란 선홍색 점막 사이에서 오는 것이 아니라, 오래전부터 공기중에서 떠다니다가 우연히 점화된 것처럼, 풍경들을 배경으로 매우 부자연스럽다. 입술의 움직임과 소리는 대체로 일치하는 것처럼 보이지만, 고장 난 스피커를 빠져나오는 소리들처럼 웅웅댄다. **난 신경질적인 여자는 딱 질색이야, 갑자기 양해도 없이 반말을 찍찍 갈기는 여자도 그렇구, 차선을 바꿀 때 깜빡이를 넣지 않는 년보다 더 최악이야, 그런 것들은.** 웅웅거림이 멈추고 잠시 조용하다. 이번에는 한결 차분해진 여자의 목소리다. **서로 흥분하지 않기로 해요, 그건 아무짝에도 도움이 안 되니. 그걸 잊은 건 내가 아니구 너야,**

아니 너예요, 그걸 아셔야죠, 변호사님. 검은색 캡을 쓴 남자가 앉아 있는 탁자와 똑같은 생김새의 탁자가 주변에 정확히 여섯 개 더 있다. 도대체 뭘 바라는 거죠. 글쎄. 당신이 바라는 게 당신의 무죄인가요, 아니면 구원. 너무나. 그중 네 개는 비어 있고, 하나는 커다란 잡지를 넘기고 있는 검은 생머리의 젊은 여자가, 나머지 하나는 붉은색 등만 보이는 반(半)대머리의 남자가 차지하고 있다. 모두 혼자이고, 모두 다른 방향이다. 너무나, 자연스러운 것들은 구태여 구하거나 바랄 필요가 없는 법이에요, 스스로 바란다기보다는 타인에게 보여주고 싶은 거죠, 나는 무죄이며, 따로 구원 같은 것은 별로 필요 없는 놈이란 것을 무지한 당신들에게 확인받고 싶은 거죠. 검은색 캡을 쓴 남자가 앉아 있는 탁자 위에는 짙은 밤색의 커피잔 하나와, 둥그렇게 말려 있는 신문 한 부가 놓여 있다. 남자는 거기에 손대지 않는다. 앞으로 어쩔 거예요. 부탁이 있어요. 햇빛만이 커피잔과 신문 위에서 부서진다. 솔직히 말해서 별로 듣고 싶지 않군요. 그러니까 부탁이라고 말하잖아요, 일단 들어주세요. 여지껏 당신은 내 앞에서 한 번도 부탁하는 사람처럼 군 적이 없었어요. 그게 못마땅했었나요, 그렇다면. 커피잔 안으로 밤색의 표면이 보인다. 균일한 색이라고는 할 수 없다. 백색에 가까운 가느다란 여러 개의 띠들이 밤색 동그라미 안, 원의 중심을 끊어진 호 모양으로 에워싸고 있으니. 바람이 불자, 그것은 잠시 평면 방향으로 진동한다. 이번에는 정말 저도 진지해요, 이 정도면 부탁하는 말투로 들리지 않나요. 아니오, 조금도. 부탁이에요, 한 번만 절 만나줘요, 혼자서 나오는 거예요, 줄은 달지 말고. 줄이라니 무슨. 미행, 당신이 미행당할 수도 있으니까요, 놈들을 우습게 보다간. 소리가, 소리가 돌연, 하나도 들리지 않는다. 하지만, 여전히, 검은색 캡의 남자는 입을 놀리고 있다. 잠시 멈출 때도 있지만 곧 다시 움직인다. 그런 단조로운 운동의 멈춤과 재개가, 지치지 않고 지루하게, 소리가 꺼진 상태에서 반복된다. 그리고, 사람들은, 처음 보는 사람들은 여전히, 걸어다니며 쳐다보지도 않고 그를 너무 쉽게 지나친다. 잠시 뒤에 검은색 캡의 남자가 일어난다. 핸드폰은 이제 보이지 않는다. 남자의 두 손은 주머니에 찔러져 있다. 남자가 떠난 탁자 위에, 신문과 커피잔이 볕을 들이키고 있다.

한 여자가 중앙에 보인다. 많은 사람들이 보이지만, 그 여자만이, 노란색 반팔 티에 통이 손 검은색 칠부 바지를 입은, 그 여자만이 비교적 선명하게, 지속적으로 보인다. 다른 사람들은 금세 초점이 흔들리고, 왼쪽 또 오른쪽으로, 진득하게 버티지 못하고 자꾸 벗어나고 만다. 여자의 보이는 부분이 주로 뒷모습이기 때문에, 얼굴은 볼 수가 없었다. 머리칼을 말하자면, 여자가 연한 하늘빛의 스카프를 머리에 두르고 있어서 정확히 말하기는 힘들지만, 밤색과 검은색 사이 어디쯤인가 싶다. 여자는 마구 흔들리며 건물 정면의 계단을 뛰어 내려간다. 좋이 너댓 칸을 훌쩍 뛰어 내려, 보도 위에 닿자마자, 세워져 있던 노란색 택시를 잡아탄다. 여자의 구두는 짙은 남색 계열이었고, 굽은 거의 없었다. 여자가 탄 택시는 자주, 차선을 바꾼다. 난폭하게, 하지만, 결코 다른 차와 부딪치지 않으면서, 여러 번의 클랙슨을 뒤따르게 만들면서, 차선을 정신 없이 횡단한다. 사라졌다가, 잠시 보이지 않게 되었다가 다시 나타난다. 끈덕지게, 여자가 탄 노란 택시는 보인다. 뒷유리창으로 보이는 하늘빛 스카프 덕택에, 그것이 여자가 탄 택시인 줄 알 수 있다. 갑자기, 여자가 내린다. 어느새 길 주위의 빌딩들이 거의 사라졌다. 한적한 마을이다. 길을 주욱 따라가자면, 몇 개의 목선들이 모래톱에 걸터앉은 해안선이 멀찌감치 보인다. 여자는 내리자마자 길 쪽이 아니라, 길 오른쪽으로 접어든다. 그곳은 주택가다. 집들 사이의 골목은 좁고, 똑바르지 않고, 또 가파르게 아래로 내지른다. 집들은 지상으로부터 2층 아니면 3층인데, 모두 똑같이 진한 커피색 벽돌로 지어졌다. 전깃줄인지, 가스관인지, 수도관인지 알 수 없는 수많은 검은 관(管)들이 담쟁이덩굴처럼 벽을 뒤덮고 있다. 여자가 뛰어 내려가고 있는 골목은 그 폭이 매우 좁다. 두 손을 옆으로 쫙 펼치면 양쪽의 건물이 동시에 손에 닿을 것 같은 그런 정도의 폭은, 여기서는 오히려 넓다고도 할 수 있다. 여자가 미처 통과하지 못하고, 뛰다가 그대로 공중에서 걸려버릴 것 같은, 그런 곳도 눈에 띈다. 물론 그런 지점도, 점차 가까워짐에 따라, 실제로는 그렇게 좁지 않다는 것을 알 수 있다. 하지만, 그런 것을 알게 되자마자, 그런 것들은 다시 재빨리 뒤로 빠져 나가버린다, 그리고 다시 새로운 내리막이, 역시 멀리서 볼 때는, 그 양쪽이 거의 맞닿아 있는 것처럼 터무니없이 좁아보이는, 그래서, 뛰어가는 여자가 당장이라도 어느 한 구석에 끼겨 질식해 버리고 말 것 같은, 아니면 소실점 근처의 경계선에서 한번에 세로로 시원하게 베어져 나가버리고 말 것 같은, 그런 내리막이 나타난다. 또 실제로 여자는 뜀박질을 하다가 자주, 몸을 세로로 비스듬히 젖힌 상태에서 공중도약을 하기도 한다. 멀리에서는 종잇장처럼 얇아 보이는 그 좁은 폭들로 여자는 태연하게 삼켜지고 삼켜지고 한다. 길은 아래로 굉장히 가파르다, 저만큼 떨어져 있는 여자가 3~4층 건물 높이 아래에 있는 것처럼 보일 만큼. 그러나, 주택가에서는 해안선이 보이지 않는다. 아래로는 현기증 나는 내리막이 깔려져 있고, 정면으로는 바로 하늘이다. 지평선도, 산등성이도, 그리고 응당 있어야 할 것 같은 수평선도 눈에 들어오지 않는다. 그리고 파도 소리나 커다란 새가 우는 소리도 들리지 않는다. 해서 바다 근처라고 여겨질 만한 증거들은 전혀 없다. 다만 피아노 소리가 간간이 들려온다. 그것은 짧게 연주되다가 멈추고, 다시 변덕스러운 정열과 함께 시작되는 것 같다가는 어느새 슬그머니 잦아든다. 단속적인 피아노 연주처럼, 하지만 정확히 일치하는 방식으로는 아니게, 여자의 뛰어내려가는 모습은 길 위에서 보이지 않게 되었다가, 다시 길 위로 나타나기를 끈질기게 되풀이한다. 그 길은 때론 커다란 돌덩이들로 만들어진 계단이기도 하지만, 대부분은 요철 없이 평평한, 굉장한 각도를 갖는 내리막이다, 동전을 세로로 세워 손가락을 떼면, 맹렬한 기세로 한번도 튀지 않고 단번에 굴러내려 갈 것 같은. 계단을 뜀박질해 내려갈 때, 여자의 뒷모습은 위아래로 많이 흔들거린다. 한편, 편평한 길을 내지를 때는, 별로 바닥에 발을 부딪치는 일 없이, 간혹 땅바닥과 한쪽 발이 닿고는, 또 굉장한 거리를, 물론 여전히 까마득히 먼 거리라 얼마나 긴 점프인지는 똑똑히 알기 힘들지만, 하여간 먼 거리를, 날아가는 것처럼, 그렇게 미끄러져 간다. 그렇게 구부러진 길들을 따라 미끄러져 내려가며, 자주 틈 사이로 빨려가듯이, 사라진다. 하지만, 여자의 뒷모습은 다시 나타난다, 끈질기게. 그렇지만 집들의 벽은 죄 비슷하고, 내리막은 좀처럼 끝나지 않고, 지금 뛰어내려가는 여자 말고 다른 사람들의 모습은 보이지 않는다. 지금껏 열려 있는 문이 보이지 않았다. 그래서 사람이 보이지 않는 건지도, 하고 추리할 수도 있다. 문들은 죄 똑같이 잘라진 식빵의 단면 모양으로 생겼고, 연한 노란색이다. 여자가 뛰다 멈추고는, 문 하나를 잡아당긴다. 문이 간단히 열려지고, 여자가 그 안으로 없어진다. 열린 문이 가까워진다. 문 안이 보인다. 낮인데도 환한 백열등 빛이다. 맞은편 벽에는 닫혀있는 네 개의 금속제 문이 보인다. 문의 형태나 주변 사물들을 보아, 그것들은 엘리베이터 같다. 엘리베이터의 문은 모두 황금색이다, 조명 때문에 그렇게 보이는 건지도 모른다. 엘리베이터 외에는 출입구라고는, 방금 전 여자를 들여보냈던, 아치형의 문밖에는 없다. 양 옆의 벽은 깨끗하다, 깨끗이 아무것도 없다. 여자가 미행을 따돌렸습니다…… 예, 알겠습니다. 이제 피아노 소리가 딱 멈춘다. 대신, 엘리베이터가 작동하는, 웅 하는 모터 소리가 갑작스레 들린다. **3조, 4조, 철수 명령이다, 5조는 명령이 있을 때까지 여기서 대기한다.**

밤은 어둡다. 그러니까, 단지 그것 때문에 이런 무모한 짓을 저질렀

다는 건가요. 단지 그것이 아니라, 그건 내가 내 눈으로 틀림없이 본, 어쩌면 유일하게 존재했던 그들의 허점이었으니까요. 남자와 여자는 꽤 넓은, 교실 반만 한 크기의 발코니에 서 있다. 남자는 머리에 검은색 캡을 쓰고 있고, 여자는 짙은 색 칠부 바지를 입고 있다. 둘 외에는 거기, 아무도 없다. 발코니가 있는 건물은 꼭대기로 올라갈수록 너무 어두워져서 몇 층짜리 건물인지 확인하기 힘들다. **틀림없나요.** 처음 엘리베이터에 탈 때 본 건 분명, Password Confirmed 였어요, 그런데, 진 반장과 함께 현장 검증을 할 때는 Access Permitted로 변해 있더라구요, 내가 내릴 수 있는 결론은. 발코니는, 각이 진 것이 아니라 비교적 완만한 원호를 그리며 둥그렇게 마무리된 건물의 모서리에 위치해 있다. 건물의 2층 높이에 설치되어 있어서, 지나가는 사람 중 누군가 장난 삼아 제자리 높이뛰기를 한다면 발코니의 바닥에 그다지 어렵지 않게 손이 닿을 듯하다. **제가 첨 들어간 곳과, 제가 깨어난 곳이 서로 다른 곳이라는 거죠, 완전히 똑같이 보이기는 하지만, 결국 경찰들이 나의 증언을 토대로 수사를 하는 동안에도, 시체나 총알이나 유리창이나 파편들은, 그곳과 똑같이 생긴 거울상 안에 그대로 머물러 있었던 거죠. 당신의 그 완벽한 가설을 가지고 제가 뭘, 어떻게 해주길 바라는 거죠.** 지금 발코니 아래 사차선 폭의 도로 위에는, 수많은 사람들이 같은 방향으로 떼지어 걸어가고 있다. 남자와 여자는 발코니의 철제 난간에 가슴을 기대고 사람들이 지나가는 광경을 바라보고 있다. 사람들의 수는 점점 더 늘어나서, 이제 길바닥은 사람들의 머리로 완전히 메워졌다. **아무**

것도, 어쩌면, 기분 나쁠지 모르겠지만, 난 검사와 변호사의 놀음을 믿지 않아요, 그건 그냥 형식, 그 자체일 뿐이지 않나요, 아무것도 담을 게 없는, 아무것도 닮을 게 없는. 깃발을 든 사람들도 더러 있다. 하지만, 잘 살펴보면, 그들이 들고 있는 깃발이 죄 똑같은 문양을 하고 있는 건 아니다. 흐음. 거인병에라도 걸린 것처럼 비정상적으로 키가 큰 늙은 남자의 어깨 위에 작은 소년이 무등을 탄 채, 사람들이 만드는 조수에 휩쓸려가고 있다. 늙은 거인과 소년은 사람들의 전체적인 흐름에 비해, 그 움직임이 약간 더디다. 소년은 발코니 아래를 지나다가 남자에게 손에 든 깃발을 건네주는 시늉을 했는데, 남자가 손을 내밀지 않았기 때문에, 그것이 단순히 시늉에 그쳤던 것인지, 정말로 깃발을 주려고 했던 건지는 알기 힘들었다. 그저, 아까도 얘기했지만 제가 제 훌륭한 가설을 증명하려고 할 때, 옆에서 약간 도와주시기만 하면 돼요. 이봐요, 유지형 씨, 거듭 얘기하지만, 당신은 TV를 너무 많이 봤어요, 단지 그것만이 당신의 결함인지도 몰라요. 사람들의 수는 점점 더 많아지고, 거리는 점점 더 시끄러워져 간다. 간혹 귀에 거슬리는 높고 날카로운 소리가 사람들의 웅성거림 사이에서 터져나오는데, 실제로 더러 나팔을 들고 있는 사람이 눈에 띄기도 한다. 제 결함을 타인에게서 듣고 싶은 맘은 없어요, 그건 대체로 오류투성이이고, 그렇지 않다 해도 고작 내 기분을 망쳐놓을 뿐이죠. 여자는 남자를 바라본다. 남자는 길을 가운데 두고 마주보고 서 있는 4층짜리 건물을 바라보고 있다. 아니에요, 지금은 제 말을 꼭 들어야 해요, 당신은 할리우드 영화에 나오는 도망자가 아

239

니에요, 해리슨 포드가 아니라구요. 저도 알아요, 전 그렇게 잘생기지도, 그렇게 나이가 많지도, 또 결정적으로 그렇게 돈이 많지도 않아요. 맞은편 건물에는 매우 감탄스러운 크기와 모양의 간판이 역시 건물 모서리에 길쭉하게, 1층부터 3층까지 달려 있는데, 전구에 불이 들어와 있지 않아서, 그것이 무엇을 의미하고자 하는진 알 수 없다. **제발 정신 좀 차려요, 물론 당신의 계획은 아주 훌륭해요, 매우 멋져요, 하지만, 그걸 가지고 영화를 만들 생각이나 하라구요, 시나리오라도 써 보란 말이에요, 이제 멋진 계획이란 건, 영화로 만들어지기 위해서나 존재하는 거지, 실제로 행동에 옮기기 위해 존재하는 게 아니라구요, 제발 정신 차려요, 여긴 현실.** 그 순간 펑 하는 소리와 함께 폭죽이 하늘로 치솟는다. 주위가 순식간에 환해지고, 길 위, 수많은 고개들이 하늘로 향한다. 그때 갑자기 발코니 위로 사람 머리만 한 크기의 물체가 굉장한 속도로 떨어졌다. **조심해요.** 남자와 여자는 가까스로 피했다. **이게 뭐지. 화분 같은데요.** 남자가 위를 쳐다보는 순간, 남자의 오른쪽 어깨 옆으로 또 하나의 화분이 낙하했다. **떨어지는 게 아니라, 던지는 것 같은데요. 이봐요, 거기 위에 누구.** 여자의 다급한 외침이 채 끝나기도 전, 또 하나의, 아니, 연속된 두 개의 훨씬 더 큰 화분이 거의 동시에 떨어진다. **다음 번에는 화분이 아니라 총알일지도 몰라요. 뭐라구요.** 남자는 여자의 손을 잡아 끌며 건물 안으로 뛰어 들어간다. **아깐 분명 미행을 따돌렸다고 하지 않았나요. 그렇게, 그렇게 보였는데.**

　벽이 보인다. 넓은 계단참의 목재 벽 위로 누런 백열등 빛이 덧

씌워져 있다. 그림자가, 두 개의 검은 사람 그림자가, 벽의 색깔이 원래 누런 것이 아니라 강렬하게 비치는 백열등 빛 때문에 그런 것이라는 것을 짐작하게 한다. **그렇다면 내가 할 일은. 간단해요, 그저 시간만 최대로 끌어주시면 돼요.** 남자와 여자의 목소리다. 둘 다, 방금 막 격렬한 운동을 끝낸 후인 듯, 대화 중간에 자주, 가쁜 숨소리가 난다. **이제 괜찮을 거예요, 이곳은 꽤나 복잡한 곳이어서, 익숙하지 않은 사람이라면 따라잡기가 결코 쉽지 않아요. 미안해요, 제 실수예요, 완전히 미행을 뿌리쳤다고 생각했는데. 당신 잘못이.** 갑자기 조용해진다. 먼 데서 낮은 발자국 소리가 들리다가 사라진다. **놈들은 아닐 거예요, 이곳은 지도라도 가지고 있지 않는 한, 찾아올 수 없게 돼 있는 구조예요.** 두 개의 그림자는 매우 선명하다. 하지만, 벽 위에 뚜렷하게 새겨진 부분은 상반신 정도이고, 허리 아래는 계단참에 비스듬하게 누워 있어서 불명확하다. **얼마 정도나 제가 시간을 끌어야 되는 건가요. 아마, 1시간 정도. 도대체 뭘 보려고 하는 거죠. 지하 주차장에 두 개의 엘리베이터가 있는지, 그리고 제 가설대로, 똑같은 구조의 공간이 한 건물 안에 대칭으로 존재하는지 눈으로 확인할 거예요, 재수가 좋으면 총격전의 흔적이 남아 있을지도 모르지요.** 두 개의 그림자 중 하나는 야구모자 모양의 캡을 쓰고 있다. 쓰고 있는 쪽이 쓰고 있지 않는 쪽보다 약간 더, 그림자 정점의 높이가 높다. 쓰고 있지 않는 쪽 그림자는 허리를 구부리고 있는 것 같기도 하다. **자신이 너무 무모하다고는 생각해 본 적 없나요. 다른 방법이 없으니깐요. 하, 참, 당신을 말린다는 건. 맞아요, 제 계획을 말릴 수 있다고**

생각하는 게 어쩌면 더 무모한 일일지도. 그림자가 눌러 붙은 벽은 매우 조악하다. 나무 찌꺼기를 혼합, 압축해서 만든 판자처럼 표면의 색은 일정하지 않고, 또 손으로 문지르면 금세라도 가시가 박힐 것같이 불규칙한 거스러미들로 거칠거칠하다. **설명한 대로, 저택의 관계자와 접견을 하는 동안, 핸드폰을 무진동, 무소음으로 해놓고, 잘 볼 수 있도록 폴더를 열어두세요. 제가 계속해서 문자를 보낼 테니깐.** 두 그림자는 굉장히 선명하다. 뚜렷한 측면 얼굴선 위로 입술의 움직임이 보일 정도로, 해서, 말하는 쪽이 어느 쪽 그림자인지 추측할 수 있을 만큼. OK라는 문자가 떨어지면, 당신은 접견을 마쳐도 좋아요, 그때까지만 시간을 벌어주세요. 정말 잘 될 거라고 생각하는 거예요. 잘은, 잘은 알 수 없지만, 해봐야 된다고 생각해요, 그렇지만. 모자를 쓰고 있던 그림자가 모자를 벗는다. 그런데, 당신은 이제 저를 믿는 건가요. 네, 이상하게도, 그런 것 같아요, 저도 미쳐가는 걸까요, 정신병의사를 만나봐야 할 만큼. 키스하고 싶어져요. 그건 부탁인가요. 모자를 벗자, 머리카락들이 잠시 위로 치솟다가 가라앉는다. **예, 아니요.** 이제, 둘 다 모자를 쓰지 않은 두 개의 그림자가 얼굴 부분에서 서로 겹쳐진다. 잠시 후 다시 떨어진다. **미안해요, 당신을 이렇게 위험한 곳에 끌어들여서. 아니에요, 그런 말 하지 말아요, 그건 어쩌면.** 다시 두 개의 그림자가 겹쳐진다. **그런데 당신 차, 트렁크는 넓나요. 모르겠네요, 한 번도 거기에 들어가 본 일이 없어서.** 남자의 웃음소리가, 그리고 바로 뒤이어 여자의 웃음소리가 한데 섞인다. 웃음소리는 다시, 그림자가 겹쳐지면서 중단된다. **지금 우리가 이러고**

있는 게 정상일까요. 제가 알고 있는 건, 정상보다는 비정상이라고 불리는 무엇이, 제게는 더 매력적이라는 사실이에요. 다시, 그림자가 겹쳐진다. 이제 그 검은 덩어리는 별개의 독립된 개체로 보기 힘들다.

남자와 여자가 계단에 서 있다. 남자는 모자를 손에 들고 있고, 여자는 붉은색 앞치마 차림이다. 여자는 매우 늙었다. 남자의 어머니뻘 정도는 되어 보인다. 남자가 여자에게 돈을 건넨다. 여자는 돈을 받아들고, 손가락에 침을 묻힌 후, 세기 시작한다. **화분 네 개 값 치고는 턱없이 비싼 게 아닐까요.** 남자와 여자가 서 있는 계단은 매우 어둡다. 광원은 보이지 않는다, 그리고 창문도 보이지 않는다. 온통 거무튀튀한 목재의 벽이, 주위를 둘러싸고 있다. **돈 세는데, 헷갈리게 하지 마.** 엷은 백열등 불빛이, 돈을 세고 있는 여자의 얼굴 위로 들이친다. 여자의 얼굴을 온통 뒤덮은 주름살은, 흐리멍덩한 백열등 빛에 의해 그 골과 골이 더욱 선명하게 부각된다, 마치 자신의 얼굴에 검은 먹선을 새긴 원시인의 얼굴처럼. **계산은 맞아, 근데 뭐라고 그랬지. 화분 네 개 값으로는 너무 비싼 것 같다구요. 싸가지 없는 놈, 늙은이한테 사정사정할 때는 언제고.** 여자는 지퍼를 열고 앞치마 정면에 달린 주머니 속으로 남자에게서 받은 돈을 급하게 욱여넣는다. **그게, 우리 양반이 얼마나 아끼는 화분인지 알어, 그리구 이 늙은이가 그걸 집어 던지려면, 얼마나 힘이 드는지 알기나 해.** 남자는 보일 듯 말듯 미소를 지으며 늙은 여자의 어깨에 손을 올려놓는다. **직접 던지신 거예요. 그럼. 아주 조준이 정확하시던데요,**

하마터면 제 대가리가 터져서 돈도 못 받으실 만큼. 미친놈, 이 손 못 치워. 남자가 손을 떼자, 여자는 뒤돌아서서 계단을 올라가기 시작한다. 여자의 키는 매우 작다. 이상한 점은, 늙은 여자가 분명, 계단을 올라가는 방향으로 걷고 있기는 한데, 시각적으로 전혀 고도가 높아지는 느낌이 들지 않는다는 점이다. **기집애가 불쌍하다, 기집애가.** 늙은 여자의 목소리다. 어느새 남자가 계단에서 없어졌다.

놀이터 쇠 울타리 뒤로 검은 차 한 대가 세워져 있다. 하늘에 태양은 보이지 않고 어둑어둑하다. 새벽이거나, 아니면 해가 떨어지기 직전 그 둘 중의 하나인 것 같다. 놀이터에는 아무도 없다. 칠이 군데군데 벗겨진 진한 초록색 울타리 뒤, 한길에도 역시 사람은 보이지 않는다. 남자가 하나 나타난다. 남자는 회색에 바다 빛 줄무늬가 측면에 굵게 들어간 유니폼을 입고 있으며, 손에는 금속 광택이 나는 큼직한 은빛 가방을 하나 들고 있다. 유니폼과 같은 색깔, 같은 무늬의 회색 캡을 쓰고 있으며, 흰색 테니스화 차림이다. 남자는 호리호리해 보이며, 움직임에는 망설임이 없이 날렵하다. 남자는 차 트렁크를 열쇠를 꽂아 넣는 기색도 없이 쉽게 들어올린다. 그리고 그 안으로 사라진다.

주위는 차츰 밝아진다, 아니, 주체할 수 없는 정도의 속도로 밝아지고, 구름의 얼룩들이 날아가는 새의 그림자처럼 빠르게 차 위를 긁고 지나간다. 그리고 자동차의 그림자는 초침의 움직임처럼 급하게 원호를 그리며 돌아간다. 그리고 여자가 나타난다. 그러자, 다시 모든 것이 정상으로, 느리게, 원래의 속도로 환원됐다. 구름 얼룩은 날아가지 않아도 되고, 자동차의 그림자도 뺑뺑이 돌기를 멈춘다.

여자가 운전석에 올라탄다. 시동을 걸고 안전벨트를 맨 다음, 차 문에 튀어나온 회색 레버를 아래로 내린다. 철커덕 하는 소리가 난다. **잘하는 건지 모르겠네요. 물을 넣어줘서 고마워요, 그런데 뭐라도 찾는 시늉을 하는 게 어떨까요, 지켜보고 있는 눈들이 있을지도 모르니. 그럴게요. 그래봤자 어차피 회장 집까지야 따라 들어오지 못할 테니까.** 여자는 안전벨트를 풀고, 몸을 조수석 쪽으로 기울여 글로브 박스를 연다. **생각보다 여인중 씨 쪽에서 쉽게 접견을 응낙하던군요, 왠지. 왠지, 뭐죠. 왠지, 좀 기분나쁜 남자의 목소리더군요. 자택에서 만나자는 청을 이상하게는 생각하지 않던가요. 집을 구경하고 싶어하는 철딱서니없는 여 변호사 연기를 한다는 게 그리 쉬운 일만은 아니더군요.** 여자는 몇 개의 시디를 꺼내서 눈 앞에서 고르는 시늉을 한다. **좋아요, 모든 게 잘 된 것 같군요, 출발하기 전에 마지막으로 점검을 해보죠, 어머니 전화를 가져왔죠. 예.** 여자는 시디를 꺼내고 안에 들어 있는 속지를 펴서 들여다 본다. 여자는 말을 할 때 입술이나 턱을 별로 움직이지 않는다. **SS는 일이 잘 진행되어 간다는 신호예요, 별 일없으면 10분마다 한 번씩 넣도록 할게요, 그리고 DD는 시간을 더 끌어달라는 신호예요. 그리고 OK는 주차장으로 돌아와도 좋**

다는 신호구요. 예, 맞아요, 그리고 GO는 그냥 혼자 돌아가라는 신호
예요, 그걸 쓸 일이 없기를 바라지만. 저두요. 마지막으로, 내리기 전
에 트렁크 문을 열어놓는 것을 잊지 마세요, 그럼, 자 출발하죠. 여자
가 시디를 집어넣고는 음악을 켠다. 조용한 피아노 소리. 정면 차
창으로 사물들이 다가오기 시작한다.

어서 오십시오, 박지영 씨죠, 도련님께서 기다리고 계십니다. 검정
색 더블 정장에 나비넥타이 차림의 늙은 남자가, 천천히, 고개는
전혀 숙이지 않은 채, 허리만을 약간 굽혀 여자에게 인사를 하고는
돌아서서 복도를 걷기 시작한다. 여자는 보속을 맞추며, 한두어 걸
음 처져서 남자를 따라간다. 여자는 분홍색 블라우스에 복사뼈 위
로 한 뼘 정도까지 내려오는 검은색 긴 치마를 입고 있다. 복도의
폭은 그리 넓지 않지만, 아치형으로 생긴 복도의 천장은 족히 2층
높이다. 앞서가던 늙은 남자가 두 짝짜리 커다란 문 앞에 멈추어
선다. 문에는 유럽의 성당 문에서나 볼 수 있는 작고 정교한 부조
가 가득 새겨져 있다. 늙은 남자가 문을 두드리자, 커다란 북을 두
드리는 듯한 둔중한 소리가 난다. **도련님, 손님이 오셨습니다. 들어
오세요.** 남자가 늙은 사람의 동작으로는 상상할 수 없을 만큼 날렵
한 태도로 두 짝짜리 문을 안쪽으로 열어 젖히고는 옆으로 물러서
며 여자에게 들어가라는 시늉을 한다. **잘 오셨습니다.** 방 안은 매우
환하다. 문에서 마주보는 벽의 거지반 사분의 삼 이상을 유리창이
차지하고 있기 때문인 듯하다. 창으로 쏟아져 들어오는 햇살의 과

잉 덕택에, 방 안의 모습은 선명하지 않다. 남자의 모습이, 햇빛에 그 윤곽을 잡아 먹혀 형편없이 졸아든 모습으로 보이는 불완전한 형상 하나가, 일어나면서 여자 쪽으로 다가온다. 어느새 늙은 남자는 곁에 없다. **박지영 변호사라셨죠, 죄송합니다, 도련님이라는 칭호가 좀 어색하지요, 하지만 나이가 드신 분들은 습관을 쉽게 바꾸시지 않는 법이지요, 서 계시지 마시고, 여기 좀 앉죠.** 남자의 윤곽이 점점 커지며 뚜렷해진다. 남자는 환하게 웃고 있다.

검은 차 한 대가 실내에 세워져 있다. 실내는 하얗다. 벽도, 천장도, 바닥도, 그리고 조명까지도, 마치 눈이라도 온 것처럼, 마치 스키장처럼, 온통 새하얗다. 실내는 꽤 넓은 듯하지만, 몇 개의 기둥들과 벽들로 구획지어 있어서 전체의 넓이는 한눈에 들어오지 않는다. 검은 차가 세워져 있는 구획 안에는 다른 차는 보이지 않는다, 사람들도 보이지 않는다. 검은 차의 트렁크가 조금 열렸다. 채 20센티미터가 안 되어 보이는 틈 사이로 동물의 눈 같은 것이 번쩍댄다. 잠시 후 트렁크가 완전히 젖혀지고, 남자 하나가 마치 알을 찢고 나오는 어린 새처럼, 구겨졌던 몸을 펴며 트렁크를 빠져나온다. 남자는 회색 유니폼 차림에 모자와 장갑을 착용하고 있다. 남자는 허리를 숙여 가방을 밖으로 빼내고는, 큰 소리가 나지 않도록 조심스럽게 트렁크의 뚜껑을 제자리로 돌려놓는다. 원체 실내에 아무것도 없어서 그런지 그 소리는 과장되어 울리지만, 방금 전 트렁크에서 빠져나온 남자 외에는 여전히 아무도 보이지 않는다. 남자는 캡을 다시 한 번 바짝 눌러쓴 후, 사방을 살핀다. 이윽고 회색 남자가 하얀색 바닥 위를 걷기 시작한다. 남자의 걸음걸이는 단호하고 약간 빠르지만, 급하게 구는 기색은 없다. 남자는 걷다가 엘리베이터를 발견하고는 잠시 멈추어 선다. 엘리베이터 문 역시 벽과 바닥과 천장과 같은 질감, 같은 색으로 하얗다. 남자는 처음부터 엘리베이터를 이용하려는 생각이 없었던 것 같다. **여기가, 그렇지, 틀림없어, 그렇다면 하나가 더.** 그는 주위를 꼼꼼히 살피더니, 다시 돌아서서 걷기 시작한다. 걷다가 가끔 뒤를 돌아다보며, 엘리베이터와 자신의 위치를 가늠하는 듯하다. 엘리베이터로부터 한 50미터쯤 걸어왔나, 남자는 다시 멈춰 서서 무언가를 찾는 것 같다. 남자가 정지한 곳 주위에는, 역시 하얗게 칠해진 커다란 음료수 자동판매기가 한 대 서 있다. **이쯤일 텐데.** 남자는 자동판매기가 서 있는 벽 주위를 두어 번 돈다. **구조상 이쯤에서 엘리베이터가 있어야 하는데, 이상하지, 아무래도 이상해.** 남자는 자동판매기 옆에 어깨를 붙이고는 온몸으로 자동판매기를 밀어 본다. 끼끽 하는 귀에 거슬리는 소리가 나지만, 남자는 중단하지 않고 계속 민다. 어느새 한 70~80센티미터 이동된 자동판매기 뒤로 역시 흰색의 엘리베이터 문이 삼분의 이 정도 드러난다. 남자는 기둥 뒤에 쭈그리고 앉아 모자를 벗고 이마에 맺힌 땀을 장갑으로 훔쳐낸다. **그래, 이거야, 이거라고, 내가 처음 에어포스트를 들고 올라탔던 엘리베이터가, 누굴 속이려고.** 남자는 조용히 되뇌인다. 눈은 보이지 않지만, 입은 좌우로 쫙 찢어져 있다. 남자의 바지 주머니에서 핸드폰이 튀어 나온다.

국선 변호사라, 요즘은 로펌 쪽이 더 벌이가 좋지 않나요. 기역자 형의 흰색 가죽 소파, 그 위에 남자는 전면 전체가 유리창으로 된 벽을 등지고 앉아 있고, 여자는 그와 직각으로 꺾인 기역자의 긴 변 쪽에 앉아 있다. 늙은 남자가 다탁 위에 두 개의 커다란 잔과, 여러 개의 용도를 알 수 없는 용기들이 담긴 쟁반을 내려놓고 나간다. **감사합니다.** 대답 대신, 애매하게 고개를 끄덕이고는 나비넥타이 차림의 늙은 남자가 밖으로 사라지자 남자가 입을 연다. **다즐링 퍼스트 플러쉬예요, 매우 귀한 홍차지요, 그램당 몇 십 파운드는 했던 것 같은데, 요즘은 시세가 어떤지 모르겠네, 영국 유학 시절 마시던 건데, 아마 당신도 좋아하게 될 거예요. 좋네요, 잘은 모르겠지만, 그런데 아까 뭐라고 그러셨죠.** 남자는 기다란 코를 차잔에 대고 음미하는 시늉을 하더니, 한 모금 작게 들이 마시고는 입 안에서 오물거린다. **로펌 쪽이 낫지 않냐구요, 저희도 이젠 개인 변호사 대신, 로펌 쪽으로 물색을 하고 있거든요. 떨어졌어요, 한 번. 흐음.** 남자는 말끄러미 여자를 살핀다. 여자는 눈을 아래로 깔고, 숄더백에서 스프링이 달린 커다란 노트와 핸드폰, 그리고 녹음기 등을 꺼내 다탁에 올려놓는다. **녹음하시려구요. 안 되나요. 뭐, 안 될 것까지는 없겠죠, 그런데 로펌에서는 변호사를 채용할 때, 미모를 채용의 기준으로 삼지는 않나 보죠. 사장이 여자였거든요, 오십 대 여자들은 질투가 심하니까. 흐음.** 남자는 계절에 이른 연한 초록색에 빨간색 줄무늬가 가로로 듬성듬성 들어간 긴팔 니트를 입고 있다. **다즐링은, 기온 차가 아주 심한 곳에서 자라는 놈이죠, 온실에서 자란 것들은 이런 깊은 맛이 나지 않아요, 물론 전 온실에서 자랐죠, 그것도 특제 온실에서, 해서, 이렇게 남에 의해 높이 평가되고 소비되기보다는, 높이 평가되고 소비되는 놈을 음미하는 쪽을 즐기는 편이죠.** 여자가 휴대용 녹음기의 빨간색 버튼을 누른다. **이제 시작인가요, 취조라고 하던가, 어서 시작해 보세요, 기억할 만한 경험이 될 것 같군요, 녹음이 끝나면 제게도 테이프를 하나 복사 떠서 보내주세요, 테이프에 녹음된 자신의 목소리를 듣는다는 건 꽤 재미있는 일일 것 같아요. 꼭 그런 것만은 아니죠, 징그럽다고 느껴지는 경우가 다반사죠.** 여자는 대화를 하면서 흘깃 다탁 위에 올려놓은 핸드폰의 LCD 화면을 바라본다. 거기에, SS라는 글자가 떠 있다.

트렁크에서 빠져나온 남자는 이제, 엘리베이터 안으로 들어왔다. 문이 닫히자 그는, 문과 마주보는 벽에 박혀 있는 거울을 정면으로 바라본다. 근사하군 그래. 뒤돌아서선 문 왼쪽에 달려 있는 계기판을 바라본다. 남자가 2F라고 쓰여 있는 원형 단추를 누르자, 아래쪽에 달려 있는 계기판에 Access for only Authorized Person. Password?라는 문장이 나타난다. 남자가 잠시 망설이다가, 몇 자리의 숫자를 누르자, Password Confirmed라는 메시지가 화면에 찍힌다. **이런 얼빠진 친구들이 있나, 아무리 폐쇄해 놓았다고 해도 그렇지, 현장 검증 때 집사가 사용했던 그 암호를 여지껏 바꾸지 않고 그대로**

두고 있다니. 양쪽으로 엘리베이터의 문이 열리기 시작한다. 남자는 핸드폰을 꺼내 다시 여러 가지 단추를 몇 번 누르고 나서, 모자를 고쳐 쓰고 밖으로 한 발 내딛는다. 아직 그의 눈 앞에 아무도 보이지 않는다. 모자 챙 아래로 비스듬히, 살풍경한 복도가 깔려 있다.

여자는 고개를 숙이고, 펼쳐진 커다란 스프링이 달린 노트 위에 무엇인가를 열심히 받아 적고 있다. 받아 적으면서, 자주 눈길을 다탁 위에 펼쳐진 핸드폰 쪽으로 보낸다. 다시, 핸드폰의 LCD 화면에 SS라는 문자가 떴다. **딴 데 정신이 나간 것 같은 표정이네요, 저에게는 별로 관심이 없으시나 보죠.** 남자의 목소리가 갑자기 쩌렁쩌렁 햇빛으로 가득한 방의 정적을 깨뜨린다. **뭐라 그러셨죠, 죄송합니다, 몸이 좀 안 좋아서요.** 여자는 고개를 들고 남자를 쳐다본다. 여자는 허리를 구부리고 있고, 남자는 허리를 등받이에 기댄 채 소파에 푹 파묻혀 있다. **당신이 제게.** 남자는 얼마 남지 않은 잔을 비우고 나서, 입맛을 다신다. **당신이 제게 당신의 피고인인, 유, 뭐라고 그랬더라, 유 대리라는 남자를 전에도 본 적이 있냐고 물었고, 저는 초면이라고 했어요. 아, 예.** 3미터 곱하기 7미터는 능히 되어 보이는 유리창은 격자 하나, 얼룩 하나 없이 말끔하다. 창밖으로 가까이 작은 언덕이 하나 보인다. 산등성이에는 곱게 연두색 잔디가 깔려 있고, 판판한 돌을 깔아 만든 소로가 S자를 그리며 소나무들이 빽빽한 꼭대기까지 이어진다. 잔디들이 빛을 받아 반짝거린다. 여자는 멍하니 창밖을 바라보고 있다. **오호라, 제가 아니라 풍경에 더 관**

심이 있나 보군요, 일어나 이리로 와 보세요, 본다고 닳는 것도 아니
니, 능력 있는 미인이 봐주신다면 경치들에게도 크나큰 영광일지 모르
죠. 남자가 일어서서 여자의 팔목을 잡아 끈다. 남자는 앉아 있을
때 보기와는 달리, 훌쩍 키가 크다. 아아니, 전. 일어나요, 예쁜 팔목
에 멍이라도 들기 전에. 여자가 남자에게 팔목을 잡힌 채, 일어나서
엉거주춤 남자의 뒤를 따른다. 남자와 여자 나란히 창에 붙어 서
서 밖을 내려다보고 있다. 정말, 아름답군요. 그렇죠, 그런데 저 아름
다움에도 모두 목적이 있답니다, 이를테면 어쩐 목적을 가지고 예쁘게
꾸며진 거라고나 할까요, 그런데. 남자가 말을 툭 끊자, 여자는 어깨
를 움츠리며 남자를 쳐다본다. 당신이 날 찾아온 진짜 목적이 뭐죠,
당신의 도망간 의뢰인이 여인중이를 만나 뭐 좀 정보라도 캐오라고 시
키던가요. 여자가 양손에 잡고 있던 스프링 달린 노트에서 빠져나
와 만년필이 바닥으로 툭 떨어진다. 당황하는 모습을 보니 사실이기
라도 한 건가요, 전 농담을 한 건데. 여자가 허리를 굽혀 바닥에 떨
어진 만년필을 줍는다. 매우 불쾌한 농담이군요. 불쾌한 농담이었다
면 죄송합니다, 제 사과가 성에 안 차시면 명예훼손죄로 고소를 하셔
도 좋구요.

트렁크에서 빠져나온 남자가 방 안을 걷고 있다. 2층 높이의 방
은 별다른 장식 없이 휑뎅그렁하다. 100평 가까이 되어 보이는 방
에 달랑, 아주 커다란 장방형의 테이블과 길이 방향으로 촘촘히 배
치된 의자들뿐이다. 남자는 아무것도 만지지 않았다. 남자는 벽에

바싹 붙어서 걷다가 잠시 멈춰 서서 방안을 둘러본다. **흔적이라고는 쥐뿔도 없군.** 의자들 위에는 아무도 없다, 방 안에도 아무도 없다, 그를 제외하고는. 단조로운 피아노 소리가 들린다. 그것은 처음에는 불규칙한 소음으로 여겨질 정도로 작은 소리였으나, 점점 또렷해진다. 남자가 주저 없이 문을 연다. 문을 열고 전방으로 걷는다. 또다시, 실내체육관처럼 넓고 휑한, 아무도 없는 방. 피아노 소리가 점점 더 빨라진다. 남자는 방 안에 있는 계단을 올라가 벽면을 꽉 채운 책장 앞에 선다. **이쯤이었지, 그가 파스칼의『팡세』를 꺼낸 곳이.** 하지만 그가 서 있는 바로 앞, 책장은 텅 비어 있다. **책들이 사라졌어, 아마도 총탄 세례를 받았다는 이유로.** 그는 비어 있는 책장의 한 단을 집게손가락으로 슥 문질러 눈 앞으로 가져가서 살펴본다. 하얀 장갑 위로, 먼지가 묻었는지, 묻지 않았는지는 멀어서 잘 보이지 않는다. **파스칼은 여기가 아니라, 여기의 거울상 속에, 그렇지, 틀림없어.** 그가 얼굴을 찌푸리며 주먹으로 가볍게 책장의 한 단을 내리친다. 그러자 피아노 소리가 멈추고 조용해진다. 어디선가 문을 여닫는 소리가 들리고 여자의 목소리가 들린다. **누구시죠.** 남자는 계단 아래쪽으로 황급히 고개를 돌린다. 남자와, 남자의 시선이 닿았으리라고 여겨지는 부분은 한꺼번에는 보이지 않는다. 그저, 얼어붙은 것처럼 서 있는 남자만이 보일 뿐이다. 잠시 뒤, 남자는 허리를 꼿꼿이 세운 채 무릎을 구부려 왼손으로 가방을 들고, 오른손으로는 모자의 챙을 다시 한 번 내린다. 그런 남자의 옆모습이 보인다. **누구시죠.** 하지만, 목소리가 만들어진 기관(器官)은, 그리고 그 기관의 주인은 아직 보이지 않았다.

개인적으로, 이런 질문이 용납되는 건지는 모르겠지만. 남자와 여자는 커다란 유리창 앞에 나란히 서 있다. 넘쳐 들어오는 햇빛에, 남자와 여자의 뒷모습은 흔들거리는 검은색 덩어리로 보인다. 당신은 정말 그자의 말을 믿나요, 여기서 총싸움을 했느니, 뭐니 하는 말들을. 오른쪽에 서 있는 덩어리는 머리 한 개의 크기 정도, 왼쪽에 서 있는 덩어리보다 크다. 하기는 고해성사소를 찾아온 신자들이 모두 죄를 진심으로 사하는 것은 아니듯, 당신도, 당신의 피고인들이 모두 양처럼 무고하다고 생각하는 건 아니겠죠. 전 고해성사 같은 건 믿지 않아요, 저희 집안은 골수 프로테스탄트거든요. 여자는 영화관의 스크린만큼 커다란 유리창에서 물러나, 소파 쪽으로 돌아와 털썩 앉는다. 머리가 좀 아프네요, 좀 앉겠습니다. 다탁 위에 있는 핸드폰의 작은 액정 화면 위에 DD라는 메시지가 남아 있다. 여자는 작은 키를 하나 눌러, 화면을 시간이 표시된 초기 화면으로 바꾼다. 뭐 더 물어보실 게 있나요, 없다면. 남자는 여전히 고개를 돌리지 않은 채 창밖을 바라보는 자세로 서 있다. 없으시다면, 이쯤에서 끝내는 게 낫지 않을까요, 물론 미인과 대화하는 건 언제나 즐거운 일이기는 하지만, 가시가 들어 있는 경우도 많으니. 말을 마치고 남자는 유리창 중간쯤에 세워져 있는 콘솔의 서랍을 열고, 파이프와 연한 누런색 기름종이로 싸인 작은 쌈지를 꺼내 그 위에 올려놓는다. 마리화나는 아니니 걱정하지 마세요. 남자는 익숙한 솜씨로, 펼쳐진 종이 위에 올려져 있는 잎담배 뭉치를 파이프의 앞부분에 채워넣는다. 이놈은 향기가 매우 좋죠, 그런데 차를 끌고 오셨던가요, 박 집사를 부르지요. 잠깐만요. 남자는 파이프를 입에 문 채, 막 성냥불을 댕겼다. 하나만 더 질문 드릴게요, 진 반장을 아시나요. 남자는 불 붙은 성냥을 몇 번 흔들어 끈 다음, 여자에게 등을 돌린 자세로 콘솔 위에 놓인 크리스탈 재떨이 안에 살며시 내려놓는다. 까맣게 탄 성냥개비 위로 한 줄, 흐리고 가느다란 연기가 피어 오른다. 들어본 것 같기도 하고, 그렇지 않은 것 같기도 하고. 파이프는 광택이 나는 검정에 가까운 갈색이다. 표면은 어디 하나 각진 곳 없이 미끄럽다, 나무로 만든 것이 아니라, 금속으로 만든 것이 아닌가 하는 생각이 들 정도로. 사실, 저 같은 민간인들에게는 경찰 제복을 입은 사람들은 모두 똑같아 보이게 마련이지요, 그런데 왜죠. 다시 핸드폰의 화면에 옅은 초록색 조명이 들어오며 DD라는 글자가 시간과 날짜를 대신한다. 아니요, 그게, 별로 대단한 건 아니고. 그럼, 이제 일어나도. 아니요, 하나만 더요. 남자가 몸을 돌려 여자를 바라본다. 남자는 아직 불을 붙이지 않은 파이프를 오른손으로 거머쥐고 있다. 마치 칼을 들고 있는 것처럼, 파이프의 손잡이를 엄지를 제외한 네 손가락으로 움켜쥐고 있다. 그런데, 결혼은 하셨나요. 남자는 들고 있는 파이프로 자신의 뺨을 몇 번 천천히 두드린다. 남자의 표정에는 별 변화가 없다. 그게 당신의 피고인을 무죄로 만드는 데 어떻게 도움이 되나요. 그건, 사실, 그렇다기보다. 그게 아니면.

자동판매기 뒤로, 하얗게 칠해진 엘리베이터 문이 절반 이상 보인다. 갑자기 문이 자동판매기 쪽으로 잡아채이며, 남자가, 회색 유니폼을 입은 남자 하나가, 황급히 튀어나온다. 남자는 잠시 두리번대다가, 들고 있던 은색 가방을 바닥에 납작하게 내려놓고, 있는 힘껏 밀어 던진다. 가방은 팽이처럼 돌면서, 꽤나 멀리, 미끄러져 나간다. 가방의 표면과 바닥 사이의 시끄러운 마찰음이, 마치, 스케치북의 종이 한 장을 스프링에서 잡아뜯어낼 때 나는 소리 같은 것이, 가방의 궤적과 함께 멀어져 간다. 소리가, 그리고 가방의 회전이 채 멈추기도 전, 남자는 자신이 집어 던진 가방의 운동 방향과는 반대쪽으로 허리를 숙이고 달리기 시작한다. 남자는 달리다가 검은 자동차 한 대를 발견하고는 급하게 트렁크 뚜껑을 열고 안으로 사라진다. 그리고, 문이 닫히는 소리, 텅 하는 소리가 잔잔하게 실내를 울린다. 그와 동시에, 아직 텅 하는 소리의 잔향이 멈추기도 전에, 엘리베이터의 문이 다시 열리고 거기서 하얀색 와이셔츠에 검은 멜빵 바지를 입은 남자 하나가, 아니, 둘이, 그리고 셋이, 문 밖으로 토해진다. **어디야. 새끼, 얼로 없어진 거야.** 남자 하나가, 이제는 돌지 않는, 바닥에 떨어져 있는 가방을 발견한다. **저기 그 새끼가 들고 있던 가방이다. 튀어봤자, 벼룩이지.** 남자 셋이 동시에 가방이 떨어져 있는 방향으로 달려가기 시작한다. 여섯 개의 구두 바닥이 보였다가 사라졌다 하기를 반복한다.

어둠이다. 완벽한 어둠. 그 검정은 차라리 이차원적이다. 편평한 암흑. 소리는 거의 없다, 아니, 너무나 작기는 하지만, 규칙적인 소음이, 동물의 호흡으로 생각될 수도 있는 반복되는 떨림이 있다. 돌연, 작은 연두색 사각형에 불이 들어온다. 형광펜의 색깔 같은 연두색 사각형은, 핸드폰의 액정 화면처럼 보인다. 사각형이 내뿜는 빛은 주위를 엷게 물들이며, 핸드폰과, 그 핸드폰을 들고 있는 손과, 핸드폰의 단추를 바삐 누르는 또 다른 손과, 한층 어둡고 불분명한 주위를 살그머니 내비친다. 핸드폰 좌측 상단에 OK라는 영문이 새겨지고, 다시, 손가락이 분주하게 움직이며 몇 번 화면이 바뀌고, 전송이 완료되었습니다, 라는 문장이 나타난다. 잠시후, 다시 어둠. 다시, 소리와 빛의 진공이 얼마간 지속된 후, 동일한 모양의 연두색 사각형이 환하게 빛난다. 이번에는, 그 연두색 사각형이 분주하게 움직인다. 분주하게 움직이며, 무언가를 찾는 듯하다. 사람의 것으로 보이는 다리가 언뜻 보이고, 작은 공간 안에 어지럽게 널브러져 있는 사물들이 언뜻 나타났다가, 사라져 버린다. 작은 손가방이 보인다. 손가방 안으로 사람의 손이 들어간다. 그리고 다시 어둠. **이런 곳에다 핸드폰을 두다니, 이게 로드스터 양의 원래 핸드폰인가 보군.** 목소리가 조용해지고, 잠시 후, 이번에는 모양이 좀 다른, 길이가 좀 길어진 연두색 사각형이 빛나기 시작한다. 손가락이 다시 바삐 움직이며, 화면이 다른 화면으로 바쁘게 바뀌어 간다. 새로운 메시지라. 엄지손가락이 키패드 좌측 상단의 동그란 단추를 누르자, 신호음이 간다. **사서함 비밀번호 네 자리를 눌러주십시오. 띠띠띠띠,** 손가락이 움직이는 동안, 정확히 네 개의 짧막

한 신호음이 들렸다. 한 개의 새로운 메시지가 있습니다, 메시지 청취는 1번, 메시지 관리는 3번입니다. 띠, 역시 짤막한 신호음. X월 X일 X시 X분에 도착한 메시지입니다. 박 변호사, 나야, 진 반장, 지금쯤 많이 바쁘겠군 그래, 상황 완료가 되면, 전화를 좀 줘, 자네를 믿기는 하지만, 유지형이를 너무 깊숙이 끌어들이는 건 아무래도 위험한 것 같아, 자네를 믿고, 상부에 허가를 받기는 했지만, 찜찜한 것만은 사실이야, 자네나 내 경력에 치명적인 오점이 될 수도 있다는 걸 염두에 두고, 잘 처신하도록 해, 그리고, 아, 그러니까, 더 이상 유지형이가 하는 양을 모르는 척 내버려두고 지켜보는 건 위험하다는 의견이 이쪽에 팽배해, 어찌 보면, 어떻게 제거하느냐만 결정하면 된다는 분위기가 대다수야, 오늘 아니면 늦어도 내일 아침까지는, 방향이 결정될 것 같아, 중요한 건 끈을 잡아두는 거거든, 유지형이와 새로운 약속을 잡아도 좋아, 될 수 있으면 내일 안에 다시 만날 수 있도록 약속을 잡아 두는 게 좋겠지, 전화할 수 없는 상황이면, 전화하지 않아도 돼, 이게 내가 박 변호사에게 남길 수 있는 명령의 전부니까, 될 수 있으면, 내일 다시 만날 약속을 잡도록 해, 너무 부자연스럽지만 않게 말이야, 그럼 건투를 비네. 반복 청취는 1번, 저장은 2번, 삭제는 3번, 다음 메시지 청취는 우물 정자를 눌러주십시오. 잠시 침묵이 흐른다. 눌러야 할 시간이 지났습니다, 반복 청취는 1번, 저장은 2번, 삭제는 3번, 다음 메시지 청취는 우물 정자를 눌러주십시오. 다시 짤막한 신호음. 박 변호사, 나야, 진 반장, 지금쯤 많이 바쁘겠군 그래, 상황 완료가 되면, 전화를 좀 줘, 자네를 믿기는 하지만. 다시 갑작스러운 신호음과 함께,

조용해진다. 그리고 깜깜해진다, 처음처럼.

　다시 암흑과 침묵. 아득하게 발소리가 들리더니, 잠시 후, 분간하기 힘든, 여러 가지 소음이 한꺼번에 들린다. 오래가지 않은 침묵 뒤에 휴 하는 이번에는 틀림없이 인간의 한숨소리로 들리는 소리가 났다. **거기 있나요.** 말꼬리가 약간 울리는 듯하다. **거기 있냐구요, 유지형 씨. 네.** 침묵은 단속적으로나마 걷혔지만, 암흑은 삭제되지 않는다. **괜찮으신 거죠. 아마도. 뭘 보셨지요. 악몽이오.** 대화를 나누고 있는 건, 남자와 여자인 듯하다. 누군가 침을 꼴깍 삼키는 소리가 났다. **악몽이라구요. 일단 출발하는 게 좋겠어요, A 백화점 지하주차장으로 가주세요. 그러지요.** 시동이 걸리는 소리가 들리고, 다시 액셀 밟는 소리가 들린다.

　컴컴한 지하주차장이다. 네모난 회색 기둥 위에는 B-16이라는 붉은 글씨가 고딕체로 쓰여 있고, 그 바로 뒤로 여자 하나가 자동차 트렁크 뚜껑을 올리고 있다. **어, 어, 어떻게 된 거지.** 여자는 허리를 숙이고, 트렁크 속으로 상체를 밀어넣는다. 여자의 모습이 점점 멀어지면서, 또 작아진다. B-18이라고 쓰여 있는 기둥 뒤, 짧은 머리의 남자 하나가 고개를 내밀고, 여자 쪽을 바라보고 있다. 여자, 자동차 뒷범퍼를 발로 걷어찬다. **뭔가 좀 잘못된 것 같습니다. 잘못되다니. 잠시만 기다려보십시오.** 여자를 바라보던 남자를 두툼한 크기의 무전기를 양복 안주머니 속으로 밀어넣고 움직이기 시작한다.

259

천장에 검은색 끈이 매달려 있다. 끈이 끝나는 지점에, 원뿔 모양의 기다란 갓이 대롱댄다. 원뿔 밑으로, 마치 엎어놓은 아이스크림 콘 같은 빛의 영역이 어둠과 뚜렷이 구분된다. 그 밑으로, 다시 길쭉한 테이블이 하나 보인다. 테이블을 둘러싸고, 어슴프레 몇 명의 사람들이 앉아 있다. 하지만, 빛의 영역이 닿은 곳은 기껏해야 앉아 있는 사람들의 턱 언저리 아래 부분이다. 해서, 사람들의 얼굴은 보이지 않는다. **켜봐.** 테이블 쪽에서 사람의 팔이 하나 불쑥 튀어나와, 작은 먼지 알갱이들이 춤추고 있는 빛의 영역을 침범한다. 작은 손 하나가 갓의 꼭지점에서 테이블을 향해 그어진 가상의 수직선상에 놓여 있는 소형 녹음기의 단추를 누르고 빛의 영역 밖으로 물러난다. **어떻게 된 거죠. 그건 제가 묻고 싶은 말이군요. 중간에서 내린 건가요, 저는 눈치채지 못했는데. 다행이군요, 눈치채지 못하셨다니. 그게, 무슨 말이죠. 말 그대로. 당신 좀 이상해요, 지금, 그거 당신도 알아요. 이상해지지 않았다면 그게 이상한 거겠죠. 도대체 그 안에서 뭘 본 거죠, 뭘 봤길래. 아까도 얘기하지 않았나요, 악몽을 봤어요. 밑도 끝도 없이 그저 악몽이라뇨. 당신이라는 이름의 악몽을 봤어요. 예. 당신이라는 이름의 악몽을 어둠 속에서 봤다구요, 트렁크 속 암흑에서. 난, 오늘, 도대체 당신의 얘기를 하나도 알아들을 수가 없군요, 저라는 이름의 악몽이라뇨, 거기서 어떤 일을 당했던 거죠, 위험했었나요. 위험이라구요. 그렇게 계속 말꼬리만 잡으실 거예요. 위험이라, 당신과 함께 있었던 순간 만큼 제게 위험했던 적이 또 있을까요. 유지형 씨. 소리 지르지 마세요, 제 귀는 멀쩡하니깐요, 당신의 핸**

260

드폰에 녹음되어 있던 음성 메시지를 또렷이 알아들을 수 있을 만큼. 사실, 멀어 있었던 건 제 귀가 아니라, 당신의 정체를 알아보지 못했던 내 눈이지요. 제 정체, 제 정체라구요. 그래, 니 정체. 무슨 말인지, 전 아직, 도통 못 알아듣겠군요. 비밀번호부터 바꾸는 게 좋겠지, 이번에는 엄마의 핸드폰 넘버가 아니라, 아빠의 핸드폰 넘버라도 쓰는 게 어떨까. 도대체, 뭘, 들었다는 거죠. 반가운 진 반장님의 목소리. 그걸…… 그래서, 그럼…… 이제 앞으로 어쩌실 거죠. 단 하나 믿었던 끈이 썩은 동아줄임이 밝혀졌으니, 내게 무슨 초이스가 있는 걸까, 뭐라고 충고를 좀 해주지, 그쪽에서, 내 앞길에 대해 말이야, 고통이 없는 자살법에 대해서라도. 오해가 있는 거라고 생각해 볼 여지는 없나요. 전혀. 안타깝군요. 안타까운 건 나야, 로드스터 양, 마지막으로 하나만 질문을 해도 될까. 그 마지막이라는 말은 좀 서운하군요. 그건 그쪽 사정이구, 그런데, 도대체 그 로드스터는 누가 사준 거지, 진 반장인가. 다시 하나의 팔이 튀어나와, 녹음기에 달린 단추를 누르고 사라진다. 이제 남자와 여자는 더 이상 대화하지 않는다. **꼴 좋군.** 주먹 하나가 테이블을 쾅 소리가 나도록 두드린다. 빛의 깔때기가 좌우로 흔들대며, 앉아 있는 사람들의 상체에 지저분한 얼룩을 만든다. **누가 책임질 거지.** 조용하다. 진태식이 이새끼 어딨어, 기집애 까불어댈 때, 조심하라고 내가 경고했어, 안 했어, 등신 새끼.

5장

Q336-A83 건과 관련된 최종보고서

블라인드가 쳐져 있는 어두운 방. 조명이라고는 탁자 위에 놓인 옅은 푸른색 할로겐 램프가 다다. 책상 위에 커다란 파일이 올려져 있다. 털이 숭숭 난 손 하나가 파일 겉면을 만진다.

Q366-A83 件과 관련된 최종보고서

파일번호	Q366-A83	비문등급	ES-7
보존기관	Y05-ER	관리책임	YIJUNG
부서명	APS Team	작성일시	1998.9.10

대외비 ES-7 Level: 본 문서에 대한 열람은 지위고하를 막론하고 여하한 경우에도 상기 명시된 관리책임자의 사전허가와, ES-7 규정에 명시된 비문 열람자 명단의 작성을 완료한 후 가능하다. 절차 미준수자, 열람시간 미준수자, 본 문서를 복사, 배포한 자 등은 어떠한 인사, 형사 상의 불이익도 감수한다.

문서관리 기본 지침

본 내용은 특무청에서 생성, 접수, 배포하는 모든 파일의 제2장에 삽입되어, 제 문서의 파일번호 지정, 문서번호 획득, 비문등급 지정, 보존연한 표기 등에 지침이 되도록 한다.

1. **파일번호**

1-1. 모든 파일번호는 공식 보안 관련 프로그램인 ATT에서 지정하는 일곱 자리(XXXX-XXX) 난수(亂數)를 사용한다.

1-2. 문서의 물리적 폐기는 ATT에서 폐기 처리 명령을 내린 후 실행한다.

2. **문서번호**

2-1. 각 구성문서의 번호는 생성한 부서의 문서번호를 그대로 사용하는 것을 원칙으로 하나, 문서번호가 없는 문서를 첨부하거나 새로이 문서를 만든 경우에는 파일번호 뒷자리 세자리-X 형태를 따르되, X는 일련번호를 사용하도록 한다.

3. **비문등급**

3-1. 비문등급은 EX-Y라는 공통된 양식을 가지며, 각각의 의미는 아래와 같다.

3-1-1. E: 특무청의 모든 비문등급은 영문자 E로 시작하는 것을 원칙으로 한다.

3-1-2. X: A, B, S와 같은 세 가지 문자가 사용 가능하며, 의미는

아래와 같다.

　　A: 관리책임자의 허가 없이, 24시간 동안 열람 가능, 단, 배포, 복제는 불가.

　　B: 관리책임자의 허가를 득한 후, 열람, 배포, 복제 가능.

　　S: 관리책임자의 허가를 득한 후, 열람만 가능. 단, 배포, 복제는 불가.

3-1-3. Y: 1~9까지의 일련번호가 사용 가능하며, 숫자는 열람 가능한 최소 직급 레벨을 의미한다. 예를 들어, 레벨 4의 직원은 ES-5의 비문을 열람 신청할 권한이 없다.

4. 보존기간

4-1. 보존기간은 YAA-BB라는 공통된 양식을 가지며, 각각의 의미는 아래와 같다.

4-1-1. Y: Year(연수)를 의미하며, 항상 첫머리에 사용하도록 한다.

4-1-2. AA는 최소보관 연수를 기입한다. 예를 들어 최소보관 연수가 5년인 문서의 경우, Y05라고 쓴다. 영구보관의 경우, Y99라고 표기한다.

4-1-3. 말소/삭제 프로그램이나, 말소/재생 프로그램과 연관되지 않은 파일인 경우, BB를 공란으로 비워둔다. 단, 말소/삭제 프로그램과 관련된 파일은 EE로 표시하여, 문서책임자가 말소/삭제 프로그램이 시작되는 시점에 AA에 명시된 시점과 상관없이 전체 문서를 폐기하되, 요청 서류만 ZP팀에 이관하고 모든 기록을 없애도록 한다.

또한, 말소/재생 프로그램과 관련된 파일은 ER로 표시하고, 상기 말소/삭제의 경우와 동일한 절차를 밟도록 한다.

보관문서 색인표

일련 번호	생성 일자	문서 번호	이관/접수 일자	사본 번호	제목	비고
1	1993-04-08	9343045-8	1998-08-24	5	졸업증명서	
2	1993-05-12	P93-3-098	1998-08-24	3	부서 배치 발령서	
3	1996-01-27	P96-8-076	1998-08-24	2	1995 인사평가자료	
4	1996-06-24	P96-3-230	1998-08-24	7	전출명령서	
5	1997-12-28	Q97-4-008	1998-08-24	11	B168 수사종결보고서	
6	1998-01-10	P98-8-011	1998-08-24	5	1997 인사평가자료	# 모든 자료는 사번 A825430 민재익(前 서울경시청 특수수사3과 형사)과 관련된 자료임. # EE나 ER 등급인 경우, 말소/삭제 혹은 말소/재생 승인이 난 후 7일 안에 요청 서류를 ZP팀에 이관하고 나머지는 보존연한과 상관없이 모두 폐기한다.
7	1998-07-28	A83-1	1998-08-24	원본	K660 중간보고서(II)	
8	1998-08-03	A83-2	1998-08-24	원본	회의록-(I)	
9	1998-08-05	A83-3	1998-08-24	원본	인터넷 신문기사 검색 결과	
10	1998-08-07	P98-9-034	1998-08-24	4	퇴직처분 명령서	
11	1998-08-27	A83-4	1998-08-27	원본	관련 E-mail 취합	
12	1998-08-31	A83-5	1998-08-31	원본	회의록-(II)	
13	1998-09-04	A83-6	1998-09-04	원본	말소/재생 승인요청서	
14						
15						
16						
17						
18						
19						
20						

양식 508-86-B(1994년 개정)　　　　　경시청　　　　　A4(210X297cm)

269

경찰대학 증 제9343045-8호

졸업증명서

성   명 : 민 재 익
생 년 월 일 : 1965 년 5 월 5 일
대 학 학 과 명 : 행정과
졸 업 연 월 일 : 1989 년 2 월 28 일
교육부학위등록번호 : 경찰대학85(학)3788
졸업시 직급획득여부 : 경위

위의 사실을 증명합니다.

1993년 4월 8일

한국경찰대학 교무처장 인

* 본 증명은 자동발급기로 발급한 것임.

부서 배치 발령서

문서번호	P93-3-098	비문등급	N/A
보존기관	Y99	관리책임	임병규
부서명	경시청 인사과	작성일시	1993.5.12

경찰공무원 임용법 4조 5항에 의거한 소정의 복무기간을 준한, 민재익(閔載益) 경위에게 다음과 같은 인사발령을 실시한다.

성명	현소속	현직위	발령내용			발령일자
			구분	소속	직급	
민재익	강원청 강력3과	경위	인사발령	서울경시청 외사2과	경위	1993. 6. 1

첨부: 민재익의 복무 상황

1. 1985. 3 한국경찰대학(Korean National Police University) 행정과 입학

2. 1989. 2 동 학교 졸업(졸업평점: 3.46/4.5 석차: 16/55), 경위 승급

3. 1989. 3 제5사단 기초군사훈련 과정 이수(의무 기간: 4주)

4. 1989. 5 경찰종합학교 전술지휘 8주 과정 이수(의무 기간: 8주)

5. 1989. 5 경기청 전투경찰대 특경 발령(의무 기간: 1년)

6. 1990. 5 부산청 제3기동대 발령 특경 발령(의무 기간: 1년)

7. 1991. 5 전라남도 순천시 장천동 소태마을 파출소장 발령(의무 기간: 1년)

8. 1992. 5 충청남도 대천시 교통과 발령(의무 기간: 6개월)

9. 1992. 11 강원도 원주시 강력3과 발령(의무 기간: 6개월)

1993. 5. 12

서울 경시청 정근식 치안총감 인

271

1995 인사평가자료

문서번호	P96-8-076	비문등급	KA-4
보존기관	Y99	관리책임	이정찬
부서명	경시청 인사과	작성일시	1996.1.27

상기 자료는 외사2과 소속 민재익의 1995년도 인사고과 자료로, 상위책임자인 유영환 경감, 차상위책임자인 조인송 총경의 책임하에 1996년 2월 1일까지 해당 인사과에 작성, 제출하도록 한다.

평가항목	상위자 평가	차상위자 평가	비고(상위자 작성 요망)
조직 내의 행동과 관련된 평가			
1. 조직 내의 융화도(Teamwork)	C	D	특기 사항 없음
2. 조직 내의 평판(Reputation)	B	C	동료/상급자로부터 두터운 신망을 받고 있음
3. 조직 내의 기여도(Contribution)	D	D	특기 사항 없음
4. 조직 내의 연계성(Communication)	C	E	사건 브리핑 능력이 떨어짐
업무 처리 능력과 관련된 평가			
1. 업무 이해도(Smartness)	B	B	빠른 업무 이해/적응력을 보임
2. 업무 추진 능력(Action)	B	C	지시 사항에 대한 신속한 처리력이 돋보임
3. 대민 봉사 실적(Service)	D	E	특기 사항 없음
4. 특별 업적(Innovation)	E	E	특기 사항 없음
개인적인 능력과 관련된 평가			
1. 체력(Health)	A	B	체력 평가 결과 상위 5%
2. 창의력(Creativity)	D	E	경험 부족 인한 아이디어 부족
3. 솔선수범(Leadership)	C	D	특기 사항 없음
4. 성실성(Integrity)	B	B	맡은 일을 꼼꼼하게 처리함
총평점	3.08/5	2.33/5	상부의 요청으로 특수수사 3과로 전보 예정

양식 508-33-A(1994년 개정)   경시청   A4(210X297cm)

전출명령서

문서번호	P96-3-230	비문등급	N/A
보존기관	Y10	관리책임	정형택
부서명	경시청 인사과	작성일시	1996.6.24

서울 경시청 외사2과 소속 민재익(閔載益) 경위에게 하기와 같은 인사발령을 실시한다. 다음 인사발령은 7월 1일자로 유효하다.

성명	현소속	현직위	발령내용			발령일자
			구분	소속	직급	
민재익	서울 경시청 외사2과	경위	전출명령	서울 경시청 특수수사3과	변동 없음	1996. 7. 1

상기와 같은 인사 사항에 대한 변동에 의해 민재익 경위의 상위자는 현 유영환 경감에서 진태식 경감으로 교체된다.

상기와 같은 인사 사항에 대한 변동에 관련된 여하한의 문제 제기는 인사발령 당사자에 의해서만 가능하며, 인사 발령일자로부터 10일 내에 인사과 소청위원회에 접수되는 경우에만 유효하다. 또한 인사과장은 접수로부터 5일 이내에 소청과 관련된 것으로 판단되는 인원들을 소집, 회의를 주관할 의무가 있다. 소청위원회에서 결정난 사항은 번복될 수 없다. 단, 정직 및 직위해제와 관련해서는 여하한의 이의제기도 당사자에 의해 발의될 수 없다.

1996. 6. 24

서울 경시청 정근식 치안총감 인

B168 수사종결보고서

문서번호	Q97-4-008	비문등급	KB-2
보존기관	Y99	관리책임	이희찬
부서명	특수수사3과	작성일시	1997.12.28

사건지정 / 소관부서

사건번호	B168	수사담당자	민재익	수사책임자	진태식
담당부서	서울경시청 특수수사 3과				

사건 개요

사건일시	1997.5.26	사건유형	살해, 시신훼손 및 불법유기
사건장소	경기도 남양주시 이패동 산 5번지 야산 기슭		

피해자 인적자료

이름	김영숙(女)	주민번호	760208-3947669	직업	유흥업소 접객원
사건당시 거주지	서울시 동작구 상도 3동 108-506호 지영 맨션 301-303				

최초 발견자

이름	박선식(男)	주민번호	621240-1048599	연락처	013-339-1120
직업	건축업	피해자와의 연고 및 발견경위	관련없음 / 낚시터 방문 시 발견		

초도업무 처리과정

발견경찰	김구정 경사	소속	경기도 경찰청 남양주시 이패동 파출소
처리 내용	# 1997년 5월 26일 02시10분 사건 접수. # 동일 02시 35분 사건 현장 도착. # 사건 현장 수습 후, 동일 03시 05분 경기도 경찰청에 신고. # 1997년 8월 4일 경기도 경찰청 폭력계에서 서울 경시청 특수3과로 이관.		

검시결과

담당 검시관	조연하 과장	소속	국립과학수사본부 2 과
검시일시 및 소견	# 1997년 5월 26일 11시 35분 검시. # 발견 당시, 시체는 사지와 몸통, 머리, 6부분으로 절단되어 검은 비닐봉지에 유기되어 있었으며, 매우 날카로운 도검류 등으로 절단을 행한 것으로 보임. 유류품은 전혀 발견되지 않음. # 사인은 기도압박으로 인한 질식사로 결론. 턱 관절 하부에 끈 등의 섬유재료로 묶인 자국 발견. 사망 후 2~3일 후 절단이 일어난 것으로 추정. # 시신은 절단 후 약 일 주일 정도 지난 것으로 추정. # 특이 사항: 외상의 흔적이나, 강간의 흔적 등은 발견되지 않음.		

274

수사경위

\# 1997년 10월 8일, 경기도 안산시 J 치과에서 피해자가 사건 일 년 전 치열교정을 받은 사실을 밝혀냄. 피해자의 신원 확보 성공 후, 주변 탐문에 착수.

\# 피해자가 고아이며, 경기도 소재 K 여중 중퇴 후, 유흥업소를 전전하다 사망 직전 경기도 남양주시 삼패동 소재 A 단란주점에서 일한 것이 밝혀짐.

\# 시체 발견 9일 전부터 실종된 것으로 밝혀짐.

\# 동거남인 정중현(남, 27세, 무직)이 거주하던 여관을 급습하여 범행에 사용한 것으로 보이는 전기톱 및 장갑 등 발견 및 압수.

\# 정중현의 방에서 발견된 전기톱에서 채취한 피부상피 조직의 유전자 DNA 감식 결과, 피해자 김영숙과 동일한 염기배열을 가지고 있음이 판명됨.

범인 검거

이름	정중현(男)	주민번호	710631-1054332	피해자와의 연고	동거 중
사건 당시 거주지		연고 없이 경기도 남양주시 여관 등에서 생활			

동기	\# 용의자 정중현은 정신병력이 있음. 알코올 중독과 강박성 우울증으로 18개월 동안 경기도 구리시 A 병원에 입원. 1997년 4월 26일 피해자 김영숙의 보증으로 퇴원 후, 동거를 재개했으나, 불화가 많았던 것으로 보임. \# 잦은 구타와 특이 성향 등이 의사소견서에 첨부되어 있음.

검거일시	1997. 11. 30	검거장소	경기도 광주시 소재 A 여관
자백여부	자백은 받았으나, 정신과에 의뢰를 통한 신빙성 확보가 문제		
현재상황	강간 미수, 절도 등 2건의 여죄가 경기도 지방경찰청의 내사로 밝혀짐(각, 사건번호 C162, E834). 현재, 경기도 미결수 구치소에 수감 중.		
공판일정	사건번호 B168은 폭력3과의 박철인 검사팀에게 이관됨. 형사법정 521-334-008로 지정되어 1998년 2월 15일에 첫 공판 예정.		

양식 325-71-A(1994년 개정)　　　　　　경시청　　　　　　A4(210X297cm)

1997 인사평가자료

문서번호	P98-8-011	비문등급	KA-4
보존기관	Y99	관리책임	정형택
부서명	경시청 인사과	작성일시	1998.1.10

상기 자료는 특수수사3과 소속 민재익의 1997년 인사고과 자료로, 상위책임자인 진태식 경감, 차상위책임자인 이성운 총경의 책임하에 1998년 2월 1일까지 해당 인사과에 작성, 제출하도록 한다.

평가항목	상위자 평가	차상위자 평가	비고 (상위자 작성 요망)
조직 내의 행동과 관련된 평가			
1. 조직 내의 융화도(Teamwork)	C	C	융화 보통
2. 조직 내의 평판(Reputation)	C	C	평판 보통
3. 조직 내의 기여도(Contribution)	B	B	기여 많음
4. 조직 내의 연계성(Communication)	B	C	연계 잘됨
업무 처리 능력과 관련된 평가			
1. 업무 이해도(Smartness)	B	B	90% Level within one and half yr.
2. 업무 추진 능력(Action)	A	B	사건 초기 방향 설정과 관련해, 여러 가지 변수들을 하나도 놓치지 않고, 끈질기게 파고드는 능력이 우수함.
3. 대민 봉사 실적(Service)	D	E	특기 사항 없음
4. 특별 업적(Innovation)	E	E	특기 사항 없음
개인적인 능력과 관련된 평가			
1. 체력(Health)	A	A	나무랄 데 없음
2. 창의력(Creativity)	E	E	태부족
3. 솔선수범(Leadership)	B	B	솔선수범함
4. 성실성(Integrity)	A	B	성실함
총평점	3.80/5	3.08/5	

양식 508-33-ㅁ(1994년 개정)   경시청   A4(210X297cm)

276

K660 중간보고서 −(Ⅱ)

문서번호	A83-1	비문등급	ES-7
보존기관	Y05	관리책임	TS JIN
부서명	APS Team	작성일시	1998.7.28

1. 작성자: 민재익 경위

2. 작성일시: 1998년 7월 28일

3. 검토자: 진태식 반장

4. 작성 내용 및 목적

　a. 본 중간보고서는 사건번호 K660의 두 번째 중간보고서로 현재 가장 유력한 용의자인 유지형이 범인이 아닐 수 있다는 가정을 가능하게 할 수 있는 하나의 가설을 제시함.

　b. 만에 하나의 가능성에 대비하기 위해, 또한 유지형이가 진범인 경우, 그와 상반되는 가설들을 모두 검토하자는 목적에서 쓰여짐.

　c. 세워진 가설들의 진실 여부를 가리기 위해 확인해야 할 Action Item들을 정리하여 향후 방향을 설정하는 데 도움이 되고자 함.

5. 유지형이에게 불리한 두 가지 사실.

　a. 그가 살해된 강종석 과장과 함께 발견한 방은 안에서도 또 밖에서도 잠겨 있었다는 사실이 그를 비롯한 모든 증인들에 의해 확인됨.

b. 그가 피살자와 함께 발견된 방으로 가게 된 경위에 대해, 그는 실제 총기들을 사용한 (예를 들어 MP5 같은) 총격전이 있었다고 증언함. 하지만, 총격전의 흔적은 건물 어디에도 남아 있지 않음.

6. 하나의 가정: 그가 범인이 아니라는 가정, 또한 그의 증언 역시 모두 사실이라는 가정.

7. 상기의 가정을 가능하게 할 수 있는 가설의 제안

a. 총격전: 실제 총격전이 일어났으나, 총격전의 흔적을 몇 시간 내에 깨끗이 치워버린다는 것은 현실적으로 불가능. 단 하나 가능한 경로는, 실제 총격전이 일어난 장소가 유지형이가 현장 검증할 때 밟았던 경로가 아니라, 그와 완전히 동일한 구조의 건물의 반대편 부분에서(K660 중간보고서 - (I)의 그림 2. A 회장 자택의 2층, 3층 모식도의 빗금친 부분 참고) 일어났다는 가설.

b. 밀실 구조: 가장 큰 문제는 유지형이 자신이, 자신이 방에서 정신을 차렸을 때, 세 개의 문에 모두 빗장이 쳐져 있었다고 증언한 사실임. 이 난점을 극복하기 위해서는 문이 없었던 네 번째 벽에 설치되어 있던 그림에 주목해야 함. 그림은 복제화이지만, 원래의 그림보다 훨씬 더 큰 크기로 수정됨. 이렇게 커다란 크기로 수정된 그림은 문 하나를 충분히 가릴 수 있는 크기임. 여기서 다음과 같은 하나의 가설이 가능함. 총격전 와중에 정신을 잃은 유지형이는 내부인들에 의해 시체가 발견된 건물의 반대편으로 옮겨짐. 하지만, 나중에 경찰

이 발견한 방이 아니라, 카지노와 맞닿아 있는 바로 옆방으로 옮겨짐. 나중에 시체가 옮겨진 방으로 향한 문은 그림으로 은폐됨. 그가 깨어날 시간쯤에 내부인들은 그를 깨우고 복도로 향한 문을 열고 나오도록 유도함. 또한 방의 문이 모두 잠겨 있었다는 사실을 확인하도록 함. 그후에 유지형이를 객실 2로 옮김(역시, K660 중간보고서 - (I)의 그림 1. 살인 현장 주변의 모식도 참고).유지형이를 옮긴 뒤, 내부인들은 양탄자 위의 책상과 시체를 옆방으로, 그러니까 나중에 경찰이 발견하게 된 방으로 옮기고, 역시 그림도 옮김.

8. 가설의 맹점

a. 총격전의 성격이 규명되지 않음——왜, 거기서 총격전이 일어나야 했나?

b. 총격전과 살인 사건 사이의 연결고리가 뚜렷하지 않음——왜 살인 사건이 일어나야 했나? 그리고 왜 강종석 과장, 그가 죽어야만 했나?

c. 내부인들의 결탁이 필요함——왜 그들은 유지형이를 범인으로 몰려고 하나?

9. Action Item

a. 가설과 관련된 구체적인 수사의 필요: 건물의 반대편에 대한 영장 청구 및 포연검사를 포함한 면밀한 조사 / 경찰이 시체를 발견한 방의 옆방인, 카지노 옆방에 대한 루미놀 반응 검사 등의 조사

b. 만에 하나 있을지도 모르는 A 사의 사주 가족과 총격전과의 연

관성 조사 필요: 여 회장, 여인중, 여정식 사장, 여철형 소장, 박 집사, 김영자 씨 등에 대한 보강 조사 및 심문의 필요성.

10. **결론**

위에서 제시한 가설에 대한 보강 수사의 필요성이 절실함. 이미 기한이 만료된 수색 영장의 재청구가 필요. 보강 수사에 대한 허가와 수색 영장의 재청구에 대한 승인이 떨어진다면, 48시간 내에 위의 가설의 진위 여부에 대한 일차적인 판단을 내릴 수 있도록 모든 증거물들을 수집하도록 하겠음.

이상.

회의록-(Ⅰ)

문서번호	A83-2	비문등급	ES-7
보존기관	Y05	관리책임	TS JIN
부서명	APS Team	작성일시	1998.8.3.

일시	1998.8.3	장소	특무청 A3-5 room	소집부서	특무청 APS team
참석자	TS JIN, TK YOON, KS CHUNG, PK PARK, JS GOO				

회의 배경

서울청 특수수사3과 민재익 경위가 PK8 Project와 관련된 살인 사건 수사 중, 그 진상에 상당한 부분 접근한 것으로 보고됨(배부된 K660 중간보고서-(Ⅱ) 참고)

민재익 경위는 현재 TS JIN의 하위자로, PK8 Project와는 무관한 자임.

현재, PK8 Project는 양측의 합의하에, 유지형이가 강 과장을 살해한 사건으로 마무리 짓기로 결정되었으며(K660으로 사건 지정), 재판 일정을 기다리고 있는 상황임.

민재익이가 파악하고 있는 내용으로 미루어 그가 원하는 방식으로 수사를 진행해 나갈 경우, PK8 Project의 실체가 외부로 전체 혹은 부분 노출될 확률이 매우 크다고 사료됨.

회의 내용

우선 PK8 Project와 관련해서는 상대 쪽과 합의된 결론의 방향을 바꾸는 것이 불가하다는 KS Chung의 Briefing이 있음.

민재익의 수사를 막는 것이 관건이라는 합의가 도출됨. 단 그 방식에 대해서는 이견이 존재함.

처리를 위한 가능한 Option은 다음과 같음.

민재익이 PK8 사건을 계속 수사하도록 하되, 방향을 수정케 함.

민재익을 특수수사3 과에서 다른 팀으로 전보함.

민재익을 오직(汚職) 사건 등으로 서울청에서 퇴직하도록 함.

민재익에게 말소/삭제 혹은 말소/재생 프로그램을 적용하도록 함.

최종 합의: 사안의 중요성 및 위급성을 고려할 때, option C나 D를 고려하도록 함. 우선 지급으로 C option을 시작하되, 상위자인 TS JIN이 지속적으로 관찰하면서, Option D의 필요성이 존재하는지 확인, 보고하도록 함.

Action Item

281

PK PARK의 Lead 하에 1주일 내로, 민재익이를 오직 사건에 연루시켜 퇴직 처분을 내리도록 함. 단, 불필요한 잡음이 없도록 우선 JS GOO가 오직 사건을 위한 내부 정보를 언론에 흘려서, 내부적으로 시작된 일이 아니라, 외부에서 시작된 것처럼 꾸미도록 함. JS GOO는 3일 이내에, 전국 주요 일간지 3개 이상에서 사회면에 2단 기사 이상으로 다루도록 손을 쓸 것. 시민단체의 활용도 적극 검토됨. 필요한 방안이 있으면 모두 검토하도록.

TS JIN은 Option D의 발동 필요성과 관련해, 지속적으로 TK YOON과 협의하도록 할 것. 단 최종 결정을 위한 제반 자료의 제출은 8월 내에 완료되어야 함.

또한 이 사건과 관련해 TS JIN에 대한 어떠한 방식으로든 징계가 필요하다고 여겨짐, 징계의 내용 및 수위는 마무리가 된 후, TK YOON과 그 상위자에 의해 결정, 집행되어야 함.

인터넷 신문기사 검색 결과

문서번호	A83-3	비문등급	N/A
보존기관	Y05	관리책임	TS JIN
부서명	APS Team	작성일시	1998.8.5.

◆ 미성년자 고용 유흥업소, 사장이 전 경찰청 간부인 것으로 드러나

　　서울 경찰청이 최근 일제 검색에 적발된 미성년자 고용 유흥업소를 단속하는 과정에서 전 경찰청 간부인 유 모씨(46세)가 운영 중인 서초구 소재 단란주점을 고의로 누락한 사실이 시민단체인 여성의 모임 간사 양여진 씨에 의해 드러났다. 양여진 씨는 8월 4일 기자회견에서, 보호하고 있던 미성년자 접대부 J, P 양을 통해 이런 증언을 들었으며, 자체 조사 결과, 서울 경찰청이 유 모씨가 운영하던 단란주점에 대해 아무런 조치를 취하지 않았음이 밝혀졌다고. 경찰 조직 내의 이러한 조직적인 비호에 관련된 의혹에 관해 정근식 치안총감은 한 치의 의혹도 남기지 않을 수 있도록 철저한 수사 지시를 내렸다고 밝혔다.

　　　　　　　　　　　　　　　—중앙일보 〈사회, 속보〉, 1998. 8. 4 19:43

◆ 전 경찰청 간부가 미성년자 고용 유흥업소 운영

　　한 시민단체에 의해 제기된 경찰청 간부의 미성년자 고용 단란주점 운영에 관련된 의혹이 일파만파로 커지고 있다. 정근식 치안총감의 철저한 수사 지시에 따라, 전 경찰청 외사2과 경감이었던 유영환(44세)이 서초동과 청담동에 각각 50개 이상의 룸을 가진 단란주점

두 채를 운영하고 있었으며, 지난 6월 일제 수사 당시 미성년자 고용법 위반 사실이 드러났으나, 아무런 징계 조치가 이루어지지 않은 사실이 추가로 드러났다. 경찰은 내부에 유영환 씨를 비호했던 세력에 관해 철저한 조사를 하고 있다고 밝혔다.

— 조선일보 〈사회, 속보〉, 1998. 8. 4 22:43

◆ 현직 경찰, 미성년자 고용 업소를 눈감아주는 대가로, 2억 이상 수뢰

　전 경찰청 외사2과 과장 유영환이 운영하고 있던 두 개의 단란주점에 관련된 압수수색 영장이 발부되어, 이 양 업소에서 약 30명 이상의 미성년자를 고용하고 있었으며, 이 사실을 무마하기 위해 지난 6개월 간 2억 이상의 돈이 차명계좌를 통해 경찰 내부로 흘러 들어간 사실이 뒤늦게 밝혀져, 사회에 커다란 충격을 던지고 있다. 서울경시청 정근식 치안총감은 아직 내사가 마무리되지 않았으나, 이번 사건과 관련하여 열 명 이상의 경찰 인원이 정직 처분 및 죄질에 따라 형사 처벌될 것으로 예상된다고 어젯밤 추가 기자회견에서 밝힌 바 있다.

— 한국일보 〈사회〉, 1998. 8. 5 09:57

◆ 전직 경찰 단란주점 불법 운영과 관련된 수뢰 혐의 경찰 인사들 속속 드러나

　서울 경찰청은 전 경찰청 간부 유영환이 자신의 차명계좌를 통해, 2억 이상의 금액을 경찰에 자신이 운영하고 있던 단란주점의 불법영

업을 눈감아 주는 대가로 상납해 왔음이 드러났으며, 그와 관련된 7명의 경찰을 정직 처분 및 형사 고발할 것이라는 입장을 밝혔다. 소식통에 따르면, 유영환이 재직 시절 외사2과에 있던 동료 및 부하 직원들에게 떡값조로 매달 천만 원 이상의 돈을 쓴 것이 추가로 드러나, K모 경감 등 3인은 형사 처벌을, 또한 M모 경위 등 4명은 8월 7일자로 직위 해제를 통고하기로 했으며, 추가 수사 결과에 따라 형사 처벌 대상도 늘어날 것이라고 한다. 이에 여성의 모임 등 7개의 시민단체로 구성된 경찰부패감시단의 대변인 김현숙은(43세, 경실련 소속) 늦은 감은 있으나, 이번 경찰청의 빠른 처리를 반기며, 이번 사건이 타산지석이 되어 다시는 이런 유흥업소와 경찰 간의 부패고리가 성립하지 못하도록 보다 근원적인 대책 수립이 필요하다고 말했다.

— 중앙일보 〈속보, 사회〉, 1998. 8. 5 12:25

퇴직 처분 명령서

문서번호	A83-2	비문등급	ES-7
보존기관	Y05	관리책임	TS JIN
부서명	APS Team	작성일시	1998.8.3.

경찰공무원법 8조 11항에 의거하여 서울 경시청 특수수사3과 소속 민재익(閔載益) 경위에게 하기와 같은 퇴직 처분을 8월 7일자로 통보한다.

성명	현소속	현직위	발령내용			발령일자
			구분	소속	직급	
민재익	서울경시청 특수수사3과	경위	직위해제 및 퇴직처분	해당사항 없음		1998. 8. 7

상기와 같은 인사사항에 대한 변동에 관련된 여하한의 문제 제기는 인사발령 당사자에 의해서만 가능하며, 인사 발령일자로부터 10일 내에 인사과 소청위원회에 접수되는 경우에만 유효하다. 또한 인사과장은 접수로부터 5일 이내에 소청과 관련된 것으로 판단되는 인원들을 소집, 회의를 주관할 의무가 있다. 소청위원회에서 결정난 사항은 번복될 수 없다. 단, 정직 및 직위해제와 관련해서는 여하한의 이의제기도 당사자에 의해 발의될 수 없다.

복직에 대한 논의는 퇴직처분 명령 일자로부터 1년 이후에 다시 이루어질 수 있으며, 역시 복직소청 위원회에서 삼분의 이 이상의 찬성에 의해서만 발의가 가능하다.

1998. 8. 7

서울 경시청 정근식 치안총감 인

286

관련 E-mail 취합

문서번호	A83-4	비문등급	ES-7
보존기관	Y10	관리책임	TS JIN
부서명	APS	작성일시	1998.8.27.

EMAIL1.

FROM: TKYOON

SENT: Friday, August 07, 1998, 11:13 PM

TO: TSJIN

SUBJECT: K660

진, 저번에도 얘기했지만, 일반적으로 말소/삭제의 경우 약 10억대, 말소/재생의 경우 약 100억대의 Cost가 소요된다는 사실을 명심하도록 하라. 불가피한 상황이 아니면 시작하지 않는 편이 최선이다. 퇴직 건과 관련하여, 민재익의 동태를 파악하는 것이 무엇보다도 중요하다는 생각이 든다. 빠른 시일 내에 동향 파악 후 리포트하도록.

EMAIL2.

FROM: TSJIN

SENT: Tuesday, August 11, 1998, 02:26 AM

TO: TKYOON

SUBJECT: RE: K660

● 민과 개인적인 시간을 가짐. 억울해하고는 있으나, K660과는 관련짓지 못하고 있는 것으로 보임. 여전히 K660과 관련해서 관심을

287

가지고 있는 것이 변수. PK8은 현 시점에서 Perfectly Safe. 일단 계속 모니터링을 해야 할 듯. 비용에 대한 허가 바람.

● 유지형이 건의 공판 잡힘. 상부의 추천에 의해 박지영 변호사를 활용하기로 결정됨. 박지영에 의하면 유지형이 역시 진상에 근접하고 있다는 인상을 받았다고 함. 민과 유, 둘 모두 지속적인 모니터링이 요구됨.

EMAIL3.

FROM: TSJIN

SENT: Friday, August 21, 1998, 09:48 AM

TO: TKYOON

SUBJECT: Urgency

● 유지형이 정신병원에서 탈출함. 내부 동조는 없는 것으로 파악됨. 현재 소재는 파악되지 않았으나, 박지영과 Contact 예정임. 말소 프로그램 작동에 대한 내부적인 고려의 필요성이 다시 대두됨.

● 민 형사의 소재를 놓침. 고의적인 잠적이라고 여겨지는 정황적인 증거가 다분히 있음. 빠른 시일 내에 확인하도록 하겠음.

EMAIL4.

FROM: TKYOON

SENT: Friday, August 21, 1998, 11:31 AM

TO: TSJIN

SUBJECT: RE: Urgency

진, 상부에서 유의 탈출에 대한 우려를 표시했다. 매우 심각한 상황이다. Cost 문제는 완전히 잊어버리고, 유지형이의 확보에 최선을 다하도록. 현재 분위기로 봐선, 유, 민 모두 말소 프로그램에 적용하라는 명령이 떨어질 가능성도 있다. 자네가 지급으로 처리해야 할 부분은 민과 유를 개별적으로, 그러나 완전히 확보하는 일이다. 민과 유가 만나게 된다면, 상황은 최악으로 돌변한다. 그런 경우, 솔직히 말해 자네의 안전마저 나는 장담할 수 없다. 확실히 처리하도록.

EMAIL5.

FROM: TSJIN

SENT: Sunday, August 23, 1998, 09:12 PM

TO: TKYOON

SUBJECT: RE: RE: Urgency

● 민과 연락됨. 나를 의심하고 있지는 않지만, 퇴직 후, 나름대로 K660과 자신의 퇴직에 관해 연결 중임. 이것이 직접적인 잠적의 원인으로 보임. 소재 분석 작업 실시됨.

● 유지형이 소재를 놓침. 박지영과 조직과의 관련성을 알아냄.

● 민과 유는 9월 초 안에 신원 확보 가능해 보임. 둘 다 모두 말소/재생 프로그램을 돌려야 할 듯. 승인이 필요함.

EMAIL6.

FROM: TKYOON

SENT: Sunday, August 23, 1998, 11:35 PM

TO: TSJIN

SUBJECT: RE: RE: RE: Urgency

　진, 상부에서 지시한 데드라인은 8월 27일 목요일 정오다. 더 이상의 실수는 결코 용납되지 않는다. 말소/재생에 대한 구두상의 재가는 이미 받았다. 27일까지 확보한다면, 이번 주 안에 회의를 거쳐 9월 초에 요구 및 승인 절차를 마칠 계획이다. 다시 한 번 말한다. 이번에 또 실수하면, 자네는 더 이상 없다. 박 변호사도 없다.

EMAIL7.

FROM: TSJIN

SENT: Wednesday, August 26, 1998, 05:51 PM

TO: TKYOON

SUBJECT: RE: RE: RE: RE: Urgency

　물건 두 개 다 성공적으로 확보 마침. 현재 개별적으로 보관 상태이며 설득 중임. Ready for 말소/재생 프로그램. 이번 주 내에 미팅 소집 요망.

회의록-(Ⅱ)

문서번호	A83-5	비문등급	ES-7
보존기관	Y05	관리책임	YI JUNG
부서명	APS Team	작성일시	1998.8.31.

일시	1998.8.31	장소	특무청 A1-5 room	소집부서	특무청 APS team
참석자	TS JIN, TK YOON, KS CHUNG, PT KIM, MY SUN					

회의 배경

본 회의는 당해 8월 3일에 열린 회의의 후속 회의임.

현재, K660의 진상에 접근해 있는 민재익과 유지형 양자가, 8월 26일자로 우리측에 확보되어 현재 별개의 안가에 각각 감금 중임. 민재익의 경우, 자신의 실종 시를 대비한 안전장치가 마련되어 있는 것으로 확인되었으나, 아직 유지형 쪽은 확인되지 않음.

이 회의의 목적은 상기 2인에게 말소/재생 프로그램을 적용하느냐에 대한 여부를 논의하기 위함임.

회의 내용

현재까지 파악된 바로는 민재익과 유지형, 이 둘 다 K660의 진상에 대해 상당한 정도의 정보를 가지고 있으며, PK8과의 연관성 추측 관련해서도 안심할 수준이 아님. 말소 프로그램의 실시 없이는 문제 해결에 도움이 되지 않는다는 데에 대해 모두 합의함.

개별적으로 적용하되, 민재익에 관해 말소/재생 프로그램을 실시하는 데는 MY SUN으로부터의 재가가 있었음.

유지형의 경우, 안전장치의 여부와, 본인의 의사에 관해 완전히 조사한 후, 말소/재생 프로그램을 실시할지 말소/삭제 프로그램을 실시할지 협의하기로 함.

최종 합의: 민재익에 대한 말소/재생 프로그램을 실시하기로 합의. 유지형의 건에 대해서는 지속적인 관찰 후, 추후 다시 미팅을 통해 결정하기로 함.

Action Item

TK YOON이 9월 5일 안에 말소/재생 요구서를 PT KIM에게 제출하고, PT KIM은 최단 시간 내에 승인서를 완료, Program이 원활히 시작되도록 한다.

TS JIN은 유지형이를 지속 관찰하여, 9월 첫째 주 내에 말소/재생이냐 말소/삭제냐에 관련된 최종안을 올리도록 한다. 그 안을 기반으로 9월 11에 다시 동일한 인원으로 회의를 갖도록 한다.

말소/재생 승인요청서

문서번호	A83-5	작성일시	2001.8.31

요청 부서 관련 내용					
요청자	TK YOON	**차상위자**	JJ MOON	**소속**	특무청 APS team
Check Point	+ 승인요청에 대해 알고 있는 사람의 명단: TS JIN, KS CHUNG, JS GOO, MY SUN + 말소/재생과 관련된 교육 및 서약 과정을 필한 인원인가?: YES + 처음으로 참석하는 인원은 있는가? 있다면, 그의 성분분석지수는?: TS JIN / Ao				

요청배경			
관련사건	PK8과 K660	**담당부서**	PK8은 특무청, K660은 서울청 외사1과
구체적인 배경	PK8 처리 과정에서 발생한 K660 사건을 담당하던 하기 대상자가 사건의 진상에 접근함에 따라, 그 미칠 위험도를 고려하여 말소/재생 승인 요청 절차를 밟기로 결정함.		
Check Point	+ 노출 시 위험도는?: P5 Urgency + 말소/삭제 프로그램의 적용 여부: 불가함. 안전장치에 대한 고려. + 사건 관련 인원 중 추가적인 대상 인원은 없는가?: 1인(9월 둘째 주까지 결정)		

대상자의 Profile							
성명	민재익	**성별**	남	**주민번호**	650505-3087566	**직업**	서울청 소속 형사
가족상황	미혼. 어머니 광주 거주. 여동생은 일본에 거주. 친척들과는 왕래 없음.						
Check Point	+ 제안은 행해졌는가? 그 반응은?: Yes / Positive + 제안 이후에 외부와의 접촉은 유효하게 차단되어 있는가?: Yes + 대상자 주위 인물에 대한 영향도 평가는 완결 후 보고되었는가?: Yes(8월 24일) + 대상자의 가족 고립 지수는?: 2.1						

승인자: 김병태   인

승인 이후 확인되어야 할 사항들

● 본 서류는 승인자가 승인을 한 날짜로부터 일 주일 내에 ZP팀으로 사본 없이 이관되어야 하며 모든 기존의 서류는 보관 장소에서 자동 삭제, 폐기되어야 한다.

● 승인 날짜로부터 일 주일 이내에 말소 프로그램이 시작되어야 하며, 말소 프로그램은 시작일로부터 6주 안에 완결되어야 한다.

● 말소 프로그램에는 3주간의 재교육과, 3주간의 의료 처치 기간이 병행되어야 한다.

● 재생 프로그램은 말소 프로그램이 종료되는 시점으로부터 최소한 1년 후에 마쳐야 한다. 즉, 대상자의 사회 복귀는 빨라도 말소 프로그램 종료로부터 1년 이상이어야 한다.

● 대상자가 재생 프로그램의 내용 중 어떤 Option을 선택하느냐와 관련된 문제는 대상자의 기호를 충분히 고려하되, Cost와 Availability를 충분히 검토한 후 결정한다.

● 재생 프로그램 도중 혹은 재생 프로그램이 완료된 시점 이후에도, 대상자에 의해 혹은 외부자에 의해 P3 이상의 위급도를 가지는 문제가 발생하는 경우, 승인자의 번복 결정에 의해 다시 삭제 프로그램을 밟아야 한다.

푸른색 파일의 뒤표지 위에 손이, 역시 털이 숭숭 난 손이 올려져 있다. 주먹은 쥐어진 상태로. 그 손은 오른손이다.

"씨발."

불이 꺼졌다. 아무것도 보이지 않는 상태에서, 한숨소리가, 그리고 연이어 부스럭대는 소리가 들렸다.

"나는 무엇이 될 수 있을까?"

잠잠해졌다.

6장

대화의 숲

물론, 술자리를 핑계 삼아 사람을 이리로 오라, 저리로 오라, 내 의지와 상관없이 제멋대로 휘둘리는 일은 별로 기분 좋은 일이 아니다. 그것도 개인적으로 각별히 친한 사이가 아닌 경우에는 더더욱. 하지만, 늘 그렇듯이, 상황이란 것이 있다. 나는 내가 찬밥 더운밥 가릴 처지가 아니라는 걸 잘 알고 있었다.

　진 반장이 알려준 술집은 택시를 타고 들어가야 하는 외곽에 위치한 곳이었는데, 그곳은 주택가인지, 사무용 오피스텔인지, 술집이나 카페가 몰려 있는 곳인지 분간하기 힘든 묘한 곳이었다. 나는 약도상에 한참이나 표시된, 역시 용도를 가늠하기 힘든 3층 양옥 앞에서 서성이다가, 어두컴컴한 지하계단을 따라 내려가 막다른 곳에 위치한 아무런 표시가 없는 회색 철제문을 열고 안으로 들어갔다.

"보고서는 잘 봤나?"

진 반장은 어리둥절해하며 그가 권해준 자리에 앉은 내게 인사도 없이, 그렇게 말했다.

"그럭저럭. 당신들이 수많은 인력과 시간을 들여가면서 준비한 거에 비하면, 조금은 미안할 정도로 짧은 시간 내에 읽어치우기는 했지만."

나는 보고서 더미를 그에게 돌려주었다. 그는 커다랗고 얇은 검정 서류 가방 안에 보고서를 쑤셔넣었다.

"읽는다는 행위는 늘 그렇기 마련이지. 미안해할 필요는 없네."

그곳은 비밀 얘기를 나누기에는 꽤 괜찮은 곳이었다. 비밀 얘기다운 비밀 얘기가 있다면 말이다. 특히 음악 소리의 크기가 매우 이상적이었다. 서로의 이야기를 알아듣지 못할 정도로 시끄럽지는 않지만, 옆 테이블에 앉아 있는 사람들의 말소리가 우연찮게 고막에 걸리기에는 좀 버거운, 그런 정도의 시끄러움. 음악의 종류에 관해선, 뭐 내 귀에 익은 노래만 아니라면 그만이었다. 그리고 실제로 그랬다.

"묻고 싶은 게 많을 텐데."

"나도 칵테일 정도는 마실 수 있는 성인이 된 지 오래야, 술을 마시면서 질문을 해선 안 된다는 법은 없지 않나?"

대꾸 없이 그는 엄지손가락을 튀겨 바텐더를 불렀다. 구레나룻을 기른 바텐더는 언뜻 곰을 연상시킬 만한 거한이었다. 나와 진 반장은 나란히 앉아 그를 마주보고 있었다. 그는 쉰목소리로 귀찮다는 듯 내게 뭘 먹겠냐고 물었고, 나는 피나콜라다가 되냐고 물었다. 그런 건 어린애들이나 먹는 게 아니냐는 듯한 표정이었다. 그가 정말 그렇게 말했다면, 나는 가능하다면 지금이라도 어린애로 돌아가고 싶다고 말해 줄 작정이었다. 하지만, 그런 기회는 오지 않았다. 그는 위에서 바둑을 두어도 좋을 만한 커다랗고 편평한 등짝을 내보이며 말없이 돌아섰다. 그가 내 말을 알아듣기라도 한 건지 의심스러웠다.

"나의 가장 큰 실수는······."

진 반장의 목소리는 약간 감상적이었다. 여자거나, 호모라면, 잠시나마 혹하기 십상일 만큼. 다행히 나는, 치명적인 약점을 지닌 그 두 범주에 속하지 않았다.

"민 형사에 대해 제대로 파악하지 못했다는 점이야. 자네도 보고서에서 보았겠지만, 난 그의 창의력에 대해 지나치게 과소평가하고 있었지. 내가 생각했던 것만큼 그가 멍청하지 않다는 걸 알았다면 그런 바보스러운 홈즈-왓슨 놀이는 시작도 안 했을 텐데. 난 왓슨은 왓슨답게 아무리 홈즈가 단서들을 떨어뜨리고 다녀도 끝까지 문제를 제 스스로 해결하지 못할 거라고 생각했었어. 나에게는 참으로 재미있는 놀이였지만, 정작 놈이 왓슨이 아니었던 게 문제였던 거지."

"아마도······ 당신의 진짜 문제는 당신의 실수를 지나치게 축소하려는 데 있는지도 몰라. 민 형사뿐만 아니라, 결국에는 나도 진상이라고 불리는 것에 충분히, 지나칠 정도로 가까이 접근하게 되었어. 당신의 진짜 실수는 민 형사뿐만 아니라 다른 평범한 사람들도 그것을 알아낼 수 있다는 당연한 사실을 간과했던 거야. 문제가 있었던 쪽은 왓슨 쪽이 아니라, 자기도 모르게 자신의 실수 범위를 축소시키고 싶어하는 홈즈의 문제였던 거지."

"그런 건가?"

의외로 그는, 내가 진심으로 미안할 마음이 들 만큼, 싹싹하게 굴었다. 서글픈 듯이 고개를 한번 젓고는 다시 엄지손가락을 튕겨 김렛을 주문했다. 그는 내게 똑같은 것을 할 의향이 있냐고 물었고, 나는 고개를 저었다.

"하지만, 당신의 실수는 내 것에 비하면 사소한 편이지. 내 것은 좀 더 치명적이 되고 말았거든, 당신도 잘 알다시피."

나는 내 말이 그에게 위로처럼 들리지 않기를 바랐다, 그런 감정이 전혀 없다고는 할 수 없었지만. 그는 천천히, 처음으로 고개를 돌려 나를 쳐다보았다. 무엇인가 간절히 바라는 것이 있는 강아지의 눈망울 같았다. 정말 강아지라면 깨물어줄 수도 있을 텐데, 하고 나는 생각했다.

"자네의 말소/재생 건과 관련돼서 말인데……."

피나콜라다 속에 들어 있던 파인애플 덩어리가 목에 걸리는 바람에 나는 잠시 캑캑거렸다. 바텐더가 나를 보지 않았으면 했다. 그런 것 같지는 않았다.

"어저께인가, 아니 그저께던가, 확정되었네, 말소/삭제가 아닌, 말소/재생으로."

"고마워해야 되겠지, 누군가에겐."

"난, 자네가 낙천적인 시각을 갖고 있는 사람이라고는 생각하지 않았는데."

"내게 시각이라는 것이 있다면, 그리고 그걸 내가 알 수 있게 된다면, 제일 먼저 자네에게 알려주도록 하겠네. 어쨌건, 말소/재생이란 건 내가 좀 더 오랫동안 광합성의 역반응을 지속해도 좋다고 허용되었다는 얘기겠지?"

"말소/재생 프로그램이란 건…… 그래, 자네도 얼추 짐작했겠지만, 말 그대로야. 대상이 된 사람을 완전히 지워버린 다음에 완전히 다른 사람으로 만들어내는 거지. 탈북자건, 고아건, 미국에서 생물학 박사 학위를 받은 엔지니어건, 사무실 창가에 앉아 광합성을 하는 경리 담당이건, 뭐든지 만들어낼 수 있네, 그럴려고만 한다면."

"그렇다면, 말소 삭제란 것은……."

"지워버리는 거지, 깨끗이, 뒤끝 없이."

나는 그에게서 담배를 얻었다. 그리고 엄지손가락을 튀기는 대신, 내 방식대로 탁자를 두드려 피나콜라다를 한잔 더 시켰다. 그곳은 좋은 분위기였다. 그리고, 그는 썩 괜찮은 대화 상대였다. 그의 말은 장황하지 않게 간결했고, 딱딱했다. 나는 지나치게 사무적인 그의 분위기가 마음에 들었다.

"우스운 얘기지만, 내가 재생된다면, 뭐가 될 수 있을까?"

"몇 개의 옵션이 주어질 거네, 어쩌면, 자네에게 자네의 장래희

301

망에 대해 그들이 물어올 수도 있는 거고. 어쨌건, 이제 자네는 내 소관에서 떠났네."

장래희망이라. 아들이 있다면——하기는 실제로 벌써 아들이 있는 친구들도 있었던 것 같으니——그놈에게나 필요한 말이지, 내게는 그다지 어울리는 어휘는 아니었다. 장래희망 따위를 자신에게 물어보기에는 너무 지친 나이가 아닌가 하는 생각이 들었다.

"더 물어볼 게 없나?"

그는 손목시계를 바라보는 시늉을 했다. 한편, 내 쪽은 막, 술 기운이 관자놀이를 지나 그 위로 스멀스멀 기어올라가고 있었다. 그건, 내게 이제 전반전이 지났다는 신호였다.

"자네들의 보고서는 내게 일어났던 골치 아픈 사건을 두 개의 번호로 아주 간단하게 나누어 놓았더군. 내가 알고 있는 건 K660의 진상인 듯 싶은데, 그런데 도대체 PK8이 뭐지? 내가 재수없게 끼어들게 되었던 그 정신 나간 총싸움의 정체는 뭐야?"

"간단히, 아주 간단히만 말하겠네. 질문은 받지 않겠어."

나는 갑자기, 내가 그에게 질문을 하는 이유가 그에게서 내가 모르고 있었던 것을 듣기 위해서라기보다, 그가 말하는 것 자체를 보고 싶어서 그러는 게 아닌가 하는 생각이 들었다. 전반전이 지나면, 대체로 이해하기 힘든 일들이 벌어지게 마련이다.

"A 그룹에서는 내년 대선에 어떤 형태건 영향력을 미치려고 하고 있었지. 우리는, 그러니까, 그래, 그냥 우리라고 하겠네, 우리는 A 그룹 내부에 박아놓은 포스트를 통해 그들이 소유하고 있는 특별한 물건에 대한 정보를 미리 입수했지. 그냥 물건이라고만 알아두게. 그 물건의 진위가 확인된 이상, 어떻게 해서든 빼앗아야만 했네, 최소한 상부의 결정은 그랬지. 그래서, 그것을 물리적인 힘으로 빼앗기 위해 MP5를 들고 들어갔던 그룹이, 그러니까, 우리지. 안타깝게도 자네를 제외한 우리는 몰살됐고, 우리의 침입 사실이 외부에 알려지는 것이 마찬가지로 부담스러울 수밖에 없던 그쪽에서 우리에게 사후 처리에 대한 협상 카드를 던졌지. 그까지가 PK8이야, 그 다음에 일어난 부대적인 사건이 K660이고."

"포스트란 건……."

"좋아, 마지막 질문으로 간주하겠네. 이것만 알려주지. 그건…… 일종의 스파이 같은 거야. 자네도 만나봤던 것 같은데, 김영자라고."

두 잔째 피나콜라다가 바닥을 보이고 있었다. 나는 하나를 더 시켜야 할지, 여기서 끝내는 게 좋을지 망설였다. 후반전 휘슬은 막 울렸다.

"재미있는 얘기군. 유머집에 넣어도 좋을 만큼."

그렇게 말하고 나서, 나는 그가 한잔 더 할 의향이 있는지 지켜보았다. 그는 잔에 삼분의 일 정도 남아 있던 김렛을 단숨에 비워버렸다.

"그만 일어나지."

"먼저 가게."

나는 언제나 대답이 빠르다, 생각보다 더. 그게 늘 문제다. 그를 잡았어야 했다, 라는 생각이 든 건, 그의 그만 일어나자라는 말에

0.1초의 간격도 두지 않고, 먼저 가게라고 허세를 부린 뒤, 다시 1초도 지나지 않아서였다. 거기서 한 2초 정도 뒤, 쏟아져 버린 물은 다시 담을 수 없다, 뭐 그런 식의 속담도 부록으로 머리에 떠올랐다. 그리고, 다시 바로, 내 구제불능인 두뇌는 그 속담을 영어로 뭐라고 했던지 더듬고 있었다.

일어선 그는 앉아 있는 나를 다시 한 번 쳐다보았다. 그러더니 돌아서서, 뒷주머니에서 지갑을 꺼내 계산대 앞에 섰다. 나는 늦었다, 라고 기꺼이 체념하고 있었다. 체념은 얼마 남지 않은 나의 주특기 중 하나였다.

"여기까지는 내가 내겠네, 더 먹고 싶다면, 자네 돈으로 해결하게나."

나는 그럴 필요까지 없다고 말하려다 그만두었다. 그에게도 분명, 기분이라는 게 존재할지도 모른다는 생각이 언뜻 들었기 때문이었다.

"그럼 그렇게."

"그럼 이만…… 아차, 한 가지 자네에게 더 일러줄 사실이 있네."

커다란 곰이 서커스 무대 위에서 한 발로 도는 것처럼, 그렇게 그는 멋진 회전을 보여주었다. 계산된 행동으로 여기기에는 너무 자연스러웠다.

"자네와 내가 처음 대화를 한 게 언제인지 아나?"

"내 기억력을 시험하고 싶은 건가? 좋아…… 저택에서의 심문 때가 아닌가?"

"그렇게 뻔한 거라면 애써 묻지도 않았겠지…… 힌트를 주지, 누군가 자네를 쥐새끼에 비유한 적이 있지."

황으로 된 성냥알이 확 타오를 때처럼, 무언가 이상한 화학반응이 머릿속에서 일어났다. 나는, 간신히 입을 뗄 수가 있었다.

"……그렇군…… 총격전 때, 리시버를 통해 들렸던 목소리가 바로……. 진 팀장이라는 남자가……."

"정말로 미안하게 생각하고 있네, 자네를 쥐새끼라고 불렀던 것은."

"아닐세…… 나중에 진짜 쥐새끼를 마주치게 된다면, 그한테나 사과하게."

"……그럼, 이번에는 진짜로……."

그는 뭉툭한 손을 멋대가리 없이 몇 번 흔들고는 밖으로 사라졌다. 나는 물 한잔과 그가 놓고 간 담배 한 대를 해치우고는, 그가 밖으로 나간 지 한 10분 정도 후에 거길 나왔다. 택시를 잡아타고 그들이 마련해 준 거처로 돌아오면서, 너무 쉽게 그를 놓쳐버린 게 아닌가 하는 후회가 들었다. 물어보고 싶은 것들은 더 있었다, 가령 로드스터 양에 대한 것들이라든가. 하지만, 안다고 해봤자 이미 너무 늦어버린 것일 수도 있었다. 나는 말소/재생 프로그램을 기다리는 처지였고, 어쩌면, 하얀 가운을 입은 남자가 내게 기억상실증에 걸리게 하는 약을 주사할지도 모르는 일이었다. 진 반장이 내게 처음 건넨 말은 '쥐새끼가 한 마리 들어왔군.'이었고, 마지막은 '그럼 이번에는 진짜로.'였다. 그것으로 충분해 보였다. 그 사이에 많은 대화들이 오고 갔겠지만, 그것들은 그저 허황된 말장난으로 느껴졌다.

돌아가는 길 내내, 머릿속도 뱃속도 다 혼란스러웠다. 그나마 운 좋게도, 택시기사는 쓸데없이 떠벌려대는 타입이 아니었다. 그랬다면, 태풍이 몰아 닥쳤다 해도 아무데나 내려서 걷는 편을 택했을 것이었다.

기분 나쁜 꿈을 꾸었다. 꿈속에서 나는 다시, 생각하기도 싫은 A그룹 2층에서 총격전을 벌이고 있었다. 상대는 떡대였다. 나하고 놈이 일 대 일로 남았다는 설정이었다. 나는 화가 났다. 말소/재생 프로그램 대상으로 선정되고도 다시 이런 일을 치러야 한다니, 하고 꿈속에서 나는 누구에게랄 것도 없이 불평을 했던 것 같다. 아마도, 그게 꿈이란 걸 알았다면, 그런 설정을 다시 머릿속에 집어넣은 나의 무의식에 저주를 퍼부었을 터였다.

미리 탄창에 남아 있는 총알 수를 확인했는데도, 놈의 뒤를 완벽하게 확보하고 방아쇠를 당긴 순간, 총알은 나가지 않았다. 당연히, 상황은 역전되었다. 나는 두 팔을 벌린 채로 하늘을 보고 바닥에 누워 있었고, 떡대는 총부리를 내 목에 갖다 댄 채 나를 내려다보고 서 있었다. 비록 꿈이었지만, 더없이 불쾌한 감촉이었다. 그는 당장 내 목에다 구멍을 뚫어놓는 대신에, 시간을 끌며 그 상황을 실컷 즐기고 있었다. 서글프게도 내 무의식은 할리우드 영화의 고루한 관습에 폭 젖어 있었다. 나는 이렇게 그에게 말했던 것 같다.

"죽기 전에 난 내가 무엇이 되는 편이 좋은지 알고 싶다. 그걸 알기 전에는 절대 죽을 수 없다."

꿈에서나 용서될 수 있는 엉터리 대사였다.

"어쨌든, 넌 시체가 될 거야, 아주 곧. 아직 결정이 나지 않은 부분은 그 시체가 한쪽 주먹이 없는 시체가 될 것인지, 한쪽 귀가 없는 시체가 될 것인지에 관한 사소한 선택이지."

최소한, 떡대의 대사는 나의 대사보다 그럴 듯했다. 나는 내 주위에 믹서가 있는지 불편한 자세에서도 재빨리 살폈던 것 같다. 믹서가 주위에 보이지 않는다는 사실을 확인한 후, 나는 또 이렇게 말했던 것 같다.

"어차피 시체가 되고 말 운명이라면, 그전에 나는 여러 가지 것들을 더 알고 싶다."

이유는 알 수 없었지만, 나는 귀에 거슬리는 문어체의 말투를 고집하고 있었다. 마치, 싸구려 연극에 나오는 서투른 배우나 된 것처럼. 안타깝게도, 철저하게, 어리석은 역이었다, 현실과 별 다를 바 없이.

"뭘 알고 싶은 건데."

"과거에 대해서. 과거에 무엇이 일어났는지, 내가 모르는 사이에 구체적으로 어떤 일들이 일어났길래 내가 이 지경에 빠지게 되었는지 그런 것들을 다 알고 싶다."

"신이 아닌 다음에야 어떻게 과거에 일어난 모든 일들을 다 알 수 있겠니?"

내 무의식은 아무래도 불공평했다. 내 자신은 구제할 수 없는 멍

청한 인물로 설정한 반면, 떡대는 마치 총을 든 철학자라도 되는
양 점잖고, 지혜롭고, 유머감각까지 겸비한, 그런 놈으로 그리고 있
었다.

"그래도, 그래도, 조금 더 많이, 아니 다 알고 싶다. 내 과거에 대
해서, 특히 로드스터 양에 대해서도. 최소한 난 그녀가 누군지 알
고 싶다."

계속해서, 나는 우기고 있었다. 최소한 일관성 있게는 묘사되고
있었다.

"이제 제발 좀 그만 징징대. 신이 아닌 다음에야, 누가 그런 걸
다 알 수 있겠냐? 만약 신이라고 하더라도, 너한테 그런 걸 친절하
게 설명해 줄 의무는 없는 거야. 제발 좀 더 현명해지라고. 이봐, 니
과거에 대해서 알기 위해선 어쩌면 시체가 되는 편이 그 지름길일
지도 모른다구. 니가 목숨을 부지한다고 해서, 그런 사실들을 다
알아낼 수 있을 거라고 생각해? 그렇게 간절히 알고 싶다면 나 같
으면 차라리, 시체가 되는 편을 택하겠어. 누가 알겠어? 시체가 된
다면 그런 것들을 다 알게 될지도 몰라. 장담컨대, 그게 더 현실적
이고 빠른 길일 거야."

훌륭한 학설이었다. 아무도 반박할 수 없는. 사이비 교주가 희망
없는 인간들에게 집단자살을 강요할 때 써먹기 딱 좋은 대사였다.
이번에는 다행히, 꿈속의 나도 그의 말에 대체로 공감하고 있었다.
과거를 알기 위해 시체가 된다는 것, 확실히 부인할 수 없는 하나
의 가능성이었다. 그의 말처럼, 과거에 대해 알기 위해서는, 대책

없이 징징대는 것보다는 시체가 된 다음에 과거에 대해 눈이 밝아지는 쪽에 희망을 거는 편이 나아보였다. 유령으로든, 천사로든, 뭐로든 간에.

거기서 꿈이 끝난 것은, 혹은 거기서부터 기억의 흐름이 딱 끊어진 것은 좋은 징조였다. 모르기는 해도, 내 무의식이 믹서에 대해 갖고 있는 공포심은 유별난 듯했다.

기분은 상쾌했다. 아침에 눈을 떴는데 특별히 기분이 우중충하거나 별나게 말끔하다면, 그것은 대부분 새벽에 꾼 꿈과 관련이 있는 경우가 많았다. 사실 자신이 매우 단순한 인간이란 것을 웅변하는 한 단편일 뿐이지만. 구질구질한 사람들은 대부분 그런 구질구질한 분석에 매달리게 마련이다. 어쨌든, 그날은 예외였다. 내가 기억할 수 있는 꿈의 내용과는 달리, 기분이 무지무지하게 상쾌했다. 그건 아마도, 기억 나지 않는 꿈의 뒤끝이 매우 좋았거나, 아니면, 깨어나기 전에 또 다른 멋진 꿈을 꾼 건지도 몰랐다. 그 분석 과정이 구질구질하든 구질구질하지 않든, 중요한 것은 결과였고, 기분이었다. 기분이 좋다는 사실이 중요했다.

나에게는 아직, 말소와 재생이라고 하는 두 공정에 대가리를 들이밀기까지, 적으나마 자유시간이 있었다. 자유라기보다는 그저 아무것도 하지 않아야 할 시간이 눈 앞에 떠 있었다. 나는, 그들이 제공해 준 방 두 개 욕실 하나짜리 집의 한 방에 놓여 있는 깨끗한 침대 위에서 눈을 떴고, 역시 그들이 친절하게도 허락해 준, 그저 아무것도 하지 않아야 할 시간들을 흘려 보내야 할 의무가 있었다. 다행히, 기분이 좋았다, 그것만은 어떤 식으로든지 시간의 페이지를 넘겨버리는 데 도움이 될 것 같았다.

밖으로 나왔다. 그들이 제공해 준 옷장 안에 들어 있던 잿빛이 도는 하늘색 긴팔 티에 색이 바랜 청바지 차림으로. 날씨는 완벽했다. 날씨에까지도 '그들이 제공해 준'이라는 수식구를 붙여야 할 듯 싶었다. 태양은 오늘따라, 촉수를 높인 알다마처럼, 밝았다.

집을 옮긴 뒤에, 아니 집은 가만히 있고, 나만이 옮겨진 뒤에, 늘 가던 식당으로 향했다. 출근 시간은 훌쩍 넘긴 시간이었는데, 의외로 거리에는 사람들이 꽤 많았다. 그곳은 30층은 넘어보이는 짙은 회색 빌딩의 1층 구석에 있었다. 사거리의 꺾어지는 부분에 면해 있었기 때문에, 유리창에 붙어 앉아 간단히 아침을 때우며 하릴없이 밖을 지켜보기에는 그만인 곳이었다.

나는 늘 하던 것처럼, 버섯과 양파를 잘게 썰어넣은 달걀 오믈렛과, 적당히 구운 토스트 한쪽, 종잇장처럼 얇은 베이컨 한 장, 그리고 토마토 반쪽을 세숫대야만 한 접시 위에 멋대가리 없이 올려놓은 모닝세트와, 커피 한 잔을 시켰다.

"그리고 비어 있는 컵 하나와 찬물 한 잔도요?"

그 좁은 식당은 머리를 짧게 깎은 주방장이 종업원 없이 음식을 만들고 일일이 나르고 치우는 일까지 도맡아 하고 있었다.

"네."

맘에 안 드는 점이 있다면, 그 식당에는 스트레이트 에스프레소

밖에는 달리 커피가 없다는 점이었다. 물이 가득 든 유리잔과 비어 있는 유리잔을 얻어서, 에스프레소를 비어 있는 유리잔에 찬물과 1 대 4 정도로 희석하여 먹는 내 모습을 보며, 주방장은 마음에 들지 않는다는 표정이었지만, 그런 이유로 나를 내쫓을 만큼 자신의 음식에 자부심이 강한 남자는 아닌 듯했다. 자부심이 강하지 않다는 이유만으로도 친근감을 느끼기에는 충분했다.

오믈렛을 포크로 자르고 있는데, 한 남자가 내 옆에 앉았다. 유리를 경계로, 그 너머의 공간에는, 많은 사람들이 걸어다니고 있었다. 뭔가에 관심이 있다면, 유리창 밖에서 유영하고 있는 쪽이었다.

"상당히 기분이 나쁜 경험이군 그래, 아침식사를 하고 있는데 누군가 날 주시하고 있다는 것은."

남자의 목소리는 어딘지 내 신경을 긁는 데가 있었다. 내용도 그랬다. 나는 고개를 돌려 내 옆자리에 앉은 남자를 쳐다보았다. 낯익은 얼굴이었다. 내 기억이 맞다면, 여인중인가 하는, 부모를 억세게 잘 만난 남자였다. 기억이 틀림없다면, 그 남자의 부모인가 백부인가가 지은 놀이공원처럼 커다란 집에서, 나는 몇 번이나 죽을 뻔했었다. 지금도 온전히 살아 있다고 말하기에는, 아직 확신이 안 서지만.

"미안하지만, 난 그렇게 한가한 사람이 아니야."

하나마나 한 말이었다. 그건 사실이 아니었고, 포크질을 하는 내 손놀림만 봐도, 내가 한가하기 그지없는 사람이라는 사실은 쉽게 알 수 있을 터였다. 나는 초가을의 햇빛에 쭈그러진 얼굴을 다시

유리창 밖으로 돌렸다. 그의 빤질빤질한 면상에 눈길을 대고 있는
건 취미에 없었다.

"유지형 씨, 당신은 이 상황을 우연이라고 얘기하고 싶은 건가?"

"편한 쪽으로 생각해."

"난 당신이 나를 따라다닌다는 사실이 편하지 않아."

나는 그를 따라다니지 않았다. 유리창 밖의 물고기들을 감상하
며 아침밥이라고 불리는 것들을 입에 쑤셔넣으러 온 것뿐이었다.
한가하기는 했지만, 남자 꽁무니를 쫓을 정도는 아니었다.

"어디까지 알고 있나?"

"왜 내가 알고 있는 사실을 당신에게 이야기해 주어야 하지?"

나는 계속해서 바깥을 쳐다보며 말대답을 하고 있었다. 유리창
과 혹은 백열등 알다마와 대담을 하는 느낌이었다. 말들이 계란 조
각들과 함께 입안에서 버석거렸다.

"이미 알고 있는 사실인지는 모르겠지만…… 사실, 밀실을 꾸민
시나리오는 내 머릿속에서 나온 거네."

액체상의 물질이, 내 옆에 앉아 있는 남자의 목구멍을 넘어 그
밑으로 내려가는 소리가 났다. 할 수만 있다면 그 액체를 머리 쪽
으로 역류시켜 놈의 대뇌피질을 깨끗이 헹구어주고 싶었다.

"자네에게는 미안한 일이지만, 나로서도 어쩔 수가 없었네."

나는 그저 좀 귀찮았다. 그렇다고 평소의 규칙을 깨고 식사 후의
포만감을 즐기며 시간을 보내는 대신, 당장 그곳을 나가버리는 것
도 썩 내키지는 않았다. 흥분하지 않을 수만 있다면, 시간을 죽이

기에 그런 대로 좋은 방편일 수도 있었다.

"진 반장의 지휘 아래 잠입해 온 놈들이 다 잡히고 나서, 우린 황급히 그쪽과 협상을 시작했고, 그쪽에서는 불청객을 이용해서, 그러니까, 그 불청객이 바로 유지형 자네지, 일단 사건을 묻어버리는 편이 어떻겠냐고 제안을 해왔네. 사실 우리도 그게 가장 간편한 길이었구. 아까도 얘길 했지만, 거기다 살을 입힌 게 바로 나였지."

나는 토마토 반쪽을 통째로 입속에 집어넣었다. 그래서 말대답을 계속 이어갈 수가 없었다.

"자네가 만나본 진 반장 그룹 말이야. 정말 치사한 놈들이지 않나? 장례식 때 치고 들어오질 않나, 자네를 미끼 삼아 곤경을 벗어날 생각을 하지 않나."

"그게, 그들의 할 일이겠지."

"이해심이 깊은 친구구먼……. 그런데 내게 뭐 더 궁금한 게 없나?"

갑자기 새벽나절의 꿈이 생각났다.

"침입한 쪽에 아주 미끈하게 생긴 친구가 있던데. 자네들이 시체를 치울 때, 총을 맞은 채로 화장실 변기에 처박혀 있었을 거야. 그리고 그전에는 번쩍거리는 빨간 막대기를 들고, 정문 앞에서 차량 지도를 하고 있었는데……."

"근식이를 그렇게 한 게 자넨가?"

그의 목소리가 약간 떨리는 것 같았다.

"아니, 나는 놈의 잔해를 수습해 주었을 뿐이야. 그냥 머리를 좀 식힐 수 있도록 물속에 담가주었지."

"그렇군, 휴…… 근식이 갠, 내 동생이나 다름없는 놈이야. 자네가 그를 그렇게 했다면, 난 자네를 가만두지 않았을 거야."

"난 이미 가만두어져 있질 않네. 사람들은 내가 마치 공책에 잘못 묻은 연필 자국이라도 되는 것처럼, 나를 고무지우개로 싹싹 지우려고 하고 있어. 그 다음에는 지우개밥들을 다시 뭉쳐 새로운 인간으로 빚어주겠다는군. 지우개를 움직이는 인간들은 그걸 거창하게 말소/재생 프로그램이라고 부르고 다닌다더군…… 좋아, 형씨, 동생인지 똘마니인지 하는 놈을 형씨가 어떻게 생각하는지는 잘 알겠어, 하지만, 복수를 하고 싶다면, 번지수를 잘못 찾은 거야, 난 지우개밥만도 못한 인간이라구."

나는 최대한 감정을 죽인 채 말하려고 노력했다. 인도 끄트머리에 뻘쭘히 서 있는 빨간 우체통을 쳐다보면서, 나는 떠들고 있었다. 이 재수없는 놈에게 얘기하는 게 아니라, 우체통과 대화를 하고 있는 거야, 라고 스스로에게 최면을 걸고 있었다.

"우리 쪽에서 자네한테 못할 짓을 한 것은 인정하네. 그래서, 나도 말소/재생 프로그램을 그쪽에 강력하게 주장했던 거고. 아직 협상이 다 끝나진 않았지만 필요한 코스트 중 상당 부분은 우리 쪽에서 부담하게 될 걸세."

하마터면 고맙네, 라고 얘기할 뻔했다.

"그런데, 자네는 뭐가 되고 싶나?"

나는 그를 다시 쳐다보았다. 그가 입은 얇은 봄 점퍼는 구김살 없이 깨끗했다. 깃은 수직으로 세워져 있었고, 소맷부리 밖으로 튀어나온 비슷한 노란색 계통의 폴로셔츠는 너무 짧지도 너무 길지도 않은 딱 적당한 만큼이었다. 자라도 대고 잰 것처럼.

"글쎄, 그게 바로 내가 자네에게 묻고 싶은 거기도 해. 뭐가 되는 게 좋을까?"

길쭉한 유리잔에 담긴 오렌지주스를 그는 빨대로 빨고 있었다. 빨대에서 입을 뗀 뒤, 그는 나를 정면으로 바라보았다. 서로의 얼굴을 마주보는 것은 처음이었다. 그의 얼굴은 화장이라도 한 것처럼 창백했다.

"그건 그렇고, 자넨 박지영의 정체를 아나, 자네가 로드스터 양이라는 재미있는 별명을 붙여주었다는 그 변호사 말이야."

"변호사에게는 관심이 없네. 재생이 된 뒤에는 절대 변호사하고 거래하고 싶지 않아. 차라리 그들에게 변호사가 되게 해달라고 부탁하는 게 나을지도 모르지. 변호사라…… 그건 좀 내게 무리일까?"

"경고해 두겠네만, 절대 그 여자의 정체를 쑤시고 다니지 말게, 다칠 수도 있어."

나는 이미 그 여자에 대해 별 관심이 없는 것 같았다. 쑤시고 다닐 이유도 없었다. 내가 궁금한 건, 내가 뭐가 될 수 있을까 하는, 내게는 어울리지 않는 철학적인 질문이었다.

"사실, 그 여자는…… 딴 데 가서, 특히 다시 진 반장을 만날 기회가 있는지 모르겠지만, 놈 앞에서는 절대 이런 얘기를 꺼내지 말게, 진 반장과 박지영이는, 그래 로드스터 양은 씨 다른 남매 관계야."

그는 내가 놀라주었으면 하는 눈치였지만, 씨 다른 남매라는 말은 내게, 씨 없는 수박이라는 단어와 별반 다를 바 없는 울림이었다. 어쨌건, 그가 계속해서 진 반장 얘기를 꺼내는 건 좀 재미없었다.

"내게는 상관없는 일이야, 난 내가 무엇이 될 수 있을지 그게……."

"아니 잠깐, 끝까지 들어봐. 정작 더 웃긴 건, 진 반장 그놈은 그걸 아는데도, 그 여자와 사귀고 있다는 거야. 여자는 아직 모르는 눈치지만, 그년도 보통은 넘으니, 속은 잘 모르겠고. 여하튼 정말 개판이야. 최근에 진 반장은 로드스터의 어머니, 그러니까 지 친애미하고 만나서 한판 했던 것 같아. 그놈이 왜 자신의 어머니를 말소/삭제 프로그램 대상으로 건의하지 않는지 모르겠어."

갑자기 짜증이 밀어닥치기 시작했다. 나는 다시 눈길을 돌려 빨간 우체통에게 왜 내가 이런 이야기를 듣고 있어야 하는지 물었다. 진지하게 물었지만, 아쉽게도 대답은 돌아오지 않았다.

"다시 말하지만, 난 로드스터 양의 어머니의 출산 기록에 대해선 아무런 관심도 없어. 난 내가 뭐가 되는 것이 좋은지 알고 싶을 뿐이야, 이젠."

"시체가 되지 않은 것을 다행이라고 생각하게."

"떡대는 시체가 되는 편이 낫다고 했지."

"떡대가 누군가?"

"자네 동생인지 똘마니인지."

"그렇게 부르지 말게…… 그런데, 언제?"

"몰라…… 잘 기억나지 않아."

꿈에서, 라고 얘기해 주고 싶지는 않았다. 그가 일어났다. 일어나는 모습이 유리창에 어렴풋이 비쳤다. 왜, 나는 항상 앉아 있어야 하고, 누군가는 떠나야 하는지, 거기에 무슨 규칙이라도 있는 건지 궁금해졌다.

"오늘 들었던 얘기는 잊어버리게."

그는 밖으로 나가기 전에 등 뒤에서 내 쪽으로 몸을 굽혀 조용히 그렇게 말하고는 밖으로 나가 버렸다. 발걸음이 경쾌했다. 나는 듣고 싶은 이야기를 듣지 못했다. 대화 상대가 간절히 필요한 지경에 이르렀지만, 내게는 아무도 없었다. 대화상 대가 간절히 필요한 지경에 이르렀다는 사실이 내게 부자연스러운 건지, 대화 상대가 없다, 라는 사실이 내게 비정상적인 건지 혼란스러워졌다. 하여간, 부자연스러웠다. 쉽게 말해서, 기분이 나빠졌다. 일어나야겠어, 라는 생각이 들었다.

우연이란 것이 반복해서 일어나면 짜증이 나게 마련이다. 하기는, 우리는 우연이란 코드에 너무 익숙해져 있는 건지도 모른다. 해서, 이 상황은 정말 우연이야, 하고 누군가에게 변명해야 하는 경우가 발생한다면, 어쩔 수 없이 당황하게 된다. 그 누군가가 그 상황을 그저 우연이려니 하고 받아준다면 괜찮지만, 그렇지 않다면, 이야기가 복잡해질 수도 있다는 거다.

반복하기도 짜증이 나지만, 정말로 그 버스를 탄 것은 우연이었다.

여인중이라는 남자를 만나고 나서, 나는 기분이 좀 나빠졌다. 머

릿속도 비울 겸, 식당을 나와 햇빛 속을 정처 없이 유영하는 인간
들 사이에 합류했다. 합류했다고는 하지만, 그들과 나는 물리적으
로 충돌할 일이 없었다. 끈적끈적한 땀이 밴 손을 마주잡고 악수를
하지 않아도 좋았고, 날씨에 대한 흔해빠진 허튼 이야기들을 늘어
놓아야 할 필요도 없었고, 지갑을 열듯이 마음을 헤집어놓고 서로
의 감정을 건드릴 필요도 없었고, 정치 문제건 아니면 종교 문제건
침을 튀어가며 심각하게 토론을 시작해야 할 이유도 없었다.

　삼거리에 이르러, 좀 더 한적한 곳으로 발걸음을 옮길 것인지 다
시 번화한 곳으로 되돌아갈지 잠시 갈등을 하다가, 그 버스를 발
견하고는 그리 망설이지 않고 올라타 버렸다. 내 의지가 아닌 타
인의, 아니, 버스의 의지에 선택권을 맡겨버리고 싶었다. 그게 편
했고, 내가 처한 상황과도 일맥상통하는 데가 있는 것처럼 보였다.
예컨대, 우연의 손을 들어주고 싶었던 것이었다.

　버스의 천장은 매우 낮았다. 중키의 여자가 타더라도 천장에 머
리가 닿지 않도록 허리를 구부려야 할 정도였다. 또 창문이 전혀
없어서, 매우 답답했다. 나는 구부정한 자세로 빈자리를 찾았지만,
창문이 없는 벽에 줄줄이 놓인 이인용 의자들은 이미 만석이었다.
의자에 앉아 있는 사람들은 프레스에 눌려 우그러져 버린 것처럼 보
였다. 하여튼 버스는 밖에서 볼 때와 영 딴판이라는 생각이 들었다.

　잠시 후, 나는 그 이유를 알게 되었다. 차의 맨 뒷부분에 접이식
철제 사다리가 구멍이 뚫린 천장에서 바닥 쪽으로, 내 무르팍께까
지 늘어뜨려져 있었다. 나는 손바닥에 먼지가 묻지 않도록 될 수

있으면 발만을 이용해서, 사다리를 타고 2층일 것으로 여겨지는 곳으로 올라갔다.

그것은 지금은 흔히 볼 수 없는 2층 버스였다. 2층은 1층과 완전히 다른 세상이었다. 천장은 손을 쭉 뻗어야 간신히 닿을 만큼 높았고, 큼직큼직하게 트인 유리창을 통해 한낮의 햇빛이 창살 격자의 그림자를 바닥에 찍어놓고 있었다. 게다가, 사람들은 거의 없었다. 나는 2층에서의 경치를 즐길 마음으로 비어 있는 이인용 의자의 창가 쪽 자리에 앉았다. 만약 그 여자를 만나지 않았다면, 실제로 맘껏 한눈을 팔 수 있었을 터였다.

"비겁하군요, 이런 데서 이런 식으로 날 만나려고 하다니."

여자의 목소리였다. 말하자면, 누군가 나와 다른 성(性)의 인간이 내 옆자리에 앉으면서, 그렇게 말했다. 주위에 딱히 사람이 없었으므로, 그 여자가 말을 걸어온 대상이 나라는 것은 의심할 바가 없었다. 하지만, 나는 누구도 만나고 싶지 않았고, 그럴 계획도 없었다. 그저 하등의 접촉 없이 떠다니려고만 할 작정이었다. 게다가, 나는 그런 식으로 누군가 밑도끝도없이 불쑥 말을 걸어오는 데 익숙하지 않았다. 설사, 하루에 두 번씩이나 그런 일을 당하더라도, 불쾌하기는 매한가지였다.

"당신까지 꼭 이래야만 하나요? 이제 미행이라면 정말 신물이나요. 밖으로 나올 일이 있을 때마다 누군가 내 뒤를 밟는지 살펴야 하는 게 얼마나 성가신 일인지 알기나 하세요?"

말을 마치자, 여자는 정면을 바라보며, 윗니로 아랫입술을 꼭 깨물고 있었다. 나는 그 여자가 사람을 잘못 알아본 것이려니 하고 여겼다. 하지만 아닌 것 같았다. 김영자, 내 기억이 맞다면, 재수없게 잘못 기어들어 갔다가 죽을 뻔했던 집, 바로 그 집의 하녀였다. 기억이 정확하다면, 나와 시체가 되어버린 강 과장을 처음으로 발견했던 바로 그 여자였다. 진 반장의 말이 거짓이 아니라면, 그가 심어놓았다던 기둥, 바로 그 여자였다.

"우연이라는 설명을 끈질기게 반복해야 하는 것도 꽤나 성가신 일이지."

"저도 질질 끌고 싶은 마음은 없어요. 도대체 알고 싶은 게 뭐예요."

사람들이 다 자신이 평소에 알고 싶어하는 것들의 목록을 주머니에 넣고 다닌다고 생각하는 건가, 라고 쏘아붙여 주려다가 말았다. 신통하게도, 때마침 알고 싶은 사실이 머릿속에 떠올라 주었기 때문이었다.

"알고 있겠지만, 나는 무언가 새롭게 되어야 하는 입장에 놓여 있어. 난처한 일이지. 너무 오래전 일이라…… 실은, 수십 년간 한 번도 그런 건 생각해 본 적도 없는 것 같은데…… 그래서 말인데, 내가 뭐가 되는 게 좋을까?"

잘 모르는 여자에게 그런 걸 묻는다는 게 우스웠다. 하지만 내게는 선택권이 없었다. 그때도 그랬다. 강 과장의 시체 옆에서, 문을 두드리는 그녀에게 어느 문을 열어야 하는지 물었을 때도. 내가 선택해야 할 문은 이미 설정되어져 있었다. 그때나 지금이나 나의 질문은 여성 잡지의 권말부록 같은 것이었다. 그저, 없으면 허전할 뿐이었다. 그 이상도 그 이하도 아니었다.

"난 체질상 말을 이리저리 돌리는 걸, 무척 싫어해요. 당신이 나를 따라다닌 건, 왜 하필 당신이 음모의 희생자가 되었는지 캐내려고 그런 것 아니에요?"

"아니라고 하고 싶어지는데, 진심으로."

"집요한 사람이군요, 당신은."

아침나절에는 별 특별한 이유 없이 한가한 사람이 되어야 했고, 이번에는 집요한 사람 쪽이었다. 하지만, 나는 별로 항의하고 싶은 기분이 나지 않았고, 어떤 방식으로 해야 하는지도 잘 몰랐다. 대신, 아침나절처럼, 창밖을 바라보기로 했다, 뭔가 내 마음을 진정시켜줄 것을 찾으면서.

"바보가 아니라면, 당신도 나의 역할에 대해 많은 의문을 가졌을 거예요."

"차라리, 바보가 되는 게 낫겠어. 이봐, 나도 할 수 없어, 지금은. 바보 같은 질문밖에 할 수 없다구. 당신이 듣길 원한다니깐 얘기지만, 내가 뭐가 되는 게 좋겠어, 응?"

하루에 두 번씩이나 억지로 화를 참아야 한다는 것은 위생학상 권장할 만한 일은 아니었다. 그렇게, 대화는 어쩔 수 없이 삐그덕대고 있었다. 그녀는 내게 알고 싶은 게 뭐냐고 물었고, 나는 거기에 대해 최대한 정직하게 대답했지만, 그녀는 그걸 곧이곧대로 받아들이려 하질 않았다. 그럴 거라면, 애초부터 그녀는 내게 무엇을 알고 싶은 거냐고 물을 필요가 없었다.

"한적한 버스 안이라고, 그렇게 겁주지 말아요. 당신은 날 호락 호락한 여자라고 얕잡아 보나 본데……."

버스는 매우 빨리 달리고 있었다. 생각과는 달리 2층에서의 풍경은 여유롭거나, 한가로운 것이 아니었다. 획획거리는 잔향을 꽁무니에 길게 늘어뜨린 채, 풍경들은 뒤로 혹은 옆으로 줄기차게 내빼고 있었다. 시선을 고정할 만한 곳을 찾는 대신, 나는 바람이 들어올 수 있도록 창문을 잡아당겨 손가락 두 개가 간신히 들어갈 수 있을 정도의 틈을 만들었다.

"그래요, 그 부분은 맞아요. 당신 짐작대로, 전 여인중 씨의 성적 노리개였어요. 어려서부터 그런 목적으로, 그렇게 길러졌죠. 열다섯 살 때였나, 열네 살 때였나, 그때가 아마 처음이었을 거예요."

바람은 그런 대로 시원했다. 열다섯 살 혹은 열네 살 때, 아마 그즈음에는, 나도 내가 무엇이 되고 싶은지 남한테 묻지 않아도 되었으리라, 제 스스로 그 정도는 생각해 낼 수 있었으리라.

"하지만, 제가 여인중 씨나 여씨 가문에게 일방적으로 끌려 다니기만 하는 입장이라고 생각하면 오산이에요. 나한테도 이제 쓸 만한 카드가 있으니까. 그건 그렇고, 밀실을 꾸미는 아이디어가 누구한테서 나온 건지 궁금하지 않아요?"

"여 뭐라고 하는 느끼한 젊은 놈이 아닌가? 그는 그렇게 얘기하던데."

"웃기는 자식…… 그러고도 남을 놈이지…… 아니에요, 그 아이디어를 생각해 낸 건 바로 나라구요. 지 애비 눈치도 제대로 못 보는 그 자식한테 그런 머리가 있을 거라고 생각하세요?"

그런 머리통은, 그 주인이 내 옆에 앉은 여자건 재수없는 여인중이건, 차라리 첨부터 없었으면 좋았을 거야, 하고 바람에게 입술을 떼지 않고 속삭였다.

"내가 손에 들고 있는 카드가 뭔지 궁금하지 않아요?"

"별로 보고 싶은 마음이 없는데."

"당신과 연관된 사건도 사건이지만, 제가 잡고 있는 카드는 출생의 비밀과 관련된 거예요. 그야말로 폭발력이 엄청날 수도 있어요."

또다시, 출산 기록과 관련된 얘기였다. 나도 출산과 관련된 폭탄 하나 정도는 가지고 있었다. 여인중이가 던져준 정보에 의하면, 로드스터와 진 반장이 씨 다른 남매라는 얘기였다. 씨 다른 남매라고 한다면, 로드스터와 진 반장은 같은 어머니 자궁을 빠져나왔으되, 착상이 되게 한 정자의 주인은 하나가 아니라 둘이라는 것이었다. 어머니 하나와 아버지 둘, 그건 장기판에 코끼리[象]는 둘, 졸개[卒]는 다섯이라는 사실과 별반 다를 바 없는 산수였다, 적어도 내게는.

"이걸 아는 사람은 다섯 명에 불과해요. 그것도 나를 빼고는 모두 뒤탈이 없는 내부인이죠. 실은…… 여인중이는 지금 어머니 노릇을 하고 있는 정실부인의 배에서 나온 자식이 아니에요."

"나까지 친다면 이제 여섯이겠지."

"얘기 끊지 마세요. 뭘 믿고 그렇게 뻣뻣하게 구는진 모르겠지만, 잘 들어요, 여인중의 어머니가 누군지 아세요?"

"안타깝게도, 출산 기록에 대해선 전혀 관심이 없어. 내 미래 쪽이라면 몰라도."

나는 피곤했다. 여자는 여인중의 진짜 어머니에 대해——진짜 어머니와 가짜 어머니 사이에 어떤 변별점이 있는지는 몰라도——알고 있는 듯했다. 그리고 그걸 나에게 알려줄 심산인 듯했다. 하지만, 나는 그게 나한테 어떻게 쓸모가 있을지 상상해 낼 수가 없었다. 누군가를 괴롭히기 위해 재미도 없는 얘기를 쏟아붓는 데에는 이용할 수 있을지 몰라도. 안타깝게도, 내게는 그 누군가마저 없었다.

"당신의 변호사였던, 그 여자, 박지영이, 아시죠? 바로 그 여자의 어머니가 바로 여인중의 친어머니예요. 둘 다 모르고 있지만, 그러니까 둘은 친남매인 거죠."

"재미있군."

"재미있다구요?"

"재미있어, 확실히."

"제가 둘 사이를 엮어보려고 하는데도 말이에요?"

갑자기 로드스터 양에게 동정심이 치밀어 올랐다. 그 여자는 이미 충분히 엮어질 대로 엮어져 있는 것 같았다. 모든 것이 지나치게 복잡하고 작위적이었지만, 근간은 단순한 것 같았다. 법적으로 공인되지 않은 섹스가 은밀하게 진행된다, 그리고 그것을 감추기 위한 갖은 노력이 뒤따른다, 그러나 그것을 아는 사람들이 존재한다, 한편 입에 물린 지퍼라는 건 언제나 다시 열릴 수도 있는 것이다, 그리고 섹스에 대한 증거로 자식들이, 엮어질 만큼 엮어진 복수(複數)의 자식들이 존재한다, 마지막으로 하이에나 같은 인간들이 그 복수의 자식들을 다시 한 번 꼬아 보려고 한다. 나는 그들이 성교를 하기 전에 남자 쪽에서 자발적으로 콘돔을 착용했거나, 아니면 여자 쪽에서 그걸 종용했었다면 좋았을 텐데, 하고 생각해 보았다.

나는 조용히 자리에서 일어났다. 부자들의 공인되지 않은 섹스와, 한 여자의 복잡한 출산 기록에 대한 이야기는 아무래도 내 관심을 끌 수가 없었다. 그리고 그것에 대한 반복은 왠지 모르게 나를 화나게 만들었다.

"자리 좀 비켜주지, 화장실에 가서 내가 들은 것들을 다 게워내고 싶어지는데."

그러나 여자는 양 무릎을 앞좌석 등받이에 꼭 붙인 채였다. 그녀는 나를 올려다보고 있었다. 예쁜 눈동자였다. 흰자위와 검은자위는 마치 돌이나 상아 같은 걸 쪼아 만든 것만 같았다. 열네 살 때부터 원치 않는 성관계를 갖기 시작한 여자의 눈동자였다.

"이봐요, 유지형 씨. 당신은 스스로 자신이 매우 똑똑한 사람이라고 여기겠지만, 제가 보기에는 전혀 아니에요. 당신은 이 사건의 전모가 무엇인지 제대로 파악도 못하고 있을 뿐만 아니라, 그나마 당신이 주워들은 정보의 단편들이 무엇을 의미하는지도 모르고 있어요. 당신은 분명, 나름대로의 명확한 상을 가지고 있겠지만, 그것들은 세부적인 부분에서 약간씩 사실에서 벗어나 있어요, 그래서 결국에는, 전체적으로 아주 다른 모양을 하고 있는 거예요. 그런 잘못된 상이, 너무 빨리 굳어져 버린 상이, 지금 당신이 가지고 있는 그 똥고집을 만든 거죠. 근식이도 그러는 바람에 당하고 말았죠……."

여자가 얘기를 하는 동안, 나는 여자의 무릎을 경중 뛰어넘어 복도로 나섰다. 근식이라는 말이 귀에 걸리지 않았다면, 나는 재빨리 사다리 아래로 사라지고 말았을 것이었다.

"근식이라고?"

"거기에 대해 얼마나 아는지 모르겠지만, 아마도 이 정도는 아시겠죠, 근식이는 여인중의 정부(情夫)였어요. 첨 들으신 건가요? 표정을 보니 그런 것 같군요. 표현은 어색하지만, 하여간 그랬어요. 여인중이는 완벽한 양성애자였어요. 남자도, 여자도 가리지 않았죠, 희귀하고 비싸기만 하다면. 사실은 근식이를 여인중에게 소개시켜 준 것도 나예요."

"근식이는 이미 죽지 않았나?"

"당신이 질문을 하는 경우도 다 있군요. 제가 할 수 있는 답은, 당신의 질문이 매우 좋은 질문이라는 거예요. 그 이상은 저도 말씀을 해드릴 수가 없군요."

잠시 후, 나는 여자를 내버려두고 비척대며 사다리를 내려오고 있었다. 여자는 내게 꽤나 많은 정보들을 던져주었다. 하지만, 그건 너무 복잡했고, 또 내게는 필요 없는 것들이었다. 내 미래에 관해선, 나는 아무것도 들은 바가 없는 셈이었다. 나는 버스를 내렸다. 요금을 내지 않았지만, 차장은 내게 요금을 요구하지 않았다. 요금을 요구했다면, 그 액수와 상관없이 나는 차장의 따귀라도 갈겨주었을지 몰랐다. 차장이 김영자처럼 여자였다면, 아마 그러기마저 쉽지 않았겠지만. 어쨌든, 요금을 내야 할 만한 일은 아무것도 일어나지 않았다. 그것은 2층 버스라고 해서 용서가 될 만한 일은 아니었다. 물론, 버스는 기름을 더러운 가스로 분해시켜 가며 움직였겠지만, 그것 역시 어떤 방식으로든 내게 도움이 되지는 않았다.

버스에서 내려 무작정 걷기 시작했다. 새 운동화 밑창으로 때이른 낙엽들이 밟혔다. 물기가 아직 다 빠져나가지 않아서인지, 사각거리며 부서지거나 하지는 않았다. 하늘은 꾸물꾸물했다. 먹물 배인 이불솜 같은 것이 머리 위에 펼쳐져 있었다. 기분이 나빠진 것은 물론, 낙엽이나, 갑자기 변한 날씨 때문만은 아니었다.

걸으면서, 오전에 만났던 두 인간이 내게 들려주었던 얘기를 정리해 보았다. 그것들은 어떻게 살펴보아도 나와는 무관한 일인 것 같았다. 하지만, 한시바삐 머릿속에서 뜯어내기 위해서라도, 한 번쯤은 정리가 필요한 것처럼 여겨졌다. 어찌 되었건 그게 내 방식이다, 머리통의 구조이다.

커다란 W 자 하나가 머릿속에 그려졌다. 상단의 꼭짓점 세 개에는, 그러니까, 부모의 세대에는 남자 둘과, 현재로서는 로드스터 양의 어머니라고 알려져 있는 여자 하나가 필요했고, 아래에는 진 반장과, 로드스터 양, 그리고 여인충, 이렇게 세 명의 자식들이 필요했다. 남자 A와 남자 B가 같은 인물일 가능성은 없어 보였다. 누군

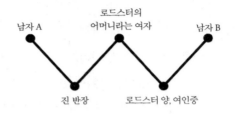

남자 A　　로드스터의
어머니라는 여자　　　남자 B

진 반장　　　로드스터 양, 여인중

가, 진 반장과 로드스터 양이 씨 다른 남매라고 가르쳐주었고, 그
것은 남자 A와 남자 B가 서로 다른 사람이라는 뜻인 것 같았다. 마
찬가지로 다른 사람이라고 해서, 남자 A와 남자 B가 서로 아무런
연관이 없는 사람들이라고 단정 지을 수는 없었다. 지금까지의 관
례로 봐서는, 둘이 불알친구라고 해도 이상할 것이 없었다. 아래쪽
꼭짓점들은 좀 더 복잡했는데, 이들 중, 누구도 완전히 W의 구조
를 알고 있지는 않은 것 같았다. 로드스터와 진 반장은 사귀고 있
었고, 여인중과 로드스터는 하이에나에 의해 엮이기 일보직전인
것 같았다. 확인할 길은 없지만, 내가 들은 바로는 그랬다. 그걸로
출산 기록에 대한 정리는 그럭저럭 마친 듯했다.

　공원에 가려고 했던 것은 아니었다. 나는 그저 아무런 목적 없이
걷고 있었을 따름이었고, 그 공원은 내가 전에 알고 있던 곳이 아
니었다. 공원과 바로 맞닿은 인도의 경계에는 내 키를 살짝 넘는,
해서 까치발을 해도 그 내부가 잘 보이지 않는 높이의 짙은 초록색
덤불이 잘 다듬어져 있었고, 약 10미터 간격으로 출입이 가능할 수
있도록 좁은 길이 터져 있었다. 폭이 50센티미터 정도 되는 초록색

덤불의 벽을 따라 2~3미터 정도 걸어 들어가면 한 변이 약 200미터가량 되는 정사각형 모양의 공원이 나왔다. 바닥에는 짙은 파랑에 가까운 잔디가 입혀져 있었다. 일정한 간격으로 가장자리를 빙둘러 놓여진 몇 개의 벤치를 제외하면, 잔디밭 위에는 별다른 인공물, 가령 기념탑이나, 식수대나, 그네나 미끄럼틀 같은 간단한 놀이기구 같은 것들을 찾아볼 수 없었다. 전경이 한눈에 들어오는, 대담하기까지 한 단순한 구조였다.

공원에는 꽤 많은 다양한 사람들이 있었고, 또 다양한 크기와 모양의 개들이 있었다. 개들은 대부분 빠르게 뛰어다니고 있었고, 사람들은 그보다 좀 더 느린 속도로 뛰거나, 걷거나 혹은 서 있었다. 너무 늙어버렸거나, 옷차림이 남루한 사람들은 벤치에 앉아 있기도 했다. 나는 벤치에 앉아, 앉아 있지 않은 생물들을 멍하니 바라보고 있었다.

적어도 그렇게 생각하고 있었는데, 잠깐 사이에, 나는 다시 W로 돌아가 있었다. 나는, W의 오른쪽 끄트머리에 박힌 작은 점, 남자 B에 관해 생각하고 있었다. 남자 B가 내가 적을 두고 있던 회사의 창업주의 첫째 아들인지, 아니면 둘째 아들인지 생각하고 있었다. 그것은 매우 바보스러운 일이었지만, 바보스러운 일에 집착하지 않기란 바보가 되지 않는 것만큼이나 어려운 일이다.

"올 것이 왔군. 생각했던 것보다 훨씬 빨리."

눈이 덮이는 커다란 벙거지 모자를 쓴 남자 하나가 내 옆에 앉아 있었다. 듣기 나쁜 목소리는 아니었다.

"내가, 그 올 것이란 말인가⋯⋯."

남자는 모자를 살짝 들어 그늘에 가려져 있던 퀭한 눈을 잠시 보여주었다. 민 형사였다. 눈을 본 건 아주 짧은 시간이었지만, 그가 누군지 기억해 내기에는 족했다. 남자의 눈은 웃고 있는 것 같았지만, 윤곽이 너무 흐릿했다.

"당신은⋯⋯."

"조금 있으면 소멸될 존재지."

우리는 잠시 말없이 조용히 앉아서 공원을 바라보고 있었다. 중간 크기의 개 한 마리가 청색 셔츠를 입은 사내가 던진 누런 원반을 쫓아, 우리가 앉아 있는 벤치 근처로 다가왔다. 놈은 헉헉대며, 풀밭에 떨어진 원반을 침이 흥건한 입으로 물고는 돌아가 버렸다. 개가 멀어지자 남자가 다시 입을 뗐다.

"그리고, 다시 빚어질 수도 있지, 그렇다고 알려져 있는 존재이지."

다행인 것은 그가 내게 왜 자신을 쫓아다니는지 묻지 않았다는 점이었다. 우연이라는 궁색한 변명을 하루에 세 번씩이나 되풀이해야 되는 부담에서 나는 벗어날 수 있었다. 반대로, 어쩌면, 내가 그들이 있는 곳에 우연찮게 들르게 되어 그들을 그야말로 우연하게 만나게 된 것이 아니라, 그들이 나를 계획적으로 만나려고 준비해 왔던 것이 아닐까 하는 생각이 불연 들었다. 연속되는 세 번의 우연이란 사실 믿기 쉬운 일이 아니었고, 분명, 내 쪽에서는 계획적인 의도가 없었으니까 그런 식으로 생각이 흘러가는 것도 당연한 일이었다. 어쨌든, 그것이 우연이건 한쪽의 의지이건, 그건 그리 중요하지 않았다. 나는 민 형사를 만나게 된 것이 기뻤다.

"그 소멸과 재(再)빚어짐을 통해 무엇이 될 거지?"

"다 알고 있군…… 딱하게도…… 그렇게 믿고 있군."

민 형사는 두꺼운 천의 롱코트를 입고 있었는데, 그건 노숙자들이 한겨울에 입을 요량으로 걸치고 다니는 넝마에 가까운 것이었다.

"그렇지만…… 아는 게, 바로 그 아는 게 문제야, 거기서 문제가 생기지. 알기 전에 사람들은, 알고자 하는 사실, 바로 거기에만 집중을 하지. 사람들이 알고자 하는 사실뿐만 아니라, 알고 난 다음에 자신이 어떻게 변하게 될지 조금만 더 고민한다면, 세상은 좀 더 신중해질 걸세. 나만 해도 그랬어, 알고자 하는 욕심이 너무 컸지, 눈앞을 가릴 만큼."

"알고자 했던 것은 어떻게 되었지?"

"알게 되었지."

"그리고?"

"그리고…… 지금 자넨 알게 된 후의 나를 보고 있네, 보시다시피."

확실히, 수사 도중에 만났던 민 형사와는 많이 달랐다. 그의 말처럼, 알기 전의 그와 알고 난 후의 그 사이에 어떤 화학적인 변화가 있었던 건지, 아니면 단순히 말소/재생 프로그램의 부름을 받고 나서 머리가 살짝 돌아버린 건지 확인할 길은 없었지만. 그도 아니면 영리하게도 그런 흉내를 내고 있는 걸 수도 있었다.

"그리고, 그러고는 뭐가 될 거지? 무엇으로 다시 빚어질 거지?"

"자넨 모든 걸 다 알고 있다고 믿고 있지, 넘겨짚는 게 아니야,

자네의 눈초리가 그렇게 얘기하고 있어. 하지만 아니야, 결코 그게 다가 아니야."

바람이 세게 불기 시작했고, 허옇게 마른 잔디들이 우수수 날리기 시작했다. 개들은 끊임없이 짖어대고 있었다. 그들은 서로에게 짖어댔고, 자신의 주인인 인간에게도 짖어댔고, 필시 주인이 아닌 낯선 사람들에게도 짖어댈 터였다. 말하자면, 매우 간편하고 단순하며 즉각적인 반응으로, 개라고 하는 유기물은 존재하고 있었다. 사색하는 대신, 짖어댈 따름이었다. 그런 생각을 하면서 나까지 머리가 이상해진 게 아닌가 하는 생각이 들었다.

"솔직히, 그런 얘기는 오늘 하루 동안에도 진절머리가 날 정도로 들어왔네. 내가 모르는 진상들…… 좋아, 그건 알겠어, 그런 게 존재하겠지, 10리터짜리 쓰레기봉투를 가득 채우고도 남을 만큼 많이 존재하겠지, 그건 좋아. 한데, 내가 알고 싶은 건 말이지, 그 쓰레기의 전부 다가 아니야. 제발, 내 질문을 정신 차리고 들어줘. 정말 내가 뭘 더 알아야지, 내가 무엇이 되고 싶은지 알게 되는 걸까?"

내가 해놓고서도, 뱉고 나서 뒤돌아서면 잘 이해가 가지 않는 말들이 있다. 바로 그때 그랬다. 입을 다물기가 무섭게, 질문의 의미들은 침샘 뒤로 삼켜지고 없어졌다, 아무런 의미도, 아무런 맛도 남기지 않고.

"진 반장의 아버지가 누군지 아나?"

"나는 가족관계에는 약하지. 그럼 자넨, 자네 형이 결혼한 여자의 사돈의 동서가 자네에게 몇 촌이 되는지 아나?"

물론 나는, 처음부터 말장난이나 하고 싶었던 건 아니었다. 비슷비슷한 화젯거리에 좀 화가 치밀어 올랐던 것이었다.

"진 반장의 아버지는, 건축가였지, 정신이 좀 이상한."

"그게 나하고 무슨 상관이지?"

"글쎄…… 상관이 없을 수 있다면…… 더 좋았겠지. 자넨 진 반장의 아버지가 지은 집에서 총을 든 적이 있었어. 그 이상한 대칭형의 건물 말이네. 아들은 아버지가 지은 건물에서 자신의 감정을 조절하지 못했네. 진 반장은 나에게 그들이 꾸민 트릭에 대해 알려 주지 못해 좀이 쑤셨던 거지. 아버지가 만든 그 기형의 건물에 대해, 그 기형의 천재성에 대해, 내심 우리 같은 범인들이 알아주기를 바랐던 거지. 그러다 덜컥, 내가 진상에 접근해 버리고 만 거지, 그래선 안 되는 거였지만…… 진 반장은 사생아였어. A 사의 회장의 동생, 여인중의 작은아버지인 미치광이 건축가 여정형의 사생아였던 거지."

"아주 자연스럽군."

나는 하늘을 바라보고 있었고, 민 형사는 벙거지 모자 밑으로 풀밭을 쳐다보고 있는 것처럼 보였다. 하늘색은 점점 더 짙어져 가고 있었다. 모든 것이 너무나 자연스러웠다. 정리해 보자면, W 자상의 남자 A와 남자 B는 형제지간인 듯했다. 남자 A는 미치광이 건축가, 동시에 남자 B의 동생. 둘 다, 섹스 파트너를 고르는 데 비슷한 취향이 있는 듯했다. 그리고 그 둘 다, 공인되지 않은 섹스를 할 때, 콘돔을 차지 않는 버릇이 있는 것 같았다. 모든 것이 너무나 자연스럽게 이해되었다, 나에 관한 것만 빼고.

"진 반장은, 그의 월급으로는 상상도 할 수 없는 집에 살고 있었네. 거기서 알아차려야만 했었던 거지. 알아차리고 나서, 현명하게 처신했어야 했지. 나는 바보처럼, 내가 알아낸 사실들을 그에게 털어놓았네, 방금 암기한 구구단을 어머니 앞에서 시연하는 어린아이처럼 말이야."

구구단이라면, 나도 로드스터 양 앞에서 줄줄 읊은 적이 있었다. 결국 우리는 현명하지 못했던 것이었다. 현명한 인간이라면, 알아도 되는 사실과, 알지 않는 편이 나은 사실을 구분할 수 있을 터였다. 그리고, 그들은 알지 않아도 되는 사실을 알게 되면, 모르는 척하리라. 나는 우리가 재생 과정을 통해, 그런 유의 현명함을 얻을 수 있을지 궁금해졌다.

"그 구구단을 외던 아이가, 이제 뭐가 될 거지?"

"인간은 모두 언젠간 시체가 되지. 진 반장은 사생아가 되었구. 어쩌면, 그는 영원히 아버지가 될 수 없을지도 몰라, 아니, 벌써 아버지가 되어버렸는지도 모르지, 알 수 없는 거야, 그건. 하기는, 그건 모두 자신의 의지와는 무관하게 벌어지는 일들이니까."

하늘은 좀 더 어두워졌다. 시시각각 어둠은 아주 조금씩, 한 방울 한 방울씩, 짙어지는 것 같았다. 나는 운동화 바닥으로 잔디를 거칠게 짓밟았다.

"하면, 난 뭐가 되는 게 좋을까? 시체가 또 아버지가 되기 전에 말이야."

"감시자가 나타났군…… 즐거웠네. 유익한 대화였어."

갑작스레, 하지만 매우 천천히 그는 일어났다. 그가 일어나자, 그의 옷에서 먼지들이 부스스 떨어졌다. 나쁜 냄새가 나는 것 같기도 했다.

"엔지니어는 어떨까? 커다란 실험실에서 깔때기 같은 걸로 거품이 부글부글 끓는 약품을 만드는?"

그는 끝까지 벤치에 앉아 있는 나를 돌아다보지 않았다. 그는 잠시 걸음을 멈추고 하늘을 쳐다보는 시늉을 하면서, 혼잣말처럼 그렇게 말했다.

"사생아를 만들지 않도록 해, 그게 중요해."

그렇게 이야기하고 그는 조그맣게 되어버렸다. 점이 되기 전에, 몇 마리의 개들과 사람들의 윤곽이 그 작은 덩어리를 가렸다가, 비켜나면서 없애 버렸다, 마치 마술사처럼. 그렇게 그는 소멸되어 버렸다, 내 눈 앞에서. 나는, 그의 재빚어짐은, 만약 그런 것이 정말 존재한다면, 내 눈 앞에서 벌어지지 않기를 바랐다.

나는 걷고 있었다. 마치 최면술사가 손가락을 튕기면 최면에 걸려 있던 사람이 획 하고 제정신으로 돌아오는 것처럼, 어느 순간, 나는 나의 두 발이 배터리가 장착된 자동인형처럼 도로 위에서 차례로 교차되고 있는 것을 발견했다. 불쾌한 경험이었다. 의식이 돌아오기 전에 대한 것은 아무것도 남아 있지 않았다. 최면술에 걸려 있는 동안, 나는 내가 무엇을 했는지 아무것도 생각해 낼 수가 없었다. 대로 복판에서 탭댄스를 추었는지, 전신주나 벽에 스프레이로 W 자를 큼지막하게 그리고 다녔는지, 버스에다 오줌을 갈겼는지, 아니면 눈을 감은 채 내 전생에 관한 기억을 큰소리로 늘어놓았는지, 그저 암흑일 따름이었다.

나는 운동화가 그리고 그 속에 들어 있는 발이 내 의지와는 상관없이 멋대로 움직이는 것을 관대하게 지켜보고 있을 만큼 인내심이 강하지 못했다. 나는 멈추어 섰다, 그러라고 발들에게 명령을 내렸다. 그것들이 내 지시를 따르는 것을 확인한 후, 나는 고개를 들고 황망하게 제자리에 섰다.

걷고 있다는 것을 깨달았다고는 하지만, 그곳이 어딘지는 여전히 오리무중이었다. 낯선 곳이었다, 내게는. 그곳은 중심가에서 약간 벗어난 상업가처럼 보였다. 오른쪽으로 바로 정육점과 미장원, 슈퍼마켓 등이 보였고, 왼쪽에는 상가가 노골적으로 그 지저분한 뒷면을 내보이고 있었다. 전방으로는 멀리 늘어선 여관 건물들이 때이르게 조악한 원색의 네온사인들을 깜박이고 있었다. 결코 맘에 드는 경치라고는 할 수 없었다.

여인중, 김영자, 민 형사. 그렇게, 무의미한 만남들이 연속되었고, 그동안 아무도 내가 필요로 하는 이야기를 해주지 않았다. 대신, 그들은 내가 알지 않아도 되는, 또 알고 싶지도 않은 사실들을 일방적으로 들려주었는데, 그것들이 머릿속을 뒤죽박죽 만들어놓고 있었다. 전원을 켜면 배터리가 다 될 때까지 줄창 북을 쳐대는 곰 인형처럼, 솜으로 된 뇌를 가진 개체로 만들어놓고 있었다. 멀정한 인간을 걷다가 정신을 잃고, 무엇을 하고 있는지도 모르는 행려병자 같은 사람으로 만들어놓고 있었다. 어쨌든, 그것들을 머릿속에서 털어내 버리기란 쉬운 일이 아니었다. 그래서 더더욱 불쾌했다. 그들 중의 단 한 명만이라도 내게, W 자에 얽힌 지저분한 추문 대신, 가령 벌목공이라든가 오케스트라의 지휘자 같은, 허황되기는 해도 하나의 대안을, 내가 뭐가 되는 게 좋을까 하는 질문에 대한 대안을 제시해 줄 수 있었더라면, 하고 혼잣말을 해보았다.

주위는 어둑어둑해지기 시작했다. 비가 내릴 것만 같았다. 실제로, 뺨에 작은 물방울들이 묻는 것 같은 느낌이 들기도 했었다. 그대로 서 있을 수만은 없겠다는 생각이 들었다. 나는 가던 방향으로 그대로 걷기 시작했다. 단, 이번에는 운동화 끝을 쳐다보지 않기로 했다. 여전히 나와 발과의 관계는 서먹서먹했다.

한쪽으로 여관이 일고여덟 채 늘어선 거리 끝으로, 대로가 보였다. 대로 위의 차들은 멈추어 선 채 움직이지 않았다. 미등이 켜져 있지 않았더라면, 주차장으로 착각할 수도 있었다.

처음 그들을 보았을 때, 내 발들은 다시 한 번 제멋대로 길 중간에서 멈추어서고 말았다. 그것은 그날 일어났던 네 번째 우연이었다, 정말 그 일들에 누구의——신만 제외하고——의지도 개입되지 않았다면 말이다. 발들이 길바닥에 딱 붙어버리기는 했지만, 그 위쪽의 나는 그다지 놀라지 않았다. 어쩌면 그런 걸 진작 기대하고 있었거나, 아니면 어렴풋하게나마 예감하고 있었던 건지도 몰랐다. 내가 처음 본 것은 한 여자와 한 남자가 상가 뒤편에서 나와 좁은 골목을 가로지르고 있는 광경이었다. 그들은 적당한 거리를 유지하고 있었다. 딱 적당한 간격이었다, 쓸데없는 오해를 불러일으키지 않을 정도로. 남자가 여자보다 약간, 보폭의 반 정도 앞서 있었다. 그들 사이에 물리적인 접촉은 없어 보였다, 손을 잡고 있지도 않았고, 팔들이 얽혀 있지도 않았다. 여자는 자신의 눈보다 약간 낮은 곳을 바라보고 있었고, 남자는 좀 어색하다 싶을 정도로 정면을 고집하고 있었다.

진 반장과 로드스터 양이었다. 그들은 내 눈 앞에서 순식간에 여관 건물 입구로 삼켜지고 말았다. 그것은 정말 눈깜짝할 새였고, 주위는 적당히 컴컴하기까지 했다. 하지만, 나는 그토록 쉽게, 그들이 진 반장과 로드스터라고 믿어버리고 말았다. 사람들의 얼굴을 확인한다는 것이 쉬운 일이 아니란 걸 나는 잘 알고 있었다. 하지만, 그때는 달랐다. 그들이 내가 아는 그들이 아닐 수도 있다는 사실, 그 가능성은 전혀 고려되지 않았다.

그들이 사라진 곳은 '대화의 숲'이라는 다소 생뚱한 이름의 여관이었다. 최소한 숲은 보이지 않았다, 다닥다닥 붙어 있는 창문 안쪽에 어떤 형태의 대화가 존재하는지는 몰라도. 그곳은 도심가 뒤편에서 흔히 볼 수 있는, 자고 가는 손님보다는 잠시 머물다가 가는 남녀가 더 많은 그런 러브호텔이었다.

나는 맞은편 3층짜리 상가 건물 뒤편에 나 있는 작은 출입구에서 그들을 기다리고 있었다. 그들을 따라 여관에 들어간다는 것은 무리라고 판단했던 것이었다. 방 번호를 알아내는 것도 쉽지 않을 터였고, 복도나 계단, 혹은 엘리베이터 같은 곳에서 그들과 마주칠 위험도 다분했다. 그곳에서라면, 그들이 언젠가 '대화의 숲'에서 이 살풍경한 거리로 다시 돌아올 때 놓칠 일은 없겠다고 여겨졌다. 게다가 내가 잠복해 있던 출입구에는 이미 셔터가 내려져 있어서, 쓸데없이 다른 사람들의 주목을 끌 일도 없었다.

한 시간쯤 지났을까, 나는 '대화의 숲' 입구에 줄창 눈길을 박고 있었지만, 아무런 성과도 없었다. 그동안 50대는 되어 보이는 남녀 한 쌍이 '대화의 숲'으로 사라졌고, 철가방을 든 배달원 하나가 스쿠터를 세워놓은 채, 안으로 들어갔다 잠시 후 다시 나왔다. 그게 다였다. 나는 내가 그 작업을 너무 안이하게 생각했다는 걸 알게 되었다. 나는 그저 그들이 분명히 다시 나올 거라는 가정하에서 거기서 기다리고 있었고, 그 사실만은 틀림없을 것만 같았다. 설사, 그 둘이 여관에서 음독 자살을 한다 해도, 언젠가 경찰이나 119 대원들에 의해 들것에 실려, 시체로나마 밖으로 나오기는 나와야 할 터였다. 하지만 그들의 시체가 언제 발견될 건지 아무도 장담할 수 없었다. 살아 있는 채로 나온다고 해도 이틀이고 사흘이고 그 앞에 서서 마냥 감시만 하고 있을 수는 없었다. 결국, 내가 염두에 두지 못했던 문제는 시간과 관련된 것이었다.

때마침 빗방울이 굵어지기 시작했다. 내가 서 있는 입구 위에는, 내 팔 길이만 한 콘크리트로 된 차양이 설치되어 있기는 했지만, 그걸로 바람의 방향에 따라 춤을 춰대는 빗방울 막기에는 한계가 있었다. 신발부터 바지춤, 그렇게 점점 위로, 나는 젖어가고 있었다.

무릎께가 축축해지기 시작했을 즈음, 미처 생각하지 못했던 기분 나쁜 가능성이 떠올랐다. 또 하나의 출구가 있을 수도 있는 거였다. 만약 그들이 나가는 길로 그 다른 출구를 선택한다면, 빗속에서 새앙쥐처럼 떨면서 그곳을 지키고 서 있는 일이 말짱 도로아미타불이 될 수도 있었다. 최악의 경우, 그들은 이미 '대화의 숲'을 빠져나갔는지도 몰랐다. 처음 그들이 그곳에 들어가는 것을 목격했을 때, 그때 바로 또 하나의 출구가 존재하는지 존재하지 않는지 확인해 두었어야만 했다. 늦었다는 생각이 들었다. 하지만 있을지 없을지 모르는 또 하나의 출구를 확인하기 위해 자리를 비운다는 것은 더더욱 위험해 보였다. 잠시 후, 나는 자리를 뜨지 않고 그곳을 지키기로 결심했다. 또 하나의 출구라는 게 없을지도 모르는 일이었고, 있다 해도, 그들이 이쪽을 선택할 수도 있었다.

밖에서는, 내 몸 밖에서는, 거리 위로 물들이 넘치고 있었다, 흐르고 있었다. 하지만, 내 안에서는 심한 갈증이 부시럭대고 있었다. 나는 모든 걸 때려치우고, 어딘가 적당한 곳에 들러 몸을 말리며 맥주를 마시고 싶었다. 진 반장과 함께 술을 마셨던 지하의 바가 생각났다. 거구의 바텐더도, 피나콜라다도, 진 반장과 나누었던 의미 없는 대화들도. '그럼, 이번에는, 진짜로.'도. 나는 내가 왜 그걸 당장 실행에 옮기지 못하는지 잘 알 수가 없었다. 왜 내가 여기에 서 있는 거지? 그들을 다시 한 번 만나서 뭘 어떻게 하겠다는 거지?

빗줄기 사이로, 움직이지 않는 검은 문을 몇 시간이고 기약 없이 바라봐야 하는 일은 분명 현명한 짓은 아니었다. 몸은 걸레처럼 젖어들고 있었다. 나에게는 나 자신을 겨냥한 몇 가지 질문들이 있었지만, 나는 전혀 거기에 대답하지 못하고 있었다. 비 때문에 그런 걸 거야, 라는 변명은 썩 그럴 듯한 것이었지만, 그게 사실이 아니란 건 두말하면 잔소리였다. 마침내, 나는 내가 소망하고 있던 것이 무엇인지도 판단하기 힘든 지경에 이르렀다. 비에 온몸을 적셔가며 거기에 서 있는 이유가, 그들을 다시 보기 위해선지 아니면 그저 '대화의 숲'의 검은 문을 지켜보기 위해선지 불분명해지기 시작했다. 무엇이 일어나길 기대하고 있는 건지 점점 더 알 수 없게 되었다, 반대로, 지켜본다는 행위 자체가, 그 결과나 목적과는 상관없이, 극히 중요한 일로 여겨지기 시작했다.

대가를 바라지 않고 하는 일이라는 게 존재할 수 있다는 말인가? 물론. 좋지 않아, 그건 지극히 건강하지 못한 일이야. 대가를 바라야만 건강하다는 건 지나친 비약인 것 같은데. 그렇지 않아, 누구나 처음에는 대가를 바라게 되어 있어, 그게 일의 시작이지, 모든 일에는 원인이 있는 거거든, 그런데, 지금의 너처럼, 그 대가가 불분명해지거나, 원하는 상황이 일어날 확률이 적어지면, 그런 변명거리를 만들어내게 되는 거지. 그럼, 내가 만약 저 문을 바라보는 행위가 아무것도 바라지 않는 마음 위에 서 있다고 말한다면, 자네는 그게 한갓 변명에 불과하다고 얘기하려는 건가? 그렇지, 정확해, 자네는 이제 아무 일도 일어나지 않을 거라고 믿는 거야, 검은 문은 결코 자네 눈 앞에서 움직이지 않을 거라고 믿는 거야, 그런 마음이, 그런 말도 안 되는 얘기를 만들어낸 거지, 이제 납득이 가나? 모르겠어, 자네 말대로일지도 모르지,

하기는 정말 이젠 무엇이 일어나든 일어나지 않든, 별로 내게는 중요하지 않은 일일 것 같아. 잘 생각해 봐, 첨에 자네가 얼마나 간절히 그들을 보길 원했는지. 더 듣고 싶지 않군 그래, 지켜보는 데 방해가 돼, 정신을 혼란시키지 않아주었으면 좋겠어.

내 속에서 둘이, 누군지 잘 알지 못하는 둘이 대화를 나누고 있었다. 한쪽이 일방적으로 대화를 거부하지 않았다면, 더 길어졌는지도 몰랐다. 좀 더 내가 그러고 있었어야 했다면, 정말로 그들이 형체를 갖추고 내 밖으로 튀어나와 대화를 나누기 시작할 수도 있었다. 그랬다면, 삼자간의 뜨거운 토론이 이어질지도 몰랐다. 하여간 그랬다, 미치기 직전이었거나, 아니면, 벌써 너무 먼 곳에, 이를테면 고비사막 같은 데, 당도해 버렸거나.

여자가 나왔다. 그때 나는 막 빗줄기들의 길이를 재고 있었다. 가장 긴 빗줄기와 대화를 하고 싶다는 뚜렷하지만, 광인이 아니고서는 생각해 낼 수 없는 희망을 품고서. 여자의 출현은 내 몸 안 어딘가에 붙어 있는 방아쇠를 당기는 것과 같은 효과를 나타냈다. 로드스터 양은, 분홍색 우산을 황급히 펴고는 대로 쪽으로 뛰어가기 시작했다. 순간, 나는 빗방울과의 대화를 단념했다. 내게 있어서 지금 가장 중요한 존재가, 진 반장도, 빗방울도, 내 안의 두 만담배우도 아닌 로드스터 양이란 생각이 들었다. 나는 그녀를 따라가기 시작했다. 비에 젖은 길바닥은 미끄러웠다. 또 빗방울들이 사정없이 눈 속으로 들어왔다. 다행히 분홍색 우산이 춤을 추고 있는 모습만은 빗물에 일그러진 망막에도 비교적 선명하게 맺혔다.

그녀를 따라잡는 데까지는 그리 오래 걸리지 않았다. 나는 우산을 들고 있지 않은 여자의 팔을 나꿔챘다. 여자는 우산을 든 채 날 바라보고 있었다. 멍한 눈길이었다. 이온 농도를 분석해 보지 않아 확실히 말하기는 힘들었지만, 볼에 묻어 있는 물은 눈물인 듯했다.

"당신이군요…… 고마워요., 이렇게 나타나 줘서…… 당신이 이렇게 살아 있는 걸 보니 행복하군요."

여자의 목소리는 빗소리와는 다른 채널을 사용하는 듯, 서로 엉기지 않았다. 빗 소리 반 발자국 앞에서, 혹은 한 길 위에서 만들어 낸 소리 같았다. 반면, 여자의 모습은 자꾸 빗줄기에 의해 뭉개지고는 했다.

"듣고 싶은 것이 있어."

"당신…… 목소리가 변했군요."

"목소리뿐만 아니라 모든 게 그랬지. 얼굴도 바뀔 거야, 이름도 바뀔 거고, 주민등록증도 없어졌고, 운전면허증도 말소됐지, 어쩌면, 여자가 될지도 몰라, 그럼, 당신하고 더 이상 키스도 할 수 없게 되겠지."

"……제 잘못이에요."

"그런 건 아무래도 좋아, 우산이나 좀 씌워줘."

우산 속에서 나는 흠뻑 젖은 소맷부리로 눈가를 닦아냈다. 가까이 서 있었지만, 여자의 냄새는 나지 않았다. 여자의 어깨 위로 허연 김이 피어 오르고 있었다.

"제발…… 제발, 진 반장과 나의 관계는 묻지 말아 주세요."

"그런 게 아니야. 왜들 그렇게 관계에만 집착을 하지? 난 그런 게 알고 싶은 게 아니라구, 정말이야."

나는 자신도 모르게 큰 소리를 지르고 있었다. 나는, 그럴 권리가 있다, 내가 빗속에서 이 여자를 얼마나 오랫동안 기다려야 했던가, 하고 나는 중얼거렸다. 바로 이어, 요란한 빗소리가 뒤따랐다.

"당신은, 제가 진심으로 당신을 사랑했는지 듣고 싶은 거죠?"

차마 그렇지 않다고 말할 수는 없었다. 여자는 내가 기억하고 있던 것보다 키가 더 작았다. 구치소 면회소, 그 하얀 방에서 그녀를 봤을 때, 그녀는 매우 컸다, 또 날씬했다. 그때, 그곳에서 여자는 안경을 쓰고 있었다. 그리고, 그전에 주차장에서, 로드스터 안에 있던 그녀를 처음 봤을 때, 그녀는 차가웠고, 잔뜩 비비 꼬아져 있었다. 검은색 나시를 입고 있었고, '고마워요'나, '제 잘못이에요.' 같은 말은 혓바닥이 뽑히는 한이 있더라도 결코 내뱉을 것 같지 않았다. 하지만, 지금은 그렇지 않았다. 모든 것이 변했다. 또 모든 것이 변한다. 로드스터를 모는 대신, 그녀는 우산을 들고 걷고 있었다. 그녀는 변했다. 그렇지만, 나는 그딴 걸 알고 싶지도 듣고 싶지 않았다. 언젠가는 그런 걸 알고 또 듣고 싶어했던 것 같기도 했다. 그렇게, 모든 것이 변했다, 정말 비 때문인지도 몰랐다. 그랬으면 했다.

"잊어버리시는 게 좋을 거예요…… 당신을 위해서예요. 이기적인 여자라고 생각해도 좋아요, 실제로 그랬어요, 지금도 그렇구요…… 하지만 다 잊어버리세요, 완전히 지워버리세요. 당신이 저를 만난 건 자체가 당신에게 감당하기 힘든 불운이었어요. 저도…… 저도 절, 모르겠어요, 난 더러운 여자예요."

실제로 여자는 비에 젖어 지저분해 보였다. 그전에는 그렇지 않았다. 여자는 비에 젖지 않았다, 한 번도, 내 눈앞에서.

"그렇다면, 다른 걸 물어볼게."

"제발 여인중 씨와의 관계도 묻지 마세요."

나는 더 이상 관계란 말을 듣고 싶지 않았다. 지저분해도 좋았고, 키가 작고 뚱뚱해져 버려도 좋았다, 지적인 냄새를 풍기는 안경을 쓰지 않아도 좋았고, 몸에서 김이 난다 해도 괜찮았다. 어떻게 변했다 해도 좋았다, 이기적으로 변한다 해도, 더럽게 변한다 해도. 관계에 얽힌 얘기가 거론되지 않는다면, 모든 걸 다 용서해 줄 수 있을 것만 같았다.

"관계에 대해선 더 이상 묻지 않아. 내가 듣고 싶은 건, 아주 간단해, 적당히, 건성으로 대답해 줘도 좋아. 내가 당신에게 진짜 듣고 싶은 건, 내가 무엇이 되면 좋을까 하는 거야."

"당신은 변했어요…… 당신은…… 저 같은 여자를 만나지 말았어야 했어요."

어느새 우리는 대로 앞에 서 있었다. 차들이 물웅덩이 위를 지나칠 때마다, 우산 속으로 물들이 들이쳤다.

"그래, 나도 알아, 하지만, 이제 지나간 일이야. 이젠 손볼 수가 없는 일들이라구, 자 봐, 난 과거에 대해 전혀 관심이 없어, 내가 알고 싶은 건 미래야."

"저 같은 여자는 더는 만나지 마세요."

검은 리무진 한 대가 우리가 서 있는 길 앞에 멈추어 섰다. 여자는 우산을 내게 쥐어주며 차를 향해 걸어갔다. 아주 짧은 순간이었지만, 잡을 수도 있었던 것 같았다. 하지만 그러지 못했다. 예전이었으면 잡았을 수도 있었을 것 같았다. 하지만, 모든 것이 변했다. 로드스터가 리무진으로 변한 것처럼.

"반도체 엔지니어는 어떨까?"

여자는 의자에 파묻힌 채, 한 손으로 문을 잡고 그렇게 말했다.

"당신은 저 같은 여자를 만나지 말았어야 해요."

그것이 여자의 마지막 말이었다. 문이 닫혔고, 차가 떠났다. 나는 우산을 집어 던졌다. 물웅덩이에 우산이 거꾸로 뒤집어진 채 둥둥 떠다니고 있었다. 진 반장을 보기 위해 '대화의 숲'으로 돌아가고 싶은 마음은 나지 않았다. 우선 너무 추웠다. 나는 택시를 잡기로 결심했다. 이쯤이면 충분하다, 라고 생각했다.

7장

세계 반도체 산업 재도약 비사(秘史)

영광의 그늘에 숨어 있는 남자

컴퓨터와 반도체에 대해 사람들이 잠시 잊을 수는 있지만,
영원히 잊을 수는 없다, 그것은 마약과 비슷한 데가 있다.
──김구용(金求鏞), 삼진 엔터프라이즈 창업주.
자서전 『미래를 위한 작은 씨앗』에서.

이 글은 위기에 처해 풍전등화(風前燈火)만 같았던 세계 반도체
산업의 재도약 이면에 숨어 있는 한 남자에 관한 이야기다. 이야기
의 첫머리는 반도체 업계 전반과, 반도체 업계가 차지하는 수출 비
중이 40%를 초과했던 한국에 커다란 충격을 안겼던 1997~1998년
의 반도체 대공황(Semicon Panic)으로 거슬러 올라간다. 공황의 막

바지였던 1998년 이후, 반도체 산업은 문자 그대로 심리적 공황 상태에 이르렀었다. 대부분의 공장이 감산에서 시작하여 연쇄적으로 문을 닫기 시작했고, 많은 사람들이 이러한 결과를 예측하지 못했던 정부나 업계에 대해 수많은 불만을 쏟아냈었다. 하지만 모든 사람이 하릴없이 손을 놓고 있는 사이, 위기가 바로 성공으로의 발판이라는 공식을 굳게 믿고 자신의 신념을 끝까지 관철시키려고 했던 두 남자가 있었다.

그 두 남자 중 첫 번째 남자가, 이젠 반도체 산업 재도약의 상징적인 어구가 된 모두(冒頭)의 인용구를 1999년 신년하례식에서 발표하였던 김구용 삼진 엔터프라이즈(Sam-Jin Enterprise. Co. Ltd.)의 창업주이다. 1999년, 그가 위와 같은 내용을 신년하례식에서 처음 발표했을 때, 자리에 참석했던 모든 임직원들은 그의 의도를 도무지 이해하지 못했었다. 그도 그럴 것이, 당시 삼진 엔터프라이즈는 지금의 삼진 엔터프라이즈가 아니었던 것이다. 현재 삼진 엔터프라이즈는 그 시가총액이나 브랜드 밸류에 있어서, 세계 반도체 업계 제1위의 자리를 굳게 지키고 있지만, 당시만 하더라도 국내 제과업계의 시장 점유율(Market Share) 2~3위를 다투던, 매출이 채 4000억도 되지 않던 삼진제과(參眞製菓)라는 이름의 작은 국내 기업에 불과했던 것이다. 평생 과자나 빙과류만을 만들어왔던 임직원들은, 그가 무슨 농담을 하는 것이려니, 혹은 다른 업계의 예를 들어주는 거려니 하고만 생각했지, 그 누구도 그의 역사적인 발언이 자신이 몸 담고 있는 회사의 미래를 비추는 거울이 될 거라고는 생각하지 못했던 것이다.

김구용 창업주의 결정은 그야말로 빛나는 것이었다. 그것은 결코 MBA 같은 정규 학교 교육에서 얻어올 수 있는 성질의 것이 아니었다. 그의 경험과 연륜, 수많은 비즈니스 중에 직접 몸으로 부딪쳐 얻은, 결코 액수로 환산할 수 없는 그의 감(感)과 의지력에서 태어난 것이었다. 그를 많은 경제 평론가들이 Iron Will(철의 의지력을 가진 사나이)라고 부르는 것도 우연이 아닌 것이다.

하지만, 이 글은 김구용 창업주의 불굴의 의지력과 성공 여정에 깔려 있었던 지난한 장애물에 대해 서술하려고 하는 것이 결코 아니다. 김구용 창업주에 대한 글은 그의 자서전뿐 아니라, 국내외에서 약 10여 종의 전기가 이미 출판되었으며, 필자는 그 위에 한 획을 덧그을 생각이 전혀 없다. 필자는 여기서, 김구용 창업주가 마련해 놓은 계기를 황금 광맥으로 일구어놓은, 하지만, 늘 공(功)을 남에게 돌리고 자신은 그 화려한 영광의 그늘에 숨어 지내고 싶어했던 자유로운 영혼의 소유자, 이치은(李耻隱)이란 남자에 대해 조명하고자 한다. 만시지탄(晩時之歎)이라고 하지만, 필자는 그를 이대로 영원히 그늘 속에 묻어두는 것이, 동시대 한국인으로서의 엄연한 직무유기라고 생각하는 바이다. 단언컨대, 그가 없었으면 오늘날의 삼진 엔터프라이즈는 아예 존재하지도 않았을 것이며, 반도체 산업은 여전히 사양 산업으로의 길을 걷고 있을 것이다. 자, 그럼 우리는 시간을 거슬러 올라, 반도체 대공황의 광풍이 세계를 휩쓸던 1997~1998년으로 시간여행을 떠나보자.

네오-러다이트 운동의 연기가 피어나다

이것은 음모다. 자동차 한 대에 포함되어 있는 납의 중량은 컴퓨터
한 대에 함유된 납 중량의 100배에 달한다. 납의 해독에 대해 얘기하
고 싶다면, 우선 당신이 오늘 여기까지 타고 온 자동차들을 바라보라.
——E. J. 케넨스, IMEEC global conference 회장.
1997년 제3차 세계 반도체 회의 개막 연설에서.

러다이트 운동(Luddite Movement)은 1811년에서 1817년 사이,
영국의 중북부 직물공업지대에서 일어난 노동자들의 기계 파괴 운
동을 말한다. 대량 실업 사태에 직면한 영국의 노동자들은 자신들
의 고용불안이 자동화 기계에서 발생한 것이라고 여기며, 원시적
인 형태의 기계 파괴 운동을 펼쳤다. 사실, 이 운동은 산업혁명이
라는 역사의 물줄기를 뒤로 돌리려는 무모한 도전이었으며, 결국
일종의 해프닝으로 끝나고 말았다.

누구도 이러한 운동이 20세기 혹은 21세기 지구 위에서 재현
될 것이라고는 상상하지 않았다. 러다이트 운동의 지도자였던 네
드 러드와 비견될 수 있는, 환경운동 단체인 그린 플레이스(Green-
Place)의 지도자 제이슨 멕케이가 나타나기 전까지만 해도, 러다이
트 운동은 시대착오적인 행위를 지칭하는 용어일 뿐이었다. 그린
플레이스는 덴마크에 지부를 두고 있는 작은 환경운동 시민단체
로, 컴퓨터에 사용되는 납의 해독에 대한 보고서와, 그 뒤를 따른

전 지구적인 무연 운동(無鉛 運動, Lead-Free Movement)을 주도하기 전까지는, 그린 피스(Green-Peace)의 그늘에 가려 있던 소규모 환경운동 NGO에 불과했다.

그가 컴퓨터에 있어서 무연 운동을 주도하게 된 경위는 매우 소박한 것이었다. 컴퓨터광인 자신의 아들이 컴퓨터를 분해, 조립하는 과정에서 원인 모를 불치병에 걸리게 되었고, 발병 원인이 중금속일 수도 있다는 얘기를 의사에게서 들은 그는, 본격적으로 컴퓨터에 포함되어 있는 납의 해독에 대한 연구를 시작하게 된다.

실제, 컴퓨터에 사용되는 반도체 칩들은 그 전기적인 통로를 연결하는 데 있어, 흔히 납땜이라고 불리는 솔더링(Soldering) 방식을 사용한다. 이 방법은 주로 주석과 납이 63 : 37(Sn : Pb, 63 : 37)로 섞여 있는 금속을 섭씨 200도 이상의 고온에서 녹여 금속과 금속의 접합부에 가한 후, 다시 상온으로 냉각시켜 고화(固化)시키는 방식이다. 여기서 납이 사용되는 이유는 납[鉛, Lead]이라는 금속이 비교적 저온에서도 용융(熔融, Melting)된다는 특성 때문이다.

납에 의한 환경오염은 일찍이 1990년 초반부터 보고가 되기 시작했고, 은이나 금과 같은 희귀 금속을 사용한 무연 솔더(Lead-Free Solder)에 대한 연구 역시 1990년 중반부터 활발하게 진행되었지만, 경제적인 혹은 기술적인 난관이 많았던 것이 사실이었다.

제이슨 맥케이의 첫 번째 보고서는 대중의 관심을 크게 끌지 못했다. 그린 플레이스는 전략을 바꿔 컴퓨터에 의한 납 중독에 관련된 피해자들의 법적 소송에 적극 개입하는 방식으로 이목을 끌고자 했다. 그 첫 번째 사례가 IBM 사에 근무하는 미셸 런든(35, 女)이 그의 직장과, 독일의 유명한 컴퓨터 제조사인 아디다스(Adidas)를 상대로 한 민사소송 건이었다. 납-재앙(Lead-Catastrophe)이라고 명명되었던 2년간의 소송 끝에, 미셸 런든은 미화 300만 불(한화 50억)에 이르는 피해보상금을 IBM과 아디다스로부터 받게 되었고, 이 사건이 미국 내 판례로 남게 되자, 그 뒤에 많은 소송들이 우후죽순(雨後竹筍)처럼 뒤따르게 되었다.

세계 굴지의 반도체 회사들은 1997년 2월 컴퓨터와 환경(Computer and Environment)이라는 이름의 포럼을 스위스 취리히에서 열고, 실제로 컴퓨터에 사용되는 납의 양이 평균 7.5mg에 지나지 않는다는 사실을 공표했으며, 컴퓨터에 포함된 납에 의한 피해 소송 건에 공동대처하고, 동시에 차세대 무연 솔더 개발을 위해 15억 불(한화 2조 5천억 원)에 달하는 기금을 조성하기로 결정했다. 하지만, 이러한 반도체 업계의 자구 노력도 무지한 대중들의 분노를 막기에는 중과부적(衆寡不敵)이었다.

1997년 5월, 컴퓨터로 인한 납 중독으로 산업재해를 신청했다가 영국 정부로부터 기각 판정을 받은 흑인 남자 사무원이 자신이 근무하는 빌딩의 10층 옥상에서 분신 자살을 시도했고, 또한 미국에서는 코카콜라에 근무하는 컴퓨터 오퍼레이터 120명이 자신이 사용하는 컴퓨터를 백악관 앞에 쌓아놓고 방독면을 쓴 채 불을 지르기도 했다.

이런 무연 솔더 운동의 초기, 그린 피스를 비롯한 많은 환경단체들은 컴퓨터에 사용하는 납의 함량이 자동차나 그 밖의 기계류에 포함되어 있는 납에 비해 소량이라는 사실을 인정하고, 이 운동의 동참에 미온적이었으나, 1997년 6월 그린 피스의 대변인 마이크 윌리스가 "우리는 컴퓨터에 포함된 납에 의한 사회적인 피해가 이미 어느 수준 이상을 넘었다는(Over considerable level) 결론에 도달하게 되었다."라는 발표와 함께 실질적으로 이 운동에 동참하겠다는 의사를 밝히자, 사태는 불에 기름을 끼얹은 꼴이 되고 말았다.

여기서, 1997년 한 해 동안 접수된 컴퓨터에 의한 산업 재해 피해 접수 건수를 북미를 중심으로 알아보자. 1990년 786건이 접수된 이래로 매년 10%에서 20% 정도의 가파른 성장률을 보이며 1996년도에는 1,538건이 접수되었다고는 하지만, 1997년의 15,330건의 접수는 그야말로, 전년 대비 1000%가량의 기록적인 증가율이었던 것이다.

하지만, 여기까지는 파국(破局)으로의 전주곡에 불과하였다. 1998년의 광기는 1997년의 광기에 비해, 보다 광범위하고, 보다 무차별적이었다는 특성을 띠게 된다.

파국이 시작되다: Lead-Free에서 Computer-Free로

컴퓨터가 보유하고 있는 수많은 장점이라는 것은 결국,
자신의 존재 이유를 밝히는 데 모두 재투여(再投興)되고 있다.
—맥루한,『컴퓨터의 함정』, 1993.

우선, 반도체 대공황기를 전후한 1996~1999년의 메모리 반도체
업계 매출 변화를 아래 표를 통해 살펴보도록 하자.

1996 Ranking	회사	1996 매출	1997 매출 (순위)	1998 매출 (순위)	1999 매출 (순위)	1996~1999 매출 변동
1	Microsoft	8,749	7,619(1)	5,412(1)	2,241(2)	-74.4%
2	SDI (삼성전관)	4,560	4,298(2)	3,268(2)	2,419(1)	-47.0%
3	Napster	3,928	4,042(3)	2,781(3)	1,590(5)	-59.5%
4	LG-Hitachi	3,367	3,054(4)	2,578(4)	2,005(3)	-40.5%
5	Walmart	3,103	1,874(10)	1,923(6)	1,320(9)	-57.5%
6	Nokia	2,540	2,105(8)	1,472(10)	857(13)	-66.3%
7	Siemens	2,428	867(15)	753(18)	—	회사 폐쇄
8	TMC	2,388	2,119(7)	564(31)	213(67)	-91.1%
9	Sony	2,171	2,227(6)	1,548(8)	1,375(7)	-36.7%
10	Taco-Bell	2,065	2,231(5)	986(16)	—	회사 폐쇄
Total		35,299	30,436	21,285	12,020	-67.3%

〈표〉 1996~1999 메모리 반도체 업계의 매출 변동(Source: Data Request / Unit: Million US dollar)

위 자료는 전체 반도체 업계의 매출 변화는 아니지만, 반도체 업계 전체의 약 35%를 차지하는 메모리 업계의 매출 변동과 관련된 자료다. 자세한 분석을 차치하고서라도, 1996년부터 1999년까지 얼마나 커다란 변화가 있었는지 한눈에 알 수가 있다. 그나마 10위 이내의 업체는 평균적으로 약 70% 이하의 매출 감소분을 보였으나, 업계 전반으로는 거의 80%에 육박하는 감소분을 기록했다는 것이 전문가들의 대체적인 분석이다. 이 동안 영국의 지멘스(Siemens)와 캐나다에 거점을 둔 타코-벨(Taco-Bell)은 아예 생산을 중단하고, 사업을 포기하는 사태까지 이르렀으며, 1996년 기준으로 세계적으로 3,500개에 달하던 메모리 생산업계가 1999년 12월을 기준으로 그의 5분의 1에도 못 미치는 600개 업체만이 살아남았다는 내용의 분석도 2000년 초에 보고된 바 있다.

패닉(Panic, 恐慌)이라고밖에는 부를 수 없는 이러한 비극적인 추락의 보다 근본적인 원인은 1997년의 무연 운동(Lead-Free Movement)이 아니라, 정작 1998년도에 촉발되었던 무컴퓨터 운동(Computer-Free Movement)이었다.

Computer-Free 운동의 도화선이 되었던 것은 전 지구적인 정신적 지도자이며 20세기 최후의 성자로 불리우는 티베트 출신의 고승, 달라이 라마의 필라델피아 인권대회에서의 발언이었다. 인권에 대한 국제적인 이슈가 파키스탄에서의 유혈 참극이나 탄자니아 테러 사태 등에 집중되고 있던 1998년, 달라이 라마는 이 세계적인 인권대회에서 컴퓨터가 인류에 주는 전반적인 해악에 대해 주장하기 시작한다.

"우리는 컴퓨터가 인간의 생활 전반을 더욱 편리하게 하는 데 이바지해왔다고 아무런 의심 없이 생각하고 있다. 우리가 의심해야 하는 부분이, 우리가 관심을 쏟아야 하는 부분이 바로 여기다."

그는 컴퓨터의 지나친 속도 경쟁이 비즈니스에는 커다란 기여를 해왔는지 몰라도, 삶의 질 자체는 오히려 퇴보시키고 있다고 강력하게 주장했다.

"우리가 할 수 없었던 것은 컴퓨터가 없는 세상에 대한 상상이다. 비틀즈의 전(前) 멤버 믹 재거가 주장했던 것처럼 이러한 유의 진정한 상상력만이 참으로 인간의 삶을 진보시킬 수 있다."

곧이어, 약속이나 한 것처럼, 프랑스의 지성 질 들뢰즈가 1998년 봄에 발표된 그의 저서 『신경과 신경증』에서 본격적으로 컴퓨터의 해악에 대해 다루었으며, 최소한 학교에서의 컴퓨터 교육을 폐지할 것에 관한 실용적인 제안을 내놓기에 이르게 되자, 컴퓨터 업계를 비롯한 전 반도체 업계는 Computer-Free 운동이 잠시 지나가는 일회성 해프닝이 아니라는 사실을 깨닫게 된다.

1998년 9월 드디어 남미의 부국 아르헨티나가 정규 학교 커리큘럼에서 컴퓨터 시간을 삭제한다는 골자의 법안을 상원에서 통과시키자, 월 스트리트 저널은 이러한 추세를 Computer-Free Movement라고 명명하게 된다. 연이어, 아이슬랜드, 남아연방공화국, 일본 등이 이러한 흐름에 동참하게 되고, 미국 국회 역시 전국 사립교육협회의 엄청난 반발에도 불구하고, 컴퓨터 교육을 지극히 제한된 용도에만('Only for very limited purpose') 적용하자는, 실제로 교육의 양을 기존의 10% 이하로 감축시키자는 법안의 국회 승인을 인준하는 지경에 이르게 된다.

사회 전반에서 컴퓨터가 마치 술이나 담배처럼 청소년들에게 해로운 것으로 인식되기 시작하자, 컴퓨터 업계는 시장을 아프리카나 동남아시아 등의 저개발국가 쪽으로 초점을 맞추어 공략을 시작했으나, 이 역시, 그린 플레이스를 비롯한 많은 환경운동단체의 거센 저항에 부딪쳐 실효를 거두지 못하고 말았다.

1998년도에 일어났던 이러한 Computer-Free 운동의 하이라이트는, 프랑스에 본거지를 둔 세계적인 전자업체 Bosch의 11월 선언(November Declaration)이었다. 세바스티엥 잭, 당시 Bosch의 CEO는 긴급 기자회견을 통해, 세계 32개국에 퍼져 있는 자사의 사무실에 설치된 23만여 대의 컴퓨터를 3년간 단계적으로 완전히 폐기하겠다고 선언했다. 또한 이와 동시에, 1시간 이상의 연속 사용을 금하는 등, 직원들의 컴퓨터 사용에 대한 안전환경지침(SGCU, Safety Guide for Computer Users)을 별도로 만들어 1999년부터 적용하기로 결정했다.

이러한 광풍은 꺾일 기미가 없었다. 1999년 2월에 열릴 예정이었던 세계 반도체 회의는 참여 의사를 밝혔던 업체들이 여론에 밀려 속속 참가 자체를 포기하는 바람에 결국 무산되고 말았다.

Microsoft의 잭 웰치 회장은 1999년 봄 독일 프랑크푸르트에서 열렸던 긴급이사회에서, 1990년 초에 자신이 내렸던 반도체 업계 투자 결정과 관련해서, '복구가 불가능한 대실착(Irrecoverable Huge

Blunder)'이었다고 자인하며 CEO 자리에서 물러나자, 많은 애널리스트들은 '주사위는 던져졌다.'면서, 누구도 더 이상 반도체 업계의 몰락을 막을 수 없다는 것을 기정사실화해 버렸다.

하지만 지금 우리는 그들의 예언이 현실화되지 않았다는 것을 너무도 잘 알고 있다. 그들은 미래를 예측할 충분한 데이터를 가지고 있다고 생각했었지만, 안타깝게도 그들의 자료에는, 위기를 기회로 바꾸어 놓았던 김구용 창업주와, 재도약의 기치를 온몸으로 끌고 간 이치은, 이 두 남자에 관한 파일이 빠져 있었다.

아무도 오르려 하지 않는 산

삼진의 이번 TMC 인수 결정은, 전문적인 경영자가 아닌
창업주 개인의 의지에 의해 사업 방향 자체가 좌지우지되는
한국 기업의 난맥상을 고스란히 보여주는 좋은 실례다.
우리는 모종의 조치가 정부로부터 취해져야 한다고 믿는다.
—1999년 5월 11일자 한국경제신문 사설.

전술(前述)한 바 있듯이, 삼진 엔터프라이즈의 창업주인 김구용 회장은 1999년 초 모종의 중대한 결심을 하게 된다. 그는 1997~1998년의 반도체 대공황을 일시적인 업계의 조정 국면으로 보았으며, 바로 지금이 반도체 사업을 착수하기에 가장 좋은 시기

라는 판단을 내리게 된다. 물론, 그의 판단은 초기에 회사 내부에서도 많은 반대에 부딪치게 된다. 당시 삼진제과의 이사회는 고의적으로 그가 치매에 걸렸다는 소문까지 흘려가며, 그의 이러한 결정을 무산시키기 위해 온갖 수단을 다 동원했다.

하지만, 그들의 노력은 김구용 회장의 불굴의 도전 정신 앞에서 수포로 돌아가고 말았다. 1999년 4월, 삼진은 대표적인 대만의 파운드리(Foundry, 반도체 수탁 생산 업체. 반도체 생산 공장을 만들어놓고, OEM의 주문 사양에 따라 생산, 공급하는 업체)였던, TMC(Technical Manufacturing Company)를 인수하게 된다. 표 1에서 살펴보았던 것처럼, TMC는 1996년 기준, 2400만 불에 달하는 매출을 메모리 반도체 생산 분야에서 올리던 세계 8위의 메모리 생산 업체였다. 하지만 1999년에는 1996년 대비, 90% 이상 매출이 감소하여 고작 210만 불 정도의 매출을 기록하는 회사로 전락하고 말았던 것이다.

이런 업계의 불황에 힘입어 삼진은 TMC를 1000억 원을 밑도는 비교적 헐값으로 인수할 수 있었고, 인수하자마자 TMC라는 이름을 없애고, 삼진 엔터프라이즈라는 새로운 깃발 아래 재항진을 하게 된다.

당시 업계에서는 그의 결정을 그야말로 미친 짓이라고 여기는 입장이었다. 인용된 한국경제신문의 사설은 비교적 그 비판의 강도가 약한 것으로, 몇몇 좌파 신문들은 노골적으로 삼진에 대한 대대적인 세무조사를 요구했고, 시민단체들은 창업주의 퇴진 운동을 펼치기까지 했다. 삼진제과의 주가는 발표 이후 한 달 만에 초기가

의 25%로 떨어지는 기록적인 하락세를 보이는 등, 시장의 반응 역시 냉담하기 그지 없었다.

이러한 안팎의 거센 저항과 반대에도 불구하고, 삼진 엔터프라이즈의 출항은 계획했던 것처럼, 1999년 6월 30일, 대만 까오슝의 TMC 제1공장에서 시작되었다. 많은 한국인 임직원과 고용 승계를 통해 삼진에 새로 몸담게 된 2500명의 대만 직원 앞에서 김구용 회장은 유창한 영어로 자신의 결정이, '아무도 오르지 않으려는 산 (The mountain no one try)'을 오르려는 노력에 빗대며 전직원이 일치단결하여 회사를 살려내자는 호소를 하게 된다. 그는 맺음말에서 끝없는 도전 정신 앞에 국경은 이제 무의미하다, 라는 의미심장한 발언을 통해, 그때까지 그에게 꼬리표처럼 붙어 다녔던 지독한 국수주의자라는 비난들을 잠재웠다.

하지만, 여기까지는 아직 서막에 불과하다. 철저하게 베일에 가려져 있는 미지의 인물, 이치은에 대해서는 다음 장부터 본격적으로 알아보도록 하자.

커튼 뒤에서 나오려 하지 않는 남자

당신이 이 회사에 입사한 순간, 당신은 이전까지의 당신을
완전히 말소해야 합니다.
—이치은, 2002년 3월 Fab 3 신입사원 환영회장에서.

이치은의 현재 공식적인 직함은 삼진 엔터프라이즈 센트럴 마케팅 그룹 전무이다. 여기에는 두 가지 특이점이 존재한다. 이제 막 마흔 줄을 넘긴, 게다가 삼진의 근무 경력도 올해 막 10년을 꽉 채운 이 젊은 남자가 삼진 엔터프라이즈의 마케팅 부서를 이끄는 전무라는 점이 그 특이점의 첫 번째다. 삼진 엔터프라이즈의 이사진들이 평균 47.3세라는 점, 또한 그들의 회사 경력이 사외이사나 외국인 이사를 제외한다면, 평균 20.3년이라는 점을 굳이 거론하지 않더라도, 확실히 그의 존재는, 연공서열(年功序列)을 위주로 하는 국내 기업의 풍토에 비추어 보아 극히 예외적인 존재임을 알 수 있다.

두 번째 특이점은, 그가 맡은 직책의 중요성을 생각할 때, 그의 이름이 일반인들에게 너무나 생소하다는 점이다. 이제는 신화가 되어버린 삼진 엔터프라이즈 초고속 성장의 주역들, 김구용 창업주, 이상희 삼진전자 사장, 정상경 삼진물산 사장 등의 이름은, 이제 대학생 정도라면 누구나 알고 있는 이름이 되어버렸지만, 국내 유수의 경제신문 담당 기자마저도 이치은이라는 이름을 생소해하거나, 혹은 알고 있다 하더라도 이름만이 그들이 알고 있는 정보의 전부인 경우가 비일비재(非一非再)하다.

그가 얼마나 자신을 외부에 노출시키는 데 민감해하는지는 그가 근무하고 있는 사무실로 전화를 걸어보면 쉽게 알 수 있다. 그의 스케줄을 책임지는 비서는, 전화를 건 쪽에서 어떤 이유를 대더라도, 이 전무님은 매스컴과의 접촉을 꺼려 하십니다, 이해해 주시기 바랍니다, 라는 멘트를 앵무새처럼 되풀이할 뿐이다. TV나 신문 같은 매스컴은 물론이고, 그는 의례적인 공개석상에 모습을 나타내지 않는 것으로도 유명하다. 한국 사회의 상층부가 인맥이나 학연으로 끈끈하게 연결된 하나의 거대한 인적 네트워크(人的 Network)에 의해 굴러가고 있다는 것은 이미 주지의 사실이지만, 전경단(全經團, 전국 경제인 단체)이나, 전자업체 주최의 모임에서도 그의 얼굴을 목격했다는 증언은 아직까지 없다. 그의 직책이 회사 혹은, 한국 경제 전체에 미칠 수밖에 없는 중요성을 고려해 볼 때, 확실히 이것은 이례적인 일이라고밖에 볼 수가 없다.

외부 모임은 물론이고, 회사 내에서도 그는 얼굴마담 격인 일들을 절대로 맡지 않는 것으로 알려져 있다. 또한, 전통적인 한국의 매니저들이 가지는 공통적인 특성들, 흔히 '발로 뛴다.'라는 모토처럼 현장을 직접 돌아보고, 작은 일들까지 시시콜콜히 챙기는 그런 스타일과는 거리가 멀다는 것이, 그를 모시는 사람들의 공통적인 견해이다.

"방향을 제시해 놓고는 약속해 놓은 중간보고 기간까지 실무에는 전혀 관여하지 않아요. 그야말로 아랫사람에게 모든 것을 일임하는 스타일이죠. 잘한 일에 대해서는 파격적인 포상을 하지만, 일처리가 지지부진할 때는 칼같이 거기서 중단시켜 버리는 분입니다."

어렵사리 필자와의 인터뷰를 허락했지만, 끝끝내 자신의 이름을 익명으로 남겨달라고 부탁하던 이치은의 부하직원 중 한 명의 증언이다. 그의 증언은 계속된다.

"사적인 부분은 굉장히 민감해요. 저희도 아는 게 거의 없죠. 가족이 전혀 없어 보인다는 거 정도, 취미도 거의 없으신 것 같고…… 솔직히 병적이라고 느껴질 때도 있지만, 그런 게 회사 생활에서 별로 중요한 건 아니니깐요……. (중략) 다들, 개인적으로는 별로 불만이 없어요. 신상필벌(信賞必罰)에 있어서도 매우 공정하고……. (중략) 사실 그분의 엉뚱하고 창의적인 아이디어에 저희들이 따라가는 게 제일 큰 곤욕이죠."

그뿐이 아니다. 이치은의 현재는 물론, 과거마저도 완전히 베일에 가려져 있다. 그의 약력에 관해서는 2005년 삼진 엔터프라이즈가 펴낸 인사요람 편에 의하면, 서울 출생, 미국 브라운대 재료공학과 졸업, 동 대학 같은 과에서 석사 수료, 그리고 동 대학 전자공학과에서 박사 학위 취득이라는 짤막한 정보가 있기는 하다. 하지만, 필자가 직접 브라운대에 확인해 본 바에 의하면, 그에 관련된 모든 학적부는 누군가에 의해 이미 공개 금지 신청이 들어온 상태라 원천적으로 공개가 불가능하다는 설명이었다. 죽는 날까지 베일에 싸여 있었던 미국의 작가 헨리 밀러 또한 자신이 다녔던 코네티컷 주립대학에 자신의 학적부를 말소시켜 달라는 요청을 했다는 일화가 떠오르는 대목이라고 아니할 수 없다.

필자는 여기서, 필자가 이치은이라는 남자에 덮여 있는 커튼을 기어코 벗기려 하는 행동이, 연예인들의 사생활에 달라붙는 파파라치의 끈질김과 비견될까 심히 우려되는 바이다. 필자는 결코 그의 숨겨진 사적인 부분을 조명하려는 게 아니다. 필자가 사명감을 갖고 행하는 이 작업은 한국 반도체 산업의 이면에 은둔해 있는 한 숨은 역군의 고귀한 여정을 조명함으로써, 우리가 가지고 있는, 하지만 동시에 전혀 모르고 있는 귀중한 자산(Asset)에 대한 이해를 돕고자 함이다.

웨이퍼(Wafer)와 웨하스(Wafers)

> 첫 번째의 실수는 자신의 주인이 누군지조차 묻지 않는다. 두 번째의 실수는 주인을 확인하되, 주인과 함께 다니길 싫어한다.
> 세 번째의 실수는 주인을 알아낸 다음에는
> 그에게 업혀서 영원히 떨어지지 않으려고 한다.
> ──『탈무드』 중에서.

이치은이 10년 남짓한 기간 동안 전무라는 직책까지 오른 것은 확실히 대단한 일이기는 하지만, 안타깝게도 그의 초기 회사 생활 역시, 다른 시기와 마찬가지로 그다지 알려진 바가 없다. 특히 그가 입사 초기, 대만 까오슝의 R&D 파트에서 일했다는 사실이 특히 그 정보의 빈약성을 도드라지게 한다. 이 시기에 관련된 여러 가지 얘기 역시, 대부분 같이 생활했던 지인(知人)들의 입에서 얻은 몇 가지 에피소드들이 전부이다.

확실히 동서고금을 막론하고 위인들의 평전을 살펴보면, 다른 평범한 이들에게서는 결코 발견할 수 없는 그들만의 독특한 부분이 존재하기 마련이다. 그 독특한 부분이, 특별한 분야에서의 탁월한 자질이나, 지칠 줄 모르는 정열, 타협을 모르는 불굴의 정신 등으로 나타날 때도 있지만, 평범한 사람들 눈에는 이상하게 비치는 괴벽(怪癖)이나, 관심 밖 분야에 대한 정도가 심한 무지, 엉뚱한 실수 등으로 표현되는 경우도 왕왕 존재한다. 필자가 취재를 통해 이치은의 초기 직장 생활에 대해 얻은 정보들은 대부분 후자에 가까운 에피소드들이다.

어렵게 취재를 허락한 몇몇 사람들의 증언에 의하면, 이치은은 박사학위 취득자의 자격으로 한국 직급으로 과장급 대우를 받으며 까오슝 플랜트 제2라인의 신제품 개발팀으로 발령을 받게 되었던 것 같다. 하지만, 많은 사람들이 정작 놀랐던 것은 그의 반도체에 대한 무지였다. 오래전 내용이라 분명 그 세부사항에 있어서는 잘못된 점이나 과장된 점도 있겠지만, 이치은의 주변에 있었던 사람들의 증언을 종합해 볼 때, 그가 반도체에 대해 완전히 문외한이라는 인상을 받았다는 공통점이 존재한다. 이 점은 분명히 미스터 리라고 할 수 있다. 그의 향후 활약상이나, 그전에 취득했던 학위들을 고려할 때, 많은 사람들이 증언한 다음의 에피소드들은 사실, 이해하기가 좀 힘들다. 하지만, 천재들의 이러한 실수나 해프닝들은, 쉽사리 다가가기 힘든 그들에게 모종의 친밀감을 부여해 주는 것 역시 사실이다. 어쨌든 필자는 여기서 그런 부분들을 삭제 없이 전하기로 결심했다. 그것들에 대한 평가나 판단은 독자에게 오롯

이 맡기면서 말이다.

첫 번째 유명한 일화는 입사한 지 채 일 주일도 되지 않아 일어난 일이라고 한다. 진술자에 따라 이야기가 서로 약간 엇갈리기는 하지만, 정기 미팅이 있었고, 한 대만 기술자가 삼진 엔터프라이즈의 각 라인에서 생산한 웨이퍼(Wafer)의 물량에 대해 영어로 보고를 하고 있었던 것만은 틀림없는 듯하다. 물론 이치은도 그 자리에 있었다고 한다.

여기서 잠시, 독자들의 이해를 돕기 위해 웨이퍼가 무엇인지, 짧게나마 부연 설명을 하고자 한다. 컴퓨터를 비롯한 많은 전자 장치들은 반도체 칩이라는, 연산이나 저장 등의 핵심 기능을 하는 소자를 그 내부에 가지고 있다. 컴퓨터를 한 번이라도 뜯어본 사람이라면, 검고 딱딱하게 생긴 납작한 모양의 육면체들이 기판 위에 여러 개 올려져 있는 것을 보았을 것이다. 이 검고 딱딱한 물질은 흔히 에폭시 수지라고 불리는 일종의 보호 물질로, 이 안에 작고 매우 얇은 사각형의 은빛 금속이 들어 있는데, 이것이 바로 실리콘 칩(Silicon Chip)이다. 물론 실리콘 칩이 처음부터 그런 모양으로 생겼던 것은 아니다.

실리콘 칩의 원재료는 지구 구성 성분의 약 30%를 차지하는 규소(SiO_2)로, 일종의 모래라고 생각하면 된다. 이 규소라는 성분으로부터 고순도로 정제가 된 실리콘(Si)을 만들어내게 되는데, 처음에는 거대한 봉형의 모양을 만들게 된다. 이 봉형의 물질을 얇게 잘라, 머리카락 두께의 5~6배 정도 되는 얇은 원판을 만들게 되는

데, 이것을 웨이퍼 혹은 실리콘 웨이퍼(Wafer, or Silicon wafer)라고 부르는 것이다. 다시 이 원판은 후에 사각형 모양으로 잘려 개개의 칩 모양을 갖추게 되는 것이다.

그런데, 애초에 이 웨이퍼(wafer)라는 말은 밀가루 등을 이용해 살짝 구운 얇은 판 모양의 과자를 뜻했다(이중화, 윤영섭 공동 집필, 『새우리말영어사전』, 2005년 제3증보판). 하지만 이 단어가 후에, 그 생김새의 유사성 때문에 반도체 원판을 의미하는 뜻으로 병용(倂用)되게 된 것이다. 바로 여기서 혼란스러운 점이 발생하게 된다. 흔히 웨하스라는 이름으로 국내에 소개된 과자의 원어가 바로 이 웨이퍼(Wafer)이며, 이것이 일본을 거치면서 웨하(ウェハ一)라는 이상한 발음으로 변질되었던 것이다. 웨하스는 웨하라는 일본식 영어의 일종의 복수형인 것으로 보인다. 즉, Wafer 혹은 Wafers라는 영어 단어는 우리가 흔히 접하는 웨하스라는 과자를 지칭할 수도 있고, 또 여기서 다루고 있는 반도체 원판을 뜻하기도 하는 것이다.

다시, 이치은의 얘기로 돌아가보면, 미팅이 끝난 후 한국 사람들만 모인 자리에서 그는 엉뚱하게도 다음과 같은 질문을 했다고 한다.

"여기서 과자도 만드나요? 전 반도체 회사인 줄 알았는데."

물론 나머지 직원들은 그의 질문을 전혀 이해하지 못했다.

"웨이퍼, 아니 웨하스 말이에요, 아까 보니까, 저희 쪽의 주력 상품인 것 같던데."

삼진의 초기 까오숑 멤버들에 의하면, 그는 매우 진지했으며, 누군가가 친절하게 설명해 주기 전까지는 자신이 무엇을 착각하고 있는지도 몰랐던 것 같았다고 한다. 웨이퍼를 과자와 혼동하는 사람이 반도체 회사에 들어오다니, 그것도 미국 유수 대학의 전자공학 박사학위를 소지한 채로. 이 일화는 회사를 발칵 뒤집어놓기에 충분했다. 곧이어 그가 낙하산 인사라는 둥, 회장의 먼 친척이라는 둥, 박사학위가 위조된 것이라는 둥, 그를 둘러싼 악의에 찬 소문들이 꼬리에 꼬리를 물고 이어지기 시작했다.

이 밖에도 Clean Room(반도체 공정을 위해, 먼지 등의 오염물을 최대한으로 줄인 일종의 청정실) 안에 흡연구역을 설치해 달라는 말도 안되는 제안을 공장장에게 했다가 시말서를 썼다는 소문도 있지만, 이 부분도 필자가 만나본 사람들마다 서로의 기억이 조금씩 다르다.

어쨌건 입사 초기 그가 보여주었던 반도체에 대한 무지는 많은 사람들에게 나쁜 인상을 심어놓았던 것 같다. 그러나 이치은에 대한 이런 나쁜 이미지들은 그리 오래가지 않았다. 그는 타고난 성실성과 주어진 일에 대한 그만의 열정으로 그에게 씌워진 나쁜 소문들을 조금씩 불식시켜 나가기 시작했다. 특히 그는 일처리 과정 중 예상 못한 난관에 봉착했을 때, 남들이 감히 상상하지 못했던 독창적이고 창의적인 방식으로 그 어려움들을 헤쳐나감으로써 주변 사람들에게서 서서히 탁월한 엔지니어로 인정받아 나가기 시작했다. 그의 기발한 발상의 전환과 창의성은, 단지 그를 괴롭혔던 나쁜 이미지들을 씻어냈을 뿐만 아니라, 삼진의 초기 도약 과정에 지대한 기여를 하게 된다. 다음에 기술할 그가 거두었던 첫 번째 성공에 대한 일화는, 작은 발상의 전환이 세상을 어떻게 뒤흔들 수 있는지에 대한 좋은 실례다.

4.8mm의 차이

미국이 미터법이 아닌 인치와 피트를 끝까지 고집하겠다면,
세상은 다시 바벨탑 시대로 돌아가게 될 것이다. 당신들이 초래한
이 작은 차이가 언젠가 거대한 혼란으로 돌아올 것이다.
──피에르 르노, 세계 도량형 통일 심포지엄 초대 회장, 1912년 3월
미국 필라델피아에서 열린 세계만국박람회 기조 연설에서.

2001년 3월, 이치은이 처음 발령받았던 까오슝 플랜트 제2라인 신제품 개발팀에, 삼진 엔터프라이즈의 사운이 걸린 커다란 프로젝트가 할당된다. 12인치 웨이퍼의 개발이 바로 그것이었다.

그 당시, 웨이퍼 지름의 세계 표준은 8인치였다. 하지만 메모리 반도체 부문에서 각각 세계 1위와 3위, 전체 반도체 부문에서 세계 1위와 2위를 지키고 있던 미국의 두 거대 기업 Microsoft와 Napster는 1999년 10월, 약 보름 정도의 시차를 두고 세계 최초로 12인치 웨이퍼 생산용 공장을 가동, 본격적인 양산에 돌입하기 시작한다.

웨이퍼의 지름에 있어서 이 4인치(약 10.16cm)의 차이는 무엇을

의미하는 것일까? 전술한 것과 같이, 이 원판형의 웨이퍼는 나중에 다시 Sawing이라는 공정(직역하면, 톱질이라는 의미)을 통해 낱개의 사각형 칩으로 잘려나가게 된다. 여기서 간단한 계산이 등장하게 된다. 만약에 8인치 웨이퍼를 만드는 것보다 12인치 웨이퍼를 만드는 데 그 총 소요비용이 약 150% 정도 증가한다고 치자. 하지만, 예를 들어 8인치 지름의 원판이 7mmX7mm 면적의 칩을 300개 만들 수 있는 데 비해, 12인치 지름의 원판으로는 750개를 만들어낼 수 있다고 한다면(실제 8인치 웨이퍼 대비, 12인치 웨이퍼는 약 2.5배가량 더 많은 칩을 생산할 수 있는 것으로 알려져 있다), 전체적으로는,

250%의 생산율 증가 − 150%의 추가 비용 = 100% 순이득

위와 같은 공식을 통해 약 100%의 생산률 증가를 가져오게 되고 이것이 바로 원가절감으로 이어지게 된다.

하지만, 실제는 위의 계산처럼 그렇게 만만한 것만은 아니다. 12인치 웨이퍼의 생산을 위해서는, 8인치 웨이퍼의 생산에 맞추어져 있는 공장의 모든 기계들을 다시 12인치용으로 개조하거나, 아니면 새롭게 사야만 하고, 이 비용만 해도 몇 백억, 혹은 몇 천억대에 이르는 투자를 필요로 하는 것이다.

김구용 창업주에게 사람의 능력을 꿰뚫어 보는 혜안(慧眼)이 있었던지, 아니면 단지 지독한 운이 그에게 따라주었던 것인지, 이 12인치 웨이퍼 개발 프로젝트가 때마침, 이치은이 몸 담고 있던 팀에

떨어졌던 것이다. 게다가, 오비이락(烏飛梨落)이랄까? 프로젝트를 총지휘하던, 제2라인 개발팀장이 일신상의 이유로 사표를 내는 바람에, 30대 중반의 떠오르는 젊은 엔지니어 이치은이 그 프로젝트의 팀장 역할을 맡게 된 것이었다.

많은 사람들의 얘기를 종합해 볼 때, 전(前) 팀장이 사표를 낸 것은 12인치 웨이퍼 개발 프로젝트에 있어서 상부와 심한 의견 차이가 있었기 때문이라고 한다. 김구용 창업주를 비롯한 당시의 상층부들은 이미 12인치 웨이퍼 생산라인에 필요한 신규 투자 건에 대해 승인을 내린 후였지만, 사실, 이보다 더 큰 어려움이 도사리고 있었다. 그것은 표준 싸움과 관련된 문제였다.

앞에서도 잠깐 설명한 것처럼, Microsoft와 Napster는 12인치 웨이퍼를 공동으로 개발하면서, 특허를 기반으로 자신들의 기술을 표준화하여, 12인치 웨이퍼를 개발, 생산하고자 하는 많은 후발 업체가 막대한 로열티를 물지 않을 수 없도록 손을 써놓았던 것이다. 삼진 역시 몇 차례 위의 두 업체와 협상을 벌였지만, 로열티에 있어서의 양측의 커다란 입장 차이를 확인하는 것만으로 만족해야 했다. 당시 Napster 아시아 영업 담당 리처드 울프 씨에 의하면 Napster와 Microsoft는 그 당시, 극심한 불황기에 빠진 반도체 업계에서 살아남을 수 있는 유일한 방법이 12인치 웨이퍼 생산을 통한 원가절감이라는 데 동의했으며, 다른 경쟁 업체들과의 출혈 경쟁을 막기 위해 굉장히 높은 수치의 로열티를 고수하기로 잠정적인 협정을 맺었다고 한다. 당시 협상에 나섰던 정상경 현 삼진물산 사장의 얘기를 들어보면, Napster 쪽에서 최초로 제시한 로열티 수준은 매출액의 45%가량 되는 어마어마한 액수였다고 한다.

 물론, 이 액수를 지불하고서는 도저히 12인치 웨이퍼 라인을 가동한다고 해도 채산성이 나오지 않는다는 건 불문가지(不問可知)의 일이었다. 이런 뒤숭숭한 와중에 개발을 책임지고 있던 팀장 자리까지 공석이 되고, 이치은이 이 자리를 자의 반 타의 반 맡게 된 것이었다.

 이치은이 이 프로젝트의 개발 책임을 맡게 되자마자 처음으로 추진했던 일은 특허에 대한 면밀한 조사였다고 한다. 한국에 요청하여 특별히 법률팀이 조성되었으며, 약 3주 후에 중대한 내부적인 결정을 내리게 된다. 당시, 이 프로젝트가 삼진 엔터프라이즈의 미래를 가늠할 수 있는 잣대가 될 거라는 사실을 통감한 김구용 창업주는, 약 2달간 까오슝에 머무르며, 이치은이 통솔하고 있던 프로젝트팀과 활발한 커뮤니케이션을 가졌던 것으로 알려지고 있다. 김구용 창업주는 이 당시의 일을 그의 자서전에서 이렇게 회고하고 있다.

 "당시, 이 프로젝트와 관련되어 있던 대다수의 엔지니어들은 뜨거운 열정에 가득 차 있었다. 그들의 열정은 대부분, 불가능을 가능으로 바꾸고야 말겠다는 그런 종류였고, 사실 나 또한 마찬가지였다. 하지만, 단 한 명, 당시 프로젝트 리더였던 한 엔지니어만은 그런 뜨거운 열정과는 약간 거리가 먼 자세를 취하고 있었다. 그에게서는 뜨거움보다는 차가운 냉정함만이 풍겼다. 그는 내게, '이것은 불가능이 아닙니다. 처음부터 가능했던 일입니다. 거기에는 너무나 커다란 허점이 있습니다.'라고 침착한 목소리로 말했다. 이상하게도 나는 그에게 너무 쉽게 매료되었고, 다른 이들이 대놓고 불평을 토로할 만큼 많은 권한을 그에게 주었다. 다행히 나의 판단은 옳았다."

아마도 본인의 부탁에 의해, 이름 대신, 그저 한 엔지니어라고 김구용 창업주의 자서전에 명명된 문제의 프로젝트 리더는, 물론 이치은이다.

2002년 1월, 삼진 엔터프라이즈는 반도체 업계를 발칵 뒤집어 놓을 중차대한 발표를 하였다. 그것은 300mm 웨이퍼 생산 발표였다. 이치은의 주도하에 극비로 진행되었던 이 프로젝트가 드디어 수면 위로 떠오른 것이었다. 반도체 업계의 관행상 인치로 통일되어 있던 웨이퍼의 지름에 미터법을 적용한 새로운 표준을 도입한 것이었다.

12인치를 미터법으로 바꾸면 304.8mm가 된다. 즉, 300mm 웨이퍼와 12인치 웨이퍼 사이에는 겨우 4.8mm의 차이만이 존재하는 것이다. 이치은은 12인치 웨이퍼 생산에 필요한 기계들이 대부분, 처리할 수 있는 웨이퍼의 직경을 12인치±0.2인치로 설정해 놓은 것에 착안, 기존의 12인치 웨이퍼용 기계를 이용하면서, 동시에 Napster와 Microsoft의 표준을 침해하지 않는 새로운 표준을 제창하기에 이르렀던 것이다. 물론, 시장으로부터의 호응이 뒤따르지 않는다면, 사상누각(沙上樓閣)과도 같은 일이었다. 이치은의 주장을 받아들인 삼진의 전략 영업팀은, 당시 극심한 채산성 악화로, 반도체 생산 라인 자체의 존폐 여부를 놓고 고민하고 있던 한국의 SDI(삼성전관)와 비밀스럽게 접촉을 진행하여, 그들로부터 삼진 엔터프라이즈가 생산할 300mm 웨이퍼를 전량 수매하겠다는 계약을 성사시키기에 이르렀던 것이다.

이 모든 일이 수면하에서, 조직적으로 하지만 조용히 진행되었으며, 전술한 것처럼 드디어 2002년 1월, 만천하에 공개가 되었던 것이다. 당연히 Napster와 Microsoft는 특허 침해 위반에 대한 소송을 제기했으나, 미국 연방특허청에서 기각되었고, 삼진의 사운을 걸었던 이 모험은 극적인 성공을 거두게 되었다.

특허 소송 건에서 이기게 된 데에는 크게 두 가지 이유가 있었다. 첫 번째로는 도량형의 혼란에서 온 맹점을 파고든 이치은의 주장, "12인치와 300밀리미터 사이에는 4.8mm라는, 결코 무시할 수 없는 엄연한 차이가 존재한다."라는 이 주장에 미국 특허청이 손을 들어준 것이고, 두 번째로는 삼성전관을 비롯한 세계적인 반도체 업계의 삼진에 대한 호의적인 여론이었다. Napster와 Microsoft라는 두 공룡이 장악하고 있던 표준 규격에 내심 불만을 품고 있던 많은 업체들은 삼진의 일견 무모해 보이는 도전에 음으로 양으로 지지를 보냈다.

현재 일선에서 명예롭게 물러나 촌로(村老)의 자리를 지키고 있는 정명선 전(前)삼성전관 사장은 이치은의 첫 번째 프리젠테이션에 대해 이렇게 회고하고 있다.

"그때 300mm 웨이퍼 건으로 삼진에서 온 젊은 친구가 이치은 이었지 아마. 지금까지 직장생활을 해오면서 많은 프리젠테이션을 봐왔지만, 그 친구 프리젠테이션만큼 내게 감동을 준 건 없었어. 오죽했으면, 내가 그 젊은이의 프리젠테이션을 얻어서 부하 직원들에게 본보기로 삼으라고 돌리게 했겠어. 첫 번째 장에는 커다란 달걀이 그려져 있었지. 콜롬부스의 달걀에 대한 얘기를 그가 했던 것 같애, 그 다음 장에는 아주 커다랗게 숫자가 쓰여 있었지. 4.8mm라고 말이야. 그가 그렇게 말했던 것 같애. '이 작은 숫자가 계란을 세울 수 있습니다. 깨지 않고도 말이죠.' 뭐에 홀린 것처럼, 난 그의 제안을 받아들이자고 지금은 작고하신 정용철 사장에게 강력하게 건의를 했지."

이치은, 그의 첫 발걸음은 세계 반도체 업계에 뚜렷한 족적(足跡)을 남기게 된다. 하지만, 이 성공은 삼진을 위한, 삼진 내부에서의 성공이었을 뿐이다. 자, 이제 우리는 세계 반도체 산업의 재도약기라고 불리는 2003~2005년에 펼친 그의 놀라운 활약상에 대해 일별(一瞥)해 보도록 하자.

틈을 메우라!(Fill The Gap!)

소비란, 소비자들의 요구에 딱 맞는 무언가를 만들어냄으로써 발생하는 현상이 아니다. 숨어 있는 욕구를 개발하는 과정도 더더욱 아니다. 그것은 존재하지 않는 무언가를 만들어내고 그것이 당신에게서 비롯되었다고 선전하는 일련의 과정이다.
——장 보드리야르, 『소비의 황도(黃道)』, 1992.

300mm 웨이퍼 프로젝트의 커다란 성공으로 그는, 일약 삼진의 까오슝 주재 신제품 R&D Manager로 초특급 승진을 하게 된다. 물론, 이러한 이례적인 승진 뒤에 김구용 창업주의 전폭적인 신뢰가 뒷받침되었던 것은 두말하면 잔소리다.

300mm 웨이퍼의 성공적인 생산으로, 2002년 삼진 엔터프라이즈의 메모리 반도체 생산 순위는 1999년 TMC 시절의 70위권에서 단숨에 3위까지 치고 올라갔지만, 그의 걱정은 다른 곳에 있었다. 까오슝 시절부터 그를 보좌하던 이치은의 한 측근에 의하면, 그는 300mm 웨이퍼의 성공에도 그다지 기뻐하는 내색을 보이지 않았다고 한다. 오히려 다음과 같은 고민을 그에게 언뜻 내비치고는 했다고 한다.

"마켓 셰어(Market Share, 시장 점유율)는 증가했지만, 파이(Pie, 경제 용어로는, 시장의 전체 규모를 의미함)는 지속적으로, 그것도 매우 빠른 속도로 감소하고 있다. 파이를 새로이 구워내지 못한다면, 우리의 미래는 없다."

2004년, 김구용 창업주와의 몇 번의 독대(獨對) 후에, 그는 많은 엔지니어들의 부러움을 한몸에 받고 있던 R&D manager의 자리를 놓고 한국으로 돌아와 신제품 전략 기획팀의 마케팅 부장으로 자리를 옮기게 된다. 필자는 이치은에 대한 정보를 수집하기 위해 김구용 창업주에게도 정중하게 인터뷰를 요청했으나 거절당한 바 있다. 그래서, 이때 그가 자리를 옮긴 직접적인 원인이나 독대의 내용을 정확하게 파악하고 있지는 못하다. 하지만, 필자는 수년간의 자료 수집과 이치은 주변 인물과의 공식, 비공식적인 인터뷰를 통해 그의 전보(轉補)가 반도체의 새로운 시장 개척을 위한 김구용 창업주의 특단의 결정이었으며, 이는 전적으로 이치은 자신의 요청 사항이었음을 확신하고 있다.

마케팅 부서로 자리를 옮긴 후의 행적에 관해서는, 다행히도 비교적 자세한 정보들을 얻을 수가 있었다. 그가 팀원들에게 던진 첫 번째 숙제는, 반도체 칩을 찾는 기존 고객들의 요구에 대응하거나, 잠재적인 고객들을 발굴하는, 그러한 수동적인 성격의 업무가 아니었다.

"시장을 만들어야 한다고 했죠. 고객을 찾아다닐 게 아니라, 고객을 창조해 내야 한다더군요. 기존의 저희 업무에 비추어볼 때, 새로운 팀장님의 업무 방향은 처음 많은 팀원들에게 혼란을 가져다줬어요."

하지만, 그는 여러 가지 다양한 방법의 커뮤니케이션을 통해, 팀원들에게 삼진의 앞길에 필요한 것이 무엇이고, 그것을 위해 그가 맡은 팀이 할 수 있는 일이 무엇인지 정확하게 이해시키기에 이르른다.

그는 새로운 시장을 창조해 내는 데 있어서, 두 가지 원칙을 세웠다. 첫 번째로는 반드시 친환경적인 아이템(Environment-Friendly Item)이어야 할 것, 두 번째로는 완전히 새로운 영역(Wholly New Scope for Semiconductor)이어야 할 것.

위와 같은 뚜렷한 목표와 원칙을 가지고 6개월간의 자료 수집, 수요 조사, 시장 상황 모니터링, 내부 토론 등의 과정을 거쳐, 이치은이 맡고 있던 팀은 하나의 획기적인 제안을 김구용 창업주에게 하게 된다.

사실, 현재를 살고 있는 대다수의 사람들은 컴퓨터 게임을 적극적으로 즐기며, 또 그것을 매우 당연한 컴퓨터의 기능으로 여기고 있다. 하지만, 필자가 기술하고 있는 이 당시만 해도 컴퓨터는 오로지 상업적인 혹은 군사적인 용도로만 사용되고 있었고, 그나마 Computer-Free 운동에 의해, 이 두 가지 용도에 있어서도 그 설 자리를 점점 빼앗기고 있는 상황이었다. 언감생심(焉敢生心), 컴퓨터로 일종의 유희를 즐길 수도 있다는 생각은, 누구도 상상하지 못했던 그런 시절이었다.

이치은이 상부에 올렸던 내용은 늘 그랬듯이 단순명료했다. 반도체의 수요를 늘리기 위해서는, 사람들이 컴퓨터나 그 밖의 반도체 칩을 포함한 기기를 업무 같은 공적인 영역에서뿐만 아니라, 단순한 '즐김'과 같은 사적인 영역에서도 사용할 수 있게 해야 한다는 것이었다. 결국 삼진이, 또한 반도체 업계가 생존하기 위해서는, 이런 '즐김'의 용도로 컴퓨터를 사용할 수 있는 새로운 소프트웨어-하드웨어의 조합을 삼진이 하루빨리 개발하여 시장에 출시해야 한다는 내용이었다.

많은 내부적인 진통이 있었지만, 결국, 이치은의 신제품 전략 기획팀이 상부에 제출한 제안은 이사회를 통과하게 되고, 이치은의 주장대로 극비리에 말레이지아 페낭에 호모 루덴스(Homo Ludens, 유희하는 인간)라는 이름의 작은 연구소 하나를 설립하게 된다. 바로 이 연구소가 FtG!(Fill the Gap!)의 모태가 되었던 것이다.

현재 FtG!의 생산을 책임지고 있는 삼진전자의 이상희 사장도 바로 이 호모 루덴스의 창설 멤버라는 것은 독자 여러분에게도 주지의 사실일 것이다. 여기서 이상희 사장의 증언을 들어보자.

"호모 루덴스의 조직이 채 온전히 제 모습을 갖추기 전, 연구소 태동에 깊이 관여되었던 마케팅 직원 한 사람이 한국에서 내려왔습니다. 그게 바로 지금의 이치은 전무였죠. 그는 전 직원이 모인 앞에서, 우리 연구소의 목적이 컴퓨터를 이용해 유희를 즐길 수 있는 그런 아이템의 개발이라고 하더군요. 당시 대부분의 직원들은, 물론 나까지도 포함해서, 그의 의도를 정확히 이해하지 못했어요. 물론 그것이 FtG! 같은 세계적인 히트 상품이 태어날 요람이 되리라고는 누구도 상상하지 못했죠, 아마도 이치은 전무만 빼고는. 한 직원이 그런 질문을 던졌던 걸로 기억합니다. '그럼, 컴퓨터로 축구공이라도 만들라는 얘기인가요.' 그가 대답했죠. '발로 차서 컴퓨터를 부수는 데 수많은 사람들이 재미를 느낄 수 있다면, 만들어 보세요. 그럼 우리가 팔겠습니다.' 장장 6시간의 프리젠테이션 및 자유 토론 시간을 거쳐, 우리들은 우리가 왜 그곳에 모여 있는지,

왜 연구소의 이름이 호모 루덴스인지 이해할 수 있게 되었습니다."

　필자가 구체적으로 설명하지 않더라도 그 뒷부분은 독자들도 대부분 잘 알고 있으리라고 믿는다. 정확히 호모 루덴스의 출항 2년 뒤, 삼진은 당시 세계적인 유통업체인 디즈니(Disney)와 손을 잡고, 자체적으로 개발한 세계 최초의 컴퓨터 게임기 FtG!(Fill the Gap!)를 출시하게 된다. 당연히, 이 제품 안에는 삼진이 개발한 초고속 메모리 반도체와 CPU(Central Processing Unit, 중앙 처리 장치)가 탑재되어 있었다. 최종 소비자가 가지는 높은 인지도와, 거미줄처럼 촘촘하게 세계적으로 뻗쳐 있던 유통망을 이용하기 위해, 디즈니 사를 이 새로운 사업 영역에 끌어들였던 것 역시, 이치은을 위시한 신제품 전략 기획팀의 공헌이라는 것은 이제 사족(蛇足)에 불과한지도 모른다.

　Fill the Gap!, 말 그대로, 자신이 즐기고 싶어하는 삶과 자신이 현재 처해 있는 상황 사이의 틈(Gap)을 메우라는, 다분히 도전적이고 공격적이기까지 한 이름의 이 게임기는 출시 둘째 해인 2007년, 주지하는 바와 같이 세계적으로 약 1억 2000만 대가 팔려 나갔다. 이런 아무도 예상하지 못했던 열광적인 반응에, 세계 유수의 애널리스트나 사회학자들도 손을 놓은 채 망연자실(茫然自失), 이 거대한 흐름을 입을 다물지 못한 채 그저 지켜볼 뿐이었다. 지금까지 판매된 FtG!의 게임팩을 일렬로 이어놓으면, 태양계를 한 바퀴 감고도 남음이 있다는 분석도 최근에 나온 바 있을 정도이다. 2007년 말 AP, Reuter 등의 세계적인 통신사들은 올해의 키워드를 FtG!로 선정하는 데 있어서 아무도 이견을 달지 않았다.

세상을 바꾼 작은 발상의 전환

> 나의 지극히 이성적인 판단에 의하면 지구가 돈다는 것은 의심할
> 바가 없다. 하지만, 나를 제외한 모든 이들은
> 지금 나의 정신상태를 의심하고 있을 것이다.
> ──플라톤, 『수상록』

여기서 잠시 더 지면을 할애하여, FtG! 출시 직전의 흥분과 설레임을 이상희 삼진전자 사장의 입을 통해 들어보자.

"잘 아시다시피, 저희는 FtG!의 출시 직전에 전 세계에 똑같은 Teasing AD(내용을 정확히 밝히지 않은 채, 제품의 특정 이미지나 부분만을 서서히 알려줌으로써 시청자의 궁금증을 유발시키는 방식의 광고 기법)를 사용했지요. 그 첫 번째 시리즈가 검은 박스, 그러니까 FtG!를 베고 자는 아이의 모습이었고, 두 번째가 숲속에 버려진 FtG!가 자연에서 자연스럽게 분해되어 가면서 자연의 일부가 되는 장면을 보여준 광고였죠. 이 일련의 광고와 거기에 선명하게 부각된 FtG!라는 로고는 세계 시청자의 관심을 끌기에 충분했지요. 우리 개발자들 중에 잠을 제대로 자는 사람은 없었어요. 흥분 때문에, 또 FtG!의 미래에 대한 기대와 조바심 때문에 그야말로 초긴장

상태였지요. 출시 첫날 새벽 디즈니 매장 앞에 모여든 구름 같은 인파를 우리들 눈으로 확인하기 전까지, 그야말로 아무것도 눈에 들어오는 게 없었어요."

전술한 바와 같이, FtG!는 세계적으로 대단한 성공을 거두게 된다. FtG!의 누구도 상상하지 못했던 대성공의 원인은, 첫째 컴퓨터를 이용한 엔터테인먼트라는 새로운 발상의 전환, 두 번째, 과감한 고가의 무연 납(Lead-Free Solder) 채용, 자연 분해 가능한 플라스틱 박스와 철저한 폐기물 관리 등 친환경적인 이미지의 부각 성공, 세 번째, 세계적인 동시 홍보와 출시를 가능케 했던 디즈니 사의 엄청난 유통망, 네 번째, 비밀리에 개발되었던 FtG!의 게임 소프트웨어들 등이다.

이치은의 이 새로운 발상은, Computer-Less 운동으로 인해 존폐 위기에 있던 반도체 산업을 일약 다시 황금알을 낳는 거위로 탈바꿈시켰다. 월 가에서 최고의 연봉을 구가하던, 미래 산업 전문 애널리스트 잭 루처 씨는, FtG!의 출시가 반도체 산업에 신기원을 선사한 2006년을 1967년 미국의 야후(Yahoo) 사가 최초의 개인용 탁상 컴퓨터를 개발한 이래 최고의 사건이라는 데에는 그 누구도 이견을 표시할 수 없다며, 2006년 이전을 기원전을 의미하는 B.C.(Before Christ)를 본따 B.F.(Before FtG!)로, 2006년 이후를 A.D.(Anno Domini, 라틴어로 예수가 태어난 해라는 뜻)를 본따 A.F.(Anno FtG!)라고 부르자는 제안을 내놓기에 이른다.

자, 이제 다시 이치은의 얘기로 돌아가보자. 사실, 필자가 이해할 수 없는 부분은, 이러한 대단한 성공의 주역임에, 아니 최소한 한 축임에는 틀림없는 우리의 주인공 이치은은 어떻게 이런 성공 속에서 자신의 모습을 드러내지 않을 수 있느냐는 것이다. 성공을 통해, 자신의 이름을 만방에 떨치고자 하는 것이, 그야말로 입신양명(立身揚名)이라는 기치는, 피끓는 젊은이의 인지상정(人之常情) 일진대, 그저 묵묵히 성공이란 커다란 장막 뒤에 가려져 있는 그의 모습은 어떤 식으로든 필자의 두뇌로는 잘 납득이 가지 않는다.

물론 필자 같은 범인(凡人)의 이해력으로 세상을 뒤집어놓은 인물의 머릿속을 헤아린다는 것 자체가 처음부터 무리이리라. 필자는 앞에서도 언급했지만, 그 이유와는 상관없이, 그의 결정을, 세상에 드러나고 싶어하지 않는 그의 의사를 최대한 존중한다. 그의 사생활을 철저하게 밝혀내고, 지인들을 불러내어 인터뷰의 기다란 행렬에 동참시키려는 게 이 글을 쓴 의도가 아니라는 것을 제발 독자 제위께서 이해해 주시기 바란다. 그저, 그의 놀라운 업적을, 참신한 사고의 전환을, 세상을 바꾸어놓은 한 남자의 지극히 겸손한 이력을, 독자 여러분에게 전해야겠다는, 글쟁이로서의 자연스러운 사명감의 발로였을 뿐이었다.

이치은. 그저 언젠가 그와 선술집에서 만나 그가 살아온 이야기를, 세상을 다시 한 번 바꾸어놓을지도 모르는 대담무쌍한 아이디어를, 또한 가능하다면 그의 지극히 인간적인 면모를, 한 잔 술에 기대어 정답게 나누고 싶다는 게, 필부(匹夫)의 그저 소박한 바람일 뿐이다.

8장

두 명의 매장인

두 명의 남자가 보였다. 운전대를 잡고 있는 남자와 그 옆에 앉아 있는 남자. 운전대를 잡고 있지 않은 쪽의 남자는 운전대를 잡고 있는 남자보다 네 살가량 많아 보인다. 아니, 어떻게 보면 한 사십 살쯤 차이가 나는 것 같기도 하다. 그만큼 두 남자의 나이는 쉽게 가늠하기 힘들다. 자신의 진짜 나이에서 위아래로 각기 열다섯 살까지는 빼거나 더해도 그럭저럭 받아들일 수 있을 것 같은, 미숙함과 성숙함, 치기와 노련함, 교묘함과 무뚝뚝함, 진지함과 장난스러움 등이 혼란스럽게 섞여 있는, 그런 얼굴들이다. 재미있는 것은 그 둘 모두 그렇게 나이를 추측하기 힘든 얼굴을 하고 있지만, 운전대를 잡고 있지 않은 쪽이 운전대를 잡고 있는 쪽보다 연장자라는 생각만큼은 별 의심 없이, 지극히 자연스럽게 받아들여진다는 사실이다.

"이런 날씨라면, 차를 세운 다음에 다시 시동 걸 일이 걱정이군요."

일단, 입을 연 것은 젊은 쪽이다. 차 안은 푸근하다. 말을 해도 입김이 생기거나 하지는 않는다. 하지만 이곳의 바깥은 사정이 좀 다르다.

"시동을 끄지 않는다네, 여기선."

늙은 쪽이 대답한다. 젊은 쪽과 잘 분간이 되지 않는 비슷한 목소리다.

"시동을 끄지 않는다구요? 잘 때두요?"

"한 며칠 꼬박 차를 세워두어야 하는 경우에는, 시동을 끈 채로 거실만큼이나 난방이 잘 되어 있는 주차장에 모셔두기는 하지. 그렇기는 해도 보통의 경우에는 대부분 시동을 켠 상태로 차를 세워둔다구, 여기선."

젊은 쪽은 대답 없이 고개를 끄덕였다. 그들이 타고 있는 트럭은 지금 하얀 눈밭 위를 달리고 있다. 달리고 있다지만, 그것은 매우 느린 속도에 불과하다. 트럭이 지나간 뒤로, 두 줄로 커다란 눈고랑이 파여 있다. 그것은 깊고 또 폭이 넓다. 모든 것이, 땅 위에 있는 모든 것이 완만하게, 그렇게 하얗다. 온통 새하얗다. 새하얗지 않은 것은 그들이 타고 있는 트럭과, 트럭의 커다란 바퀴가 만들어 놓은 눈고랑 속의 연푸른 그림자와, 얼룩덜룩한 하늘뿐이다.

잠시 후 젊은 쪽이 다시 입을 뗐다.

"아무런 표시도 없는 눈 위를 달리는 건, 참 묘한 경험이군요. 길도 없고, 차선도 없고, 신호등도 없고, 교통경찰도 없고. 막막한 듯하면서도, 조금은 설레기도 하구, 또, 불안한 것 같다가도, 왠지 서 먹하지 않은 그런 이상한 친근감 같은 게 느껴지기도 하구…… 하 여간 묘해요, 여긴."

"그게 초조함이란 거지."

말하기 귀찮은 사람처럼, 늙은 쪽의 말투는 느릿느릿하다.

"제가 초조해 보인다구요? 뭐가요?"

늙은 쪽은 대답하지 않았다. 젊은 쪽도 다시 물어보지 않는다. 그 다음부터 조용하다. 그 다음부터 죽, 그들은 서로 말을 하지 않 았는데, 어쩌면 서로 말을 할 필요가 없었던 건지도 몰랐다. 필요 가 없었던 것일 수도 있고, 애초부터 불가능했던 것일 수도 있다.

그들이 타고 있는 트럭이 납작하게 생긴 흑갈색 집 앞에 도착한 것은 아직 해가 숨이 붙어 있을 즈음이었다. 하지만 이미 조금씩 어두워지기 시작한 후라, 시계(視界)가 점점 좁아들고 있었다. 말 하자면 가까운 쪽보다 먼 쪽이 먼저 컴컴해져 왔다. 빙 둘러 그들 의 시계 안에는, 그 집 외에는 없었다, 그야말로 아무것도. 하얀색 눈과, 좀 더 진한 색 눈, 그리고 그 위로 가장자리부터 어두운 회색 으로 변하고 있는 하늘, 그게 다였다.

"시체가 얼어버렸으면 골치 아픈데."

트럭은 파란색 비닐로 된 차양 아래 멈췄다. 차에서 내리기 전, 늙은 쪽이 젊은 쪽에게 시동을 끄지 말라고 다시 한 번 주의를 줬 다. 그래서 일단 트럭의 바퀴는 돌아가기를 멈췄지만, 뒤꽁무니에서는 계속 시꺼먼 연기가 풀풀 날리고 있다.

문을 열고 젊은 쪽이 풀쩍 운전석에서 바닥으로 뛰어내렸다. 날렵한 동작이다. 지체 없이 젊은 남자는 뒤쪽으로 가서 짐칸 위로 다시 뛰어오른다.

"얼지 않았으면 좋겠는데."

젊은 쪽은 방금 손에서 벗겨낸 장갑을 입에 물고 주머니에서 작은 칼을 꺼낸다. 그의 행동거지는 무척이나 강인하다는 인상을 주는데, 조금만 눈썰미가 있는 관찰자라면, 강인해 보이는 포장 뒤에 눈이 번쩍 뜨일 만큼 잘생긴 얼굴이 숨어 있다는 것을 금세 알아차릴 수 있다. 그러나 어느 부분이 잘생겼냐고 묻는다면, 어느 한 부분을 집어내기란 쉽지가 않다. 각각의 요소들은 떼어놓고 보면 부자연스럽게 비치기까지 한다. 가령, 볼에 패어 있는 보조개는 남자에게는 자칫, 여려보이거나 신경질적인 인상을 주기 십상이지만, 그의 얼굴 위에서는 전혀 그렇지 않다. 서로 이질적이고 쉽게 융화될 것 같지 않은 몇 가지 요소들, 그러니까, 앞으로 약간 접혀진 커다란 귀나, 매부리코, 깊이 파인 눈, 그리고 볼에 팬 보조개 등이 그의 얼굴 안에 섞여 있는 것이다. 하지만 전체적으로는 그럭저럭 균형이 잘 맞고 있는 것 같다. 오히려, 균형 자체가 지나치게 고려되다 보니, 하나의 일관성이나 독특한 개성 같은 것이 사라져버린 것 같기도 하다. 그래서 그런지, 그의 얼굴은 설명하기 힘든 애매모호한 느낌을 관찰자에게 들게 한다. 물론 그의 얼굴이 주는 그런 효과가, 그가 의도한 것이라고 말할 수는 없다. 애당초 얼굴에 의도나 목적 따위가 있을 리가 없으니까.

지금, 보푸라기가 무성한 회색 천으로 둘둘 감겨져 있는 원기둥 모양의 물체가 하나, 짐칸 위에 실려 있다. 짐칸의 크기와 비교할 때, 그 이름 붙이기 곤란한 물체는 별로 크지 않다. 길이는 한 2미터, 둘레는 그 가장 두꺼운 부분이, 성인 남자의 한 아름드리 정도이다. 안에 무엇이 들어 있는지, 그 지저분한 회색 천이 무엇을 감고 있는지는 아직 예측이 힘들다. 표면을 살펴보건대, 천 안에 감겨져 있는 건 통나무처럼 매끈하게 곧은 물체라기보다, 조금은 굴곡이 있는 표면을 가진 물체일 거라 예상할 수도 있다. 아니, 거기에는 아무것도 들어 있지 않고 그저 회색 천만이 두루마리처럼 말려 있어, 실제, 회색 천 자체가 그들이 나르고자 하는 짐의 전부였는지도 모른다. 이 시점에서 확실한 건 없다. 젊은 쪽은 그 회색 물체를 짐칸에 고정하고 있던 검은색 납작한 끈을 칼로 잘라내고, 다시 장갑을 꼈다. 허리를 펴고, 그는 발로 회색 물체를 툭툭 건드려본다.

"시체가 얼어버렸다면, 녹이기가 쉽지는 않을 텐데."

"언다고 해도, 다시 녹는다고 해도, 시체는 여전히 시체지. 걱정하지 말게, 시체는 모두 시체일 뿐이야. 언 시체라든가, 녹은 시체라든가 하는 말은 없다네."

늙은 쪽이 짐칸의 뒷부분을 열었다. 젊은 쪽은 쭈그리고 앉은 자세로, 어깨로 회색 원기둥 모양의 물체를 밀어본다.

"더럽게 무겁군. 얼어서 그런 건가."

젊은 쪽의 다물어진 입술 사이로 하얀 입김이, 물이 끓고 있는 주전자의 주둥아리에서마냥, 연속적으로 새어 나온다. 곧 이어 짤막짤막한 신음소리와 욕설. 회색 물체가 비로소 움직이기 시작했다. 늙은 쪽도 그제서야, 젊은 쪽이 밀고 있는 반대쪽을 잡아당기는 시늉을 한다.

그들이 입고 있는 두꺼운 점퍼가 관찰에 방해가 되기는 하지만, 늙은 쪽은 대체로 꽤 살이 난 듯한 인상이다. 두터워 보이는 눈썹 위에는 입김이나 땀이 얼어버린 성에가 허옇게 내려 앉았다. 그래서 눈썹은 마치 뚱뚱한 하얀색 털벌레처럼 보인다. 그 아래로, 쌍꺼풀이 유난히 늘어진 커다란 눈이 있다. 늙은 쪽은, 전체적으로 모든 일에 쉽게 싫증을 내버리고 말 것 같은 그런 인상이다. 그렇다고 딱히 인텔리 냄새를 풍기는 것도 아니고, 사회 부적응자라고 단정 내리기에도 뭔가 께름칙한 구석이 있다. 몇 가지 첫인상들을 배제한 채 그의 행동거지를 가만 살펴보면, 점점 더 파악하기 힘든 인간이라는 인상을 받게 된다. 언뜻 게을러 보이지만, 시간이 지날수록 무척이나 끈덕진 성품의 소유자가 아닌가 하는 의심이 들기도 한다. 모든 일에 조용조용하고 침착하게 대응할 것 같아 보이기도 하지만, 특별한 종류의 광기를 내면 깊숙이 묻어놓고 있는 게 아닌가 하는 생각이 들게끔도 한다. 하지만 그 모든 것은 실은 느낌에 불과하다. 그리고 그것들은 쉽게 취소되고, 자주 갱신된다, 간혹 부분적으로, 혹은 전체적으로. 또한 모든 것이 착각일 수도 있다.

"이쪽이 다리 쪽인가 본데. 자네가 들고 있는 쪽이 머리일 거야,

아마."

지금, 똑같은 옷을 입고 있는 늙은 쪽과 젊은 쪽은 각기 그들의 오른쪽 어깨 위에 회색 천으로 감긴 물체를 얹고는 비슷한 보폭으로 걸어가고 있다. 앞에 있는 것이 늙은 쪽이다.

"책은 잘 보지 않아요. 책은 상상력을 고갈시키니까."

그렇게 말한 것은 젊은 쪽이다.

"자네에게, 아니 자네가 하는 일에 상상력이 필요한가?"

어느새, 그들은 실내에 들어와 있다. 추운 지방답게 조그맣게 나 있는 창밖으로는 벌써, 희부연 얼룩 하나 없는 어둠이다. 젊은 쪽과 늙은 쪽 둘 다 입고 있던 두꺼운 점퍼를 벗어버린 채다. 두 개의 회색 사기잔에 젊은 쪽이 끓는 물을 따라 붓고 있다.

"상상력이 필요한가?…… 난처한 질문이군요. 글쎄요…… 근데, 필요한 정도의 상상력이란 걸 도대체 어떻게 정의하겠다는 거죠? 자자, 난처한 질문들은 잠시 미뤄두고 우선 커피부터 한 잔 드시면서 몸을 녹이시죠."

"좋지, 어설픈 상상력보다는 뜨거운 커피가 백번 나을 테니."

실내는, 전형적인 통나무집의 구조이다. 천장과 벽은, 어른 팔만 한 굵기의 통나무를 차곡차곡 잇대어 놓은 모양새다. 다락방처럼, 가운데가 뾰족하게 솟은 형태의 천장 중앙에는 그다지 크지 않은 샹들리에가 매달려 있다.

"한데, 상상력이 필요한 게 우릴까요? 오히려, 영화나 만화들이,

저희들을 그들 상상력의 원천으로 사용하고 있잖아요. 사실, 우리 일에 상상력이 필요한 게 아니라, 반대로 우리 일이 남들에게 상상력을 공급해 주고 있는 꼴이에요. 뭐 어느 쪽이 됐든, 책을 읽어야 할 이유가 갑자기 생겨나는 건 아니지요.”

“그래도 자네는 늘 뭔가를 읽고 있잖아. 자네는 남들에게 뭔가를 열심히 찾고 있다는 인상을 주고 있어, 자네가 의식하고 있는지는 모르겠지만.”

실내는 넓지만 무척이나 단순한 구조다. 정사각형 모양에, 구획도, 칸막이도 없고, 바닥의 높낮이도 동일하다. 문이 두 개, 늙은 남자와 젊은 남자가 회색 물체를 어깨에 떠메고 들어왔던 문과, 마주 보는 보는 대변 위 비슷한 자리에 위치한 또 하나의 문. 가구들도 거의 없다. 선반인지 책상인지 분간하기 힘들 만큼 작은, 벽에 붙어 있는 나무판자, 그리고 그 위에 올려져 있는 몇 권의 잡지들. 거실 한가운데에는 1인용 소파 두 개, 그리고 모서리가 둥글게 처리된 마름모꼴의 다탁(茶卓). 구석에는 개수대와, 벽에 붙여 세워놓은 조그마한 냉장고 하나와, 그 옆에 놓여 있는 2인용 크기의 목재 식탁. 식탁 위에는 커피포트와 토스터와 믹서가 놓여 있다.

“제 입으로 이런 말 하기 좀 뭐 하지만, 얼굴이 잘생겼다는 게 꼭 좋은 것만은 아니거든요. 남들에게 쉽게 선입관을 주죠. 사람들은 저를 가볍게 봐요, 얼굴이 잘생겼다는 이유로 깊이가 없는 놈이라고 선불리 생각하는 경우도 많구요. 그래서, 어릴 적부터, 그런 습관을 키워왔나 봐요. 그게 의도적이었던 건지 의도적이지 않왔던 건지, 지금은 잘 판단이 안 서지만. 하지만, 책을 읽는다는 건, 그저 거죽에 불과해요. 책 읽는 척하기라고 말하는 게 좋겠군요. 단지 책으로 얼굴을 가리는 거죠. 책으로 아무것도 없다, 라는 사실을 가리는 거죠. 고맙게도, 몇몇 똘똘한 사람들은 그런 사실을 눈치채더군요. 하지만 대부분은 선배처럼, 책을 읽고 있다는 행위만을 보죠. 그리고 얼토당토않게 매우 진지한 놈이라고 여기더군요."

실내에서 눈에 확 띄는 것은 단 하나다. 이곳으로 들어오자마자 제일 먼저 눈에 띄는 그것. 실내 자체가, 이곳의 단순함 자체가 그것을 위해 마련된 것이라는 생각을 들게 하는 그것. 그것은, 그들이 들어온 문에서 봤을 때, 왼쪽 귀퉁이에 있다.

"자기 자신에 대해서 그렇게 자신만만하게 얘기할 수 있다니, 부럽군."

늙은 쪽의 목소리다. 바깥에서보다 실내에서 더 듣기 좋은, 부드러우면서도 깊은 음색으로 울리는 소리다. 그는 방 중앙에 있는 소파에 커다란 덩치를 푹 파묻고 있다.

"제가 자신만만하다구요? 무엇에 대해서요?"

"그렇게 물으니, 모르겠네. 모르겠다고밖에는 말할 도리가 없는 것 같아. 어쩌면 우리 둘 다 실은 잘 알고 있는 사실이지만, 그저 모른 척하고 싶은 걸 수도 있겠지."

실내에서 단 하나, 눈에 띄는 물체인 그것은 육면체다, 일단 보이는 것은 하나의 꼭지점을 정점으로 그 주위에 모여 있는 세 개의 면뿐이지만. 나머지 세 면은 바닥과 벽에 바짝 붙어 보이지 않게 되어 있다. 그것은 2미터 곱하기 2미터 곱하기 2미터 정도의 부피다. 그것의 표면은 거푸집에 쇳물을 부어넣고 떠낸 주철처럼 우둘투둘하다. 25인치 텔레비전만 한 크기의 문이 바닥에서 50센티미터 정도 떨어진 곳에 달려 있다. 눈높이에는 작은 유리창이 달려 있어서, 안을 들여다볼 수 있도록 되어 있다. 안에서는 지금, 무언가가 활활 타고 있다. 타고 있는 물체를 볼 수는 없지만, 불꽃은, 타고 있는 물체의 알리바이는 똑똑히 볼 수 있다.

"전 빙 둘러 얘기하는 걸 싫어해요. 그것보단, 차라리 아무 얘기도 하지 않는 편이 낫죠. 하기는, 또 어떻게 보면 입을 다물고 있는 것보다는, 그래도 얘길 하는 편이 나을 때가 많죠. 그건 맞아요, 하지만, 그렇게 빙 둘러가며 얘기를 하는 것보다는, 그냥, 말 그대로 얘기를 하지만, 할 얘기가 하나도 없다는 걸 알려주기 위해, 그걸 위해 얘기를 하는 그런 식이 제 맘엔 들어요. 헌데…… 이 시체는……"

펼쳐진 회색 천 위에 옷을 전혀 걸치지 않은 인간이 누워 있다. 인간이라는 것은 의심할 바가 없지만, 피부가 지나치게 파랗다. 젊은 쪽이 말했던 것처럼, 얼어서 그런 건지도 모른다. 인간은, 혹은 인간의 시체는 얼면 파랗게 되는 건지도 모른다. 파란 피부 때문에 나이는 알아보기 힘들어졌다. 성별은 성기를 보면 쉽게 알 수 있다, 남자다. 더 이상, 보푸라기가 무성한 회색 천 위에 누워 있는 남자에 대해 할 말이 없다. 알아낼 수 있는 것도 없고, 알아야 할 것도 없을 성싶다. 시체라는 사실은, 혹은 그렇다고 하는 두 명의 의견은 일견, 그럴 듯해 보인다. 그게 다다. 시체라고 해도 이상할 것이 없고, 시체가 아니라 해도 그럴 수도 있는 일로 생각된다.

"이제 충분히 녹았을 것 같은데…… 슬슬 불 속으로 던져버릴까요?"

"조급하게 굴 건 없지. 좀 더 기다리자고. 기다린다고 이놈이 일어날 것도 아니니. 근데, 여기 혹시 김렛은 없나?"

"제가 말했죠, 책을 읽는 건 상상력을 고갈시키는 짓이라구. 언제까지 김렛 타령이나 하고 있을 거예요?"

모두 다 들어가 버렸다, 그것 속으로. 머리에서부터 발꿈치의 굳은살까지, 통째로. 뭐 별로 대단한 일은 아니었다. 지금, 둘은 약간 지쳐 보인다. 그러나 엄밀히 말해, 그 일 자체가 엄청난 노동량을 요구했던 것은 아니었다. 쉬운 일이었다. 벌거벗은 남자를 머리부터 작은 문을 통해 그것 속으로 집어넣는 일. 다행히 벌거벗은 남자는 아무런 저항도 하지 않았다. 그들 말대로 틀림없이 이전부터 죽어 있었던 것 같았다. 집어넣기 직전에 머리를 먼저 넣을 것인지, 발부터 집어넣을 것인지 잠시 논쟁이 있었지만, 둘은 늙은 쪽의 의견을 따라 머리부터 집어넣기로 했다.

정작 지독했던 건 소리와 냄새였다. 그것의 문 속으로 남자의 몸이 차츰 들어가면서, 그것의 속에서 이상한 소리가 났다.

"이게 무슨 소리죠?"

"아무 소리도 아닐세."

늙은 쪽은 그렇게 대답했고, 젊은 쪽도 더 묻기를 단념한 듯했지만, 아무 소리도 아니라는 늙은 쪽의 대답은 사실이 아니었다. 분명히, 소리가 났다. 팝콘을 튀길 때 나는 것과 비슷한 소리, 아니 그보다 더 섬세하고 신경질적인 소리, 한층 더 빠르고 요란한 소리.

그리고 냄새도 났다. 남자의 시체를 그것 속에 완전히 집어넣고 문을 닫은 후에, 소리는 많이 잦아들었지만 냄새는 없어지지 않았다. 점점 더 진해져 가는 것 같았다. 그것은 매우 역겨웠다. 썩어가는 음식물 쓰레기에서 나는 시큼한 냄새와 고기가 탈 때 나는 노린내가 동시에 났다. 하지만, 젊은 쪽이나 늙은 쪽 둘 다 냄새에 대해서는 언급하지 않았다.

"만족하시나요?"

"뭐에 대해서?"

지금, 일을 마친 후 땀을 더 흘리고 있는 건 젊은 쪽이다. 점퍼 안에 입고 있던 회색 셔츠는 땀에 젖어 군데군데 검은 얼룩이 생겼다. 젊은 쪽의 몸매는, 어느 쪽인가 하면, 왜소한 편이다. 비쩍 마른 데다가, 근육이 잘 발달되어 있는 기미도 없다.

"자신이…… 해버렸던 일에 대해서요, 그리고 그 결과에 대해서요."

"해버렸던 일이란 건, 말 그대로 해버린 일이야. 말하자면, 과거 시점이지. 해버린 일의 결과라는 건, 과거의 시점에서는 미래였겠지만, 지금으로서는 다시 그것이 과거일 수도 있고, 현재일 수도 있고, 또 미래일 수도 있지. 물론 과거의 나는, 아직 오지 않은 결과란 것에 대해 어떤 형태든 두리뭉실한 상을 가지고 있었을 수도 있겠지만, 그런 건 다 잊은 지 오래네. 우선 과거는 손댈 수가 없네, 그리고, 과거의 결과, 즉 과거에서의 미래는 내가 손을 대지 말아야 하는 부분이었네. 난 그렇게 배웠지."

"저도 그렇게 말할 수 있을 때가 올까요?"

"자네는 다르게 배우지 않았나?"

젊은 쪽은 대답 없이 자리에서 일어나서 식탁이 있는 쪽으로 걸어간다. 그의 걸음걸이는 지쳐 보인다. 지금, 젊은 쪽은 냉장고의 문을 열었다. 냉장고 안에서 그는 노란 과일 하나와 네모난 얼음이 담겨져 있는 작은 그릇 하나를 꺼낸다.

"자몽과 얼음 그리고 믹서, 다행히도 그들이 제 부탁을 들어주었군요."

"그런 건 철저하지. 사소한 건 확실히 요청한 대로 해주는 게 그들의 원칙이니까."

그는 주머니에서 꺼낸 칼을 수돗물로 대충 헹구고는 노란 과일을 탁자 위에 올려놓고 껍질을 벗겨내기 시작한다. 익숙한 솜씨다. 칼이 금세 노란색 물과 허연 부스러기들로 지저분해진다.

"그런데, 민재익이라는 애를 아신다고 했죠?"

"그랬지."

"지금 뭐 하시는지 아세요?"

껍질을 다 벗기고 젊은 쪽은 동그란 과일을 정확히 네 등분 했다. 그러고는 탁자 위에 놓여 있던 믹서 뚜껑을 열고 거기에 그것들을 집어넣는다.

"몰라. 공식적으로는, 그렇게 얘기하도록 되어 있지. 거기에 대해선 더 이상 내게 묻지 말게."

"아하."

젊은 쪽은 이번에는 네모난 얼음을 집어 믹서 속에 몇 개 집어넣는다. 지쳤던 기색은 어느새 사라지고, 그의 손동작은 평온해 보인다. 이제 절도가 있어 보이기까지 한다. 딱 움직여야 할 거리까지만 움직이는, 그러면서도 기계의 차가운 느낌과는 다른, 정확히 단련된 체조선수의 동작을 보는 것 같다.

"이 시체는 그런데, 어쩌다 이런 고초를 당하게 된 거죠?"

질문이 채 끝나기도 전에, 그는 믹서의 뚜껑을 한 손으로 잡은 채 ON 단추를 눌렀다. 요란한 소리를 내며 믹서 속에 들어 있던 얼음과 과일 조각들이 투명한 그릇 안에서 사방팔방 튀기 시작한다. 한참 동안 둘 다 입을 열지 않았다. 열었다 해도 서로 상대방의 말을 알아듣기는 힘들었을 테지만. 잠시 후 다시 조용해졌다. 그가 OFF 단추를 누른 것이다.

"시체는 얼린다고 해도, 녹인다고 해도, 혹은 이렇게 태워버린다고 해도, 그걸 고초라고 생각할 마음이 없을 걸세, 아마도."

"좋아요, 질문을 정정하지요. 어쩌다 이놈은 자신의 의지와는 상관 없이 이런 모양의 시체가 되었죠?"

"시체와 의지는 전혀 관련성이 없는 두 단어지. 마치 출생과 의지처럼. 자네도…… 하기는, 그 정도는 알아도 되겠지. 짐작했겠지만, 그는 드러나지 말아야 했어, 그런데 드러나고 말았지."

"드러나게 되었다구요?"

젊은 쪽은, 커피를 마시는 데 사용했던 두 개의 컵을 개수대에서 헹구고 있다. 물소리는 그다지 크지 않다.

"그래선 안 되는 처지였었지. 자네도 잘 알다시피, 자네도 잘 알고 있는 그 사건 이후로 그렇게 되었지. 한동안은 잘 지냈지만, 문제는 전혀 이상한 데서부터 불거졌던 거지. 누군가, 그에게 서치라이트를 비췄어. 그 누군가라는 사람이 그에게 악의를 가지고 있었던 건 아니지만, 결과적으로 이렇게 되었지, 선을 넘어버리게 되었던 거야, 어느 순간에, 손 쓸 틈도 없이."

"처지에 걸맞지 않게 튀었다, 해서 시체가 되었다."

"훌륭한 요약이군."

여전히 정교한 동작으로, 젊은 쪽은 두루마리 휴지에서 뜯어낸 휴지조각으로 헹궈낸 컵의 안쪽을 닦아내고 있다. 지금, 물에 젖은 채 뭉쳐진 휴지조각이 두 쪽, 식탁 위에 굴러다닌다.

"자네도 조심해."

"충고는 고맙지만…… 저는 한 번도 시체가 될 거라고 생각해본 적이 없어요. 뭐가 될 거든, 그런 건 저한테 별로 중요하지 않아요. 저한테는 지금, 바로, 현재가 중요하니까요. 사실 시체와 시체가 아닌 상태의 구별도 내게는, 혹은 우리에게는 무의미한 게 아닐까요?"

젊은 쪽은 믹서 안에 있는 내용물을, 헹구고 닦아낸 두 잔의 컵 안에 따라 부었다. 그것들은 유리잔이 아니었기 때문에, 또 그의 행동이 너무나 민첩했기 때문에 믹서 안에 들어 있던 내용물이 어떻게 분배되었는지는 확인하지 못했다. 하지만 그는 다 부어 갈 때쯤 되어 망설이거나, 이쪽 컵의 내용물을 반대쪽으로 옮기거나 하지 않았다. 한쪽 잔에 적당량을 단숨에 따라 붓고, 미련 없이 남은 양을 반대편 잔에 부어 버렸다. 그는 지금, 늙은 쪽이 앉아 있는 쪽으로 걸어와서 잔 하나를 그에게 건넸다.

"괜찮은데."

"시체한테 배웠죠, 물론 내가 그걸 배울 때, 놈은 아직 시체가 아니었지만."

둘은 약속이나 한 것처럼, 단숨에 잔을 비워버렸다. 여전히 실내에는 역한 냄새가 떠다니고 있다. 한 컨테이너 박스의 자몽과 조각을 하기 위해 준비한 대형 얼음을 200킬로그램짜리 드럼통 만한 크기의 믹서에 집어넣고 갈아 만든, 그런 양의 자몽 주스로도 그 냄새를 씻어버리기는 쉽지 않을 것 같다.

이치은은 언제, 어디에서, 어디로, 어떻게
'살아져 왔는가'

2002년경 작가가 출판사에 보내온 초고에서, 작품의 제목은 '유대리는 언제, 어디에서, 어디로, 어떻게 사라졌는가?'였다. 그 제목 중 '언제'와 '어떻게'가 가위질당하여 사라지고 남은 것이 현재의 제목이다. 작가는 '어디에서, 어디로'보다는 '언제'와 '어떻게'에 더 흥미를 가졌을지 모른다. 15년이 지난 지금, 그 이유나 그에 얽힌 생각을 들어보는 것으로, 작품에 대한 관심을 끌기로 해본다.

알렙 氏 이 제목과 관련하여 말하자면, 결국 기니까 자른 것이란 말씀밖에 없을지 모르겠어요. 하지만, '언제와 어떻게'가 잘리고, '어디에서 어디로'가 살려진 것에는 어떤 함의가 있겠습니다. '어디에서 어디로'란 한 존재의 이전이나 상변이를 말한다면, '언제와 어떻게'는 존재의 이유나 정체성을 말하고 있죠. 느낌은 사뭇 다른데, 그 당시에 편집회의에서는 그저 제목이 기니까 줄이자는 제안을 했던 거죠.

이치은 지나고 나면 실수가 보이는 법이죠. 이 작품은 처음 쓸 때부터 제목을 미리 지어두고 시작하지 못했어요. 다른 작품들은 제목에 대한 아주 단단한 계획을 가지고 쓴 것들이 많아, 사실 제목에 대한 논쟁이랄 게 크게 없었거든요. 제 쪽에서 튼튼한 아이디어가 없다 보니, 편집자들의 제목 제안에 조금 수동적으로 따라간 부분이 없지 않습니다.

알렙 氏 전작 『권태로운 자들, 소파 씨의 아파트에 모이다』(이하, 『권태』)에서는 연극의 등퇴장 방식을 소설의 장으로 쓰셨는데요. 이번 작품에서는 추리소설, 롤플레잉게임, 온갖 공문서 양식으로 채워진 보고서 등 다양한 기법으로 소설의 장을 꾸미셨어요. 한 챕터가 끝나 다음 챕터로 넘어가면, 시점과 화자가 달라지기도 하고요. 이렇듯 온갖 소설적 실험을 버라이어티하게 펼친 것을 보면, 그 5년 전에 『권태』를 썼던 작가가 맞나 하는 생각이 들 정도였습니다. 사실 작가께서는 1998년 작가상을 받은 이후 한동안 아예 글을 쓰지 않았다고 하셨죠? 2003년이란 과거로 돌아가 질문을 드리죠. 5년 동안 어떻게 지내셨는지요?

이치은 수사물을 보면, 용의자가 알리바이를 취조받을 때, 어떻게 특정한 시기에 내가 무엇을 했는지 알 수 있겠냐며 항변하는 모습을 자주 봤었는데, 그게 지금 제 상황이네요.^^ 잘 기억이 나지 않습니다만, 몇 편 단편들도 쓰고, 장편들도 조금 기획했던 것 같아요. 아무래도 전업작가가 아니다 보니, 혹은 그런 길을 걷겠다는 마음이 전혀 없다 보니, 급하게 서두르는 마음도 없었구요. 상을 받고 나서 출판계의 원로 한 분이 물 들어올 때 노를 저어라라는 식의 이야기를 해주셨는데, 없는 글을 억지로 쥐어짜서 글을 쓰면 안 되는 법이라고, 패기를, 아니 객기를 부렸던 기억도 나네요. 지금 생각해 보면, 새파랗게 젊은 놈이 마치 훈계하는 것처럼 이야기하는 폼이 그 어르신께는 얼마나 기가 찼을까, 하는 생각도 들고요. 그래서, 말이 씨가 돼서 다음 작품의 집필-출판이 늦어진 게 아닌가 하는 생각도 들구요.

알렙 氏 1998년 이후, 2003년, 2009년, 2014년, 2015년, 2018년에 신작을 냈으니, 대략 5년 정도의 갭이 생긴 셈입니다. 과작이랄 수도 있지만, 장편소설의 스케일을 보면, 그럴 수 있겠다는 생각도 듭니다.

이 즈음에서 그동안 냈던 소설들의 계열들을 한번 보여드리죠. 꿈과 같은 무의식에 관한 장편이 『비밀 경기자』와 『노예 틈입자 파괴자』이죠. 그리고 기억에 관한 소설이 『키브라, 기억의 원점』과 『보르헤스에 대한 알려지지 않은 논쟁』. 그렇다면, 『권태』나 『유 대리』는 어떤 계열인지 작가께 설명을 부탁드립니다.

이치은 우선 대략 지금까지 7권이 나온 것 같네요, 『마루가 꺼진 은신처』까지 염두에 두면요. 1998년 이후 20년간 6편의 작품이 나온 건데요, 대략 3.3년에 한 편씩 나온 거네요. 과작이란 것만큼은 틀림없구요. 그만큼 에너지가 떨어진다는 뜻이 될 수도 있겠습니다. 다른 직업이 있어서 시간이 부족하다는 것은 과작의 변명이 되기는 힘들 것 같구요. 전업작가가 아니라서 그런 건지, 글이 잘 쓰이지 않을 때, 정말 미친 듯이 글이 쓰고 싶지 않을 때는 가급적 글을 쓰지 않으려 하고 있습니다. 저는 글을 쓰는 일이 즐거운 일이었으면 좋겠고, 규칙적으로-일상적으로-직업적으로-기계적으로 글을 쓰는 일이 두렵습니다. 글쓰기가 지겨운 일상-밥벌이의 수단-시간표에 할당된 규칙적인 시간 사용의 계획이 되는 일은 보고 싶지 않습니다. 그러다 보니, 정말 절박하게 쓰고 싶은 글감이 떠오르지 않으면 쓰지 않으려고 합니다. 그만큼 절박함의 총량이-밀도가 떨어진다고 말할 수도 있겠구요. 계열에 대해서 말씀드리면, 잘 보셨습니다. 『비밀 경기자』, 『노예 틈입자 파괴자』, 『마루가 꺼진 은신처』는 제게는 꿈의 삼부작과도 같은 작품입니다. 모두, 꿈을 소재로 한 작품들이구요. 그래서 『비밀 경기자』의 원래 제목을 『비밀 경기자―첫 번째 꿈』이라고 할까 생각도 했구요. 『키브라, 기억의 원점』과 『보르헤스에 대한 알려지지 않은 논쟁』, 그리고 내년쯤에 쓰려고 준비 중인 『보르헤스에 대한 알려지지 않은 논쟁』의 후속편, 혹은 클론일 단편집까지 이렇게 세 편은 시간-기억의 삼부작이라고 할 수 있겠네요. 집필 순서로 보면, 가장 처음에 쓴 『권태』나 『유 대리』는 그런 커다란 소재에 대한 염두 없이 쓰인, 전체적으로 나중 작품들에 비해, 작품의 구성에 대한 실험적인 관심이 끌고 간 구석이 많은 작품이라고도 볼 수 있을 것 같습니다. 다음은 장소에 대한 글, 그림에 대한 글들을 생각하고 있는데요, 장소에 대한 글은, 조금 더 드라마적인 요소로, 즉 인간이 조금 더 등장하는 글로 써보고 싶다고 생각하고 있습니다.

알렙 氏 여기서, 재미있는 게 있는데요. 『권태』에서는 수많은 문학작품 속의 인물들이 등장하죠. 그런데 『유 대리』에서부터, '이치은'이라는 인물이 작품 속에 등장합니다. 이것은 나중에 『비밀 경기자』나 『노예 틈입자 파괴자』에서도 등장하고요. 『유 대리』속의 '이치은'은 물론 어떤 인물의 화신이죠. 이렇게 명명하시는 이유도 궁금하고, 또 본인의 필명인 '이치은'을 작품 속에 넣는 것의 목적이나 효과도 무엇인지 궁금합니다.

이치은 각각의 소설에서 '이치은'이라는 이름이 환기하는 효과는 조금씩 다르겠지만, 이 소설에서 처음 이치은을 등장시킬 때는, 제가 직업인-일상인으로 가지고 있는 이름과, 작가로서 갖고 있는 다른 이름-이치은이라는 두 가지 이름을 가지고 있다는 점에 착안을 했어요. 지킬 박사와 하이드 씨도 아니고, 이렇게 두 가지 이름을 가진 채, 두 가지 생활 패턴-사고방식-행동준거를 갖는 일은 확실히 특이한 상황인 거잖아요. 그 후에는 다른 방식으로, 한편으로는 자조적으로, 다른 한편으로 유희적으로 사용했던 것 같아요. 폴 오스터의 『뉴욕 삼부작』의 초반에 주인공인 추리소설 작가 퀸이 잘못 걸려온 전화를 받는데, 상대방은 집요하게 '폴 오스터'를 찾거든요. 이 부분, 작가의 아이덴티티, 작가 이전의 자신의 아이덴티티, 그리고 작가가 만든 작중인물의 아이덴티티라는 다중의 아이덴티티 벽을 넘어, 단도직입적으로 폴 오스터냐고 묻는 전화를 잘못 건 사람의 패기가, 혹은 작가의 패기가 맘에 들었어요. 그런 익명의 아이덴티티

쌓기-부수기의 유희적인 혹은 자조적인 분위기가 맘에 들었나 봐요. 그래서 자주 사용했던 것 같습니다.

알렙 氏 작가께서는 "추리소설은 오래된 도락"이란 말씀을 하신 적이 있죠? 중2 때 장래희망이 추리소설 작가가 되는 것이란 말씀도 하셨어요. 그래서 『유 대리』를 포함하여 그 이후 작품 속에는 대개 추리소설의 요소가 들어가 있습니다. 미스터리나 판타지 같은 요소도 있고요. 『노예 틈입자 파괴자』는 SF소설 같기도 합니다. 이렇듯 소설의 여러 장르를 뒤섞어가며 새로운 형식을 실험하고 있는데요. 소설을 쓸 때에, 이런 장르로 쓸것이다, 이렇게 실험해 보겠다라는 의도를 갖고 쓰는지요?

이치은 이 두 번째 소설 『유 대리』는 확실히 장르의 혼종-합성이 이야기를 끌고 가는 가장 큰 모티프였어요. 그래서 장르에 대한 고민으로부터 자유로울 수 없는 작품인 게 맞구요. 다른 작품은 장르를, 크게 신경쓴 작품은 없는 것 같아요. 장르보다, 어쩌면 글쓰기의 형식적인-전술적인 부분(전략이 아니고 전술)에 가끔은 초점을 맞추죠. 이번에는 일기 형식을 차용함으로써, 이러이러한 효과를 내보자. 이번에는 삼인칭을 써서, 이러저러한 효과를 내 보자, 이번에는 주를 넣어서 소설을 소설처럼 보이지 않게 해보자, 뭐 이런 형식적인 요소에 대한 고민은 하지만, 이야기 전체의 장르에 대해서 생각은 깊이 안 해요. 사실, 장르란 건, 특별히 작가가 생계의 이유나 특별한 판매 전술하에서 움직이지 않는 한에서는, 굳이 주장해야 할 이유가 없는 거죠. 그건, 대부분 작품의 출판-사후에 붙여지는

410

딱지니까요. 그리고 사람들이 장르라는 딱지를 붙이는 이유는 이름을 붙임으로써, 혼동스러운 대상을 편안하게 길들이려는 거죠. 그럼으로써 자신을 혼동에서 구원하려는 거구요. 어느 책에서 헤겔은 "아담이 동물들의 주인이 되게 하였던 최초의 행위는 동물들에게 이름을 부과하는 일이었다. 이를테면 그는 동물들을 그들 실존 가운데서 소멸시켜 버렸다."라고 말했대요. 장르 붙이기는, 독자의 (거짓) 위안-구원, 대상의 소멸이라는 측면이 강해요.

알렙 氏 전에 『마루가 꺼진 은신처』를 출판할 때였죠. 소설의 밑그림에 해당하는 메모 형식의 글을 따로 보내주셨죠. 덕분에 작품에 대한 이해가 잘 되었습니다. 그런데 독자들이 이것을 보면 깜짝 놀라실 거예요. 단지 메모가 아니라, 탈고된 소설의 원고 분량의 삼분의 일 정도는 되는 방대한 양이거든요. 대개 작품을 쓰기 전에, 이런 밑그림부터 잡아놓고 시작하시죠? 또, 일전에는 노트에다 연필로 초고를 쓰고 그다음에 컴퓨터로 옮겨 적으면서 퇴고하셨다고도 해요. 요즘에는 스마트폰으로도 글을 쓴다니, 필기 방식의 변천사가 흥미로울 것 같습니다.

이치은 그때그때 다르지만, 대부분은 어떻게 마무리를 짓겠다는 확실한 계획을 가지고, 작품을 진행하는 편이에요. 『마루가 꺼진 은신처』가 가장 극단적인 경우이고, 그 책은, 아주아주 기다란 메모를 써놓고 글을 시작했어요. 심지어는 메모를 마치고 작품의 틀거리를 정한 후 가장 먼저 쓴 부분이 글의 마지막 2~3페이지이기도 하구요. 『유 대리』는 이야기의 전체적인 방향을 잡아놓은 다음, 각각의 부분에 가장 알맞을 장르는 무엇인가 하는 고민이 많아서, 이야기를 멱살잡고 간 측면이 없지 않아요. 단지 '이야기의 줄거리에서 장르'라는 한 방향으로만 생각의 흐름이 진행되었던 것은 아니고, 장르에 대한 확신이 생기면 당연히 이야기의 줄거리가 변형되기도 하는 방식으로, 일종의 길항작용을 했던 거죠. 형식과 내용이. 기억을 잘 떠올려보면 앞의 한두 장, 그리고 마지막 한두 장은 고정한 후에 중간에 이야기 진행 방향을 여러 가지 장르들의 특성과 함께 고민했던 것 같네요. 글쓰는 방식은, 펜으로도 쓰고, 컴퓨터로도 쓰고, 심지어는 스마트폰으로도 써요. 하지만, 대부분 퇴고의 과정은 펜으로 해요. 파일을 출력해서, 인쇄물 위에 펜으로 퇴고를 하죠. 말이 퇴고지, 처음 한 두 번의 퇴고는 거의 반 이상을 덜어내고 새로 쓰는 경우가 다반사라, 아무래도, 펜으로 진행하는 글쓰기가 많아요. 작품마다 다르겠지만, 글쓰는 시간보다 아마도 고치는 시간이 쉬이 두세 배는 넘을 듯하네요.

알렙 氏 『권태』와 『유 대리』는 사뭇 다른 구성과 기법인데, 이 다음에 이어진 세 번째 장편 『비밀 경기자』는 또다시 앞의 두 작품과 달랐지요. 이른바 단편들의 모음이었는데요. 짧게는 1~2페이지 정도, 길게는 20~30페이지 되는 단편-서사들이 죽 모여 하나의 연작 장편이 되었어요. 물론 이치은 특유의 문장 기술, 문체는 일관되게 유지됩니다만. 소설마다 늘 새롭게 형식을 잡는 게 여간 고된 게 아닐 텐데요. 여기에는 특별한 이유가 있는지요?

이치은 하나의 방식을 사용하고 나면, 쉬이 싫증을 느끼는 것 같기도 하고요. 다른 이야기를 풀어가는 데 같은 방식을 고집하는 것만이 능사는 아니니까요. 그리고, 자신의 작품들이 서로 다른 작가가 쓴 것들처럼 보이길 바라는 건 저만의 바람만은 아닐 겁니다. 화가 루시언 프로이트도 "새 작품에 대한 가장 이상적인 반응은 '아, 이것이 당신 작품이라는 사실을 알아채지 못했어요'라고 생각합니다."라고 말한 바 있거든요. 저는 하나의 방식을 고집하고 싶은 마음이 없습니다. 혹은 여러 가지 방식을 자유로이 시도해 볼 수 있는 게 (혹은 제가 원하는 방식을 선택할 수 있다는 게) 작가에게 주어진 특전이라 생각해요. 그 특전을 계속 남용해 보려구요.

어디에서, 어떻게

알렙 氏 이제 작품 『유 대리』에 대해서 이야기 나눠볼게요. 이 소설은 출간 당시 장안의 화제(?)가 되었죠. 작가상 받은 지 5년 만에 신작이 나왔다는 점이 첫째 이유고, 또 당시 영화 기획사에서 찾아와 영화로 만들고 싶다고 하여, 영화화 판권 계약을 맺은 점이 둘째 이유였습니다. 거기에 더해, 전작과는 전혀 다른 성향의 작품이란 점이 화제의 셋째 이유였습니다.

전혀 다른 성향이란, 제가 볼 때에는, 가독성이란 측면입니다. 아마 작가께서 전작 『권태』를 내고서 받았던 많은 항의성 반응 때문에, 가독성 있는 글을 써야 한다는 의식이 있었을 것 같아요. 나름 성공적이라고 볼 수는 있겠습니다. 『권태』를 열흘 들여 읽어야 했다면, 이 소설은 반나절이면 완독할 수 있을 만큼의 가독성이 있죠. 혹시, '읽히는 글을 써야 한다'는 부담이 있었을까요?

이치은 아니오, 그런 건 딱히 없었어요. 지금도 없구요. 아주 간단히, 아주 단호히 말할 수 있어요. 읽히는 글을 쓰기 위해, 시류에 따라가고 싶은 마음은 추호도 없어요. 도스토예프스키는 『죄와 벌』에서 "권력이란 건 다만 그것을 잡기 위해서 몸을 굽힐 수 있는 사람에게만 주어지는 것이다."라고 했잖아요. 저는 읽히는 글을 쓰기 위해 몸을 굽힐 마음이 없어요. 혹은 좀 더 정직하게 말하면 허리를 구부리게 하는 관절이 제게 결여된 거죠. 그런 재능이 결여된 거죠. 사실 가독성이라는 말도 제가 첫 작품을 내고 처음 알게 된 말이었구요. 그 뜻을 이해하고 나서도, 제 작품에 가독성이 결핍되어 있다는 말을 반복해 듣고 난 후에도, 왜 사람들이 가독성의 결여라는 걸 일방적으로 단점이라고만 생각하는 건지 의아해했습니다. 독자의 입장에서도, 제게는 쉽게 읽히는 글이 늘 좋은 글이지는 않았습니다. 잘 읽히지 않아서, 여러 가지로 혼자 궁싯대며 오히려 더 즐거웠던 경험이 독자로서 얼마나 많은지요! 저는 '잘 읽히는 글'을 쓰는 것 역시 아주아주 특별한 재능이라고 생각해요. 저는 그 재능이 제게 결여되어 있다는 것을 아주 잘 알고 있고, 한편으로 아주 감사하고 있어요. 언젠가 좀 더 '잘 읽히는' 글을 쓸 수도 있겠지만, 그건 내용에 따라오는 전술의 일부인 거죠. 『유 대리』에서 그런 부분을 느끼셨다면 그것도 역시 글쓰기의 작은 전술인 거구요. 그런 전술이 마차를 끌 게 할 수는 없어요. 가독성이 있느냐 없느냐 하는 건 제 글쓰기에서 중요한 요소가 아니에요, 단지 하나의 전술적인-방법적인 요소일 뿐이에요.

알렙 氏 말씀드렸듯, 영화화 판권 계약은 했지만, 결국 영화는 만들어 지지 못했습니다. 그런데 이 작품은 영화나 드라마적인 요소가 있죠. 플롯 측면에서 그렇습니다. 그런데, 플롯-줄거리로 치자면, 이 작품은 아주 단 순한 이야기 구조를 갖고 있죠, 이치은 작가의 다른 작품에 비해서는요. 유 대리는 우연히 거대한 커넥션이 연루된 사건에 휘말리게 됩니다. 유 대리는 살인 사건의 피의자로 체포되고, 그 사건을 해결하려는 민 형사는 진실에 가까이 가게 됩니다. 유 대리와 민 형사는 각각 경시청의 말소/재 생 프로그램을 제안받죠. 그리고 새로운 인물로 재탄생된다는 후일담이 있습니다. 이 플롯-줄거리는 단순하지만, 은밀하고 거대한 커넥션-국가 에 맞서 비루하고 미천한 존재-개인이 진실을 찾아나가려는 무모함을 펼 치는 데서, 사건은 소용돌이칩니다. 음지에 있어 드러나지 않아야 할 비밀 을 파헤친 것이죠. 진실을 알아버린 존재들입니다. 할리우드 영화에 자주 등장하는 증인 보호 프로그램 같은 방식으로, 유 대리의 존재를 말소/재 생시켜 버립니다. 그 과정에서, 유 대리는 '나는 무엇이 될 수 있을까'라는 물음을 되풀이하죠. 이는 정체성에 관한 물음이 아닐까 싶습니다.

이치은 저보고 이 소설을 정리해 보라면, 아마도 1장은 하드보일드 추 리소설, 2장은 1인칭 총격게임, 3장은……. 이런 식으로 형식-장르를 나 누는 방식으로 서술할 거예요. 그만큼 이 소설은 장마다 변하는 형식-장르의 변화가 제게 가장 중요한 모티프였구요. 거기서 그런 개인의 존재방식, 개인의 소멸, 드라마틱한 줄거리의 갑작스러운 변화-앙상함-골계미적인 요소가 잘 드러나지 않았다면, 제 부족이겠죠.

알렙 氏 앞서 얘기 드렸듯, 유 대리가 말소된 후 재생된 존재가 이치은입니다. 이치은은 세계 반도체 재도약/부흥을 일으킨 전설적인 존재로 재탄생되죠. 이 대목은 가히 픽션이 아니라, 논픽션이라 할 정도로 한 인물에 대한 전기적 서술로 이루어져 있습니다. 이렇게 자기 자신의 이름을 작품 속에 넣은 이유가 있을 텐데요. 물론, 그 후에 나온 『비밀 경기자』 등에서 이치은은 소설가로 등장하기도 하죠. 이것은 결국 또 다른 자아, 즉 현재의 '나'가 아니라 다른 '정체성'을 가진 나를 그려보고자 하는 것인가요? 누구나 가진 상상이듯.

이치은 앞에서 자세히 설명드린 듯합니다. 결국엔 '이치은'이란 이름은 제게 두 번째 이름, 두 개의 삶을 의미하는 것이거든요. 그렇게 봐주시면 좋을 듯합니다.

알렙 氏 기승전결을 갖춘 대하소설이라면, 인물의 죽음에서 끝을 맺는 게 이상하지 않을 것입니다, 신이 내린 결정이든 아니든 간에 말이죠. 한데, 말소/재생이냐 말소/삭제냐 하는 것은, 인간이 인간에게 감히 강요할 수 없는 폭력적 선택일 것입니다. 그것이 권력기관이 개인에게 가하는 것이라면 더더욱 그렇습니다. 여기서, '나는 무엇이 될 수 있을까'라는 유 대리의 물음은 메아리쳐 오지 못할 중얼거림이 될 뿐이죠. 하지만, 작가는 유 대리를 말소/삭제하지 않고, 말소/재생하여 '무엇'으로 만들었습니다. 물론, 플롯상 다른 인물들이 그렇게 간청해서 말소/재생하게 되었죠. 하지만, 작가의 의도가 궁금합니다. 그렇게 '무엇'으로 만든 이유, 그리고 '어떻게'를 그린 이유 말입니다.

이치은 말소/재생의 과정이라면, 우리가 흔히 보는 할리우드 영화에서는 거기까지 보여주고 행복하게 끝내죠. 혹은 말소/재생된 이후의 삶을 보여주면서 그전의 생을 잠시잠시 플래시백으로 보여주죠, 그게 주로 할리우드에서 사용하는 방식인데요. 저는 이 소설에서 말소/재생 이후의 삶도 있다는 걸, 마치 달의 뒷면, 혹은 시지프스의 신화에 나오는 언덕의 반대 사면 같은 게 있을 수도 있다는 걸 보여주고 싶었던 것 같아요. 그리고 자기 계발서 혹은 자기 찬양서 같은 또 다른 형식을 빌려 극적으로 다른 모습을 보여주려고 했어요. 그렇게 또다른 형식과 내용이 행복하게 만나길, 그리고 짝짓길 바랐던 것 같아요. 잘 되었는지는 모르겠네요.

알렙 氏 작가께서는 대개 결말을 디스토피아적인 암울한 상황으로 그려놓고는 하죠. 현실의 벽을 깨지 못하거나, 제거/말소되거나, 현실/환상이 뒤섞인 장면에서 처음 장면으로 되풀이되거나 하죠. 맞나요? 이것은 혹시 작가가 갖고 있는 세계관이라고 넘겨짚어도 되는지요?

이치은 그러네요. 이 소설을 보면 그러네요. 말소/재생되지만, 다시 결국에는 말소되는 것처럼 암시되니까. 그러고 보면 밝은 엔딩은 지금까지 없네요. 제 작품 어디에도, 진정으로 행복한 결말은 없었네요. 와, 생각해 볼 문제네요. 정말 미칠 듯한 오기로, 이렇게 항상 음울한 결말로 이끄는 작가에게 반항하며 한사코 밝은 엔딩을 거머쥐려는 주인공이 나오는 소설을 쓰고 싶다는 생각이 들 정도네요.

알렙 氏 전에 문학평론가 조형래 씨와의 인터뷰에서, "저는 세계를 이렇게 만들어봤습니다. 자유롭게 생각해 주세요."라고 말하신 적이 있죠. 소설의 이해할 수 없는 부분은 그 자체로 내버려두고, 소설이라는 미지의 미로 속에서 기꺼이 길을 잃으면 좋겠다는 말씀이었습니다. 물론 저는 이 소설 텍스트의 의미를 명확한 단어 몇 글자로 진술하는 것을 바랍니다. 편집자는 최초의 독자이지, 마지막 독자가 아니니까요. 작가와 독자 사이에서, 작가의 메시지를 독자에게 전달해 줘야 하는 일을 하고 있거든요. 하지만 작가와 십수 년간 교류하면서도, 그동안 많은 책의 편집 담당을 맡았으면서도, 텍스트의 명확한 의미를 제대로 알고 있다고 자신하지 못합니다. 이치은 작가의 작품들은 말하자면, 알레고리('다른 말 하기' 혹은 '다르게 말하기')가 '센' 작품들이란 점이죠. 이 작품들을 쓰면서, 정작 작가 자신이 하고자 하는 진짜 이야기는 무엇입니까?

이치은 와, 어려운 질문이네요. 아니오, 꼭 그렇지도 않네요. 맞아요, 이 책에는 진짜 이야기 같은 건 숨어 있지 않은 거 같아요. 다른 작품에서는 몰라도, 이 작품에서는 아니에요. 소설에는 꼭 숨어 있는 알레고리가 있거나, 무언가 타인에게 전달할 정치적인 메시지가 있어야 하는 걸까요? 물론 제가 쓴 소설 중에 그런 소설도 있어요. 『키브라, 기억의 원점』은 거대한 알레고리가 끌고 가는 소설이구요(그 알레고리의 대략적인 얼개에 대해서는 지면을 통해 대충이라도 밝혔던 것 같네요), 『노예, 틈입자, 파괴자』는 조금은 뭉툭하고, 너무 서투르고, 너무 이상적이지만, 어느 정도의 정치적인 (혹은 최소한 무언가를 주장하는) 목소리가 있었구요. 하지만, 이 작품에는 그 둘 다 없어요, 그리고 돌이켜보면, 사적인 알레고리가 숨어 있는 혹은 정치적인 목소리가 드러난 작품만이 훌륭한 작품인지 저는 모르겠구요. 그렇게 생각하지 않아요, 저는. 이 소설에 문제가 있다면, 형식적인 실험과 끌고 가는 이야기가 감동적인 혹은 미학적인 쾌감을 주는 방식으로 만나지 못했기 때문이지, 알레고리나 진짜 숨어 있는 이야기가 없어서는 아닐 거예요. 물론, 작품이 잘 되고 안 되고는, 최소한 작품을 '읽어낼' 수 있는 진짜 독자의 몫이니까, 제가 너무 앞서갈 필요는 없겠지요. 아, 그리고 하나만 더 말씀드리면, 사적인 알레고리가 숨겨져 있는 경우에도, 그걸 독자가 알게 되었을 때, 책을 읽는 즐거움이 꼭 더 배가되지만은 않는다고 생각해요. 작가의 숨은 알레고리란, 온전히 작가의 몫이지요. 그 숨은 알레고리가 그걸 숨기기 위한 장식이나 이야기의 줄거리로 소설 전체에 미학적으로-감정적으로-지적으로 영향을 끼치지 못한다면 무슨 의미가 있겠습니까? 혹은 그 장치나 줄거리가 숨은 알레고리의 존재를 덮을 정도로 우수하다면, 굳이 사적인 알레고리를 알아야 할 필요는 또 무엇이겠습니까? 데이비드 린치 감독의 「이레이저 헤드」에 나오는 괴물들이, 실은 그가 실제로 가졌던 기형아에 대한 나쁜 경험에서 나온 것이라는 걸 나중에 알게 되었을 때, 저는 독자로서 행복하지 않았어요. 오히려 실망했었죠. 카프카의 「열한 명의 아들」이 무엇에 대한 알레고리인지 모르고 읽을 때도(실은 저는 아직 그 익히 알려진 해석이 맞는지 잘 모르겠어요, 하긴 그리 중요하지 않을 수도 있고), 저는 그 알 수 없는 분위기가 주는 놀라움에 여전히 압도되고 있었거든요.

알렙 氏 이제 『유 대리』를 2002년 쓸 당시, 그리고 2003년 출판할 당시가 아니라 지금 2018년의 독자에게 해주실 말씀은요?

이치은 각각의 장에서 어떤 형식적인 실험을 하려 했는지, 그리고 그런 부분들이 어떤 구체적인 문법-표현-장치들을 통해 표현되었는지, 그리고, 다른 형식들에 의해 나누어진 다른 장들에서 이야기들이 어떻게 분절되고-이어지고-말소되고-재생되는지 이런 부분에 관심을 가지고 봐주시면 조금은 더 재미있게 볼 수 있지 않을까 생각합니다.

작가의 말

말[言]들, 어쩔 수 없이, 뻔뻔스럽게도, 부끄럽게도, 다시 말들로.

결핍된 실재(實在), 혹은 1분에 24개로 자잘하게 나누어진 영화의 컷 속에 포획된 실재. 누가 감히 의미심장한 실재를 얘기하는가?

손가락 끝에서 시작되는 줄, 손가락 끝에서 흘러나와 버린 병.

모호하게, 시발점이 모호하게 지워져 버린 기다란 줄.

부재하는 실재 대신, 말들로, 다시 말들로, 실재의 거미줄 사이에서 튕겨져 나가버린. 다시, 그런 실재하지 않는, 그렇다고 말해지는, 어쩌면 그래야 하는지도 모르는 말들로.

해서, 다시 말들. 기억에 남아 있는, 기억을 위한, 매혹을 위한, 모호함을 위한, 도로(徒勞)를 위한, 의미심장하지 않음을 위한.

유혹은 이야기에서 의미를 제거하고, 이야기를 진실로부터 벗어나게 한다.

고백이란 그것을 취소할 때에, 가장 솔직한 것인지도 모른다.

말들이 끌고 가는 만리장성 축조의 도로.

유 대리는 어디에서, 어디로 사라졌는가?

1판 1쇄 발행 2018년 12월 1일

지음 | 이치은
펴낸이 | 조영남
펴낸곳 | 알렙

출판등록 | 2009년 11월 19일 제313-2010-132호
주소 | 경기도 고양시 일산서구 중앙로 1455 대우시티프라자 715호

전자우편 | alephbook@naver.com
전화 | 031-913-2018, 팩스 | 02-913-2019

ISBN 979-11-89333-09-6 03810